JOHANNA HOFFMANN · DIE VERRATENE HEILIGE

Johanna Hoffmann

Die verratene Heilige

Historischer Roman

Das Leben der Landgräfin

ELISABETH VON THÜRINGEN

1207 bis 1231

Laumann-Verlag
Dülmen

9. Auflage 2007

Postfach 14 61 · D-48235 Dülmen/Westf.
Gesamtherstellung:
Laumann Druck & Verlag GmbH & Co. KG, 48249 Dülmen

ISBN 978-3-89960-278-4

Internet: www.laumann-verlag.de
E-Mail: info@laumann-verlag.de

I

Leise murmelnd plätscherte die Hörsel vor sich hin, fing mit spielerischer Welle ein Hälmchen, ein Stück Holz, trieb es vor sich her, ließ es am Ufer liegen und suchte sich etwas Neues. Die Lerchen stiegen so hoch in die Luft, daß man sie nicht mehr sehen konnte, aber ihr Gesang stürzte aus dem Blau des Frühlingshimmels herunter, so silbern wie die Wellen der Hörsel. Der Seidelbast blühte und duftete, die Bienen und Hummeln summten mit weichem Gebrumm um die Weidenkätzchen. Die Häuser des Dorfes lagen still in der Mittagssonne.

Bauern und Gesinde saßen um den Tisch und langten hungrig mit ihren Holzlöffeln in die dicke Hafergrütze. Niemand sprach, alle waren müde. Aber es war die Müdigkeit des Behagens nach getaner Arbeit.

Der Bauer leckte sich gründlich die letzten Essensreste zwischen den Zähnen heraus, die Knechte stemmten die Ellenbogen auf die Tischplatte und dösten vor sich hin. Die Mägde sammelten die Holzlöffel ein, um sie zusammen mit Topf und Schüssel am Brunnen abzuwaschen. Aber noch war nicht so viel Zeit vergangen, wie man braucht, um in Ruhe ein Vaterunser zu beten, da kamen sie schon wieder hereingestürzt.

„Bauer, Bauer! Sechs Reiter!"

„Hm. Was mögen die wollen? Um uns was zu bringen, kommen die nicht!" brummte der Bauer. Er kannte die Herren.

Als draußen vor der Tür Hufschlag laut wurde, erhob er

sich und trat auf die Schwelle, gerade rechtzeitig, um die zwei großen Wolfshunde zurückzupfeifen, die den fremden Pferden zwischen die Beine fahren wollten.
„He, du! Kannst du deine Köter nicht besser erziehen?"
„Grüß Gott, ihr Herren, die Köter wissen halt, wer zum Hof gehört und wer hier nichts zu suchen hat."
Schon wollte der Anführer zornig werden, als ihn ein Blick auf das freundlich lächelnde, einfältige Gesicht stutzen ließ. War das nun Frechheit oder bäuerliche Dummheit? Da er nicht gleich zu Anfang Streit haben wollte, nahm er's für eine täppische Ausdrucksweise. Er winkte. Der Bläser stieß in die Fanfare, daß die Hühner gackernd auseinanderstoben und die Hunde erneut zu jaulen und zu kläffen begannen.
„Unser Herr Landgraf Ludwig von Thüringen tut kund, daß er sich von heute ab in vier Wochen mit seiner Braut, dem hochedlen und erlauchten Fräulein Elisabeth, Tochter der königlichen Majestät von Ungarn und unserem Herrn seit Kindertagen angelobt, vermählen wird. Um Glanz und Freude seiner Hochzeit zu erhöhen, lädt er alle Bauern und Bürger gnädiglich ein, an solchem Fest zu Eisenach teilzunehmen. Alle Untertanen sollen aber auch gehalten sein, zu den Feierlichkeiten mit Bier und Fleisch, Eiern und Butter und Bienenwachs beizutragen."
Der Sprecher verstummte einen Augenblick, dann fuhr er nüchtern fort: „Von dir bekommen wir also zwei Kälber, zwei Schafe, eine fette Sau, einen Scheffel Getreide und dazu Abgaben, die du selbst bestimmen kannst, im Werte von einer Silbermark."
Dem Bauern stand der Mund halb offen.
„Herr, wo soll ich das alles hernehmen? Es ist Frühling. Die Vorräte gehen zu Ende. Die eine Kuh ist noch trächtig, nur die andere hat gekalbt. Seid gnädig. Mindert die Abgaben. Ihr macht mich arm!"
„Hör einer den Burschen an! Bildest du dir ein, du bist was Besseres als die anderen Bettler? Wenn dich das Großmaul juckt, hat die Landstraße auch für dich noch

Platz. Und nun rasch! Dort kommt schon der Wagen. Ich habe keine Lust, unnütz Zeit mit dir zu vertrödeln. Du siehst, dein Nachbar hat die Abgaben auch leisten können. Los! Hole das Zeug und lade es uns auf!"
Ein schwerer Leiterwagen rumpelte durch das Hoftor. Der Bauer wandte sich mit finsterem Gesicht ab. Fluchend und knurrend nahm er von seinem Saatgetreide, suchte eine fette Sau und zwei schlachtreife Hammel aus. Mit Grimm im Herzen trieb er schließlich das Kuhkalb herzu. Er hatte es aufziehen wollen, um eine weitere Milchkuh im Stall zu haben. Nun zerrann die Hoffnung. Das Kalb blökte jämmerlich, als ahnte es, daß es zu einem Festbraten dienen solle.
„Na? Und das zweite Kalb? Willst du es unserem Gebieter vorenthalten?"
„Herr, seid gnädig. Ich sagte Euch doch, daß erst eine Kuh gekalbt hat. Wenn die andere rechtzeitig wirft, will ich es schicken!"
„Darauf kann sich verlassen, wer will. Ich nicht. So geht eben die Kuh mit."
„Herr, Herr! Nicht die Kuh! Sie gibt die beste Milch. Als Zugtier brauche ich sie auch. Im Namen Christi, seid barmherzig, Ihr bringt mich an den Bettelstab."
„Schweig, und spare dir dein Geflenne!" Der Ritter stieg ab und ging auf den Bauern zu, hinter dem sich ängstlich einige Mädchen davonschleichen wollten. Mit harter Faust griff er sich die Jüngste von ihnen. „Gut, wenn kein Kalb vorhanden ist, diese junge, langbeinige Färse tut es auch!"
„Laßt die Hände von meiner Tochter!" Wie ein Dreschflegel fuhr die Bauernfaust auf den Arm des Ritters nieder.
Der kniff nur die Augen zusammen und musterte den Bauern von oben herab.
„Euch dummem Volk soll es einer recht machen. Da schlägt man dir einen günstigen Handel vor, und statt zu danken, wagst du, die Hand gegen mich zu erheben."

Es hörte sich fast freundlich an, aber das hochmütige, zornige Gesicht verhieß nichts Gutes.
Ein kurzer Wink zu den Reitknechten:
„Haltet den Alten fest. Er könnte sich sonst Schaden tun, wenn er so blindwütig um sich schlägt.“ Aus den Worten klang blanker Hohn.
Die Knechte drehten dem Bauern die Arme auf den Rücken, daß er stöhnte, und drängten ihn an die Hauswand.
Der Ritter packte das Mädchen derb um die Hüften und schob sie zur Scheune.
Auf dem Hofplatz war es totenstill. Hatten eben noch die Lerchen gejubelt, die Hörsel silbern geplätschert? Aus der Scheune drang ein jammervoller Mädchenschrei, dann noch einer, und wieder herrschte lähmende Stille.
Dem Bauern standen Schweißtropfen auf der Stirn. Wild vor Zorn wand er sich in den Fäusten der Reitknechte. Die Bäuerin hatte die gefalteten Hände vor den Mund gepreßt und biß sich die Knöchel wund. Das Gesinde starrte mit schreckweiten Augen auf den Bauern.
Nach einer Weile öffnete sich das Scheunentor. Zufrieden grinsend trat der Ritter heraus, mit aufreizender Sorgfalt rückte er seine Kleidung zurecht.
„Wußte ich's doch. Du hast eine ganz tüchtige Färse. Der Tausch war nicht schlecht.“
Der Bauer spie dem Ritter vor die Füße. Einer der Knechte stieß ihm dafür die Faust ins Gesicht.
„Aufsitzen!“ kommandierte der Herr, und die Schar stob zum Hof hinaus. Schwerfällig rumpelte der Wagen hinterher.
Langsam öffnete sich das Scheunentor zum zweiten Male. Mit zerzaustem Haar und verweinten Augen schlich das Mädchen heraus, schluchzte und wimmerte, daß ihre Schultern bebten, und warf sich vor dem Vater nieder.
Der Bauer schwieg.
„Vater.“

Der Mann starrte vor sich hin.
„Vater!“
Er rührte sich nicht, schien nicht zu hören.
„Vater!“ schrie das Mädchen auf. „Sag doch was! Mach nicht so ein Gesicht. Ich habe Angst!“
Der Bauer schluckte. Er stand noch immer an der gleichen Stelle, an der ihn die Knechte festgehalten hatten.
Müde winkte er ab.
„Ich weiß. Kannst ja nichts dafür. Schon gut.“
Mit schleppenden Schritten, als hingen Steine an seinen Füßen, ging er ins Haus.
Die Lerchen jubelten noch immer.

II

Es war ein eigenartiger Rhythmus, den die graue Eselin mit ihren harten Hufen auf den felsigen Boden klopfte. Er klang eilfertig, und doch kam das Tier nur langsam voran. Der Reiter, ein großer, starker Mann mit energischen Gesichtszügen, trug das Gewand der Weltgeistlichen. Hals und Nacken waren sehnig und kraftvoll, auch nach Blick und Körperhaltung glich er mehr einem Krieger als einem Priester. Auf der trippelnden, nickenden Eselin nahm er sich fast lächerlich aus. Sie schien unter seiner Last zusammenzubrechen. Meister Konrad von Marburg ritt lieber auf einem Pferd, aber aus Gründen der Klugheit schien es ihm besser, seinen Einzug in Eisenach auf einer Eselin zu halten, wie einst Jesus Christus in Jerusalem. Der erste Eindruck wirkt am stärksten. Da Konrad den Wohnsitz der Thüringer Landgrafen als seinen zukünftigen Wirkungskreis ansah, sollten die Eisenacher gleich sehen, mit welch einem genügsamen Gottesdiener sie es zu tun hatten. Trotz der Langsamkeit freute er sich an dem gehorsamen Getrippel, denn die Demut, mit der das Tier den schweren Mann trug, galt ja ihm. Der Rosenkranz kroch wie eine glänzende, sich ringelnde Schlange durch die Finger des Reiters. Ganz von selbst glitten die Perlen weiter, wenn der Zeitraum für das Gebet abgelaufen war. Konrad merkte es selbst nicht mehr, so sehr war ihm dieses endlose Spiel mit Perlen und Gebeten zur Gewohnheit geworden. Zwei Mönche begleiteten ihn; sie trabten zu Fuß nebenher.

Gerhard, ein Jüngling noch, glich mehr einem Bauern als einem Dominikaner. Der andere, er hieß Johannes, konnte dreißig, er konnte aber auch fünfzig Jahre zählen; sein Alter war schwer zu schützen, denn selten gelang es, einen vollen Blick auf sein Gesicht zu werfen. Immer hielt er schief den Kopf gesenkt, als fürchtete er sich, gesehen zu werden oder selbst etwas zu sehen. Doch der Schein trog. Fortwährend schossen seine kurzen, stechenden Blicke umher. Ihnen entging nichts. Was Konrad wissen wollte, brachte Johannes heraus. Der Meister liebte ihn nicht, aber er brauchte ihn.

Anders war Gerhard. Seine einfache Geradheit war zu keinerlei Winkelzügen und Schleichwegen fähig. Seine bedingungslose Treue nötigte sogar Konrad so etwas wie Achtung ab. Dem Schiefkopf dagegen mißtraute der Meister, denn er wußte genau: Johannes wäre sofort bereit, ihm selbst in den Rücken zu fallen, wenn er davon für sich Vorteile gehabt hätte.

Auf Grund ihres verschiedenen Wesens hegten die beiden Mönche keine Sympathie füreinander. Konrad war das eben recht. „Divide et impera!“ hieß sein Wahlspruch. Getrennt konnte man die beiden, die ihm am nächsten standen, besser beherrschen. So zog er bald den einen, bald den anderen an sich heran, pflanzte klug ein wenig Neid zwischen sie und band sie damit um so fester an sich. Auch heute schritten beide schweigend, voneinander kaum Notiz nehmend, bald neben, bald hinter Konrad her.

Der Meister beachtete sie nicht. Er wollte in Ruhe seinen Gedanken nachhängen.

Als einem der jüngeren Söhne des Lehnsmannes von Marburg war ihm keine andere Wahl geblieben, als unter den Schutz der Kutte zu schlüpfen, wenn er es weiterbringen und nicht ewig Knecht bleiben wollte. Die Marburg war klein, und der Vater war zu arm, um allen Söhnen glänzende Stellen zu verschaffen. An Konrad aber fraß der Ehrgeiz. Er wollte mehr. Das ruhige Klosterleben lockte ihn nicht. Er liebte die Macht, und er haßte es, sich beugen zu müssen. Macht über Menschen! Das war der Reichtum, den er sich wünschte. Drei Jahrzehnte lag es nun zurück, daß er nach Avignon auszog, um theologische Vorlesungen zu hören. Zuerst hatten alle den jungen Studiosus belächelt, der mehr zum Krieger oder zum Bauern zu taugen schien als zum Diener Gottes. Einem der älteren Fratres aber war Konrad schon nach kurzer Zeit aufgefallen. Der sah nicht die unbedeutende Außenseite, er wußte um den Ehrgeiz und um die Machtgier, die der andere im Herzen trug – wie er selber, denn er hatte an den kühlen und scharf beobachtenden Augen den verwandten Geist erkannt. Das kettete sie bald fest aneinander, denn auch Konrad besaß den sicheren Instinkt eines Jagdhundes, wenn es sich um die Regungen einer Menschenseele handelte. Nicht umsonst hatte er damit gerechnet, daß Frater Ugolino seine ehrgeizigen Pläne wahr machen werde. Jetzt trug er bereits den Kardinalshut. Es herrschte unter Eingeweihten kein Zweifel mehr darüber, daß er, wenn Innozenz einmal starb, der nächste Anwärter auf den Thron Petri sei. Da jedoch die Tiara auch für manchen anderen Kirchenfürsten ein lockendes Ziel war, brauchte Ugolino zuverlässige Stützen. Er erinnerte sich des jungen Priesters aus Avignon. In ihm glaubte er, ein brauchbares Werkzeug gefunden zu haben. – Bald schon erhielt Konrad aus dem Lateran die ersten Sonderaufträge. Bei jeder neuen Aufgabe bewies er Klugheit, Verschwiegenheit und bedingungslose Hingabe an die Ziele der Kirche. Sein großes Geschick, sich Menschen dienstbar zu machen, kam ihm dabei zu Hilfe. Was er war, wollte er auch ganz sein. Nur diejenigen Gottesdiener hatte er bisher zu den höchsten kirchlichen Würden aufsteigen sehen, die imstande waren, die Schlingen der geistlichen und weltlichen Intrigenspiele entweder mit starkem Arm zu zerreißen oder klug und gewandt dazwischen hindurchzuschlüpfen. Konrad hatte beides verstanden, und nun schien die

Sonne ihm! Kardinal Ugolino, begünstigt durch das Geschick, aus adliger Familie zu stammen, wurde zum Zenit der Kirche emporgetragen. Er wußte aber sehr gut, daß er den höchsten Gipfel nur würde erreichen können, wenn er Helfer fand, die bereit waren, ihn um ihres eigenen Vorteils willen hinaufzuheben und auch dort zu halten.

Konrad hatte diese Gedankengänge ohne Schwierigkeiten durchschaut, und er kannte sich selbst gut genug, um zu wissen, daß er sich den rechten Bundesgenossen gesucht hatte. Sein scharfer, durchdringender Geist, mit dem er so oft andere täuschte, ließ sich zu keiner Selbsttäuschung hinreißen. Die Klugheit war sein einziger Besitz. Weder auf Reichtümer noch auf einflußreiche Verwandte konnte er sich stützen. Sein Äußeres war wenig dazu geeignet, ihm Freundschaft oder gar Frauenliebe einzubringen. Groß, vierschrötig, beinahe plump mit dem runden Schädel, auf dem sich eisgraues Haar borstig sträubte, glich er in keiner Weise dem Idealbild, das sich schöne Ritterfrauen von ihren Liebhabern machten. Nichts aber wirkte an ihm verweichlicht. Auch jetzt, da er an der Schwelle des Alters stand, hatte sich noch kein Fett auf seinem Fleisch angesammelt. Durch Wachen und Fasten, durch eine harte Lagerstatt auf bloßem, kaltem Fußboden hatte er sich abgehärtet und an eiserne Selbstzucht gewöhnt. Er konnte ohne Ermüdung zwanzig deutsche Meilen hintereinander reiten, dann sofort eine schwierige Beratung führen, und es gelang ihm dabei fast immer, seine Pläne gegen die der anderen durchzusetzen. Seine Amtsbrüder betrachteten ihn mit gemischten Gefühlen. Sie hatten ihn fürchten gelernt, entdeckten aber an ihm nie eine Blöße, die ihn verwundbar gemacht hätte. Für sich selbst brauchte Konrad fast nichts. Nie trank er Wein, aß kaum Fleisch. Die bequemen Mönche verachtete er. Wenn die Kirche eine *ecclesia triumphans* sein wollte, dann mußte sie seiner Meinung nach zuallererst eine *ecclesia militans* sein: wollte sie triumphieren, so mußte sie

kämpfen. Konrad war stolz, daß seinem Verstand ein so unermüdlicher Körper dienen mußte.
Und doch haßte er diesen unverwüstlichen Leib, in dem noch immer die Begierden wie Lava aus feuerspeienden Bergen ausbrachen. Die Tragik seiner Natur war es, alle Dinge, die ihn im tiefsten Innern anrührten, gleichzeitig lieben und hassen zu müssen. Er liebte die Frauen und haßte sie deswegen. Ihre Schönheit ließ ihn das Mönchsein verfluchen, das ihn wiederum befriedigte wegen der fast unbeschränkten Macht, die ein Priester genoß. Er liebte die Kirche, weil ihre Diener in Wahrheit Herrscher waren. Er haßte die Kirche, weil sie ihn in der Fülle seiner Kraft nicht Mann sein ließ. Er verachtete die saufenden, raufenden und hurenden Ritter, die lieber zur Jagd gingen als daß sie Lesen und Schreiben lernten, und er beneidete sie, weil sie trinken, lieben und sich schlagen konnten, sooft sie die Lust dazu ankam. Er aber durfte sich weder im Rausch betäuben – noch bei Frauenzimmern liegen, die ihn mit ihren katzenhaften Bewegungen in gefährliche Wirrnisse verstrickten, um ihn dann in den Abgrund der Sünden zu stürzen …
Tief in Gedanken versunken, hatte Konrad die Zügel aus den Händen gleiten lassen. Er merkte es nicht. Aber der Esel spürte es sofort und brachte es fertig, noch langsamer zu trotten als bisher.

Vor wenigen Wochen hatte ein Befehl aus Rom Konrad nach Thüringen gewiesen. Er sollte dort sämtliche Klöster visitieren und dem vergnüglichen Leben ein Ende bereiten, dem die Mönche frönten. So lautete die offizielle Sendung. Darüber hinaus erhielt er Anweisungen, die ihm nur mündlich unter vier Augen mitgegeben worden waren: Die Deutschen galten in Rom als schwierig. Dauernd befehdeten sie sich, und der kleinste Vorwand genügte ihnen, um aufeinander loszuschlagen. Die Kunst der Verhandlung war ihnen fremd. Zwistigkeiten wurden nie auf friedlichem Wege gelöst, sondern sie endeten nach vieler Plänkelei stets in einem wüsten Schlachten. Mochten sie sich befehden! Solange sie uneins waren, stellten die ständig wechselnden Mächtegruppen der Ritter, Grafen und Fürsten keine ernsthafte Gefahr für die Kirche dar, die groß und mächtig triumphierte. Noch immer krönte der Papst die deutschen Kaiser und schlug sie in Acht und Bann, wenn sie seinen Geboten trotzten. Könige mußten sich vor ihm demütigen, und es war noch nicht lange her, daß Heinrich IV. als Büßender im Schnee vor den Toren von Canossa gestanden hatte.

Was aber war von Friedrich II., dem Staufer, zu halten, der seit kurzem die deutsche Kaiserkrone trug und sich zuvor schon in Sizilien einen festen Machtbereich geschaffen hatte? Ihm sagte man in Rom nach, er sei ein Freigeist, den selbst der Bannfluch nicht zu schrecken vermöge. Wenn es ihm gelänge, sich der lenkenden Hand des Heiligen Vaters zu entziehen und wesentliche Kräfte der deutschen Herren für die Zwecke der kaiserlichen Vormachtstellung zu binden und zu nutzen, so bedeutete eine solche Machtzusammenballung für Rom Gefahr. Man mußte ihr zuvorkommen, man mußte rechtzeitig und geschickt Einfluß auf die mögliche Entwicklung nehmen und die Richtung weisen.

Für einen so heiklen Auftrag war der kluge und verschlagene Konrad der rechte Sendling, und wenn er nun den Weg zur Wartburg nahm, so deshalb, weil der Landgraf von Thüringen, an Reichtum und Macht seine Standesgenossen überragend, der Freund des Kaisers war. Was auch immer Friedrich II. unternahm, er konnte der Hilfe und Ergebenheit des nur um wenige Jahre jüngeren Landgrafen sicher sein, und der landgräfliche Hof bot damit günstigen Raum für einen Beauftragten des Laterans, sofern er nur mit List dabei zu Werke ging.

Das Eselchen freute sich, der straffen Hand ledig zu sein, und döste im Laufen vor sich hin. Plötzlich schreckte es auf. Ein Stein löste sich unter den Hufen und kollerte davon, das Tier trat fehl. Konrad, der mit angezogenen

Knien, steif von dem langen Ritt, im Sattel hockte, wurde dabei durcheinandergeschüttelt. Jämmerlich schrie das Tier, denn sein Herr ließ ihm zornig und aufgestört die Rute um die langen Ohren und über den Hals fegen, so daß der Schmutz aus dem struppigen Fell stäubte. Konrad setzte sich wieder zurecht, und nun sah auch er, was den friedlichen Trott so jäh unterbrochen hatte: die Bettler kamen!

Eine graue, düstere Masse, eine Riesenschnecke, die sich bald zusammenzog, bald in die Länge streckte, kroch gen Eisenach. Was die Romfahrten der Kaiser, die Kreuzzüge und die Fehden des Adels an vernichtetem Menschenglück wieder ausspien, was die Armut aus den Hütten auf die Landstraße trieb, wer als Frau den Mann, als Kind die Eltern verlor und mittellos zurückblieb – alles das stieß zum Elendszug der Bettler. Wie Vogelschwärme fielen sie ein, wo es etwas zu holen gab, lagerten vor den Toren der Burgen und Klöster. Und jetzt zogen sie zur Wartburg. Unversehens war Konrad an einer Wegkreuzung mitten unter sie geraten. An der Spitze des Zuges ging, von den anderen getrennt, eine geschlossene Gruppe. Konrad erstaunte, denn diese Bettler entboten ihm nicht den demütigen Gruß, den zu empfangen er als Diener Gottes gewohnt war. Auch sahen sie nicht so stumpf und dreckig aus, als seien sie unter Not und Elend auf der Straße aufgewachsen. Ihre Kleider, wenngleich jetzt zerrissen und beschmutzt, verrieten die ehedem bessere Herkunft. Und da war noch etwas in ihren Gesichtern, das den Priester stutzen ließ. Alle blickten ihn so gelassen, so gleichgültig an, als wäre er gar nicht vorhanden. Sie schienen sogar Genugtuung darüber zu empfinden, daß der Geistliche mit seinen zwei dienenden Brüdern ihretwegen bis ins Gebüsch hinein zurückgewichen war und nun nicht weiterkonnte. Während die Frauen sich verachtungsvoll und keineswegs scheu oder demütig in einem Bogen vorbeischoben, schienen die Männer es geradezu darauf anzulegen, ihn absichtlich noch weiter in die Nesseln am Wegesrand hineinzudrücken. In Konrad regte sich der Zorn. Als jetzt gar ein Mann den Esel mit einem derben Schlag aufs Hinterteil gänzlich von der Straße herunterjagte, um Platz für ein junges Weib zu schaffen, das einen Säugling auf den Armen trug, konnte Konrad sich nicht mehr beherrschen. „Was erdreistest du dich!“ schrie er. Als er den Bettler näher ins Auge faßte, kam der ihm bekannt vor. Aber wo er ihn gesehen haben mochte, darauf konnte er sich im Augenblick nicht besinnen.

Der Mann hob ruhig die Hand: „Höre, Priester, der du sein willst ein Mann Gottes und doch nur bist ein Knecht des Teufels!“ Plötzlich erkannte Konrad: Das war nicht die Art eines Straßenbettlers, hier sprach ein Gebildeter, ein Bürger. „Hildesheim!“ durchfuhr es den Priester, als wenn ein Blitzschlag ihn unversehens getroffen hätte. Doch der andere fuhr bereits mit erhobener Stimme fort: „Wer denn in deutschen Landen kennt dich nicht, mächtiger Ketzermeister und Sendbote Roms.“ Wie auf Vereinbarung waren währenddessen die übrigen Männer dicht hinter den Sprecher getreten, so, als wollten sie ihn schützen oder seinen Worten noch mehr Nachdruck verleihen. Nur die Frauen hielten sich abseits.

„Aber deine Macht hat Grenzen, sage ich dir! Jetzt und hier bist du hilfloser als irgendeiner von uns, den du noch kürzlich vor deine Gerichte zerren ließest. Auch deine beiden Begleiter können dich nicht schützen. Und der dort scheint es nicht einmal zu wollen.“ Mit einem spöttischen Seitenblick wies er auf Johannes, der sich angstschlotternd hinter dem Esel verkrochen hatte. „Ihr habt sechs Fäuste, wir haben fast hundert. In Fetzen könnten wir euch reißen, wenn wir es wollten, wenn wir solche Christen wären wie ihr; gefährlicher als Wölfe, Kreaturen, denen der Feuerbrand vorausweht und denen das Todesröcheln ihrer Opfer folgt.“ Der Sprecher schwieg. Aber noch immer umstanden seine Gefährten die drei gleich einer undurchdringlichen Mauer, die keinen

Durchschlupf offen ließ. Wohin Konrad auch blickte, er traf auf harte, trotzige Mienen, die deutlich zu sagen schienen: Sieh es ein, wir sind dir entkommen, und wir werden uns dir nicht beugen. Wo du gestern noch Wind sätest, wird vielleicht schon morgen Sturm aufkommen. Und dann wehe dir und deinesgleichen!
Plötzlich wendete sich der Sprecher, gab seinen Männern ein Zeichen. Die Mauer wich. Wie ein Spuk sog der Bettlerstrom die kleine Gruppe in sich auf. Konrad und seine beiden Gesellen wagten aufzuatmen. Unablässig jedoch flutete die riesige Elendsmasse an ihnen vorüber, die ganze Breite des Weges beherrschend. Fast lautlos schoben sich Hunderte von Menschen dahin. Nur das weiche Aufklatschen der nackten, müden Füße im Straßenstaub war zu hören oder das Aufstampfen eines Krückstockes. Der Abscheu würgte Konrad im Halse, und der saure, schweißige Geruch erregte Übelkeit. Aber es war vorerst nicht möglich, dem auszuweichen. Selbst diese niedrigsten unter den Armen besaßen noch so etwas wie eine Rangordnung. Nach den kräftigeren jungen Männern und Frauen, die arbeiten konnten und sich so auf ihrer Wanderschaft gelegentlich einen Laib Brot oder ein Stück billiges Wolltuch zu einem neuen Kittel verdienten, kamen die, die nur noch zum Betteln taugten, unter ihren Lumpen aber wenigstens noch ihr menschliches Aussehen bewahrt hatten. Was nach ihnen heranhinkte, auf einem Bein mühsam hüpfte, sich an Krücken schleppte oder im Staub kroch, das schien am Jüngsten Tag den Gräbern entwichen zu sein. Lauter, immer lauter gellten die Warnschellen, die die Aussätzigen läuten mußten. Sie, denen es bei Leibesstrafen verboten war, sich Gesunden zu nähern, hielten den gebotenen Abstand. Ihren Anblick ertrug Konrad nicht mehr. Angewidert, vom Grauen gepackt, zwang er seinen Esel rücksichtslos durch die Lücke auf die andere Straßenseite, wo ein breiter Wiesenrain die Flucht begünstigte. Kaum konnten ihm Gerhard und Johannes folgen. Mitleid empfand

Konrad nicht. Nur Ekel. Dieser Haufe würde nun ebenfalls zur Wartburg ziehen, um heulend und bettelnd seinen Anteil am Hochzeitsfest des Landgrafen zu fordern: „Allmosen, Almosen!“ Ludwig würde sich über die ungeladenen Gäste nicht freuen. Sollte ruhig die Flut der Bitterkeit und des Jammers sich über die Festfreude der hochmütigen Ritter ergießen und ihnen das Gelage vergällen! Hauptsache war, man kam noch vor dem Bettlergeschmeiß am Burgtor an.

Konrad hatte einen Seitenpfad eingeschlagen, der steil emporführte. Hier war es ruhig. Nur aus weiter Ferne vernahm man noch hie und da das Geklingel der Warnschellen.

Während der Magister wie ein schwerer, grauer Klotz auf dem Esel vor ihnen herschwankte, warf Gerhard einen verstohlenen Blick auf den neben ihm schreitenden Johannes. Den schien das Abenteuer bereits nicht mehr zu belasten. Sein spitziges Gesicht hatte wieder Farbe bekommen. Frech grinste er herüber. Gerhard aber stand noch ganz im Bann des Geschehens und wußte es sich nicht zu deuten. „Was war das? Was wollten die Bettler von uns?“ flüsterte er dem anderen zu.

Johannes ließ ihn erst ein Weilchen zappeln. Dann vergrößerte er unmerklich den Abstand zu dem ihnen Voranreitenden und begann mit halber Stimme zu berichten:

„Mußt es ja doch einmal erfahren, du ahnungsloses Wickelkind. Also spitz die Ohren! Vor einigen Monaten trug man dem Meister Kunde zu von einer starken Gemeinde der Albigenser, die sich in Hildesheim gesammelt haben sollte. Wir untersuchten die Sache, Namen auf Namen wanderten in unsere Liste, viele, viele Bürger waren darunter. Ha! Die sollten zittern, wenn das Gericht begann! Der Magister suchte den Abt des Klosters auf und legte ihm die Liste vor. ‚Welche von den hier Aufgeschriebenen kamen in der letzten Zeit zu dir und den anderen Brüdern zur Beichte?‘ Der Abt wurde blaß und senkte den Kopf. Er wußte, was diese Frage bedeutete.

‚Ich bin ein alter, schon etwas vergeßlicher Mann', sagte er vorsichtig. ‚Die Ihr hier aufgeführt habt, Meister Konrad sind achtbare Bürger mit Rang, Namen und Gewerbe. Ich kenne sie seit manchen Jahren. Sie waren in der letzten Zeit wohl alle hier.'
‚Daß sie hier waren, will ich gern glauben. Du sollst mir sagen, ob sie in der vorgeschriebenen Art gebeichtet und in Demut die Sakramente empfangen haben!' fiel Konrad ihm ins Wort. Dies ehrlich zu beantworten war schon schwerer.
‚Bis auf diese drei kann ich von allen sagen, daß sie in der letzten Zeit gebeichtet und die Sakramente erhalten haben', versuchte der Abt auszuweichen.
‚Und die anderen? Kommen sie nicht mehr zur heiligen Beichte? Gehören sie zu den Ketzern, von denen man mir berichtet hat?' schlug Konrad wieder zu.
Der Abt zuckte hilflos die Achseln.
‚Es gibt ja noch mehr Priester in Hildesheim. Warum sollten sie nicht gelegentlich bei anderen beichten, auch wenn sie zu meiner Gemeinde gehören ...'
‚Laß binnen zwei Stunden alle Priester hier zusammenrufen', befahl Konrad. ‚Wir reden dann weiter!' Damit hat er den Greis stehenlassen. Hättest sehen sollen, wie der mit zitternder Hand sich die winzigen Schweißperlen von der Stirn wischte!"
Noch jetzt, in der Erinnerung, konnte sich Johannes ein hämisches Auflachen nicht verbeißen und verwunderte sich nur, daß der andere nicht mit einfiel, sondern mit seltsam brüchiger und erregter Stimme forderte: „Und dann? Erzähle! Was tatet ihr dann?"
Gemach, das Eigentliche kam ja erst noch. Und so erfuhr Gerhard Stück um Stück die Tragödie des Abtes Bernhard bis zum grauenvollen Ende: Geführt von Johannes, hatte sich Konrad zunächst die Häuser der Denunzierten angesehen, hatte sogleich berechnet, wieviel Reichtümer der Kirche zufließen mußten, wenn die Angeschuldigten sich als Ketzer erwiesen. Wesentlich besser gerüstet als

am Vormittag, hatte er dann die Besprechung wieder aufgenommen. Gleich seine erste Frage riß den tragenden Stein aus dem Gewölbe, auf dem Abt Bernhard seine Verteidigung aufgebaut hatte.

„Sagtest du nicht, in der letzten Zeit seien fast alle noch zur Beichte gekommen? Was heißt das, ‚letzte Zeit'?"

Ein trauriger Schatten überflog das von manchem Leid zerfurchte, gütige Gesicht des Alten. „Ich sagte Euch schon, Meister Konrad, ich bin betagt, und meine Gedanken verlassen mich hie und da."

„Abt Bernhard!" Konrad bequemte sich nun zur offiziellen Anrede, aber was folgte, klang nicht höflicher, sondern um vieles schneidender. „Eure Gedanken müssen Euch in der Tat recht häufig verlassen! Ich weiß, daß außer acht von den hier Aufgezeichneten seit Jahresfrist keiner mehr zur Beichte kam! Ich will Euch auch sagen, wessen ich sie dringend verdächtige: Ich glaube, ja ich weiß es fast mit Bestimmtheit, sie sind Anhänger der Sekte von Albi geworden. Sie verweigern die Annahme der Sakramente, sie leugnen die Erlösergnade Gottes und behaupten, nur durch sein eigenes Verhalten und Wirken habe der Mensch es in der Hand, dermaleinst in ein besseres Jenseits einzugehen. Daran vermöchten Beichte und Sakramente nichts zu ändern. Ja, diese Verworfenen glauben sogar, des Menschen Seele sei der Wiedergeburt teilhaftig. Je nachdem, ob der Mensch gut oder schlecht gelebt habe, könne seine Seele bei solcher Wiedergeburt aufsteigen, bis sie dereinst die Gefilde der Seligen erreiche, oder aber absinken bis zur Hölle. Sie leugnen also, daß Seele und Leib sich am Tage des Jüngsten Gerichtes wieder vereinigen werden! Denn in welchen Leib soll die Seele zurückkehren, wenn sie deren viele durchwandert hat? Mein treu mir dienender Bruder Johannes, dem von Gott die große Gnade verliehen wurde, Ketzer schon am Gesicht zu erkennen, hat alle diese Menschen aufgesucht, und er weiß: Sie alle sind verdammt. Was habt Ihr hierzu zu sagen?"

Bernhard erkannte, daß diese Worte Konrads das Ende bedeuteten. Müde hob er das gesenkte Haupt. Er hatte es geahnt, lange vorausgesehen, einmal würde auch ihn der unbarmherzige Inquisitor aufspüren. Konrad, der mit Erstaunen bemerkte, wie tief den Klostervorsteher seine Anklage erschüttert hatte, kannte jedoch das Haupt dieser Gemeinde noch nicht, dem es bisher gelungen war, den Spitzel zu entgehen – Abt Bernhard war es selber. Das geistliche Gewand schützte ihn, weil es ihn und damit bisher auch seine Anhänger gedeckt hatte. So ernsthaft er versucht hatte, seine Glaubensbrüder Konrads Zugriff zu entziehen, so wenig war er nun gesonnen, sich feige in den Falten seiner Soutane zu verkriechen. Er wagte noch einen letzten Versuch:

„Gibt es nicht viele Vöglein in unseren Baumgärten und Wäldern, und singen sie nicht alle gleich lieblich und erfreuen unser Ohr, wenngleich ein jedes seine eigene Melodie anstimmt? Wird so nicht Gott auch seine Freude haben an wahrhaft guten und aufrechten Menschen, die ihn auf ihre Weise verehren?"

„Ihr sprecht wahr. Aber Ihr vergeßt eines: Die Singvögel, das sind die, so den rechten Glauben haben. Ihr Lied und Gebet dringen gleich der Musik an Gottes Ohr. die Abtrünnigen aber sind die finsteren Fledermäuse und Eulen, das unheimliche Nachtgetier, welches des Teufels ist und nicht zu Gottes Lob und Preis sein Lied anstimmt."

Bernhard erkannte die Zwecklosigkeit jeder Widerrede. Er richtete sich auf und ließ die Maske fallen.

„Gut denn, so vernimm, Konrad von Marburg, die ganze Wahrheit, denn es ist eines Mannes unwürdig, nicht für seinen Glauben einzutreten, ihn zu verleugnen. Ja, auch ich hänge den Albigensern an. Ja, ich glaube an ihre Lehren, denn wenn ich sehe …"

„Schweige!" gebot Konrad herrisch, überrumpelt durch dies unerwartete Geständnis. Er hatte in Bernhard tatsächlich bisher nur den vergeßlichen Greis vermutet,

unter dessen mangelnder Aufsicht es seinen Schäflein leicht geworden war, sich der Kirche zu entziehen. Das Erstaunen über diese Wandlung mischte sich mit dem Ärger, daß es dem alten Mann gelungen war, sowohl ihn als auch seine Spitzel so lange zu täuschen.
„Nein, Meister Konrad, ich schweige nicht, und Ihr werdet mich anhören!" fuhr die ruhige, feste Stimme unbeirrt fort. „Wenn ich sehe, wie die Fürsten huren, stehlen, das Volk bedrücken und den Bauern ausrauben, dann kann ich mir nicht denken, daß Beichte, Buße und Absolution für dieses Gewürm genügen, um ihren sündigen Lebenswandel auszulöschen und gleich den Gemordeten, Beraubten und Unterdrückten vor Gottes Antlitz Gnade zu finden. Wäre das der Fall, dann wäre Gottes Allgüte nichts weiter als eine Ungerechtigkeit."
„Aus dir spricht der Teufel! Wir sind stark genug, unbotmäßige Priester und schlechte Fürsten selbst zu ermahnen oder zu bestrafen. Das ist seit jeher meines Amtes in Deutschland. Deine Überheblichkeit und Gotteslästerung aber verdienen die härteste Buße."
Er gab zwei jungen Priestern, die ihn liebedienerisch umschwänzelten, einen Wink. „Führt diesen Ketzer vorläufig in seine Zelle! Ihr bürgt mir mit dem Heil eurer Seelen dafür, daß der Unwürdige nicht entkomme. Wir wollen weiter beraten. Versammelt auf morgen alle Angeschuldigten an diesen Platz, damit sie feierlich abschwören und Buße tun oder ihre gerechte Strafe empfangen."
Mochten nun die Angeklagten gute Freunde haben oder Gott sie selbst hatte warnen lassen – die Häscher jedenfalls fanden niemanden mehr zu Hause. So blieb als einziger Abt Bernhard übrig. Da er sich weigerte, seinem Glauben abzuschwören, forderte Konrad von den weltlichen Gerichten seine Bestrafung, nicht ohne ausdrücklich darauf hinzuweisen: „... aber ohne Blutvergießen!" Die Henkersknechte wußten, was diese milde Formel in Wahrheit besagte, und ergänzten ihre Holzvorräte.

Unglücklicherweise aber war das Holz noch zu naß, als sie den Befehl bekamen, den Scheiterhaufen zu errichten. Statt inmitten heller, heißer Flammen, die seiner Qual schnell und barmherzig ein Ende gemacht hätten, starb der Greis eines entsetzlichen langsamen Todes zwischen beizenden Qualmwolken. Man hatte ihm, was Konrad als besondere Gnade verkündete, nur die Füße an den Pfahl geschnürt, die Hände aber freigelassen, damit er sie zum Gebet falten könne, falls er doch in letzter Minute noch Reue empfände und Gott bußfertig um Vergebung anflehen wolle.

Als der Scheiterhaufen entzündet wurde, starrte Konrad von Marburg wie gebannt auf sein Opfer. Immer wieder, wie zum Hohn, ließ er dem Gepeinigten durch den Rauch das Kreuz mit dem Heiland entgegenstrecken. Aber als der Todeskampf einsetzte und der Greis stöhnend und schon fast erstickt zusammenbrach, hatte Konrad nicht den Triumph erlebt, den Ketzer reuig zu sehen. Wohl hatte er ihn verbrennen können, doch als Sieger fühlte er sich nicht. Es war ihm nicht gelungen, einen Widerruf zu erzwingen, und zum ersten Male überkam ihn das Gefühl, daß auch seine Macht nicht ohne Grenzen sei. Es war ein Schmerz, so leise, daß der Verstand es kaum wahrnehmen konnte, sondern ihn nur als eine leichte Unruhe verspürte. Aber das Erlebnis bohrte und schabte in Konrads Seele. Er vermied es, sich näher damit zu beschäftigen, denn nichts haßte er so sehr, wie im Zwiespalt mit sich selbst zu liegen. –

„So also schickten wir ihn zur Hölle, und wir werden seinesgleichen ausrotten, wo immer wir sie treffen!“ beendete Johannes seinen Bericht, und der Triumph loderte aus seinen Augen.

Nur schwer vermochte Gerhard der Bedrückung Herr zu werden. Mit welch einem Untier in Menschengestalt hat ihn der gemeinsame Dienst zusammengekoppelt! Schließlich brach es aus ihm heraus: „Du bist kein

Mensch, sondern ein Werwolf, ein Vampir, der nur leben kann, wenn er das Blut anderer trinkt! Gewiß, der Meister ist streng, muß Strenge walten lassen um der wahren Lehre willen, du aber bist sein böser Geist und treibst ihm aus Mordgier die Opfer zu!"

Johannes horchte auf. „O heilige Einfalt", erwiderte er spottend, „du unterschätzt den Meister. Oder –?" Er kniff das blinde Auge zu und richtete das andere prüfend auf Gerhard, indem er boshaft bemerkte: „Wenn man dich so hört, könnte man fast glauben, du selbst ..."

„Dummes Geschwätz!" brummte der andere. „Such dir deine Ketzer, wo du willst, sonst reden wir ein anderes Wörtchen miteinander, du jämmerlicher Krüppel. Hierzulande sind die Bergpfade so steil und die Wälder so verschwiegen, daß schon mancher in die Irre ging und kein Hahn mehr nach ihm krähte." Gerhard reckte seinen breiten Rücken und ballte spielerisch die Fäuste.

Ihn sich zum Feind zu machen war nicht ratsam. Eilfertig lenkte Johannes ein: „Laß gut sein, Bruder. Schau dort vorn, wir sind am Ziel!"

Tatsächlich, der Pfad wurde breiter, und das wuchtige Außentor der Wartburg trat ins Blickfeld. Die beiden setzten sich in Trab und eilten dem Mann auf dem Esel nach, ergriffen rechts und links die Zügel des Grautiers, auf daß sich der Einzug des Magisters Konrad mit einiger Würde vollziehe.

Trotzdem verlief die Begrüßung von seiten des Burgvogts knapp und nüchtern. Geistliche liebte Herr Gottfried nicht sonderlich und schon gar nicht die asketischen Eiferer vom Schlage dieses hageren Pfaffen. Den Gast abzuweisen stand zwar nicht in seiner Befugnis, aber er gönnte ihm nur wenige Worte, befahl dem Stallknecht, den Esel zu versorgen, und gab einem Knappen Auftrag, dem Reiter den Weg zur Unterkunft zu weisen. Unauffällig wie Schatten folgten die Mönche ihrem Herrn.

Kaum hatten sie das Zimmer betreten, als Konrad auf einen Strohsack in der Ecke wies: „Legt euch dorthin, schlaft!“ Er wollte ungestört sein. Noch war er mit seinen Gedanken nicht zu Ende. Die Fackel im eisernen Halter streute Funken auf den Fußboden. Geistesabwesend zertrat er die Glut mit den Sandalen.
In Eisenach wurde jetzt der Unrat von den Straßen gefegt und zu den Säuen in den Hof hinterm Hause geworfen. Hier oben auf der Burg und unten in der Stadt scheuerte man die Fußböden, bestreute sie mit frischen Blättern und Blumen. Überall wurde gebacken und gebraten. Seit Tagen waren die Jäger des Landgrafen unterwegs, der Landgraf oft mitten unter ihnen, um das Wild für die Festtafel zu erlegen. Wochenlang hatten Lehnsleute und Bauern Getreide, Schlachtvieh, Honig, Früchte, Leinen und Wolle auf die Burg schleppen müssen, um alles zum Fest zu rüsten.
Dieses Fest! Konrad bereitete es seit Tagen schon Unruhe. Er kannte Ludwig, und er hatte auch mancherlei schon über Elisabeth erzählen hören. Sie waren ohne Zweifel beide fügsame Kinder der alleinseligmachenden Kirche; Elisabeth sollte sogar sehr fromm sein. Würde aber Ludwig, der Freund des Kaisers, als verheirateter Mann und Gatte einer Königstochter nicht andere Hausmachtpläne hegen, als die Kirche es wünschte? Vor allem, wenn er Vater von Söhnen werden sollte! Konrad verzog den Mund, man hatte ihm die vierzehnjährige Elisabeth als außerordentlich zart, ja zerbrechlich geschildert. Es war also nicht anzunehmen, daß sie sofort Kinder empfangen könne und werde. Aber trotzdem galt es, auf der Hut zu sein. Man durfte keinesfalls die beiden Gatten sich zu fest miteinander verbinden lassen. Man mußte auch darauf achten, daß die Spannungen zwischen dem Landgrafen und seinem Lehnsadel erhalten blieben. Da war zum Glück auch noch Heinrich Raspe! Zwei sich im Alter so nahestehende Brüder an einem Fürstenhof bürgten stets dafür, daß sich zwei Parteien

herausbildeten. Heinrich Raspe war ehrgeizig. Man mußte ihn nur klug ins Spiel bringen.
Recht betrachtet, war das Ganze ein Schachspiel. Schwarz und Weiß standen sich auf dem Brett gegenüber. Man mußte sie nur kunstvoll Zug um Zug gegeneinander bewegen, damit – das war selbstverständlich – am Ende Schwarz den Sieg davontrug. Denn dem schwarzen König, dem einstigen Confrater in Avignon und jetzigen Kardinal Ugolino, war man verpflichtet, und der Lohn würde nicht ausbleiben, wenn der Kardinal aus dem nächsten Konklave als Vater der Christenheit hervorging. Heinrich Raspe versprach ein wendiger Springer auf dem Feld der Schwarzen zu werden. Wie aber stand es um die Gegenpartei? Zweifellos verfügte auch sie über starke Kräfte. Da war vor allem Friedrich II., seit Jahresfrist Kaiser des Heiligen Römischen Reiches Deutscher Nation und König von Sizilien. Mit seinen Herrschaftsgebieten hielt er den Kirchenstaat von Norden und Süden in der Zange, so lange wenigstens, als ihm die deutsche Ritterschaft ergeben war und nicht hinter seinem Rücken einen anderen Kaiser wählte. Der Landgraf von Thüringen aber war des Kaisers getreuer Freund, und an diesem Punkt blieb der Verlauf der Partie vorerst völlig offen. Man mußte prüfen, wie Ludwig und vielleicht auch sein junges Weib im Dienst der Kirche zum Zuge kommen konnten, und schon bald mußte man sich darüber die notwendige Klarheit verschaffen.
In einem Winkel der Zelle lagen Kienspäne. Konrad holte einen hervor und steckte ihn in den Halter über dem Tisch. Aus einem Steintopf ließ er sich kaltes Wasser über Nacken und Kopf laufen; langsam trank er einige Schlucke und streckte sich dann auf seinem Lager aus. Er schlief nicht, aber er verstand im Wachen alles Denken auszuschalten und sich so in kurzer Zeit völlig zu entspannen. Kaum die Hälfte einer Stunde brauchte er als Ruhepause. Dann war er wieder munter. Die

Abendkühle strömte erfrischend durch die Fensteröffnung. Konrad erhob sich, setzte den Span in Brand und begann in seinem etwas schwerfälligen Latein aufzuschreiben, was er mit dem Landgrafen über die Besetzung geistlicher Ämter in Thüringen besprechen wollte. Das war der erste Prüfstein.
Hörnerklang und Waffenlärm erschollen im Burghof. Die Jäger kehrten zurück. Konrad beendete seine Niederschrift. Er beugte sich über den Strohsack, auf dem seine Begleiter ruhten. Gerhard lag gelöst, er schlief den Schlaf des Gerechten. Anders Johannes. Seltsam verknäult, den Kopf nach oben gewendet, als müßte er auch jetzt noch auf etwas lauschen, schlummerte er nur oberflächlich und war sofort wach, als Konrad sich zu ihm herunterneigte: „Johannes, bestelle dem Landgrafen, ich sei bereit, mit ihm zu sprechen."
Schnell und geräuschlos erhob sich der Mönch. Er wußte ebensogut wie Konrad, daß der Landgraf soeben erst von der Jagd heimgekehrt war. Zwar hatte er schon oft erlebt, wie fügsam die Menschen in Meister Konrads Händen wurden. Wie aber würde der Fürst auf die späte Störung antworten?

Ludwig schlief schon wie ein Bär. Eine anstrengende Hatz lag hinter ihm. Der Teufel hätte ihn forttragen können, er hätte es nicht bemerkt. Noch viel weniger vernahm er die respektvollen Worte seines Knappen, der ihm meldete, ein Mönch wünsche ihn zu sprechen. Erst nach wiederholten Versuchen des Jungen fuhr der Schläfer hoch.
„Warum störst du mich? Ist etwas geschehen?"
„Landgräfliche Gnaden, Meister Konrad schickt nach Euch. Er sei jetzt bereit, einiges mit Euch zu verhandeln."
„Reitet dich der Satan? Deswegen weckst du mich aus dem ersten Schlaf!" Der Zorn machte den Landgrafen nun vollends wach.

„Verzeiht dem Knappen. Er wollte Euch nicht wecken. Ich befahl es, denn Meister Konrad läßt Euch rufen", sagte da eine sanfte, ölig klingende Männerstimme.
„Mich rufen lassen?! Wenn hier Befehle erteilt werden, dann erteile ich sie meinem Knappen selbst. Merke dir das, wenn du auf der Burg wohnen bleiben willst, solange dein Herr hier weilt." Das klang scharf und endgültig.
Aber die demütige Stimme ließ sich nicht abweisen. „Bedenkt, Landgräfliche Gnaden, wer nicht zu jeder Stunde bereit ist, den wird Gott nicht erhören, so er ihn in der Not anruft."
Mit einer kurzen Handbewegung schnitt Ludwig jedes weitere Wort ab. Hatte bis jetzt der müde Jäger grob gepoltert, so sprach nun kalt und höflich der Herrscher:
„Die Stunde ist unpassend für geistliche Gespräche. Richte deinem Herrn aus, wenn ihn die Schlaflosigkeit plagt, so möge er sich des Weinkellers erinnern, das wird ihm helfen."
Der Mönch ärgerte sich weidlich über den Hohn. In ihm stritten Hochachtung vor dem Fürsten, der es wagte, sich einer Aufforderung Meister Konrads zu entziehen, und Zorn, fortgejagt worden zu sein. Solches war ihm noch nicht vorgekommen! Ihm, Johannes, der die Gabe besaß, die Ketzer schon am Gesicht zu erkennen! Ihm, den alle fürchteten, weil er die Irrgläubigen dem Gericht seines Herrn auslieferte!
Da Konrad von seinen Begleitern stets die wortwörtliche Wiedergabe aller Gespräche verlangte, die in seinem Namen geführt wurden, berichtete der getreue Johannes auch dies, als er das Ergebnis der Unterredung meldete. Konrad wurde bleich vor Wut. Am liebsten hätte er sofort die Burg verlassen. Aber er hätte Aufsehen erregt und damit seiner Sendung nichts genutzt. Er war Diener der Kirche. Sie befahl. Konrad schwieg.
Aber Johannes wußte: Diese Nacht blieb dem Landgrafen unvergessen. Er kannte seinen Herrn.
Noch ein zweites Mal mußte er sich in dieser Nacht auf

den Weg machen. Diesmal, um der Fürstin Elisabeth melden zu lassen, daß Meister Konrad für sie bereit sei, falls sie es wünsche. Auch sie schlief fest. Aber als ihre Frauen sie weckten, nahm sie die seltsame Aufforderung nicht als Störung ihrer Nachtruhe, sondern als Gnade. War es doch Gott selbst, der sie durch den Mund seines Dieners rufen ließ! „Ich will die Gelegenheit nutzen, einmal bei Meister Konrad zu beichten. Pater Berthold aus Reinhardsbrunn, der sonst meine Sünden entgegennimmt, ist stets so milde und freundlich. Selten findet er an mir zu tadeln; die Bußen, die er mir auferlegt, sind sehr leicht zu erfüllen. Ich fürchte, ich könnte dabei überheblich werden und selbst wähnen, ich sei ohne Fehl und Tadel ... Am Vorabend meiner Hochzeit will ich meine Seele vor einem so frommen und strengen Priester, wie es der Meister Konrad ist ausbreiten. Er wird mir sagen, wo ich gefehlt habe. Und so kann ich morgen rein und geläutert in den heiligen Stand der Ehe treten."
Sie streifte ein einfaches Gewand über und lief durch den Burghof in die Kapelle. Vor dem Altar sank sie in die Knie.
„*In nomine patris et filii et spiritus sancti.* Amen. Knie nieder!" Konrad sagte die gebräuchliche Formel gedankenlos herunter. Zu spät bemerkte er, daß Elisabeth bereits zu seinen Füßen lag. Ein Grund, sich abermals zu ärgern. Während ihn der Bräutigam höflich zum Teufel schickte, warf sich die Braut aus freien Stücken vor ihm in den Staub. Welch ein seltsames Mädchen! Elisabeth hob den Kopf und erschrak. Zwei harte blaue Augen fraßen sich in ihr Herz, als wollten sie dort jeden Winkel erkennen. Sie konnte nicht standhalten und senkte den Blick. Sie wollte ihre Demut durch einen Handkuß beweisen, aber nun hielt sie irgend etwas davor zurück, die große Hand mit den Adern und Sehnen zu berühren, die so unbewegt an der massigen Gestalt herunterhing und ihr nicht ein winziges Stückchen entgegenkam. So fiel der Handkuß nur sehr flüchtig aus.

„Hoffärtig und heuchlerisch wie alle Frauen", dachte Konrad, und ihre nächsten Worte schienen ihm dies noch zu bestätigen.
„Ich bin eine große Sünderin. Vergebt mir."
„Du solltest wissen, daß nicht ich dir vergeben kann, sondern nur Gott. Er bedient sich meiner, um durch meinen Mund zu sprechen. Nun beichte deine Sünden, doch verfalle nicht in die Sünde der Heuchelei." Das junge Mädchen schwieg lange, und Konrad hatte Muße, sie zu betrachten. Je länger er sie ansah, desto mehr wünschte er, diese Begegnung möge nicht die einzige bleiben. Wie sie da kniete, klein und zart, mit einer Neigung des Hauptes, deren rührende Schüchternheit eine Augenweide war, befiel den Mann eine seltsame Erregung. Gegen die lauten, schamlosen Weiber konnte man sich mit strengen Worten wehren, konnte ihnen vorhalten, daß man Mönch sei. Gegen diese mit Anmut gepaarte Unterwerfung aber war kein Schelten möglich. Was hätte er sagen sollen? Daß er ihr nichts vorwerfen konnte, machte ihn hilflos, zornig auf sich selbst, und seine Hilflosigkeit drängte ihn zu brutaler Gegenwehr. „Du schweigst!" grollte er. „Verfalle nicht in die Sünde der Überheblichkeit, weil du dich sündenfrei glaubst!"
Wie sollte man es ihm nur recht machen? Elisabeth wurde immer ängstlicher. Meister Konrad war wirklich sehr streng, aber er tat ihr unrecht. Sie schüttelte unmerklich das Haupt.
„Nein, meine Sünde ist groß. Ich lebe in Glanz und Reichtum, bin unsagbar glücklich. Ich liebe meinen zukünftigen Gatten von ganzen Herzen, und er liebt mich."
Konrad horchte auf. Das Geständnis kam so unerwartet, so eindeutig, daß er seine Verwirrung nur mit Mühe verbergen konnte.
„Ist das nicht eine große Sünde gegenüber den Menschen, die in Armut und Elend leben?" beendete die

noch kindlich helle Stimme ihre Selbstanklagen. Hier war nun schon eher die Möglichkeit zu priesterlicher Vermahnung geboten.
„Deine Sünde ist die Sünde aller Reichen. Dafür erwartet sie einst das Fegefeuer. Statt sich mit ihrem eigenen Besitz zu begnügen, entziehen sie den Klöstern noch Land, um sich zu bereichern."
In Elisabeths Antlitz schoß die Röte. Sie spürte genau: das zielte auf Ludwig. Sie erschrak so heftig, daß sie sich kaum darüber wunderte, woher Konrad das wissen könne.
„Was aber soll ich tun?" fragte sie beschämt.
„Alle Dinge, die du sinnlich geliebt und begehrt hast, mußt du verachten und hassen. Wenn du damit angefangen hast, wird alles, was dir ehedem süß und lieblich erschien, unerträglich und bitter für dich sein. Und alles andere, was du früher verachtet hast, wird dir zu großer Süßigkeit und überschwenglicher Freude werden! Sei demütig gegen Gott! Liebe deine Nächsten! Diene Gott, und liebe Gott mehr als die Menschen und den Reichtum! Bedenke, daß es auch eine Sünde ist, sein Herz zu sehr an die Menschen zu hängen. Und vor allem, meide die Sünden des Fleisches!"
Es war Elisabeth, als zerrte eine grobe Hand an ihrem Herzen, das so zögernd in dem ihr fremdartigen Thüringen heimisch geworden war. Nun sollte sie sich dieses Glückes nicht freuen dürfen, damit ihre Seele sich nicht zu fest mit dem irdischen Leben verband, sondern seine Heimstatt nur in Gott suchte. Das tat weh, So weh, daß sie erschauerte.
Was Konrad von ihr verlangte, hätte keinem anderen Menschen am Thüringer Hofe Kopfzerbrechen gemacht. Ein Lippenbekenntnis, ein Kerzenopfer – damit wäre die Sache erledigt gewesen. Elisabeths hilflose Seele jedoch ward in das Netz unlösbarer Gewissensqual verstrickt. Wie sollte sie Ludwig, den sie mehr als sich selber liebte, nun weniger lieben können? Sie wollte Gott die-

nen mit aller Hingabe. Aber man kann der Liebe nicht befehlen, zu schwinden oder zu wachsen, man muß sie hinnehmen. In dieser Stunde erkannte Elisabeth, in ihrem Herzen würde für immer Ludwig noch über Gott stehen. Sie sah, daß sie ein ganzes Leben lang werde sündigen müssen, denn sie kannte keine andere Wahl.

„Wollt Ihr mich leiten, ehrwürdiger Vater?" fragte sie zaghaft; dies schien ihr jetzt der einzige Ausweg. Die Worte verschwebten kaum hörbar in der dunklen, stillen Kapelle.

„Helft mir, meine Sünden zu überwinden. Zeigt mir den Weg, wie ich ein Gott wohlgefälliges Leben führen kann. Allein bin ich zu schwach. Ich bedarf Eurer Stütze."

In Konrad wuchs der unbezähmbare Wunsch, die Seele dieses eigenartigen Mädchens nach seinem Willen zu formen und zu biegen. Die Vierzehnjährige würde in seinen Händen wie weiches Wachs sein. Noch steckte sie im Alter kindlichen Überschwanges und religiöser Schwärmerei. Unter seiner Anleitung würde sie das Leben einer Heiligen führen, während sie sonst an diesem prunkvollen Hof, jung, ungefestigt in ihren Ansichten und leicht beeinflußbar, in kurzer Zeit dem ritterlichen Treiben verfallen mußte, das seiner Meinung nach nichts war als eitler Glanz und Schwelgerei. Doch erwartete Rom von ihm nicht weit mehr, als daß er aus einer deutschen Fürstin eine Heilige machte?

„Folge den Geboten Gottes! Wie könnte ich, der ich nur sein Diener bin, dich besser leiten als er! Auch rufen mich für diesmal wichtigere Aufgaben wieder von hier fort. Aber ich werde zurückkehren. Es wird der Tag kommen, da wird Gott dir Opfer auferlegen. Sieh, daß du dann bereit bist, wenn sein Ruf zu dir dringt."

Hastig entfernte sich der Priester, als müsse er sich vor einem schwelenden Brand in Sicherheit bringen, der unversehens sein geistliches Gewand in Flammen setzen könne. Kaum daß er dem Beichtkind noch eine Buße auferlegte; Elisabeth sollte noch vor der Trauung sechsmal den Rosenkranz auf den Altarstufen kniend beten.

Erst gegen Morgen fanden die Mägde sie so: kniend, die Hände gefaltet, im Halbschlaf.

Man hob die Willenlose auf.

III

Zwischen Traum und Wachen ließ sich Elisabeth aus der Kapelle über den Burghof in ihr Gemach führen. Schon beim Auskleiden schlief sie ein, und am hohen Vormittag schlummerte sie noch immer. Guta und Eisentraut, die mit den Brautgewändern an ihr Bett traten, mußten sie wecken.
Aus den Geschenken, die König Andreas von Ungarn seiner Tochter zum Hochzeitstag sandte, hatte Elisabeth ein hauchzartes Hemd von gelber Seide gewählt, dazu ein grünes Oberkleid. Smaragde, Silber- und Goldplättchen zierten den Gürtel und den tiefen Brustausschnitt des Gewandes. Schwarz wie Elisabeths Haare und Augen war der Mantel, außen mit goldenen Stickereien, innen mit Hermelin verziert. Eine schwere Goldspange schloß ihn am Hals. Ludwig hatte ihn eigens als Brautgeschenk anfertigen und ihn ihr zusammen mit anderem kostbarem Schmuck überbringen lassen. Elisabeth war so vertieft in den Anblick der prächtigen Gewänder und Geschenke, daß sie vorerst für den anderen Teil ihrer Morgengabe, ein großes Gut in Nordthüringen, keinerlei Interesse zeigte. Als Kind hatte sie der Mutter mancherlei Verschönerungskünste abgesehen, denn Frau Gertrud hatte es stets verstanden, ihre natürlichen Reize klug zur Geltung zu bringen. Nun Elisabeth heranreifte, nutzte sie solche Kenntnisse und probierte ihre Wirkung aus. Ludwig liebte das, und seine Freude, sie so geschmückt zu sehen, machte ihr Lust, sich für ihn schön zu kleiden.

Das Feierlichste an dieser Ankleidezeremonie kam am Schluß: Zum ersten Male sollten ihre Haare aufgesteckt und unter der Frauenhaube geborgen werden. Die Schwiegermutter erschien mit einem Gefolge adliger Damen, um dieser Handlung das rechte Gewicht zu verleihen. Guta und Eisentraut lösten die langen Flechten, kämmten und bürsteten sie, bis sie wie ein glänzendes Tuch um Elisabeths Hals und Schultern lagen. Dann wurden mit farbigen Seidenschnüren zwei Zöpfe daraus geflochten und um den Kopf herum festgesteckt. Sophie selbst legte ihr den Frauenschleier um die Stirn. Elisabeth faßte nach ihrer Hand und küßte sie.

„Ich danke Euch für alles", sagte sie leise und herzlich. „Seit ich hier lebe, seid Ihr mir eine zweite Mutter gewesen. Glaubt mir, für mich bleibt immer nur Ihr die Landgräfin von Thüringen. Geht nicht ins Kloster! Ich habe sagen hören, Ihr wolltet nach unserer Hochzeit bei den Zisterzienserinnen von St. Katharina in Eisenach eintreten. Ich aber eigne mich nicht zur Fürstin. Immer will ich Ludwig eine gute, gehorsame Frau sein; eine Herrscherin werde ich wohl nie. Ich bitte Euch, bleibt bei uns."

Sophie lächelte kaum merklich. So hatte schon manche Schwiegertochter gesprochen und es dann kaum erwarten können, bis die Mutter des Gatten den Hof verließ. Sophie war zu stolz, zu bleiben, bis man ihr zu verstehen geben könnte, daß sie entbehrlich sei. Suchte jemand ihre Hilfe, so wurde sie gern und ohne Zögern gewährt – doch man mußte darum bitten. Die Landgräfin-Mutter wußte, daß Elisabeth noch ohne jede Erfahrung war. Also war es ratsam, die junge Landgräfin auf eigene Füße zu stellen. Wenn sie den Anforderungen nicht ausweichen konnte, würde sie gewiß schneller in ihre neuen Pflichten hineinwachsen.

Sophie legte den Arm flüchtig liebkosend um Elisabeths Nacken. „Das ist sehr lieb von dir gesagt, und dir glaube ich es auch, daß es ehrlich gemeint ist. Doch vertraue meiner Entscheidung, es ist alles reiflich bedacht. Das

Kloster in Eisenach ist nahe; du kannst dir immer Rat bei mir holen. Und nun komm, es ist soweit." Sophie küßte die Braut auf die Stirn. „Gott mit dir, mein Kind!"
Ludwigs jüngste Schwester Agnes krauste das Näschen. Gleichaltrig mit Elisabeth, mißgönnte sie es ihr insgeheim, daß sie schon verheiratet wurde und künftig dem Herzen des Bruders am nächsten stehen sollte, dem Bruder, den Agnes von jeher mit kindlicher Leidenschaft bewundert hatte. Als wollte sie der anderen an diesem Tage den schuldigen Glückwunsch nicht vorenthalten, eilte sie lächelnd auf Elisabeth zu, aber die Worte, die sie der Braut rasch zuflüsterte, waren blanker Hohn: „Schwägerin, so Ihr nun dem Herrn Landgrafen, meinem Bruder, ehelich verbunden werdet, geziemt es Euch wenig, wenn Ihr Euch gleich einer Betschwester aus den Häusern der Beginen demütig duckt und in Andacht verzehrt. Solches wird Ludwig nicht mögen. Er wünscht zu seiner Seite eine Fürstin und …"
Schon wurden die Frauen aufmerksam. Ein Zwischenfall? Rasch trat Agnes in den Kreis zurück. Der Pfeil hatte getroffen. Doch Elisabeth beherrschte sich und schwieg. Mit freundlichem Lächeln erhob sie sich sogleich, als der Zug sich ordnete. Voran schritt Sophie und führte ihre Schwiegertochter an der Hand. Es folgten alle übrigen Frauen streng nach Rang und Alter.
Überall in der Burg begegnete man Gästen, die ehrfürchtig grüßten. Noch einmal hatte der Landgraf zusammen mit den Hochzeitsgeschenken auch alle die Gaben zur Schau gestellt, die Elisabeths Gefolge einst von Ungarn mitgebracht hatte. Zwischen den vielen Neugierigen hindurch konnte man im Vorbeigehen einen Blick darauf werfen. Mitten unter den goldenen, silbernen, von Edelsteinen glitzernden Schalen und Krügen, zwischen Schmuckstücken, Kleidern und allerlei Kleinodien standen die silberne Wiege und das silberne Badekübelchen, die einst dem Kind Elisabeth gehört hatten. Als ihr Blick auf die vertrauten Gegenstände aus der Heimat fiel,

erwachte Heimweh in Elisabeth. Niemand von ihren Verwandten war zur Hochzeit gekommen. Vater und Geschwister scheuten die lange Reise, die Mutter weilte nicht mehr unter den Lebenden.
Es war gut, daß in diesem Augenblick Graf Meinhart von Mühlburg und des Fürsten Erbschenk, Herr Rudolf von Vargila, der Braut entgegentraten. Beide hatten einst das vierjährige Kind in Ungarn abgeholt, um es nach Thüringen zu geleiten. Mit ihrem Ritterwort hatten sie sich bei König Andreas für Glück und Wohlergehen der Tochter verbürgt. Zehn Jahre lang hatten sie ihr Versprechen getreulich gehalten, auch dann, als am Hofe böse Zungen die künftige Eheschließung zu hintertreiben suchten und dafür warben, dieses fremde kleine Wesen wieder nach Ungarn zurückzuschicken. Heute, am Tage der Hochzeit, wurden die beiden Ritter ihres Eides entbunden, und es oblag ihnen als letzte Pflicht, die Braut dem Fürsten zuzuführen. Von Graf Meinhart und Herrn Rudolf an den Händen gehalten, schritt sie Ludwig entgegen. In seinem Blick las sie Bewunderung und Freude. Ihr Glück verwirrte sie, so daß sie kaum imstande war, ihren beiden Beschützern mit ein paar Worten für die väterliche Treue und Fürsorge zu danken.

Im großen Saal der Burg bildete sich am späten Vormittag der eigentliche Hochzeitszug. Jetzt schritt Ludwig voran, Elisabeth an der Hand. Ihm folgten seine beiden Brüder Heinrich Raspe und Konrad, in ihrer Mitte die Landgräfin-Mutter Sophie. Voll Stolz blickte sie auf ihre drei Söhne. Dem Hofleben zu entsagen fiel ihr nicht schwer. Sie hatte eine gute, glanzvolle Zeit genossen. Nun war sie alt und sehnte sich nach Ruhe. Mochten andere nach ihr sich am höfischen Treiben erfreuen. Doch sie wußte im tiefsten Innern, daß man bei ernsten Entscheidungen ihres Rates bedürfen werde. In Wirklichkeit würde sie die wahre Herrin der Wartburg sein, solange sie lebte. Bis zum heutigen Tag hatten ihre beiden älte-

sten Söhne alle wichtigen Maßnahmen und Ereignisse mit ihr besprochen. Bei Elisabeths verträumter Gemütsart mochte das wohl so bleiben.
Der Fürstenfamilie folgten die Herren des Hofstaates samt allen übrigen Gästen aus nah und fern, danach die Edeldamen, Frauen und Töchter aus dem Adel des Landes. Den Abschluß bildeten Knappen und Edelknaben. Als der Zug aus dem Tor des Palas trat, wurde er vom Geschmetter der Fanfaren begrüßt. Aus dem Tal dröhnten die Glocken von den Eisenacher Kirchtürmen herauf und stimmten in das jubelnde Getöse ein. Elisabeth verzog unmerklich das Gesicht. Sie glaubte, ihre Ohren müßten springen, so gewaltig war der Lärm, während sie den Burgberg hinunterzogen. Der Weg war dicht gesäumt von Menschen. Jubelrufe zwangen sie, bald hierhin, bald dorthin freundlich zu grüßen und für die Blumen zu danken, die vor ihren Füßen gleich einem bunten Regen niederfielen.

Fast bedrückend wirkte dagegen die Stille der Katharinenkirche. Sonnenschein, Fanfaren und Glockenklänge blieben zurück, als die Türen sich schlossen. Für Augenblicke wurde Elisabeth von dem Gedanken gepeinigt, man hätte sie ganz allein gelassen. Da spürte sie die Hand des Landgrafen. Der warme, feste Griff, mit dem er ihre kalten Finger umfaßte, beruhigte sie. Angstvoll wie ein Kind klammerte sie sich fest. Immer, seit sie in Thüringen Heimstatt gefunden hatte, war Ludwig da, wenn sie sich unsicher oder einsam fühlte, auch damals schon, als sie vor zehn Jahren in Eisenach einzog. Sie wollte an der Stadtgrenze unbedingt das Pferd besteigen, um ihrem Verlobten zu zeigen, daß sie kein kleines Kind mehr sei. Ihr Schimmel ging an Ludwigs Seite. Man warf ihnen Blumen zu; Hochrufe ertönten. Doch als das Fanfarengeschmetter einsetzte, begann der Schimmel nervös zu tänzeln. Der Edelknabe, der ihn am Zaume führte, wurde seiner nur mit Mühe Herr. Die Kleine ward arg hin und her geschüttelt. Unsicher und ängstlich klammerte sie sich am Sattelknauf fest. Ganz schief hing sie zuletzt auf dem Pferderücken. Da beugte sich Ludwig freundlich zu ihr hinüber und setzte sie wieder zurecht. Er blieb mit seinem Braunen dicht an ihrer Seite, um sie zu stützen. Willig und vertrauensvoll überließ sich Elisabeth seiner Führung. Seit dieser Stunde bewunderte sie ihn und hatte sich daran gewöhnt, vor allem, was sie schreckte, bei ihm Schutz zu suchen …

Feierlich einsetzender Chorgesang rief die schweifenden Gedanken in die Kirche zurück. Aber die Handlungen der Messe, Kerzenschein und Weihrauchschwaden, die Zeremonie der Trauung zogen wie ein unwirkliches Schauspiel an ihr vorüber. Der Anblick der silbernen Wiege hatte Erinnerungen in Elisabeth geweckt, die sie längst versunken glaubte. Nun vermochte sie sich nicht davon zu lösen. Als des Landgrafen Beichtvater, Pater Berthold, die heilige Handlung beendet hatte und das junge Paar von Glückwünschenden umdrängt war, trat auch Konrad von Marburg herzu. Seine Worte gruben sich tief in ihr Bewußtsein. Plötzlich war wieder etwas von der eben verflogenen Angst da. Der Mönch sprach von der Sünde des Fleisches mehr als vom Glück des Ehestandes. Sie schauderte. War es nicht Pflicht der Ehegatten, einander anzugehören, und vor allem Pflicht einer Fürstin, ihrem Manne zahlreiche Kinder zu schenken? Hatte ihr nicht Ludwig vorhin erst zugeflüstert, er freue sich schon darauf, viele gesunde Söhne und Töchter in der silbernen Wiege liegen zu sehen?

Verständnislos suchte die junge Frau den Blick des Predigers. Die Augen, die sich in sie hineinbohrten, waren nicht milde und liebevoll. Kühl waren sie wie der blaue Stahl, stechend wie Schwertspitzen. Elisabeth fröstelte. Erst als im gleichen feierlichen Zuge die Burg wieder erreicht war, schwand nach und nach das Unbehagen.

Hier hielt die ernste und weihevolle Stimmung nicht länger an. Nach einem überreichlich bemessenen Imbiß traten die Mannen des Landgrafen und die Ritter der Umgebung zu Paaren in den Ring. Sie ließen sich von den Frauen im Schwertkampf bewundern. „Vielleicht hätte man doch lieber alle sechs Festtage unten im Steingrafenhof in Eisenach begehen sollen!“ überlegte Ludwig. „Der Burghof hier oben ist sehr eng und abschüssig. Man kann keine Reiterspiele veranstalten. Und ein Fest ohne Reiterkämpfe gilt heute nur noch halb.“ Ein Lächeln kräuselte seine Lippen. Die beiden letzten Tage der Hochzeitsfestlichkeiten jedenfalls würden in Eisenach gefeiert werden, und er glaubte, daß seine schaulustigen Gäste dann voll auf ihre Kosten kämen. Nicht nur, daß er prachtvolle Reitpferde dafür wollte satteln lassen. Der Tjost versprach diesmal ganz besonders spannend zu werden, denn alle würden ihre Ehre darein setzen, den ersten Preis zu erringen, wenn bekannt wurde, worin der bestand. Ludwig schmunzelte, er kannte seine Ritter, darum hatte er sich für den Gewinner etwas ganz Besonderes ausgedacht: eine vollständige Rüstung, sehr kostbar, für Roß und Reiter, ein junges feuriges Pferd aus guter Zucht und ein bildschönes, sechzehnjähriges Mädchen.

Die junge Fürstin bezeigte wenig Anteilnahme an den Kampfspielen. Sie liebte sie nicht, weil das Schwertgetöse ihr Angst machte. Besser gefielen ihr die Künste der Gaukler, die in grotesken Sprüngen durch den Burghof tollten, Räder schlugen und bald auf den Füßen, bald auf den Händen liefen. Sie hatte ihr helles Vergnügen daran, wie die buntscheckigen Kerle zwischen den Gästen umhertobten, sie foppten und ihre Späße trieben.

Sänger und Erzähler lösten die fahrenden Gaukler ab, Minnelieder priesen die Tugend schöner Frauen, und Heldengedichte lobten ritterliche Kühnheit. Als letzter trat ein fahrender Sänger in den Kreis. Beifall grüßte ihn. Herr Heinrich von Veldeke war auf der Wartburg gut bekannt und schon zu Zeiten des Landgrafen Hermann ein

gern gesehener Gast. Der Sänger verneigte sich vor dem Landgrafenpaar.
Das Haar fiel ihm in langen, dunklen Locken auf die Schultern. Dunkelblau strahlten seine Augen. Es gab nur wenige Frauen, die nicht sofort an Herrn Heinrich dachten, wenn von schönen Männern die Rede war.
Er setzte seine Fiedel an und ließ den Bogen über die Saiten streichen. Zarte Töne entlockte er dem Instrument, bald voll überschäumender Lust, bald durchwoben von sehnsüchtigem Begehren. Es klang, als sprächen zwei Liebende miteinander, sich rufend, lockend, Antwort gebend mit leiser Neckerei. Nach diesem Auftakt ließ Herr Heinrich den Bogen sinken.
„Laßt mich nun ein Lied singen zum Preise der edlen Frau, die ich liebe, und zum Preise aller Frauen, denen ritterliche Minne gebührt." Er verbeugte sich abermals vor Elisabeth und stemmte die Fiedel gegen die Schulter. Schon bei den ersten Klängen des Liedes verstummten nach und nach Geplauder und Gelächter. Nicht umsonst sagte man Herrn Heinrich von Veldeke nach, er besitze eine herrliche Stimme.

„Wüßt ich, ob es auch blieb verschwiegen,
Dann ließe ich euch sehen meine liebe Frauen.
Wer mitten entzwei bräche mein Herze,
Der würde sie gar schön darin erschauen."

Nicht nur diejenigen Herren und Damen, die den Minnedienst noch mit voller Hingabe übten, bekamen verträumte Augen, als die Melodie ertönte, auch die Graubärte unter den Gästen schauten plötzlich mit zärtlichen Blicken auf ihre schon matronenhaften Ehehälften, deren Blüte längst dahingeschwunden war.
Die Weise änderte sich, leise Verhaltenheit wurde abgelöst von girrenden, zirpenden Tönen. Mit einer leichten Schulterbewegung rückte Heinrich den Mantel zurecht. Nicht umsonst hatte er diese Geste oftmals geübt, bis sie so lässig und graziös wirkte, wie er es wünschte, und bis

auch das kostbare Pelzfutter recht zur Geltung kam, das ihm einst der Kaiser selbst für ein besonders schönes Spiel geschenkt hatte.

„Sie kam durch die Augen
Ohne Tür gegangen,
Und sitzt darin
Ewiglich gefangen!"

endete der Sänger das Lied. Es blieb lange still, und es schien, als klinge die Weise zwischen den Mauern leise weiter. Ludwig sah Elisabeth an, und sie wußte bei diesem Blick selbst nicht, wen sie jetzt weit fort wünschen sollte: ihn – oder lieber alle Gäste, damit sie ganz allein mit ihm bleiben könnte.

Da endlich wurde die Stille von lautem Beifall durchbrochen. Alle wollten mehr hören.

Ehe jedoch dieser Wunsch erfüllt werden konnte, zeigten sich auf dem Weg zur Burg neue Gäste. Es waren etliche Ritter, die ein seltsames, von vier Pferden gezogenes Wägelchen begleiteten. Es war wie ein riesiger Vogelkäfig gebaut. Die Pferde schienen sich vor diesem Karren zu fürchten. Sie scheuten, versuchten auszubrechen und mußten von den Knechten immer wieder im Zaum gehalten werden. Alle schauten gespannt auf die Näherkommenden. Als die Schar in den Burghof einzog, sah man, daß sich in dem Käfig ein fremdes, riesiges Tier bewegte. Groß wie ein Bär, aber mit einer langen Mähne. Auch sah es schlanker, geschmeidiger aus. Es hatte Augen, gelb wie sein Fell, aber manchmal funkelten sie grün. Aufgeregt von der langen Fahrt sprang es herum, schlug mit den Pranken gegen die dicken Gitterstäbe und stieß Töne aus, wie sie noch niemand gehört hatte. Einmal klang es wie ein Brüllen, dann wieder wie das Fauchen einer mächtigen Katze. Elisabeth hatte ein solches Tier noch nie gesehen. Allen anderen Gästen erging es ebenso. Nur Ludwig kannte es. Er hatte einige davon im Tiergarten des Kaisers betrachtet.

„Es ist ein Löwe“, flüsterte er seiner Frau zu, und die junge Landgräfin bekam ängstliche Augen. Sagenhaftes hatte sie schon von dem Mut, der Wildheit, den scharfen Krallen und den dolchspitzen Zähnen dieser Raubtiere erzählen hören. In Arabien sollten sie so manchen tapferen Kreuzritter zerfleischt haben, dem die Pfeile der Heiden nicht hatten schaden können.

„Hab keine Furcht!“ beruhigte Ludwig. „Kaiser Friedrich hat mir von den Löwen erzählt. Er meint, jedes Tier habe seine Eigenart, und wenn man es danach behandle, sei es nicht gefährlich. Der Kaiser kannte seine Löwen mit Namen. Er streckte die Hand durchs Gitter, rief sie an, dann kamen sie friedlich wie Katzen herzu und ließen sich streicheln.“

Alle Umstehenden hatten neugierig diesen Worten gelauscht. Aber sie glaubten ihnen nicht recht und hielten sich lieber in angemessener Entfernung von dem Käfig. Gespannt wartete man, was es mit dem Löwen auf sich habe. Die Geduld wurde nicht lange auf die Probe gestellt. Aus der Schar der neuangekommenen Reiter löste sich jetzt ein reich und prächtig gekleideter Herr. Voller Freude erkannte Ludwig seinen zukünftigen Schwager, den Herzog von Österreich.

„Heil Euch, Landgraf Ludwig und Eurer edlen Gemahlin! Des Kaisers Majestät übertrug mir für den Tag Eurer Hochzeit folgende Botschaft: Er entbietet Euch durch meinen Mund seine allerherzlichsten Grüße als Euer bester Freund. Zusammen mit dem Wunsch für Glück und Wohlergehen, Euch, Eurer Gemahlin und Eurem Lande, schickt er Euch reiche Gaben als Zeichen seiner ewigen, unverbrüchlichen Freundschaft! Und mir sei es gestattet, Euch zum Tage Eurer Vermählung dieses edle Tier zu schenken. Möge sich unsere Freundschaft bewähren, so stark wie dieser Löwe.“

Gäste und Burgbewohner brachen nach diesen Worten in lauten Jubel aus. „Heil Landgraf Ludwig! Heil Kaiser Friedrich! Heil dem Herzog von Österreich! Heil unserer

Landgräfin Elisabeth!“ Bewegt tauschte Ludwig Kuß und Umarmung mit dem Österreicher. Beide Männer empfanden viel Sympathie füreinander, und da ihre Länder nirgends eine gemeinsame Grenze hatten, blieb das gute Verhältnis auch ungetrübt. Ludwig freute sich, daß der Kaiser gerade den Herzog mit der Botschaft betraut hatte, und geleitete seinen Gast zum Ehrenplatz neben seinem eigenen Sitz. Leise raunte er ihm noch zu: „Das Mahl dauert nicht ewig, und dann werdet Ihr Gelegenheit finden, in die Nähe Eurer kleinen Agnes zu kommen. Sie renkt sich schon das Hälschen nach Euch aus, begrüßt sie nur erst.“ Agnes wurde rot vor Freude und Stolz, als ihr Verlobter sie in die Arme nahm. Herzogin von Österreich – das konnte sich durchaus mit einer Landgräfin von Thüringen messen! Nun fühlte sie sich neben der strahlenden Braut Elisabeth nicht mehr als zurückgesetztes Kind.
Ludwig gab Befehl, man solle gleich am nächsten Tag im Burghof einen schönen Käfig bauen, so daß jeder den Löwen gut sehen könne, es müsse auch dem Tier genügend Bewegungsfreiheit bleiben, ohne daß es Schaden anrichten könne. Schon lange hatte er sich einen Löwen gewünscht. Daß er ihn nun von seinem zukünftigen Schwager bekam, noch dazu am Tage seiner Hochzeit, freute ihn doppelt.
„Und nun bietet dem Gast im Käfig etwas von unserem Hochzeitsbraten an. Für ihn braucht das Fleisch aber weder geröstet noch gesalzen zu sein. Er legt mehr Wert auf die Größe des Brockens.“ Für die letzten Worte erntete der Landgraf viel Beifall und Gelächter. Der Wagen mit dem Löwen wurde in einen Winkel des Burghofes geschoben.

Das Zeremoniell hatte sich im Verlaufe dieser Ereignisse immer mehr gelockert. Der Nachmittag und der Abend gehörten dem Tanz und dem festlichen Gelage. Jeder Ritter wollte einmal im Reigen mit Elisabeth antreten,

jede Dame ein wenig mit ihr plaudern. Sie mußte tanzen, scherzen, Lieder von Minnesängern anhören und loben, immer wieder von neuem mit einem Schluck Wein auf einen Zutrunk danken. Ihre schönen Augen wurden glänzender, das blasse, bräunliche Gesicht bekam rosigen Schimmer. Die am Morgen noch so sorgsam frisierten Haare hatten sich gelockert und ringelten sich unter dem Schleier hervor. Munter und voll sprühender Laune beteiligte sie sich am Lachen und Schwatzen. Hatten viele der Adligen der landfremden, stillen Königstochter bisher kühl gegenübergestanden, weil sie ihre Schüchternheit für Hochmut hielten, so gelang es Elisabeth heute, in manches Vorurteil eine Bresche zu schlagen. Die derb und fest gebauten Thüringer, die Elisabeth fast alle um Haupteslänge überragten, staunten das grazile Persönchen an wie ein Meerwunder. Ludwig merkte den Umschwung und freute sich.
Der Hochzeitsschmaus tat ein übriges. Man konnte schwelgen in Eiersuppe mit Safran, Pfefferkörnern und Honig, danach Hirsegemüse, Schaffleisch mit Zwiebeln, am Spieß gebratenem Huhn mit Zwetschgen, Salat mit Eiern und Gallert mit Mandeln belegt. Dazu flossen Bäche von Bier und Wein, drehten sich immer neue Ochsen, frisches Wild und Geflügel an den Spießen und rösteten knusprig braun, daß allen das Wasser im Munde zusammenlief. Im Burghof belustigte sich die Dienerschaft ebenso wie im Palas die Herrn mit Essen, Trinken und Tanzen. Den Burgweg hinauf und hinunter war ein dauerndes Kommen und Gehen, und in Eisenach setzte sich das fröhliche Festtreiben fort. Zwischen den Erwachsenen balgten sich die Kinder um die Happen, die ihnen die Eltern ab und zu in die Münder schoben. Wenn dabei hin und wieder ein fremdes Kind mitgefüttert wurde, was tat's! Heute speiste man aus der freigebigen Tasche des Landgrafen. Vergessen war, daß man sie vorher mit wochenlangen Ablieferungen erst selbst gefüllt hatte.

Zwischen den Füßen der Menschen lagen die Hunde. Sie konnten sich nicht mehr rühren. Zu Beginn hatten sie sich noch erbittert um die fortgeworfenen Knochen gerauft. Um jeden Bissen Fleisch, der unter den Tisch fiel, fingen sie eine wüste Beißerei an. Jetzt waren sie alle so vollgefressen, daß kein noch so herrlicher Fleischbrocken sie mehr auf die Beine brachte.

Als alle beim besten Schmause waren, zerriß plötzlich ein dumpfes Grollen, ein Knurren, ein Brüllen den festlichen Trubel. Mit gesträubtem Fell fuhr die Meute auf und begann ebenso wütend wie ängstlich zu bellen. Die schnüffelnden Hundenasen witterten Unheil. Das Winseln und Jaulen wurde noch erregter. Wieder hörte man es brüllen, lauter als beim ersten Mal. Niemand wußte hinterher, wer es geschrien hatte, aber wie ein Lauffeuer ging es von Mund zu Mund:
„Der Löwe ist frei! Er hat einen Edelknaben gefressen!"
Zwar konnte keiner im Burghof bei dem Gedränge auch nur das geringste sehen, aber alle stürzten in wilder Panik zu den Türen, um sich hinter Mauern vor dem Untier zu bergen.
Tafeln wurden umgeworfen, Kinder über den Haufen gerannt. Einer fiel in die Holzkohlenglut. Als er sich wieder aufrappelte, hatte er die Hände voller Brandblasen, indessen das Lamm an der einen Seite verkohlte, weil niemand mehr den Spieß drehte. Das Fest schien mit einem ernsthaften Unglück zu enden.
Als der Landgraf endlich aus dem Geschrei klug geworden war, lief er sofort in den Burghof hinunter. Etliche Ritter folgten ihm auf dem Fuße. Ludwig besaß eine mächtige Stimme. Seine kleineren Geschwister hatten oft gezittert, wenn er sie wegen einer Ungezogenheit anschrie. Jetzt aber gingen seine beruhigenden Zurufe in dem wilden Tumult unter. Auch die Ritter mahnten zur Vernunft: „Tretet euch nicht gegenseitig tot, um Gottes willen! Seht doch erst, was los ist! Mehr als einen kann der

Löwe nicht fressen!" Aber niemand hörte. Jeder dachte nur an seine Rettung. Erst als der Landgraf mit seinen Rittern zwischen dem Löwenkäfig und der erregten Menschenmenge stand, wurden einige wieder mutig und verharrten.

Ludwig wußte nicht, ob er über das Bild, das sich ihm jetzt bot, vor Erleichterung lachen oder vor Zorn bersten sollte. Zwei völlig verdutzte Edelknaben standen vor dem Löwenkäfig. Von der Hand des einen rieselten Blutstropfen, während der Löwe genießerisch an einem Spanferkel kaute, in dem noch der Bratspieß steckte. Ab und zu fuhr er sich bedachtsam mit der Zunge übers Maul und leckte das Fett und den duftenden Bratensaft vom Schnurrbart. Die Menschen und ihr seltsames Geschrei störten ihn nicht. Der Landgraf konnte sich gut denken, was vorgefallen war, und gab als erstes jedem der beiden Missetäter rechts und links ein paar um die Ohren. Die mucksten sich nicht. Dann schickte er den Verwundeten zu den Mägden in die Küche, damit er sich verbinden lasse. Wie ein begossener Pudel zog er ab. Der andere erzählte, wie es gekommen war:

„Wir wollten den dicken Küchenjungen ein bißchen ärgern. Da haben wir ihm den Spieß mit dem Spanferkel weggenommen und an das Gitter vom Löwenkäfig gesteckt, weil der Dicke ja viel zu feig ist, so nahe heranzugehen und sich das Ferkel wiederzuholen. Jedesmal, wenn der Löwe mit der Tatze danach angelte, nahmen wir den Brocken wieder fort und steckten ihn woanders fest. Wir wollten auch hören, wie laut er brüllen kann. Ein Ritter hat uns vorhin weisgemacht, daß in der Nacht die ganze Steppe bebt, wenn der Löwe seine Stimme erschallen läßt. Wir glaubten das nicht, er hat zunächst auch gar nicht richtig gebrüllt, nur geknurrt. Bis er in Wut kam. Da schrie er mächtig und hieb mit der Pranke durchs Gitter. Er erwischte das Spanferkel mit seinen Krallen und zerrte es zu sich hinein. Udo wollte es ihm nochmals entreißen, dabei wurde er gekratzt. Die Erde hat nicht gewackelt, bloß die Menschen sind alle ausgerissen. Der Ritter hat uns angelogen."

Ludwig lachte in sich hinein. Äußerlich blieb er streng und befahl dem Jungen, sich für den Rest des Tages nicht mehr vom Platz zu rühren und den Löwenkäfig zu bewachen, damit kein anderer irgendeinen ähnlichen Unfug verübe.

„Wenn dein Kumpan zurückkommt, sag ihm, er soll dir Gesellschaft leisten. Vielleicht hört ihr in der Nacht den Löwen wahrhaftig so laut brüllen, daß die Erde bebt. Denn vergeßt nicht, der Ritter sagte: In der Nacht!"

Der Junge merkte gut, daß der Landgraf ihn wegen seiner Dummheit nur neckte, und schwor sich, ein zweites Mal nicht wieder so leichtgläubig auf eine Angeberei hereinzufallen.

Als Ludwig in den Palast zurückkehrte, lachte man dort schon wieder über den Zwischenfall. Man trank dem Landgrafen zu: „Dem Helden, der als einziger den Mut hatte, einem gefangenen Löwen Aug in Aug gegenüberzutreten!"

Sie waren bereits ihrer Sprache nicht mehr ganz mächtig. Das kostbare Tuch, das über die Herrentafel gebreitet war, sah aus wie ein Schlachtfeld. Die weit herunterhängenden Enden waren steif vom geronnenen Bratenfett, denn alle wischten sich daran die Münder und Finger ab, ohne zu warten, bis die Edelknaben Schalen mit warmem Wasser zum Händespülen herumreichten.

Auf dem Tisch mischten sich die braunen Flecke des Bieres mit den roten und gelben Lachen aus den Weinkrügen. Es war ein herrliches Fest!

Herr Heinrich von Fahner kam mit steifen, gravitätischen Schritten auf Ludwig zu. Man merkte ihm deutlich an, welche Mühe ihn die aufrechte Haltung kostete.

„Ich weiß eine schöne Geschichte vom Burgpfaffen zu Treffurt. Die wollte ich nicht erzählen, solange ihr alle draußen wart, denn die müßt ihr hören!" In der Saalecke versammelte sich im Nu eine Männerrunde. Alle spitzten

die Ohren, und ab und zu rollte ihr Gelächter durchs Gemach. Dann hielten die Frauen inne, ob sie nicht etwas von den Späßen erhaschen könnten, die nicht für sie bestimmt waren.
„A-also so war die Sache ...“, hob Herr Heinrich an und machte gleich zu Anfang eine kunstvolle Pause, um seine von Bier und Wein durcheinandergewirbelten Gedanken zu sammeln. „Ihr wißt ja, daß der Burgpfaff von Treffurt ein sehr achtbarer Mitkämpfer am Weinkrug ist. Manch einer von uns Rittern sinkt schneller unter den Tisch als dieses Mönchlein. Mehr noch als den Wein aber liebt er die dicke Großmagd von der Treffurter Burg. Gar manche Nacht verrichtet er seine Gebete in ihrem Bett. Die Herren wußten das und beschlossen, ihm einen Streich zu spielen. Als wieder einmal ein fröhliches Zechgelage in Treffurt war, lud man das Pfäfflein auch dazu. Während der nun einen ganzen Rosenkranz von Weinkrügen leerbetete, schlossen die Ritter die Magd in einem entfernten Zimmer ein und befahlen ihr, sich bei Höllen- und Teufelspein ja ruhig zu verhalten. Danach gingen sie in den Stall und holten eine junge, fette Sau. Die grunzte nur verschlafen, als man sie in das Bett der Magd legte. Ein Stücklein rosiger Haut ließ man hervorsehen, genau da, wo sonst der molligen Gisberta nicht minder gut durchwachsener Schinken lag. Alles andere wurde sorgfältig zugedeckt. Der Pfaff hatte indessen sein letztes *Te deum laudamus* gesungen und fühlte nun die nötige Bettschwere. Wankend begab er sich in die wohlbekannte Kammer. Draußen an allen Türritzen lauerten die Ritter. Der Mönch sah das verführerische Fleisch unter der Decke hervorleuchten und klatschte voller Vorfreude recht kräftig drauf. Die Lauscher stopften sich die Fäuste in den Mund, um nicht durch ihr Gelächter den Spaß vorzeitig zu beenden. Aus dem Bett scholl ein mißvergnügtes Grunzen. Das Pfäfflein nahm's als freundliche Einladung, kroch schnell aus seiner Kutte, löschte seinen Kienspan und legte sich zur Sau ins Bett. Dort geriet er

mit dem nackten Leib an deren Borsten. Die kritzten und kratzten ihn so sonderbar, daß er alsbald mit lautem Geschrei und gräßlichen Fluchen aus dem Bett fuhr und so, wie er war, zur Tür hinaus mitten zwischen seine Zechbrüder, die sich vor Lachen die Seiten hielten."
Die Ritter, die der Erzählung Herrn Heinrichs gelauscht hatten, taten ein Gleiches. Der Treffurter besonders wieherte vor Vergnügen und bestätigte, daß sich alles so zugetragen habe. Als der Tumult sich endlich gelegt hatte, erklärte Ludwig, nun selbst eine Geschichte zum besten geben zu wollen, die jüngst am kaiserlichen Hof passiert sein sollte.
„Ein sehr achtbarer Ritter – ich will ihn aus Höflichkeit Albin nennen, obwohl sein wirklicher Name anders und uns allen bekannt ist – kehrte vom Kreuzzug heim, auf dem er wacker gestritten hatte. Mit sich führte er ein Mohrenpaar, Bruder und Schwester, bildschön alle beide. Das Mädchen mochte etwa fünfzehn Jahre zählen und ihr Bruder siebzehn. Ritter Albin hatte sie gefangengenommen, ihnen aber das Leben geschenkt, denn es gehörte seit einiger Zeit am Hofe des Kaisers zur feinen Art, maurische Diener zu haben. Albin beschloß also, den jungen Mann selbst zu behalten, das Mädchen aber seiner schönen Gattin zu schenken. Wie das nun so geht – auf der langen Heimreise langweilte sich Herr Albin gar sehr, und um sich die Zeit zu vertreiben, tändelte er mit der Mohrin, die ihm so wohl gefiel, daß er schließlich jede Nacht mit ihr zusammen schlief. Bei seiner Heimkehr schenkte er sie mit vielen anderen morgenländischen Kostbarkeiten seiner Gemahlin. Die Burgherrin zeigte große Freude, sowohl über Herrn Albins glückliche und gesunde Heimkehr als auch über die prächtigen Geschenke. Zu ihrem Leidwesen schien er jedoch diesmal nach ihren Küssen und nach ihrer Liebe gar nicht so durstig zu sein wie sonst nach langer Abwesenheit. Zwar schlief er die erste Nacht in ihren Armen, auch die zweite, in der dritten jedoch erschien er nicht zur

gewohnten Stunde. Frau Mechthild lag lange Zeit wach. Da hörte sie draußen, als alles schon in der Burg schlief, doch noch wohlbekannte Schritte. Aber der Erwartete kam nicht bis zu ihrer Tür, sondern blieb im Vorgemach, wo mit den anderen Dienerinnen auch Sitta, die schöne Mohrin, schlief. Mechthild wußte nun, wo in den langen Monaten seiner Abwesenheit ihr Gemahl den Durst gelöscht hatte. Sie weinte viele Stunden in ihre Decken, und an die Stunden reihten sich Tage und Nächte, in denen ihr Verlangen nicht gestillt wurde. So beschloß sie, sich gleichfalls einen neuen Brunnen zu suchen. Sittas Bruder, zart, schlank, dunkel, anders als alle anderen Männer, die sie kannte, gefiel ihr seit langem. Er war ihren Wünschen gern gehorsam. Nun kehrten Frieden und gute Laune bei Mechthild und Albin wieder ein. Jeder hatte ein schlechtes Gewissen, und jeder war deshalb höflich und freundlich zum anderen. Ehe ein Jahr verflossen war, gebar Frau Mechthild ein Mädchen, und es glich, wie ein winziges Abbild, der schönen Sitta ... Aber der Burgherrin waren ja neun Monate Zeit geblieben, um zu überlegen, was sie unternehmen könne, wenn das Kind mehr dem Geliebten ähnlich sei als ihrem Ehegemahl, dessen grausamen Zorn sie fürchtete. War seine Eifersucht einmal geweckt, dann war der Weg ins Burgverlies nicht mehr weit.
Kaum sah sie also das braune Kindlein auf dem Bettlaken vor sich liegen, hob sie auch schon ein lautes Jammergeschrei an: ‚Oh, ich arme, betrogene Frau! Seht! Seht alle her! So beschimpft mich mein Mann! Sieht das Wurm nicht aus wie ein Kind der Sitta! Das kommt nur daher, daß mein Mann seit seiner Rückkehr nicht nur mit mir, sondern auch mit dieser Mohrin schläft. Ich ahnte es, ich sah es! Nun liegt der Beweis offen vor aller Augen!‘
Mechthild konnte sich nicht genugtun mit Weinen und Klagen, denn sie wußte, daß die Leute meist dem recht geben, der zuerst und am lautesten schreit. Und sie schrie

und weinte so heftig, daß alle Frauen ihr glaubten und fürchteten, sie möchte sich durch solch hitzige Erregung kurz nach der Niederkunft das Fieber holen. Als keine Beruhigung half, faßte sich schließlich die älteste und würdigste der Frauen ein Herz und ging zu Herrn Albin, machte ihm in angemessener Art Vorhaltungen über seine Untreue und beschwor ihn, er möge, wenn ihm das Leben seiner Frau lieb sei, zu ihr hingehen, sie trösten und ihr Abbitte leisten.
Herr Albin, vom schlechten Gewissen gepeinigt, tat das auch und ruhte nicht eher mit Trostworten, Schwüren und Liebkosungen, bis Frau Mechthild ganz beruhigt sein konnte, daß ihre List gelungen war."
Wahrhaftig, eine ergötzliche Geschichte! Erst jetzt merkten die Männer, daß sie nicht mehr unter sich waren. Etliche fürwitzige Edelknaben steckten ihre Nasen in den Kreis, um auch etwas von dem spannenden Histörchen aufzuschnappen.
„Hoho, ihr Brustkinder!" schrie Graf Meinhart mit schwimmenden Äuglein und fing sich den Jüngsten aus der Schar heraus. „Erst müßt ihr mit so viel Bier und Wein getauft sein wie wir, ehe ihr eure Ohren in unserer Runde aufsperren dürft. Aber" – Meinhart zog ein Gesicht, als komme ihm ein guter Einfall – „wir wollen nicht hartherzig sein. Wir wollen Bertram sogleich taufen, damit er schneller wächst, denn Bier gibt Kraft." Damit machte er Miene, den schmächtigen Jungen, den er noch immer wie ein Kätzlein im Nacken hielt, in einen großen Bottich mit Bier zu setzen. Zornig um sich schlagend und beißend wie ein Wildkater, entwand der sich den Fäusten der angetrunkenen Ritter. Krüge kollerten über den Tisch und ergossen ihren Inhalt auf das Tuch. Platten wurden umgerissen, fettige Fleischbrocken glitschten über den Tafelrand auf den Fußboden. Herr Heinrich von Fahner wurde bei dem Handgemenge so vor den vollen Magen getreten, daß er rücklings auf die Tafel zwischen Becher und Schüsseln kippte. Als er sich wieder

aufrappelte und der spottenden Tafelrunde seine mit Speiseresten verzierte Kehrseite zeigte, erhob sich ein grölendes Gelächter.
Die Ritter klatschten sich auf die Schenkel, und selbst die Damen quietschten und kreischten wie ein aufgescheuchtes Hühnervolk. In dem Tumult entwischte Bertram. Elisabeth, die alles stumm mit angesehen hatte, hielt ihn am Ärmel fest. Mit Tränen des Zornes und der Wut wollte er sich der neuerlichen Gefangennahme entziehen. Aber rechtzeitig erkannte er seine Herrin und blieb mit einer Verneigung vor ihr stehen.
„Bertram, hol dir eine Fackel und leuchte mir ein wenig, ich will mich im Freien ergehen." Der Junge bekam wieder rote Ohren, diesmal aber nicht vor Scham, sondern vor Stolz. Der Burgherrin leuchten zu dürfen, das war eine Auszeichnung.
Den Rittern in ihrer Trunkenheit entging es völlig, daß die Burgherrin sich leise zurückzog. Nur der Landgraf bemerkte diesen Aufbruch. Er ließ den schwersten Wein in den größten Bechern bringen, damit die Herren rascher unter den Tisch sinken sollten. Pflicht des Gastgebers war es, bis zuletzt auszuharren. Ludwig aber verspürte dazu plötzlich keine rechte Lust mehr. Und der Wein tat seine Schuldigkeit. Alles gähnte. Man beschloß, das Brautpaar zur Ruhe zu geleiten und dann selbst seinen Rausch auszuschlafen.
Sechs der vornehmsten Adligen führten Elisabeth. Während sie durch die langen Mauergänge der Burg schritt, wurde die Erinnerung an die Trauung wieder lebendig. In Gedanken versunken, blieb sie stehen und stützte sich mit der Hand an die Mauer. Ihre Begleiter sahen sie verwundert an. War die Fürstin so müde? Warum ging sie denn nicht weiter, in ihr Gemach?
‚Sünde des Fleisches!' – Fast greifbar deutlich standen die Worte wieder vor der jungen Landgräfin. Sie glaubte die gelassene, leidenschaftslose und doch so eindringliche Stimme des Magisters Konrad zu hören. Aber wie schon

am Morgen, so konnte sie auch jetzt den tieferen Sinn nicht finden. ‚Ich will immer gut und fromm sein', dachte sie kindlich. ‚Das wird er wohl meinen.' Sie schien aus tiefem Traum zu erwachen, spürte erst jetzt, wie feucht und kühl das rauhe Mauerwerk war, an das sie sich lehnte. Das Kältegefühl schreckte sie aus ihren Gedanken. Sie blickte in die erstaunten Gesichter der Hofleute.

„Gehen wir weiter, Ihr Herren!"

Sie überließ sich nun willig der zarten, schwebenden Stimmung, die der mit Maßen genossene Wein in ihr ausgelöst hatte. Alles andere schob sie weit von sich. Die Müdigkeit überfiel sie jetzt so sehr, daß sie nur mit Mühe ein krampfhaftes Gähnen unterdrücken konnte.

Gleich hinter Elisabeth und ihrem Gefolge betrat Ludwig in Begleitung von sechs Edeldamen das Gemach. Während nun die Frauen Elisabeth die Oberkleider abstreiften und die Haube gegen ein feines Haarnetz aus Goldfäden austauschten, nahmen die Herren dem Landgrafen die Festgewänder ab.

„Ich beneide Euch um die heutige Nacht, Herr Landgraf", raunte Walther von Vargila, des alten Erbschenken Sohn, einer der wenigen, die sich eine solche Freiheit erlauben durften.

Ich nicht, dachte Heinrich Raspe. Bestimmt hat sie noch keine Ahnung, und es wird eine langweilige Geschichte. Immerhin, stille Wasser sind tief. „Wenn sie so inbrünstig liebt, wie sie betet, dann möchte ich heute nacht allerdings mit dir tauschen", flüsterte er seinem Bruder zu. Elisabeth hatte es vernommen und wurde rot, bis in den Ausschnitt ihres goldglänzenden Seidenhemdes hinein.

Wie sie so auf der schmalen, pelzbesetzten Bank vor dem Bett saß, damit die Frauen ihr die Schuhe und Strümpfe auszogen, konnte Ludwig, der noch stand, deutlich sehen, wie tief sie errötete, und ihn belustigte ihr kindliches Erschrecken. Wie durfte auch der Bruder so keck sein, vor Elisabeths Ohren himmlische und fleischliche Liebe miteinander zu vergleichen!

Das Brautbett war bereitet. Die zurückgeschlagenen Decken ließen Kissen sehen, die mit dunkelgrüner Seide bezogen waren. Eben hoben die Ritter Elisabeth hinein. Es war ein hübsches Bild, die schwarzhaarige junge Frau im gelben Hemd zwischen den grünen Kissen. Ludwig genoß es und gönnte den Herren ihren Neid, ehe er selbst hineinstieg und die Decken über sie beide ausbreiten ließ. –

Es wurde still im Gemach.

Die letzten Schritte verklangen. Nur ein Öllämpchen brannte noch. Als die Fackeln plötzlich fort waren, kam es Elisabeth so dunkel und einsam vor – wie am Morgen in der Kirche. Aber Ludwigs Anwesenheit tröstete diesmal nicht, im Gegenteil, seine körperliche Nähe machte sie nur noch beklommener.

Sie hörte, wie er sein Hemd abstreifte und achtlos auf den Boden warf. „Willst du dich nicht ausziehen? Seit wann schläft man denn im Unterkleid?" fragte er leise.

Elisabeth zog sich das gelbe Hemd über den Kopf.

In dem Augenblick, da Ludwig sie küssen wollte, roch sie, daß er viel Wein getrunken hatte. Der Dunst des vom Tanz verschwitzten Männerkörpers schlug ihr entgegen. Am liebsten hätte sie sich weggedreht. Aber Ludwig hielt sie fest. Seine Lippen streichelten ihre noch winzigen Brüste. Er umschlang mit den Armen ihre Hüften und preßte sich immer enger an ihren Leib. Eine sehnsuchtsvolle Unruhe erwachte in Elisabeths Schoß. ‚Sünde des Fleisches', hörte sie die Stimme des Predigers. „Sünde des Fleisches", flüsterte sie angstvoll und wollte sich mit ihren Armen gegen den Mann stemmen. Aber Ludwig erzwang sich das Recht, das dem Gatten gebührte.

Zur gleichen Zeit lagen in Eisenach unter den Bäumen und Sträuchern die Bettler. Erschreckend dürre, knochige, schmutzige Glieder reckten sich aus den Lumpen. Es war wie ein Schlachtfeld voller Leichen. Aber diese Leichen atmeten, schnarchten, rülpsten und schliefen den Schlaf der Erschöpfung. Heute waren sie satt, morgen sollten sie wieder satt werden und übermorgen noch einmal. Was sie später essen würden, danach zu fragen hatte das Leben ihnen abgewöhnt.

Zur gleichen Zeit hetzte ein schmächtiger, etwa achtjähriger Junge durch die Straßen von Erfurt. Hinter sich Todesschreie, Flüche des Hasses und das Grölen einer Menschenmenge, die vom Wahnsinn gepackt schien.
Als er im Schutze der Nacht verschwand, war es für sechsundzwanzig Einwohner der jüdischen Gemeinde Erfurts für ewig Nacht geworden.
Auf der Schwelle des Gebetshauses lag der entsetzlich zugerichtete Leichnam des Rabbis.

Zur gleichen Zeit trabte die Mauleselin schon fern von Eisenach durch die Nacht, und die beiden Mönche folgten ihrem Meister. Der hatte es verschmäht, als Hochzeitsgast auf der Wartburg zu bleiben. „Die Diener Gottes sollen sich den Vergnügungen der Herren fernhalten!" lautete seine kühle Antwort auf die freundliche Einladung. Ludwig hatte ihn nicht ungern ziehen lassen.

Zur gleichen Zeit auch begann auf der Burg zu Eisenach für die abgearbeiteten Mägde schon wieder der Dienst. Sie mußten die Badestube heizen und Wassereimer schleppen, falls die Gäste am anderen Morgen den Wunsch hegen sollten, sich zu erfrischen und zu belustigen.

Das Bad war dann auch für alle Beteiligten überaus genußreich und amüsant verlaufen. Stundenlang hatte man in der Wanne gesessen, hatte getafelt, geschwatzt. Schwänke erzählt, dazwischen getanzt und wieder gebadet. Auch allerlei derbe Anspielungen auf die verflossene Hochzeitsnacht des jungen Landgrafenpaares hatten nicht gefehlt. Elisabeth schämte sich entsetzlich im nassen Badehemd zwischen den fast nackten Männern. Wie begeistert auch die anderen Frauen sein mochten, ihr mißfiel diese grobe Sitte. Sie beteiligte sich nur, weil es ein arger Verstoß gewesen wäre, sich zurückzuziehen. Gelächter und Jubel erreichten den Höhepunkt, als die jüngeren Ritter in ihrem Übermut miteinander zu kämpfen begannen. Ein Schwertkampf mit Birkenreisern wurde vorgeführt. Der Reiz des Spieles erhöhte sich noch, da alle nur die kurzen Badehemden trugen. Elisabeth glaubte, sie sei in einen Höllentanz geraten. Vor Kreischen und Geschrei konnte man sein eigenes Wort nicht verstehen. Wäre das Badehaus bei diesem Spektakel und Gerenne zusammengebrochen, Elisabeth hätte sich nicht gewundert.

Gleich am nächsten Tag setzte sie ihrem Manne heftig zu. Es sollte nie mehr gemeinsam gebadet werden! Ludwig kam in eine unangenehme Lage. Wenn er ganz ehrlich war, mußte er zugeben, daß ihm die Sache selbst großen Spaß gemacht hatte. Er wußte, daß der Hof dieses Verbot nur mit Murren aufnehmen würde, und beschloß gleichzeitig, Übertretungen nicht zu bemerken. Anderseits sah er aber an Elisabeths Gesicht, daß er nicht früher Ruhe bekäme, als bis die neue Badeordnung bekanntgegeben sei. Er war jung, er war verliebt, er wollte nachts eine gutgelaunte Frau haben. Also tat er ihr den Willen.

IV

Schon bald nach den festlichen Tagen hatte sich das junge Paar auf eine weite Reise begeben. Hinunter nach Ungarn, wo in Ofen oder Buda, wie die Magyaren ihre Hauptstadt nannten, Elisabeths Vater residierte. Die Tochter sehnte sich nach einem Wiedersehn mit der Heimat, und Ludwig hatte dem Wunsch stattgegeben, weil es ratsam war, sich der Gunst des königlichen Schwiegervaters zu versichern.

Die Fahrt war anstrengend, aber Elisabeth nahm alle Beschwerden tapfer auf sich, und nun war man bereits auf dem Rückweg. An der Grenze Thüringens erwarteten Reitknechte das landgräfliche Paar und sein Gefolge. Man hatte die Reisewagen verlassen, war zu Pferde gestiegen und ritt nun gen Eisenach.

Ludwig trieb sein Pferd dicht neben Elisabeth. „Du siehst müde aus.“ Er schaute sie besorgt an. „Fühlst du dich nicht wohl?“

Elisabeth lächelte ein bißchen blaß. „Gewiß, ich fühle mich nicht wohl. Aber ich bin sehr glücklich deswegen.“

Ludwig schüttelte verständnislos den Kopf. Elisabeth mußte deutlicher werden, eine Frau hätte sie sofort verstanden, aber Ludwig war eben ein Mann ohne Ahnung von Frauensachen. „Wir sind schon über ein Jahr verheiratet, und ich hatte oft Angst, wir bekämen keine Kinder – jetzt habe ich keine Angst mehr.“ Da begriff endlich auch Ludwig. „Elisabeth“, er faßte nach ihrer Hand und

drückte sie. „Schwesterlein", – er gebrauchte den zärtlichen Kosenamen ihrer Kindertage – „das ist schön! Bist du auch ganz sicher?"
Sie lächelte. „Ganz genau. Es wird gar nicht mehr sehr lange dauern. Ich wollte jedoch erst selbst das Werdende spüren, ehe ich dir davon sagen konnte. Nur deswegen schwieg ich bisher."
„Und wann?"
„Ich denke, im April."
„Du mußt sofort mit meiner Mutter sprechen, wenn wir zu Hause sind. Sie ist eine erfahrene Frau und hat selbst acht Kinder zur Welt gebracht. Sie wird dich beraten und dir helfen."
Elisabeth freute sich seines Eifers. Beide achteten kaum mehr auf den Regen, der in langen Fäden vom Himmel troff.
„Du hättest in diesem Zustand nicht den ganzen langen Weg von Ungarn bis nach Eisenach zurückreisen dürfen. Das Kind hättest du schließlich auch in Ofen bei deinem Vater zur Welt bringen können. Wenn es ein Junge wird, soll er Hermann heißen, wie mein Vater. Wird es ein Mädchen, wollen wir es nach deiner Mutter Gertrud nennen."
Elisabeth zögerte mit der Antwort. Dann versicherte sie lebhaft: „Es wird ein Junge. Eben deshalb wollte ich ja nach Hause, sowie die Wege einigermaßen eisfrei wurden. Der Erbe des Landgrafen muß in seinem zukünftigen Reich geboren werden. Auch ist bei meinem Vater keine Frau, die ich so gut kenne, daß ich sie in meiner schweren Stunde um mich haben möchte. Zu Frau Sophie aber habe ich viel Vertrauen." Ludwig strich wieder über die Hand, die er noch immer umfaßt hielt.
„Du würdest mich zum glücklichsten Menschen machen, wenn unser erstes Kind wirklich ein Sohn wäre." „Ich weiß es", erwiderte Elisabeth eifrig. „Ein Mädchen würde niemals so ungebärdig stoßen und strampeln."
Ludwig lachte. „Ob das nicht bloß ein Weibergerede ist?

Es gibt auch heftige Frauen. Aber gleichviel. Auch eine Tochter ist mir willkommen. Wenn nicht dieses, dann wird eben unser nächstes Kind ein Sohn."
Die Frau an seiner Seite nickte. Ein wenig zerstreut, wie es dem Landgrafen vorkam. Unschlüssig spielte sie mit den bunten Wollfransen ihrer Satteldecke. Sie schien etwas auf dem Herzen zu haben, und zögernd gestand sie ihre Sorge: „Ich weiß nicht, ob wir uns nicht versündigen, wenn wir dem unschuldigen Kind den Namen deines Vaters geben. Er starb eines so schrecklichen Todes. Besessen vom Bösen, ohne Beichte und ohne Absolution, wie die Leute behaupten ... Ich fürchte mich."
Nun war es heraus! Ludwig vermochte nur mit Mühe seine Bestürzung zu verbergen, als er sanft, aber eindringlich entgegnete: „Mein Vater war ein tüchtiger Fürst. Er vermehrte unser Land, er machte auch den Klöstern bedeutende Zuwendungen. Wenn im Volk Gerüchte umgehen, er wäre vom Bösen besessen gewesen, weil er in einer Verwirrung des Geistes starb, so mußt du nicht darauf hören. Wenn etwas Absonderliches geschieht, sind Toren und Schwätzer stets rasch dabei, es als Teufelswerk auszugeben. Pater Berthold versicherte mir, daß es nicht wahr ist. Aber Gott selbst schickt den Menschen manchmal eine geistige Verwirrung und läßt sie Dinge schauen, die wir nicht wahrnehmen können. Bei vielen der Heiligen, die wir anbeten, war es so. Vertraue mir! Du brauchst keine Angst zu haben."
Wie gern wollte Elisabeth dem Gatten vertrauen und das trübe Sorgengespinst verjagen! Wer ein Kind unter dem Herzen trug, mußte tapfer und fröhlich sein. Schöner war es, ein wenig von dem kleinen Wesen zu träumen, das in ihrem Schoß heranwuchs. Mit inniger Freude malte sie sich aus, wie sie es hegen und pflegen, es wiegen und nähren würde.
Darüber merkte sie kaum, wie Ludwig neben ihr in schwere Gedanken versunken schien. Gewiß durch-

dachte er, was ihn an Pflichten auf der Burg erwartete. Man durfte ihn nicht stören, wenn man ohnehin von solchen Dingen nichts verstand.

Doch Ludwigs stummes Grübeln galt nicht dem Zukünftigen. Das Gespräch mit Elisabeth hatte Erinnerungen heraufbeschworen, die ungleich belastender waren. Im Gespräch unter vier Augen auf der Burg zu Ofen hatte sich der Schwiegervater dem Schwiegersohn eines Tages rückhaltlos anvertraut. Dinge, die Ludwig bis dahin nur gerüchtweise gehört hatte, waren zutage gekommen, Tatsachen, die seit Jahren vor Elisabeth sorgfältig verborgen wurden. Sie wußte nicht, daß ihre Mutter keines natürlichen Todes gestorben war, sondern unter den Dolchen der Magnaten ihr Leben endete. Mehr als einmal hatte Frau Gertrud, die deutsche Herzogstochter, den empfindlichen Nationalstolz der Ungarn gekränkt und politische Intrigen gesponnen, die dem ungarischen Adel zum Schaden gereichten. Sie achtete weder die Familien noch den Besitz der Herren. Brauchte sie Geld für ihre verschwenderischen Launen, mußte es eben herbeigeschafft werden. Junge Mädchen, halbe Kinder noch, wurden als Edelfräulein zu ihrer Hofhaltung befohlen. Geschändet durch die Ritter aus Gertruds Gefolge, kehrten viele von ihnen auf die Höfe ihrer Väter zurück.

Da die Adligen ihren König Andreas zu schwach fanden, sich gegen seine eigene Frau zu stellen, hatten sie zur Selbsthilfe gegriffen, nachdem alles Bitten und Drohen vergeblich geblieben war. König Andreas, durch dieses Erlebnis noch schwächer und wankelmütiger geworden, hatte schließlich die Herrschaft seinem ältesten Sohn Bela übergeben.

Der Entschluß, dem willensschwachen Greis das königliche Amt abzunehmen, war, so empfand es Ludwig, richtig gewesen, und wie nun Bela, Elisabeths Bruder, die Macht in Ungarn ausüben würde, brauchte den Landgrafen von Thüringen politisch kaum zu behelligen. Man

war einander höflich, aber kühl entgegengekommen, und selbst Elisabeth, die beim Abschied den Vater weinend in ihre Arme schloß, hatte sich im Kreise ihrer Geschwister, von denen sie ja in frühester Kindheit getrennt worden war, wie eine Fremde gefühlt. Fortan würde man den ungarischen Hof so bald nicht wiedersehen, und er, Ludwig, würde alles tun, damit auch Name und Schicksal der unglückseligen Frau Gertrud am Hofe zu Eisenach nicht unnötig ins Gespräch kam.
Fröhlicher Lärm riß den Landgrafen aus seinen Gedanken. Er straffte sich im Sattel. In Sichtweite tauchte der massige Bau des Georgentors aus den feuchten Nebelschwaden auf.
„Schwesterchen, wir sind daheim!“ sagte Ludwig zärtlich. „Nun wirst du ruhen und dich pflegen können.“
„Und du?“ fragte sie ängstlich.
„Je nun“, erwiderte er leichthin. „Mich erwarten die Pflichten und Geschäfte. Du weißt, der Marburger Gerichtstag ...“
„Kannst du’s nicht aufschieben, bis meine Stunde –? Mir ist so bange.“
Ihr Flehen schnitt dem Mann ins Herz. Sollte er nachgeben? Durfte er es? Elisabeth würde ihn noch manchen Tag entbehren müssen, und es war besser, sie frühzeitig an das Unumgängliche zu gewöhnen. Er beugte sich zu ihr hinüber und flüsterte ihr aufmunternd zu: „Liebste, ein Tagesritt trennt uns nur voneinander, wenn ich in Marburg bin. Sollen die Ritter und Edelleute, die Bürger und Bauern, die ihren Gerichtsherrn dort erwarten, gar sagen, der Landgraf könne diesmal nicht erscheinen, weil er in Kindesnöten liege?“
Der Landgraf von Thüringen in Kindesnöten! Ein frohes Lächeln stahl sich bei solchen Worten auf Elisabeths noch eben verhärmtes Antlitz, und die Eisenacher, die winkend und grüßend die Gassen säumten, fanden, das hohe Paar kehre recht wohlgemut von der langen Ungarnreise heim.

Am Steingrafenhof, dem landgräflichen Stadtquartier, hob der Landgraf Elisabeth vom Pferd und übergab sie ihren Frauen. Sie waren an diesem Tag fast zehn deutsche Meilen geritten, und der Schwangeren wollten die Knie den Dienst versagen, als sie auf dem Erdboden stand.
Der Fürst selber ging, nachdem er sich vom Reisestaub gesäubert hatte, hinüber zum Kloster von St. Katharinen, um seiner Mutter zu berichten. Er tat es unverbrämt, insbesondere soweit es geschäftliche Dinge betraf. Nein, die tausend Silbermark, die Elisabeths Mutter einst als Mitgift beifügen wollte, würden sie nicht mehr erhalten. König Andreas betrachtete sich nicht an das Versprechen seiner ermordeten Frau gebunden. Doch ob sie nun diese tausend Silbermark hätten oder nicht hätten, sei schließlich nicht so wichtig. Etwas viel Wertvolleres brächten sie von der Reise mit.
Die Landgrafen-Mutter, die schon einwenden wollte, daß ein Fürst immer Geld brauchen könne, schwieg überrascht still, als Ludwig ihr mitteilte, Elisabeth sei schwanger.
Gottlob! So waren ihre Ängste unbegründet, daß dieser überzarte, mädchenhafte Körper keine Kinder empfangen werde.
„Wann?"
„Im April, denkt meine Gemahlin."
„Ihr hättet früher heimreisen sollen", äußerte Sophie mißbilligend.
„Ja, ich sagte es der Landgräfin auch. Doch ich erfuhr es erst heute, und zudem mußten wir abwarten, bis die Straßen wieder eisfrei wurden."
Frau Sophie überlegte. „Im Steingrafenhof ist es für eine Entbindung und für ein erholsames Wochenbett zu eng und zu laut. Die Wartburg aber ist um diese Jahreszeit noch viel zu kalt. Das beste ist, Elisabeth geht zur Geburt nach Schloß Kreuzburg. Dort hat man die notwendige Bequemlichkeit. Außerdem ist es nahe bei Eisenach."
Der junge Landgraf war sehr erstaunt über die Fürsorg-

lichkeit seiner sonst oft herben Mutter. Sophie jedoch befürchtete insgeheim, Elisabeth werde Entbindung und Wochenbett nur schwer überstehen. Sie kannte deren überempfindliche Gesundheit von klein auf. Wie leicht konnten da Schwierigkeiten auftreten, die jede weitere Hoffnung auf Kinder zunichte machten.

Mitte März hielt Elisabeth Einzug auf der Kreuzburg. Der Landgraf, der seiner Gattin bis hierher das Geleit gegeben hatte, verabschiedete sich, um zum Gerichtstag nach Marburg zu reiten. Nach den Anstrengungen der letzten Wochen überließ sich die junge Landgräfin gern der Fürsorge ihrer Frauen. Sie ging wie im Traum unter der Last ihres Leibes. Es war ihr wie ein großes Wunder, daß sie bald ein Kind gebären sollte, ein Stück von ihrer Liebe zu Ludwig, das weiterleben würde, von ihr losgelöst und doch, solange sie lebte, unauflöslich mit ihr verbunden. Voller Zuversicht sah sie ihrer Niederkunft entgegen, doch sollte es ihr nicht leicht werden.

Schon seit Stunden dauerten die Wehen. Die Geburt ging nicht vorwärts. Zu zart und jung war der Mutterschoß, um mit der nötigen Kraft das Kind auszutreiben. Bei den Frauen in der Wochenstube wuchs die Sorge. Elisabeth war völlig erschöpft. Mehrmals hatten sie ihr schon heißen, gewürzten Wein eingeflößt; es half nichts. Die Hebamme stand über das Bett gebeugt und befühlte den Leib der Fürstin. „Es ist ein großes Kind“, stellte sie fest. Es klang hilflos. Sie war am Ende ihres Könnens. Die Luft im Zimmer war zum Ersticken heiß und verbraucht. Alles lief eilfertig und aufgestört, aber vollkommen nutzlos durcheinander, denn es gab nichts zu helfen. Elisabeth atmete schwer. Das dünne Hemd klebte am Körper. So brach die zweite Nacht an. Mit ihr kam etwas Ruhe. Elisabeth fiel in einen bleischweren Schlaf. Frau Sophie kniete am Fußende des Bettes und betete. Die Hebamme rief in ihr Gedächtnis zurück, was in anderen, verzwei-

felten Fällen doch noch geholfen hatte. Sollte denn ihre Kunst bei der jungen Fürstin von Thüringen versagen? Hatte man sie eigens deswegen von Bamberg hergeholt, sie, die weit und breit als die beste Geburtshelferin galt, damit ihr die junge Landgräfin jetzt unter den Händen starb!
Die Augen der Landgräfin-Mutter hingen am Gesicht der Schwiegertochter. Seit Elisabeth vor elf Jahren auf die Wartburg gekommen, war sie ihr wie ein eigenes Kind gewesen. Leidenschaftliche Liebe zu verschenken lag Sophies ruhiger Natur fern. Doch von Anfang an mochte sie die Kleine gut leiden. Jetzt, in dieser Nacht, da sie um ihr Leben bangte, merkte sie, wie tief sie die Schwiegertochter ins Herz geschlossen hatte. Das Kind war immer ganz anders gewesen als alle kleinen Mädchen, die sie kannte. Nicht ungezogen oder trotzig, aber eigenwillig und oft in seltsamen Gedanken befangen. Die Landgräfin hatte manches Mal gebangt, wie ihr Sohn mit dieser Frau wohl glücklich werden könne, und der Gedanke, ob es nicht besser sei, Elisabeth nach Ungarn zurückzuschicken, war nicht nur in ihr aufgetaucht. Aber es geschah, was niemand erwartete: Ludwig und Elisabeth faßten Liebe zueinander. Zunächst gab es viel versteckten Spott über den jungen Landgrafen, der den Minnedienst bei seiner eigenen Braut übte. Mit der Zeit aber hatten sich alle daran gewöhnt.
„Schon um Ludwigs willen darf ihr jetzt nichts geschehen!“ dachte Sophie. Die Hebamme merkte, daß die Fürstin ihr Gebet beendet hatte. Beide Frauen blickten auf die silberne Wiege, darin einst Elisabeth lag und in die nun auch ihr Kind gebettet werden sollte. „Wenn die Geburt nicht bald zu Ende geht, wird es gefährlich für das Kind und für die Mutter. Hoffentlich wird Landgräfliche Gnaden durch den Schlaf ein wenig gestärkt.“ Die Wünsche der beiden Frauen erfüllten sich. Die Gebärende war durch den Schlaf erfrischt und munterer als Stunden vorher. Sie hatte wieder Mut gefaßt.

„Wenn es ein Junge, und wenn er gesund ist, will ich dem Kloster Reinhardsbrunn eine große Altardecke sticken mit der Madonna und dem Jesuskind", gelobte sie in einem kurzen Stoßgebet. Die Hebamme rieb sie mit heißen Tüchern, Elisabeth nahm alle Kraft zusammen. Es war, als wollte ein böser Geist ihr den Schoß zerreißen. Sie schrie und versuchte, sich den Händen der Frauen zu entwinden, aber ihr Schmerzensschrei verebbte plötzlich in einem unendlichen Seufzer der Erleichterung.
Dann war noch eine andere Stimme im Raum. Seltsam dünn und meckernd. Die Erschöpfte hörte, wie Sophie zufrieden sagte: „Es ist ein großer, schöner Knabe."
Elisabeth stieß einen Freudenruf aus, der selig und zugleich jämmerlich klang vor Schwäche. Sie fühlte, wie man sie von dem verschwitzten Hemd und dem klebenden Laken befreite. „Man muß es Ludwig wissen lassen", murmelte sie, halb schlafend schon. Sie hörte Stimmen wie von weit her, konnte aber die Worte nicht mehr fassen. Es waren wohl Glückwünsche. Sie schlief ein.

Die junge Landgräfin erholte sich. Nun ihr Körper seiner Bürde ledig war, strömte die Kraft rasch zurück. Sie fühlte sich so glücklich und so reich, daß sie am liebsten ganz Eisenach umarmt hätte. War sie allein im Gemach, so sang und summte sie vor sich hin, bekannte Lieder oder kleine, zärtliche Melodien, wie sie ihr gerade in den Sinn kamen. Oder sie betete. Immer dasselbe: „Herrgott, ich danke dir, ich danke dir!" Hörte sie das Kind in der Wiege leise im Schlaf atmen oder laut brüllen vor Hunger, mit einer Stimme, die der des Vaters ähnlich zu werden versprach, dann hatte sie Angst, alles sei nur ein schöner Traum, dem bald das Erwachen folgen werde. Erst wenn sie den kleinen Hermann in dem silbernen Badetrog zappeln sah, wenn sie hörte, wie die kleinen Fäuste aufs Wasser patschten und der Sohn vergnügt krähte, dann glaubte sie wieder, daß alles wirklich und richtig sei

und nun gar nicht mehr schöner werden könne. Es gesellte sich ein neuer Stoßseufzer zu ihrem Gebet: „Herr, gib, daß nicht im Glück mein Herz verhärtet, sondern daß ich deine Gnade in Demut ertrage!“
Seltsame Handlungen gibt es im menschlichen Leben. Einer unerklärlichen Stimmung entspringend, werden sie manchmal zu Lawinen, die das Dasein mit all seinen Freuden und Leiden unter sich begraben und zerschmettern. Auch in die Sphäre der nächsten Angehörigen brechen sie noch vernichtend und zerstörend ein.
Elisabeth ertrug die Last des Glückes nicht ohne Grübeln. „Wie kann ein Mensch unverdientermaßen so selig sein, wie ich es bin?“ quälte sie sich. „Eines Tages wird Gott mir dafür um so härtere Pein senden. Denn nur wer auf Erden leiden und darben mußte, wird einst ins Paradies eingehen.“ Bloß eine Tat tiefster Demut, so glaubte sie fest, wäre imstande, Gott zu beweisen, daß sich unter der Fülle seiner Gnade ihr Herz nicht in Hochmut verhärtet habe. Ludwig verbot es, Sophie schalt; die Frauen Guta und Eisentraut suchten sie zu hindern; Elisabeth blieb bei dem einmal gefaßten Entschluß: Als sie zum ersten Male nach der Geburt ihres Sohnes wieder nach Eisenach zur Kirche ging, kleidete sie sich in eine graue Kutte und lief auf bloßen Füßen. Jede Hilfe ablehnend, trug sie den schweren Knaben allein.
Während der heiligen Handlung der Dankesmesse hielt sie ihn eng an sich gepreßt und empfahl ihn Gottes Schutz, inbrünstig bittend und flehend. So ins Gebet vertieft, spürte sie nicht, wie die Kälte des Steinfußbodens ihre Füße erstarren ließ, bis zu den Knien schlich, über die Schenkel stieg und immer höher. Als sich das Gefolge in die Wartburg begab, klapperte Elisabeth vor Frost mit den Zähnen. Im Palas sollte am Abend festliche Tafel gehalten werden, um den ersten Ausgang der jungen Mutter zu feiern.
Elisabeth saß während des Mahles an der Seite ihres Gatten, und Ludwig ließ verkünden, er gestatte es hinfort sei-

ner Gemahlin, bei jeder festlichen Rittertafel an seiner Seite zu sitzen, am Gespräch teilzunehmen und mit ihm gemeinsam zu speisen. Ein außergewöhnlicher Entschluß, da solches Vorrecht nur edlen Herren gebührte, die ihm an Rang und Ansehen am nächsten standen! Der Landgraf fing denn auch verwunderte Blicke auf und sah sich genötigt fortzufahren:
„Ich weiß wohl, daß dies nicht Sitte ist an den Burgen und Höfen. Der Frau ziemt es, unter ihresgleichen sitzend zu speisen. Ich aber will durch diese Gunst meiner Gemahlin Elisabeth besonders ehren und ihr für die Geburt des Landeserben danken."
Alle wandten ihre Blicke zur Landgräfin. Sie jedoch fühlte sich so matt, daß ihr die vielen Augenpaare zur Last wurden. Kaum konnte sie dem Landgrafen gebührend danken, dann mußte sie vorzeitig das Mahl verlassen.
Abwechselnd quälten sie Hitze und Kälte. Tagelang lag sie fast bewußtlos in irren Fieberträumen. Als sie nach Wochen das Lager wieder verließ, war sie nur noch Haut und Knochen. Klein-Hermann kannte seine Mutter nicht mehr, und seine blauen Augen starrten verständnislos auf den fremden Menschen, der ihn streichelte. Aus einer anderen Brust, ebenso weich und warm, war ihm wochenlang Nahrung gegeben worden, ein anderer Arm hatte ihn getragen, und jener Brust und jenem Arm galt nun sein erstes, erwachendes Kinderlächeln.
Nach und nach bezwang Elisabeths Körper das Fieber. Ihr Gemüt aber blieb von grauen Gedanken beschattet. In der schweren Krankheit, die sie bis an den Rand des Grabes gebracht hatte, sah sie die erste, bereits erwartete Buße Gottes, ihr auferlegt für ihr Glück.
„Ich bin vor Gott eine Sünderin. Glanz und Reichtum müssen mich in seinen Augen verächtlich machen." Solche und ähnliche Gedanken peinigten sie. Ludwig suchte ihr diese Gespinste zärtlich auszureden. Seine übergroße Freude über die Geburt des Sohnes, seine gesteigerte

Liebe und Fürsorge vermehrten noch Elisabeths Selbstzerfleischung. Alle liebten sie, alle waren gut zu ihr, und was tat sie? Sie nahm es hin, als gebühre ihr solche Gnade!

Eines Tages offenbarte sie sich ihrem Beichtvater, doch Pater Bertold tröstete gütig: „Ihr seid noch schwach und entkräftet, meine Tochter. Übt Euch in Geduld und betet. Nehmt die trübe Stimmung nicht so schwer, sondern vertraut freudig auf Gott, er wird diese Last auch wieder von Euch nehmen."

Des Paters Worte fruchteten nicht. Geduld? Gebet? Gar zu leicht erfüllbar schien dieses Gebot.

Ludwig wurde ungeduldig.

„Hör auf, dich zu quälen! Was soll das? Es ist keine Sünde, daß es uns gut geht, freu dich lieber darüber. Und zeige mir nicht den ganzen Tag ein trübes Gesicht. Das gefällt mir nicht!" Die Ermahnungen blieben zwecklos. Elisabeth saß scheu in ihrer Kemenate und weinte, sie floh die Menschen und die Feste, so daß man erneut für ihre Gesundheit fürchten mußte.

Die letzte Möglichkeit, so glaubte Ludwig, sei die, Meister Konrad auf die Wartburg zu bitten. Er wußte, daß Elisabeth blindlings dem Mönch vertraute, dessen strenges, frommes Leben sie bewunderte. Es schien, als hätte er tatsächlich das Richtige getroffen. Als er ihr mitteilte, Konrad werde kommen, sobald seine anderen Verpflichtungen ihm dies erlaubten, kehrten nach und nach Ruhe und Hoffnung zurück. Sie hatte das Empfinden, man habe eine schwere Last von ihr genommen und auf die Schultern eines anderen gelegt, der besser imstande sei, die Bürde zu tragen und ihr zu raten.

An einem kühlen Tag sah sie Konrad auf der Wartburg einreiten. Wieder ließ er sich von der kleinen Eselin schleppen, und Gerhard folgte ihm. Johannes fehlte diesmal.

Wenig später kam der junge Mönch zu ihr: „Der Meister erwartet Euch in der Kapelle, Landgräfliche Gnaden."

Elisabeth unterdrückte ein leises Erstaunen. Sie hatte gehofft, Konrad werde sie aufsuchen, aber wenn er es besser fand, das Gespräch im Antlitz Gottes zu führen, war es wohl richtig so. Gleichzeitig schalt sie sich selber: ‚Bin ich so hochmütig geworden, daß ich verlange, Gott solle durch seinen Diener mich aufsuchen, statt daß ich demütig mich ihm nahe!' Sie schämte sich. Das Kind, das gerade die ersten Sitzversuche auf ihrem Schoß machte, in Gutas Arm legend, folgte sie Bruder Gerhard.
Wieder stand Konrad, unbeweglich, unverrückbar, ein Bild, wie es Elisabeth über zwei Jahre hindurch in der Erinnerung gehabt hatte. Am Altar beugte sie vor ihm das Knie.
„Gelobt sei Jesus Christus!" Das war die schüchterne Stimme der Frau.
„In Ewigkeit, Amen", gab Konrad zurück.
Der Handkuß fiel diesmal so demütig aus, wie der Meister es erwartete. Elisabeth hatte sich an die strenge Art des Mannes gewöhnt und einen Teil ihrer anfänglichen Scheu verloren.
„Du hattest um mein Kommen gebeten. Was bedrückt dich?"
Vor dieser steinernen Gestalt schien es Elisabeth mit einem Male nichtig, ihre kleinen Frauensorgen auszubreiten. Wenn Ludwig sie nicht verstanden hatte, wie sollte dieser Fremde sie verstehen! Was mochte Konrad von ihr denken?
Stockend begann sie zu berichten und zu fragen. Ihre Blicke schweiften zuerst unruhig in der Kapelle umher, klammerten sich dann am Antlitz der Muttergottes fest. Es schien ihr leichter, der Madonna ihre Gedanken und Zweifel zu schildern, als sie vor Konrad auszuschütten.
„Darf ein Mensch glücklich sein, da es so viel Leiden gibt? Wie kann man dereinst die Seligkeit erlangen, wenn man hienieden nicht gelitten hat? Muß man nicht schon auf Erden das Kreuz tragen, um von Gott geliebt zu werden und nach dem Tode ins Paradies eingehen zu dürfen?

Harrt nicht die ewige Verdammnis derer, die in Glanz und Reichtum lebten? Mein Schwiegervater starb ohne Beichte, seine Seele war verwirrt. War es Gott oder der Teufel, der dies über ihn schickte? Ich finde mich nicht zurecht. Oft habe ich Angst. Dann glaube ich, Gott hätte mich verworfen. Manchmal bin ich froh, dann meine ich, es sei die Gnade des Herrn, die mich so mit Freude erfüllt. Ich weiß es nicht. Könnt Ihr mir nicht raten? Was soll ich tun?"

Ein leiser Ärger stieg in Konrad auf. Wegen solcher Lappalien hatte sie ihn rufen lassen! Sie, die Fürstin eines der größten deutschen Länder, benahm sich noch immer wie ein kleines unmündiges Mädchen!

Er hatte angenommen, es handle sich um irgendeine Tändelei, wie die Rittersfrauen sie trieben, wenn sie sich bei vollen Fleischtöpfen langweilten. In der Meinung, die Fürstin werde von solchem Vergehen bedrückt, das sie ihrem Gatten nicht einzugestehen wage, war er auf die Burg gekommen. Er hatte eine handgreifliche Sünde erwartet und sich schon in der Rolle des gestrengen Beichtvaters gesehen, der nach heftiger Strafpredigt dann doch den Strahl der Gnade Gottes über der zerknirschten Sünderin leuchten ließ und ihr Absolution erteilte.

Mit einem Satz könnte man ihre Besorgnisse entkräften und zerstreuen, und sie würde es glauben. Sie blickte ihn ja an, als ob nur er ihr sagen könnte, was sie tun solle. Aber war es klug, sie aus ihren Zweifeln zu erlösen? Wenn man sie jetzt beruhigte, ging sie getröstet nach Haus in die Arme ihres Gatten, und mit seinem eigenen Einfluß bei ihr war es zu Ende. Ähnliche Stimmungen hatten junge Mütter wohl manchmal, wenn sie sich noch schwach und müde fühlten. Doch das gab sich. Man mußte die günstige Gelegenheit nützen, ehe es zu spät war. Die da vor ihm kniete und die Hände rang, war ein schwankender Mensch. Es war einfach, ihr vermeintliche Sünden zu vergeben; weit ratsamer aber schien es,

sie der Qual ihrer Selbstvorwürfe zu überlassen. Damit würde ohne Zweifel möglich, auch auf den bisher unzugänglichen Landgrafen Einfluß zu gewinnen. Besaß man einmal Macht über dieses seltsam naive Frauenwesen, so war die geheime Mission, die ihn an diesen Hof geführt hatte, gesichert. Hier liefen nicht nur die politischen Fäden im engeren Bereich der thüringischen und sächsischen Gebiete zusammen; im Süden grenzte auch das Bistum Bamberg an den landgräflichen Machtbereich. Dort saß der Bischof Ekbert, einst landflüchtig, weil er sich allzu stark in das politische Ränkespiel eingemischt hatte – von Ludwigs Vater, dem Landgrafen Hermann, jedoch begünstigt und den Thüringern von da an wohlgesonnen. Ob Elisabeth wohl wußte, daß Ekbert, ihr als Onkel verwandtschaftlich verbunden, sich damals für die frühe Verlobung mit dem elfjährigen Ludwig eifrig verwendet hatte, um damit die eigene, nur mit Mühe wiedergewonnene Position zu festigen? Schließlich und endlich, die für die Kirche bedrohlich anwachsende Freundschaft zwischen Ludwig und dem Kaiser blieb immer wieder mit Argwohn zu beobachten. Sie vor allem erheischte es, daß er, Konrad von Marburg, hier auf der Wartburg den Einsatz wagen mußte.
Und das Kind, das sich jetzt hier im Staube vor ihm duckte, war das Instrument, dessen er sich zu bedienen hatte! Mochte sie leiden, wenn er sie nun wie weiches Wachs zu formen begann. Man würde Mittel finden, ihr das Opfer zu versüßen.
Und da war noch eins, bedrängend, obwohl er es nicht wahrhaben wollte. Wieder fesselte ihn, wie schon bei der ersten Begegnung, ihr fremdartiger Reiz. Der Gedanke, sie beherrschen zu können, kehrte hartnäckig wieder, wenn er gerade glaubte, ihn vertrieben zu haben. Noch war es nicht soweit! Wenn er Macht über Elisabeth gewinnen wollte, mußte er vorsichtig zu Werke gehen. Abwägend betrachtete er die Frau. Am Tage ihrer Hochzeit hatte sie blühend ausgesehen. Jetzt lagen tiefe,

graue Schatten unter den Augen, in denen es angstvoll flackerte.
So sanft es irgend anging, brach seine knarrende Stimme das Schweigen: „Ich habe lange über deine Worte nachgedacht, meine Tochter, und will kein voreiliges Urteil über deine Zweifel sprechen. Was sagt dein Gemahl dazu? Sicher hast du doch mit ihm über deine Anfechtungen gesprochen?"
Elisabeth nickte. „Er konnte mir nicht helfen. Er meinte, ich machte mir unnötig Sorgen. Gott selbst habe die Herrscher über das Volk gesetzt. Also sei unsere Macht von Gott gewollt."
Konrad zuckte betroffen zusammen. Dieses Argument wog schwer. Er konnte es nicht entkräften. Zwei, drei zustimmende Worte von ihm hätten jetzt genügt, und Elisabeth wäre beruhigt und getröstet gewesen. Mit der Wiederkehr ihrer vollen Gesundheit würden auch die seelischen Schatten schwinden. Doch der Wunsch, Elisabeths Augen noch öfters in angstvollem Flehen auf sich gerichtet zu sehen, siegte.
Das Argument von der Gottgewolltheit des Fürstentums umging er. Ihm konnte er nichts entgegensetzen. Aber die Bibel war vielseitig. Es ließ sich immer das geeignete Wort finden, das man gerade brauchte. „Denke an das Gleichnis vom armen Lazarus!" verwies er sie. „Denke an dessen Ende! Er war es, der nach seinem Tode an Gottes Tafel saß! Die reichen Prasser aber endeten in der Hölle! Warum also fragst du noch, was ich dir rate? Willst auch du dereinst an Gottes Tafel sitzen, so mußt du schon jetzt so speisen, wie der arme Lazarus speiste. Alles, worauf du jetzt verzichtest, wird Gott dir im Paradies um so herrlicher darreichen. Achtest du aber mein Gebot nicht, wird er dich um so härter strafen!"
Bergeslasten sanken auf Elisabeth hernieder. Sie hatte es gewußt. Ihr Reichtum war Sünde! Jede leise Hoffnung, die sie nach Ludwigs tröstenden Worten noch in sich genährt hatte, zerbrach. Konrad beobachtete genau,

was in ihr vorging. Erbarmungslos fuhr er fort: „Du weißt, es steht geschrieben: Gott ist ein gütiger Gott. Aber er ist auch ein strenger und gerechter Gott. Er wird die Sünden der Väter heimsuchen an ihren Kindern; warum, glaubst du wohl, schickte Gott vor Jahren in der Weihnachtszeit, der Zeit, da wir den Geburtstag Seines Sohnes feiern, das schreckliche Unwetter über Sachsen und Thüringen? Häuser wurden in Abgründe gerissen, Menschen und Vieh ertrank in den Fluten. Als das Wasser sich verlief und man die Leichen barg, hatten die einen ganz weiße Haut, die anderen kohlschwarze. So zeichnete der Herr die Gottlosen, die Prasser und alle, die Böses taten. Ein Zeichen des Himmels war dies, daß wir über den eitlen weltlichen Dingen nicht vergessen, Gott zu dienen."

Die Last auf Elisabeths Herzen wuchs.

„Du kennst das Ende des Landgrafen Hermann", erhob er die Stimme wieder. „Was man dir auch erzählt haben mag: Ja, ja, ja! Er starb als ein von Gott Verdammter. Gott allein vermag alles. Er hätte ihn den Klauen des Satans entreißen können, er hätte die Verwirrung von ihm weichen lassen können, damit Hermann beichten und die Sterbesakramente empfangen konnte. Wenn er es gewollt hätte! Und willst du auch wissen, wofür ihn der Herr verdammte zu ewiger Höllenpein? Denke an dein eigenes Leben. Üble Sitten herrschten am Thüringer Hofe, ein Kommen und Gehen von Gästen. Das war ein Fiedeln, Flöten, Pfeifen und Fanfarengeschmetter, daß man kaum sein eigenes Wort verstehen konnte. Wo blieb da das Wort Gottes? Unsummen Geldes wurden verpraßt." Konrads Stimme schwoll an vor Eifer. Wie ein Gewitter grollte sie über Elisabeth.

„Der Landgraf nahm Steine, die er dem Bau einer Klosterkirche in Reinhardsbrunn gelobt hatte, und ließ damit die Gothaer Stadtbefestigung verstärken. Wozu? Um seine eigene Macht zu festigen. Da riß Gottes Langmut!"

Konrad besaß vorzügliche Kundschafter. Seit er in Thüringen weilte, hatte er nicht geruht, bis er alles wußte, was ihn wissenswert dünkte. So konnte er jetzt fortfahren und die Ängste in helles Entsetzen verwandeln:
„Und deine Mutter? Frau Gertrud? In deinen Augen war sie eine strahlende Fürstin. Was aber war sie vor Gott? Eine sittenlose Verschwenderin, eine Ehebrecherin. Darum ward auch ihr ein Ende des Schreckens!"
„Nein! Nein!" stöhnte Elisabeth zitternd und fühlte: Jetzt mußte etwas Grauenvolles über sie hereinbrechen. War es das, wovor sie sich so lange gefürchtet hatte? …
Konrad stutzte. Ging er zu weit? Erreichte er vielleicht gerade das Gegenteil von dem, was er wollte, wenn er sie zu hart anfaßte? Regte sich in ihr der Stolz der Fürstin? Verbot sie ihm jetzt jedes weitere Wort? Aber er wollte, er konnte sich nicht mehr mäßigen. „Doch", beharrte er. „Auch sie starb keines christlichen Todes! Unter den Dolchstößen des ungarischen Ritters Bank Ban verströmte sie ihr Leben. Sündenschuld auch bei ihr!"
Elisabeth lag mit dem Gesicht auf den Altarstufen. Ihre Schultern bebten in fassungslosem Schluchzen.
„Fragst du noch, was du tun sollst? Weißt du es wirklich nicht selbst? Übe dich in Demut! Verfalle nicht noch tiefer in die Liebe zu Reichtum und Pracht! Halte dich den Gelagen fern! Tue Buße! Bete! Laß ab von der Liebe zu allem Tand! Nimm dich der Kranken und Elenden an! Gehe des Nachts in die Kapelle, opfere den Genuß des Schlafes auf weichem Lager und wache gemeinsam mit dem, der nie schlummert. Und denke immer daran: Vor Gottes Angesicht bist du nur ein Staubkorn unter vielen anderen!"
Damit schien es ihm für heute geraten, die junge Frau ihren eigenen selbstquälerischen Gedanken zu überlassen.
Er schlug das Kreuz über Elisabeth. „Unser Gespräch ist beendet. Ich werde wiederkommen und sehen, wie du meine Worte beherzigst. *Dominus tecum.*"

Die junge Fürstin, die geglaubt hatte, eine schwere Last werde sich von ihr lösen, kehrte mit einer noch größeren Bürde zurück in ihre Kemenate.

V

Im Jahre 1221 war in Sachsen der Markgraf Dietrich von Meißen gestorben. Er ließ Jutta, die älteste Schwester des Landgrafen Ludwig von Thüringen, als Witwe zurück. Das Söhnchen Heinrich war beim Tode des Vaters drei Jahre.

Ruhe und Sicherheit an der Grenze hingen in erster Linie von der Stärke des Meißener Markgrafen ab. Nun, da die Herrschaft in Sachsen in den Händen einer Frau und eines kleinen Kindes lag, gab es genug deutsche Fürsten, den Kaiser nicht ausgenommen, die mit Unruhe einen Aufstand der Polen erwarteten, denen man zuvor große Teile ihres Gebietes geraubt hatte.

Von Thüringen aus war es Ludwig nicht möglich, genau zu überblicken, wie der sächsische Adel sich verhalten werde. So ließ der Landgraf kurzerhand seine besten Ritter und Knechte in Sachsen einmarschieren. Er selbst begab sich nach Meißen und nahm dort Frau Jutta und ihr Söhnchen unter seine Vormundschaft. Ein kleiner Teil der Adligen war froh; wurde ihnen damit doch jede Verantwortung abgenommen. Die Markgräfin aber und die größere Zahl der Edelleute empfanden diesen Schritt als ungebührliche Anmaßung. Es gab Krieg in Sachsen, viele Burgen und Festungen wehrten sich und sperrten Ludwig den Durchzug durch ihre Gebiete. Ludwig beantwortete solche Aufsässigkeit damit, daß er Leipzig im Sturm eroberte und Schloß Tharandt überrannte.

Eine kurze Ruhepause trat ein. Die schnelle Niederlage

gab den Sachsen zu denken. Aber Jutta wollte nicht nachgeben. Sie fühlte sich im Recht. Von neuem wurden die Kämpfe entfacht. Ludwig ließ seinen Mannen die Zügel locker. Von strengen Strafen für Plünderung, Brand und Vergewaltigung war nicht mehr die Rede. Nun bekamen die Thüringer erst die rechte Lust zum Streiten!
Drei Jahre lang währte der Krieg zwischen Sachsen und Thüringen, der Kampf um die Macht zwischen Bruder und Schwester. Drei Jahre verbrachten die Thüringer Ritter mehr Zeit im Sattel als zu Hause. Drei Jahre lang konnten die Bauern in Sachsen ihre Felder nur notdürftig bestellen. Selbst wo es möglich war, fehlte ihnen die Lust zur Arbeit, denn der nächste Heerzug, der über sie kam, gleich ob es die eigenen oder fremden Ritter waren, nahm doch alles mit, ließ ihnen bestenfalls die leeren Kammern, und gar zu oft wurden auch diese noch niedergebrannt. Drei Jahre zog Ludwig kreuz und quer durch Sachsen, drei Jahre, die ihm Erfolge, dem Land aber Hunger und Elend brachten.
Der Kaiser, der es für besser hielt, sich auf *einen* mächtigen Freund zu stützen als auf viele kleine Adlige, deren er nie recht sicher war, ließ Ludwig gewähren. Ja, er bestätigte ihm sogar die Vormundschaft über seinen Neffen Heinrich und das Recht der Thronfolge in Sachsen, falls dem Neffen etwas zustieße.
1223 hatte sich Frau Jutta wieder vermählt. Sie verlangte von ihrem Bruder, daß ihr zweiter Gatte, Graf Poppo aus dem Grafengeschlecht der Henneberger, nun auch Vormund des inzwischen fünfjährigen Heinrich und damit Regent in Sachsen werden müsse. Ludwig war dazu nicht bereit. Zuviel Geld, zuviel Ritter und Knechte hatte er schon in diesem Krieg hingegeben. Sollte er sich da ohne jeden Gewinn zurückziehen? Es gab erneut böses Blut zwischen den Geschwistern, als Ludwig erfuhr, daß sich Frau Jutta mit Mann, Kind und den getreuesten Rittern in der Festung Colditz verschanzt hatte und dort alles, was an waffenfähigen und kampf-

willigen Männern noch zu ihr hielt, um sich zu sammeln begann.
Ludwig ließ ihr dazu nicht Zeit, er zog gegen Colditz. Aufmerksam beobachtend umritt er im Schutze der Wälder die Burg. Während sie von der Mulde her wegen der steil abfallenden Felswände vollkommen uneinnehmbar schien, war sie auf den anderen Seiten durch dichte Wälder leichter zu erreichen. Aber hier war alles scharf bewacht und stark befestigt. Sicher erwarteten von hier aus die Colditzer den Angriff. Darauf gründete Ludwig seinen Plan. Er befahl den Thüringern, sich am nächsten Abend, sofort bei Einbruch der Dunkelheit, in den Wäldern vor Colditz zu sammeln. Das sollte auffällig und laut geschehen.
Nur einige wenige aus der Schar der Ritter nahm er mit sich. Sie folgten ihm, gedeckt durch Sträucher und Büsche, bis dicht unter die Felswände. Er wies auf das Flußufer und hinauf zur Burg:
„Von hier aus fürchten die Colditzer keinen Angriff. Wenn sie heute abend drüben unseren Lärm hören, erwarten sie morgen früh unseren Sturm von der Waldseite her. Ihr aber sollt heute nacht schon über diese Felsen hinaufklettern, die Besatzung überraschen und versuchen, uns die Tore zu öffnen."
Die jungen Heißsporne fanden die neue Angriffsart verlockend; sie versprach tatsächlich einen überraschenden Erfolg.

Ohne das sonst übliche Fanfarengeschmetter begann sofort nach Dunkelwerden der Angriff auf die Steilwände. Während im Wald große Wachtfeuer entzündet wurden und eine kleine Schar von Männern lärmen mußten, was ihre Kehlen nur hergaben, damit die Colditzer Späher glaubten, die Thüringer wären immer noch beim Sammeln, schlichen sich die übrigen Ritter so nah an die Burg heran, wie es im Schutze des Waldes nur irgend möglich war. So konnten sie sofort, wenn in der Burg die

Unruhe begann, von außen ihren Kameraden zu Hilfe kommen. Weit schwieriger war es für die Wagemutigen, die Felswände zu erklimmen. Nie hatten sie etwas Ähnliches versucht. Außer Helm und Schwert führten sie noch Maueranker und Strickleiter mit sich. Das alles hinderte sie beim Klettern, verfing sich in den Brombeerranken, die den unteren Teil der Felsen überzogen. Doch der Mondschein begünstigte die Angreifer, denn der Burgschatten entzog sie den Blicken der Wächter, während man oben auf den hell beleuchteten Mauerzinnen jedes Steinchen sehen konnte. Als die ersten Strickleitern an den Wänden saßen, wurde das Weiterkommen leichter.
In Colditz rechnete man tatsächlich nicht mit solch einer nächtlichen Überraschung. Ehe auf den Alarmruf des Wächters hin die Burgmannschaft kampfbereit war, hatten die ersten Gegner schon die Mauern erklommen, und Haken und Leitern saßen für die Nachdrängenden in den Ritzen und Spalten des Gemäuers fest.
Die Verteidiger konnten nicht in Ruhe zielen, wohin sie ihre Steinbrocken schleudern oder ihr siedendes Pech schütten sollten. Denn sobald oben gegen den hellen Nachthimmel sich ein Kopf oder auch nur ein Arm zeigte, zischte ein Pfeil, und er verfehlte selten sein Ziel.
Zwar mußten viele der Thüringer Ritter bei diesem Nachtangriff ihr Leben lassen; zerstückelt und zerfetzt fielen ihre Körper in den Burggraben. Aber als der Morgen graute, hatte sich doch eine verwegene Gruppe über die Mauer bis zum Tor durchgekämpft, um es von innen zu öffnen. Damit war die Vorburg für die Sachsen bereits verloren.
Ludwig schickte seiner Schwester einen Unterhändler. Bei sofortiger bedingungsloser Übergabe der Burg wurde der Besatzung Schonung und dem Fürstenpaar mit Gefolge freies Geleit nach Meißen zugesichert. Der ehrgeizige Burghauptmann von Colditz aber riet zur Fortsetzung des Kampfes. „Der Bergfried selbst ist un-

einnehmbar!“ erklärte er starrsinnig. „Nur ein Narr übergibt eine solche Festung!“
Jutta gab dem Boten im Vertrauen auf die kriegerische Tüchtigkeit ihres Kommandanten eine abschlägige Antwort. Der Burghauptmann aber, der seinen Groll über die bisherige Niederlage kühlen wollte, stieß dem Unterhändler die Faust ins Gesicht, daß dem das Blut aus Mund und Nase schoß, und schrie: „Wir fürchten deinen Herrn ebensowenig wie dich! Wenn er Mut hat, soll er nur kommen!“ Mit einem Fußtritt wurde der Bote durch das spaltbreit geöffnete Tor zur inneren Burg hinausgetrieben.
In Ludwig kochte der Zorn. Er befahl sogleich den Sturmangriff. Stilles Anschleichen war jetzt nicht mehr notwendig. Mit wildem Geschrei und Getöse rannten die Thüringer wieder und wieder gegen die Mauern an. Die Burg um jeden Preis nehmen und ihm Frau Jutta und das Kind lebendig übergeben! hieß des Landgrafen Befehl. Stundenlang tobte ein Gemetzel, gegen das der Angriff auf die Vorburg harmloses Geplänkel gewesen war. Jeder Mauervorsprung, jede Ecke, jedes Gemach wurde zum Hinterhalt und mußte erkämpft werden. Als der Tag zu Ende ging, blieb Ludwig Sieger. Er ließ Jutta mit ihrem Gemahl und den Überlebenden in den Palas bringen. Auf seinen Befehl mußten zum Schluß einige Sachsen auch noch alle ihre Gefallenen hineintragen.
„Nehmt Abschied von Euren Getreuen, Frau Jutta! Ihr seht sie jetzt zum letzten Mal!“ Ludwigs Gesicht war hart und erbarmungslos. Jutta von Meißen starrte ihren Bruder mit haßerfüllten, rotgeweinten Augen an, schwieg aber.
Ludwig winkte. Einer nach dem anderen wurden die besiegten sächsischen Ritter vor Jutta und Graf Poppo geführt. Ein kurzes Nicken des Landgrafen: ein Schwert zuckte, und ein Haupt nach dem anderen fiel. Jutta stand bleich und starr wie ein Steinbild. Sie war Fürstin. Ihr Spiel war verloren, aber sie wollte stark bleiben bis zu-

letzt. Erst als von ihren Getreuen keiner mehr lebte, brach sie bewußtlos zusammen.
Ludwig ließ sie hinaustragen. Schwester und Schwager wurden zusammen mit dem Kind nach Kloster Zella bei Nossen gebracht. In alle Räume der Burg Colditz warfen die Thüringer Feuerbrände. Zusammen mit den toten Leibern ihrer Verteidiger ging sie in Flammen auf.
Jutta und Graf Poppo beugten sich nun der Gewalt des Siegers, der die Oberhoheit über ihre Lande in Anspruch nahm und, einmal im Zuge, bis über die Grenze nach Polen vordrang. Die Festung Lebus hatte bisher als uneinnehmbar gegolten. Sie war die stärkste Schutzwehr des polnischen Königs an der Grenze gegen Sachsen. In wenigen Tagen machte sie Ludwig dem Erdboden gleich, obwohl hierzu weder Grund noch Recht bestand. Nun zog ein großer Teil des sächsischen Adels einen ruhigen Frieden unter Ludwigs Besatzung den dauernden Unruhen und Kämpfen vor.

Im Jahre 1224 gebar Elisabeth ihrem Gatten das zweite Kind, eine Tochter, die den Namen Sophie erhielt. Ludwig, des Streitens im Augenblick müde geworden, verließ seine Mannen und kehrte auf die Wartburg zurück, nicht ohne seine zuverlässigsten Hauptleute in den wenigen noch brauchbaren sächsischen Burgen zurückzulassen.
Höflich lud er die angesehensten Herren des Meißner Adels ein, sie möchten ihn zusammen mit Graf Poppo auf der Wartburg besuchen, damit man in aller Ruhe und auch in Freundschaft das Weitere beraten könne. Sie sollten ihm als liebe und geachtete Gäste willkommen sein. Er hege wegen des Vergangenen keinen Groll gegen sie.
Markgräfin Jutta und ihre Herren schluckten den Haß verbissen hinunter. Jedes Aufbegehren war im Augenblick sinnlos. Der Sieger, der das ganze Land zu Boden geworfen hatte, konnte leicht freundlich sein!

Elisabeth lief unruhig in der Kemenate auf und ab. Es war eine Qual! Wann endlich kamen denn die Ritter aus Meißen! Zwei Vorreiter hatten schon lange gemeldet, daß der Reisezug um die dritte Stunde nach Mittag eintreffen werde. Sophie, die aus dem Kloster heraufgekommen war, um am Empfang teilzunehmen, bemerkte die Unruhe ihrer Schwiegertochter. Sie wußte den Grund, konnte aber trotzdem die junge Frau wieder einmal nicht verstehen. Seit über vier Jahren war Elisabeth nun Landgräfin zu Thüringen und Hessen, Herrin der Wartburg, hatte dem Landgrafen einen Erben geboren und danach einer Tochter das Leben geschenkt. Man sollte meinen, sie hätte sich in ihr Herrscheramt hineinfinden müssen! Aber noch immer blieb sie ihren fürstlichen Pflichten gegenüber uneinsichtig. Eine leise Ungeduld regte sich in Frau Sophie. Sie zwang sich jedoch zur Ruhe und zog Elisabeth in ein Gespräch. Da sie sich beide allein im Gemach befanden, ließ sie die höfische Anrede fallen. Seit Elisabeth Fürstin war, hatte auch die Schwiegermutter im Beisein anderer ihr immer die der Landgräfin gebührende Achtung gezollt, gegen den Willen Elisabeths. Aber Frau Sophie hielt streng auf höfische Formen, auch ihrem Sohn gegenüber. Jetzt benutzte sie wie früher das vertrauliche Du.
„Ich bin froh, liebes Kind, daß Graf Poppo dieser Einladung gefolgt ist. Wenn Gott es will, wird doch nun endlich dieser Hader in der Familie aus der Welt geschafft. Es tut mir weh, wenn meine eigenen Kinder sich untereinander bekämpfen.“ Sophies Stimme merkte man an, daß dies keine leeren Worte waren. „Aber was mich als Mutter schmerzt, als Fürstin begreife ich es. Trotzdem bin ich froh, daß endlich wieder Ruhe und Frieden einkehren.“
Elisabeth fragte kindlich: „War es denn notwendig, daß mein Gemahl sofort nach dem Tode unseres Schwagers in Sachsen einmarschierte, um seine Schwester Jutta und ihr Söhnchen unter Vormundschaft zu nehmen? Mußten

dies nicht Markgräfin Jutta und etliche sächsische Herren als eine ungebührliche Einmischung empfinden?"
Sophie seufzte. Dieses Kind begriff doch nie, worum es wirklich ging! Politische Notwendigkeiten verstand sie nicht einzuschätzen.

Ludwig allerdings wußte genau, daß der sächsische Adel ihm diese Vormundschaft neidete, gar jetzt, nachdem sich Markgräfin Jutta wieder verheiratet hatte. Er wollte jeden Schein von Hochmut beim Empfang der Gäste vermeiden und hatte Elisabeth dringend gebeten, bei der Begrüßung zugegen zu sein. Sie wagte nicht, es abzulehnen, aber ihr Schweigen erzürnte ihn.
„Verstehst du denn nicht", versuchte er sie zu belehren, „diese Vormundschaft über Meißen bedeutet für uns, daß alles mitteldeutsche Land von der Lahn bis an die Elbe, ja an manchen Stellen bis an die Oder, dem Thüringer Fürstengeschlecht untertan ist!"
Elisabeth glaubte wohl, daß das wichtig sein könne; aber war es wirklich so viel wichtiger als der Dienst an Gott? Sie wagte einen schüchternen Einwand: „Nur mit Gottes Hilfe konntest du zu solch großer Macht gelangen." Ludwig lächelte spöttisch. Er wußte es besser, mit wessen Hilfe er zur Macht gelangt war, und er wußte auch, daß er gut daran tat, sich nicht allein auf Gottes Schutz und Hilfe in dieser Sache zu verlassen, sondern mehr auf seine eigene Klugheit und auf die Schwerter seiner Leute. Und diese eigene Klugheit gebot ihm nun, sich den Meißner Herren gegenüber ganz besonders freundschaftlich zu zeigen.
Elisabeth, die sonst ihrem Manne in allem zu Willen war, konnte sich nicht zufriedengeben. Magister Konrad wollte an diesem Tag in der Nikolaikirche in Eisenach wider Sünde und Hochmut predigen. Der Meister befand sich auf einer Reise durch Thüringen. Er hatte die Landgräfin ernsthaft aufgefordert, diese Predigt nicht zu versäumen. Und nun saß sie hilflos hier. Wie würde der

strenge Magister sie verachten, wie würde Gott selbst sie verachten, wenn sie nicht bereit war, den Dienst an Gott höher zu stellen als den weltlichen Hofdienst.

Sie sah nach dem Sonnenstand. Es war hoher Mittag, aber noch waren die Gäste nicht da. Und wenn sie endlich erschienen, konnte sie nicht ohne weiteres davongehen, bevor die Hoftafel zu Ende war. Wo sie nur blieben? Müßten sie nicht längst eingetroffen sein? Elisabeth zerrte an den Fingern, öffnete und schloß nervös die Spange an ihrem Mantel wohl zwanzigmal hintereinander. Da! Endlich der erlösende Hornruf! Die Schar trabte durch die Vorburg, die Zugbrücke dröhnte, es war Zeit, den Herren entgegenzugehen. Nun wurde es Elisabeth auch klar, warum die jungen Boten soviel früher da waren als die hohen Herren selber. Die Sachsen trugen auf kurzen stämmigen Beinen recht umfangreiche Bäuche spazieren. Ihre Pferde hatten gehörig zu schleppen. Zuerst begrüßten sich die Herren mit ungeheurem Wortschwall, dann kam Elisabeth an die Reihe, dann die anderen Damen. Die junge Landgräfin zwang sich zu einem schwachen Lächeln. Wie lange wollten die Männer noch reden! Wiederum stand es ihr nicht an, die Begrüßung abzubrechen. Sie ertappte sich dabei, daß sie wie ein Tanzbär auf heißem Stein von einem Fuß auf den anderen trat. Sie nahm sich zusammen, als sie ein leise strafender Blick ihrer Schwiegermutter streifte.

Noch immer kam sich Elisabeth wie ein kleines Mädchen vor, auch wenn sie mit Ludwig zusammen Frau Sophie im Kloster aufsuchte. Mutter und Sohn waren dann sofort in ein Gespräch vertieft, von dem Elisabeth wenig verstand. „Neue Steuer schaffen“, hörte sie, und „auch wieder nicht zu hoch ansetzen, sonst laufen zu viele Bauern davon, und wir haben den Schaden.“ Wenn Ludwig dann höflichkeitshalber fragte, was sie dazu meine, blickte sie ihn verständnislos an und zuckte die Schultern. Stets versuchte Sophie ihr zu erklären, worum es ging. Begriffen hatte sie es dennoch nie. „Ich weiß nicht, ord-

net es nur, wie Ihr es für richtig haltet. Das ist immer das Beste", pflegte sie freundlich auf eine solche lange Rede zu entgegnen. Und so hatte es sich nach und nach eingebürgert, daß bei besonders wichtigen Anlässen Sophie aus dem Kloster heraufkam, um ihr die Pflichten abzunehmen und dadurch ihren Sohn zu unterstützen.
Auch heute stand die Landgräfin-Mutter wieder, wie selbstverständlich, allen Frauen voran. Trotz ihres Alters hielt sie sich noch immer sehr gerade und überragte um ein ganzes Stück die kleinere Elisabeth, die ohnehin das Haupt träumerisch vorgeneigt hielt. Sophie verschmähte zwar jeden Schmuck, weil sie sagte, er zieme sich nicht für eine alte Frau, die als Witwe im Kloster lebe. Aber ihre Kleider mußten immer vom feinsten und teuersten Stoff sein. Sie trug nur lichtgraue Gewänder, auch ihre Pelze wählte sie von gleicher Farbe, weil dies die Farbe der Stille und Sanftmut sei. Die Frauen am Hofe aber meinten, sie kleide sich so, weil es ihr zu den noch immer scharfen blauen Augen und dem grauen Haar am besten zu Gesicht stehe. Wie sie nun die Gäste begrüßte, war sie zweifellos eine Persönlichkeit, mit der man rechnen mußte, und trotz der Landgrafenkrone und dem fürstlichen Schmuck wirkte Elisabeth nicht sehr bedeutend neben ihr.
Gottlob, endlich setzte sich der Zug in Bewegung und schritt in den Palas. Aber die Gäste mußten erst baden, sich umziehen und ausruhen, ehe zu Tisch gegangen werden konnte. Elisabeth versank nach und nach in die Gleichgültigkeit der Verzweiflung. Nun war sowieso alles vergebens. Sie konnte nicht zur Predigt gehen. Immer kreisten ihre Gedanken um diesen Punkt. Mühsam unterdrückte sie die Tränen. Kaum einen Bissen brachte sie hinunter. Sie vermochte sich nicht an der Unterhaltung zu beteiligen. Sophie mußte schon wieder einen leisen mahnenden Blick zu ihr hinwandern lassen. Aber da die Sachsen guten Appetit verspürten, kam kaum eine Unterhaltung auf und Elisabeths Schweigen wurde nicht

weiter bemerkt. Noch während der Tafel gab sie einem der Edelknaben einen leisen Befehl, ihr Pferd gesattelt bereitzuhalten. –
So schnell das Tier den steilen Pfad bewältigen konnte, doch ohne Hoffnung, noch zurechtzukommen, ritt Elisabeth nach Eisenach hinunter. Der Weg schien ihr heute doppelt so lang als sonst zu sein. Endlich erblickte sie die Nikolaikirche. Sie ließ sich vom Pferd gleiten, ehe der Reitknecht ihr helfen konnte. „Warte hier auf mich!" rief sie Guta zu, die ihrer Herrin kaum zu folgen vermochte, und stemmte sich mit ihrer schmächtigen Gestalt gegen die schwere, eisenbeschlagene Kirchentür. Langsam und widerwillig gab der Torflügel nach. Die Augen der Fürstin irrten wie gehetzte Vögel über die Bänke – leer! Die Predigt war schon vorbei. Ein trockenes Schluchzen würgte sie in der Kehle. Sie hatte eines Priesters Gebot nicht erfüllt, nun würde es als Sünde auf ihr lasten! Blind für ihre Umgebung schritt sie durch das Kirchenschiff nach vorn. Sie sah nicht die graue, düstere Gestalt, die seitlich an einer Säule lehnte und jede Bewegung der jungen Fürstin aus dem Dunkel heraus verfolgte. Vor dem Altar warf Elisabeth sich nieder. Leise und vorsichtig schob sich der graue Schatten näher. Jetzt stand er dicht hinter der Frau, in einer Haltung, als ob er sich auf sie stürzen wollte. Er hörte ihr Flüstern: „Mein Gott, es tut mir innig leid, daß ich dich beleidigt habe, denn du bist unendlich gut und verehrungswürdig. Meine Sünde ist etwas überaus Böses vor deinem reinsten Auge. Ich nahm mir fest vor, mit deiner Hilfe und Gnade nicht mehr zu sündigen, und bin doch wieder schwach geworden. Sieh, ich liege hier im Staub vor dir. Ich flehe dich an: Vergib, oh vergib! Ich umfasse deine Knie und küsse demutsvoll die Wundmale deiner Füße, ich presse meine Lippen voller Inbrunst auf alle Stellen, da die Häscher deinen heiligen Leib verletzten, mein geliebter Jesus, laß deine Güte und deine Gnade über mich hinströmen, entreiße mich der wilden Verzweiflung! Enthülle dein süßes,

göttliches Antlitz wieder und vergib!“ Immer heißer, inbrünstiger wurde das rasende Geflüster. Verzückt hatte die Betende sich zurückgeneigt und die Hände zum Kruzifix aufgereckt. Die schwärmerische Gotteshingabe machte den Mann in ihrem Rücken fast wahnsinnig. Einmal, einmal so angebetet werden! Nicht immer nur der Mittler sein! Die Frauenliebe der jungen Landgräfin gehörte allein dem Landgrafen, ihre Seele allein Gott – was blieb für ihn? Nichts!

Nichts? Ein unheimliches Lächeln huschte über das Gesicht des Lauschers. Für ihn blieb die Macht! Die Möglichkeit, im Namen Gottes diese Frau zu beherrschen, zu beherrschen bis zur Knechtschaft.

Das Flüstern war verstummt. Er beugte sich weiter vor. Ein hastiger Atemzug traf die Wange der Fürstin. Mit einem entsetzten Schrei sprang Elisabeth auf, irre Angst in den Augen. Sie hatte sich allein geglaubt. Voller Grauen erkannte sie die unerbittliche Gestalt, die riesengroß über ihr drohte. Sie blickte in ein verzerrtes Männergesicht, sie sah, wie zwei Hände nach ihr griffen. Sie vergaß alles, den heiligen Raum, die Nähe Gottes, die Augen der heiligen Jungfrau – sie schrie, schrie lang und gellend, sprang zurück, stolperte und fiel. Da hatte der Mann sie gepackt, hielt sie an den Oberarmen und schüttelte sie wie eine willenlose Puppe in blinder, rasender Wut.

„Du! Wo warst du? Habe ich dir nicht als Buße auferlegt, du solltest dir meine Predigt gegen den Hochmut anhören und tief in dein Herz schreiben! Und du? Hoftafel! Empfang! Du konntest nicht fort. Alles weiß ich, alles. Schwelgerischem Gelage hast du dich hingegeben! So dienst du Gott! So übst du Demut!“ Ein harter Schlag traf die Wange der Fürstin. Der Griff ließ los. Elisabeth taumelte und stand. Sie war wie erstarrt über den Ausbruch. Es machte ihr Mühe, in diesem vor Zorn tobenden Mönch den kalten, steinernen Meister Konrad wiederzufinden. Aber er war es, der sie so gezüchtigt hatte. Noch stand er vor ihr, die Hand erhoben. Beide starrten sich an. Da geschah das, was der Mann am wenigsten erwartet hatte. Elisabeth sank in die Knie und erfaßte die Hand, die sie geschlagen hatte. Konrad spürte ihren demütigen Kuß. „Ich danke Euch, Meister Konrad, für Eure harte und strenge Züchtigung. Ich nehme sie hin als gerechte Strafe für meine Überheblichkeit und zugleich als Gnade Gottes, der mir durch diesen Schlag zeigen wollte, daß er mich zwar strafen, aber nicht in Sünde und Hochmut verharren lassen will. Er wird mich nach meiner demütigen Buße wieder erhören."

Konrad schob, noch immer überrumpelt von dieser Wandlung, das schöne schwarzhaarige Haupt beiseite, das sich von neuem zum Kuß über seine Hand beugen wollte. Verwirrung und Zorn stritten in seinem Innern. Zum ersten Mal im Leben fühlte er sich nicht als Herr der Lage. Er brauchte einen Augenblick Ruhe, um sich zu sammeln. Schließlich sagte er dumpf: „Geh mir aus den Augen! Heut und für immer! Du bist nicht wert, daß Gottes Sohn für dich am Kreuz starb! Du denkst nur an Lust und Völlerei. Gottes Fluch über dich!"

Er ließ die Frau auf den Altarstufen liegen und verließ die Kirche. Johannes, der, im Dunkel verborgen, gelauscht hatte, huschte hinter ihm ins Freie.

Guta und der Reitknecht hatten den Schrei der Fürstin nicht hören können. Das dicke Gemäuer spielte einige Male Fangball damit, bis der Widerhall erstarb, ohne nach draußen zu dringen. Aber beide bemerkten die völlige Verstörtheit der Landgräfin, und als sie den Kopf zur Seite wandte, erblickten sie das rot aufgelaufene Mal auf ihrer Wange. Es war bekannt, daß Magister Konrad in seiner Strenge schon manchen hart gezüchtigt hatte. Aber daß er es gewagt haben sollte, die Fürstin zu berühren, schien so unfaßbar, daß Guta beschloß, nichts bemerkt zu haben und, falls ihr die Fürstin selbst nichts eingestand, auch von nichts zu wissen. So entging man etwaigen Verwicklungen, die nach diesem Vorfall zwischen dem Landgrafen und Konrad von Marburg unvermeidlich schienen. Der Reitknecht aber nahm sich vor, am Abend beim Bierkrug alles, was er wußte und ahnte, den Zechern aufzutischen. Die würden Augen machen über seine Neuigkeiten!

Unten in der Stadt und oben auf der Burg gab es in dieser Nacht Menschen, die der Schlaf floh. Konrad schritt wie ein gefangenes Tier auf und ab. Er hatte sich wieder einmal selbst erkannt, wie er sich nicht gern sah: eitel, machtgierig, jähzornig bis zur Raserei. Wie hatte es nur so weit kommen können, daß er jetzt hier sich in Sorgen verzehrte, bei jedem Laut zusammenzuckte und glaubte, die Knechte des Landgrafen kämen schon. – Fliehen? Auf einem Esel des Nachts vor Reitern fliehen? Unsinn! Und wohin? Hier mitten in Thüringen? Unmöglich! Was auch kam, er mußte die Stirn bieten. Schließlich war er der Abgesandte des Laterans, Visitator und Ketzermeister in Deutschland und nur dem Heiligen Vater Rechenschaft schuldig. Aber würde ein so mächtiger Fürst darauf Rücksicht nehmen? Der Papst war weit, und die Wartburg hatte feste Mauern!
Wieder kroch das Grauen in ihm hoch und ließ sich nicht mit Vernunftgründen verscheuchen. Gewiß, Züchtigungen unter Mönchen und Nonnen waren seit jeher Teil der kirchlichen Bußübungen. Und hatte die Landgräfin ihn nicht selbst einst gebeten, er solle sie leiten und führen? Doch es war und blieb ungewöhnlich, eine Fürstin auf solche Art büßen zu lassen. Schon wenn sich Herrscherinnen freiwillig geißelten, hatte das stets unliebsames Aufsehen erregt.
Draußen im Gang vor der Klosterzelle, die ihm diesmal als Wohnstatt diente, waren Schritte zu hören. Kam man schon, ihn zu holen? Klirrten schon die Ketten? Er lauschte angstvoll. Gott sei Dank! Die Schritte gingen vorüber und verklangen in der Ferne … Mochte wohl nur der Bruder Pförtner auf seinem nächtlichen Rundgang gewesen sein.

Verwünschte Hirngespinste! Er atmete auf, griff zum Tonkrug und trank gierig einen Schluck Wasser, setzte den Krug hart auf die Tischplatte und verspann sich erneut in Gedanken. Die Szene in der Kirche tauchte nochmals aus der Erinnerung auf. Wie hatte ihn nur dieses winzige Geschöpf so verwirren können! Einfach nur dadurch, daß sie sich ihm bedingungslos unterwarf, ohne ihn jedoch eigentlich zu beachten. Und wie hatte er vor ihr als Prediger mit des Wortes Gewalt glänzen wollen! Einmal sollte sie ihn sehen, wenn sein Geist Funken heiligster Begeisterung sprühte, wenn er kämpfte gegen den Hochmut und gegen die Verschwendungssucht an den Höfen! Chronisten hätten es aufgezeichnet, daß zu seinen Füßen eine der mächtigsten deutschen Fürstinnen saß und achtungsvoll seinen Worten folgte. Und sie war ausgeblieben! Hatte sein Gebot mißachtet! Nur demütige arme Bauern und Bürger schoben sich scheu durch die Kirchentür. Und Elisabeths Bettler kamen in Scharen, denn die hatten längst gemerkt, daß nach jeder donnernden Predigt die Gaben besonders reichlich flossen. Auch der Stadtadel war wieder einmal ferngeblieben. Konrad vermerkte das nebenbei. Nun, der Augenblick würde kommen, da selbst diese Herren eines Tages ihn anerkennen mußten. Er wollte ihn auskosten und genießen. Bis dahin galt es sich zu bescheiden. Ludwig hatte ihn zwar vor kurzem zu seinem geistlichen Berater ernannt. Er hörte auch gern alle seine Ratschläge an, befolgte aber leider immer nur diejenigen, die sich mit seinen eigenen Ansichten deckten. Der Adel saß fester als je auf seinen Burgen …

Doch wie war es weiter in St. Nikolai vor sich gegangen? Er hatte gewartet und gezögert, und plötzlich war ihm klar geworden, daß er, im Grunde genommen, immer auf den Schritt eines Pferdes vor der Kirchentür lauschte. ‚Sie ist sicher zu Fuß gekommen, dienend wie ein Jünger Jesu‘, hatte er sich eingeredet. ‚Sie will damit besondere Demut beweisen.‘ Aber soviel er auch seine Augen durch das halbdunkle Gewölbe schweifen ließ, er konnte sie nicht entdecken. Und es wurde immer später. Er begann schließlich mit der heiligen Meßhandlung, hoffend, sie möchte inzwischen noch eintreffen. Schon verließen einige Bauern wieder die Kirche. Sie wollten sich an einer schönen Predigt ergötzen, in der denen, die das Geld besaßen, Höllenpein und alle Qualen angedroht wurden; aber sie wollten nicht ewig auf ihren Ohrenschmaus warten. Ein kaum zu bändigender Zorn hatte ihn gepackt. Heftiger und lauter als je hatte er Adel und Besitz geschmäht, verdammt und verflucht alle, die ihr Herz an irdische Güter hängen. –

Und als alles vorüber, war sie gekommen! Abgehetzt wie ein Kind, das sich verspielt hat. Ein säumiges Kind bedurfte der Zuchtrute, mußte den väterlichen Zorn mit aller Strenge an sich erfahren! Und er wußte doch im Innersten ganz genau: Sie war unschuldig an dieser Verspätung. Nie hätte sie es gewagt, einem seiner Gebote aus eigenem Antrieb zu trotzen. Und dieses Wissen trieb seine Wut zum Siedepunkt. Noch immer also hatte ihr Gemahl den größten Einfluß auf sie. Noch immer genügte ein Wort Ludwigs, und sie vergaß alle Worte Konrads. Man mußte –

Johannes huschte ins Zimmer.

„Reisen wir?“

Konrad schrak auf. „Warum sollten wir reisen?“

„Ihr wißt es, Meister, und ich weiß es auch.“ Johannes lächelte dünn und überheblich.

Fast graute es Konrad vor seinem eigenen Geschöpf, vor seinem Spürhund, dem nichts verborgen blieb. Doch er mußte sich beherrschen. „Meinst du, daß wir reisen sollen?“ fragte er sanft.

Johannes zuckte die Achseln. „Das, Meister, zu beurteilen darf ich mir nicht anmaßen.“

Konrad seufzte. Hatte er wirklich geglaubt, diese Kreatur werde sich durch ein ehrliches, offenes Wort festlegen? Manchmal hätte er Johannes am liebsten fortgejagt. Das jedoch ging nicht an. Der andere wußte zuviel!

Konrad überlegte. Beklagt hatte Elisabeth sich sicher nicht. Wie aber, wenn es dem Landgrafen auf andere Weise zu Ohren gekommen sein sollte? So, wie er in seinem Jähzorn Johannes übersehen hatte, konnten auch noch andere Lauscher in der Kirche gewesen sein. Man mußte vorbeugen. Thüringen war groß. Wenn ihn seine Geschäfte zwangen, für einige Zeit Eisenach zu verlassen, so war das noch keine Flucht. Erst einmal fort aus der drückenden Nähe der Wartburg! Danach würde man weiter sehen. Konrad nickte in Gedanken. Ja, so war es am besten.

„Wir reiten heute in der Frühe nach Erfurt zu einer Visitation der Klöster. In etwa zwei Stunden wird es hell. Sieh zu, daß bis dahin alles bereit ist!"

Johannes grinste. Nicht ungern sah er es, das sich der überhebliche Meister einmal in seiner Haut nicht wohl fühlte. Er wendete sich zur Tür, verhielt aber den Schritt. Draußen auf der Gasse hörte man das Schlagen von Pferdehufen, fast überlaut in der frühmorgendlichen Stille. Ketten und Bügel klirrten, und plötzlich verstummten die Geräusche gerade vor dem Hause. Die Reiter mußten haltgemacht haben. In der anbrechenden Dämmerung waren undeutlich drei Personen zu erkennen, die eben von den Pferden stiegen. Ein vierter, der Gestalt nach ein Edelknabe in langem Mantel, die Kapuze tief über das Gesicht gezogen, war bereits abgesessen. Er überließ die Zügel den Reitern und ging ins Haus. Nach Gefangennahme sah das eigentlich nicht aus. Ehe Konrad den Raum verlassen, ehe er Johannes anweisen konnte, ihn zu verleugnen, trat der Knabe auch schon ins Zimmer. Da erst erkannte Konrad, daß es die Fürstin selber war! Ein wildes Glücks- und Triumphgefühl erfaßte ihn. Daß Elisabeth nicht erschien, um ihn vor ihrem Gatten zu warnen, sondern als demütig Bittende vor ihn trat, war auf den ersten Blick zu erkennen. Der Sieg war nahe! Man durfte ihn nicht billig verschenken!

Nach einer kühl-höflichen Begrüßung sagte Konrad sogleich: „Gestattet mir, Fürstliche Gnaden, mich zu verabschieden. Meine Zeit ist heute knapp bemessen. Auch glaube ich, daß es Euch so angenehmer ist, da Ihr ja doch nicht von mir geleitet sein wollt."

Wie gestern der Schlag auf die Wange, so schmerzten Elisabeth diese Worte. Er verachtete sie, er hatte sich abgewendet, er glaubte, daß es zwecklos sei, ihre Seele aus den Klauen des Teufels zu retten. Alle ihre Sünden fielen von neuem über sie her, wie eine Meute Hunde über das gestellte Reh. Niemand war mehr da, der ihr den richtigen Weg wies. Mit einem heißen, trockenen Schluchzen schlug sie die Hände vor das Gesicht.

„Gestattet mir, Landgräfliche Gnaden, daß ich mich zurückziehe. Meine Reise nach Erfurt ist dringend erforderlich."

„Nein, nein", stöhnte Elisabeth. „Ich weiß, daß ich schwere Schuld auf mich geladen habe. Verlaßt mich nicht in meinen Seelennöten, mein Vater, sondern vergebt und helft mir auf den rechten Weg zurück. Überlaßt mich nicht der Pein!"

Konrad musterte die Frau. War jetzt der Augenblick gekommen, sie unentrinnbar in Ketten zu schlagen? Seine Augen flackerten, als er auf die Fürstin niedersah.

„Wie soll ich das verstehen, Landgräfliche Gnaden? Was mich zwingt, von hier wegzugehen, ist in erster Linie mein Amt als Kreuzprediger, das mir der Heilige Vater durch ein feierliches Dekret vor einigen Monaten überbringen ließ, nicht Euer Ungehorsam. Selbst wenn Ihr mir jetzt bedingungslose Gefolgschaft gelobtet, müßte ich reisen. Von Euch hängt es lediglich ab, ob ich hierher zurückkehre."

Elisabeth griff nach diesem listig hingereichten Strohhalm mit der ganzen Todesangst des Ertrinkenden.

„Ja, ach ja! Kehrt zurück, sobald Eure Obliegenheiten dies nur irgend zulassen. Ich will den Landgrafen bitten, daß Ihr zu meinem Beichtvater ernannt werden sollt. Ich bedarf einer strengeren Führung, wenn ich nicht strau-

cheln soll auf dem steinigen Weg zu Gott. Sagt, was soll ich bis zu Eurer Rückkehr tun?“
„Erstens sollst du dich nie wieder auflehnen gegen Gott, der durch meinen Mund zu dir spricht! Und dies wirst du beweisen, wenn du deinen Gemahl davon überzeugst, daß es seine Pflicht ist, am nächsten Kreuzzug teilzunehmen. Weiter mußt du geloben, im Falle seines Todes jeder irdischen Liebe zu entsagen. Dann, nur dann bin ich bereit, das schwere Amt auf mich zu nehmen und dein Beichtvater zu werden.“
Elisabeth hatte nur das erste gehört, das zweite war gar nicht bis in ihr Bewußtsein gedrungen. Sie wimmerte wie ein angeschossenes Tier.
„Nein, nein, nein, alles, aber das nicht! Verlangt mein Leben, aber nicht, daß ich Ludwig in Gefahr und Tod senden soll!“
„Du siehst, wie wenig du gewillt bist, in Wahrheit Gott zu dienen, wie all deine Frömmigkeit nur Lippenbekenntnis ist! Verlangt man ein Opfer, so weichst du zurück. Schande über dich und ewige Verdammnis.“
„Meister, fordert meine Tochter Sophie für das Kloster, fordert, daß ich mich nie mehr im Leben schmücken soll, nie mehr tanzen, nie mehr singen. Verlangt, daß ich allen Freuden der Welt entsage, aber nicht, daß ich den liebsten Menschen, den ich besitze, selbst von mir reißen soll!“
Jetzt nachgeben? Es kam nicht zweimal die gleiche Stunde, und nie würde dieser Augenblick wiederkehren. Konrad blieb unerbittlich.
„Ist dir nicht das Märchen von der schönen Gräfin Griseldis bekannt? Weißt du, wie sie sich demütig dem tyrannischen und harten Willen ihres Gatten unterwarf?“
Elisabeth nickte. Ja, das konnte sie verstehen.
„Würdest du ein Gleiches tun? Würdest du dich, ohne zu murren, jedem Gebot deines Gemahls unterwerfen?“
Elisabeth nickte wieder. „Ja, auch das würde ich tun!“
„Siehe, wie verworfen du bist und nur an irdische Lust

denkst. Dein Gatte ist Fürst und mächtig, aber er ist nur ein Mensch. Und du willst Gott weniger lieben als einen Menschen! Du willst dich Gottes Geboten entziehen! Mir graut vor deiner Vermessenheit, mit der du Gottes Zorn herausforderst."

Elisabeths Auflehnung zerbrach. Es schien, als zerbräche der ganze Mensch. Kaum sah sie, wie der Priester die Bibel vom Tisch aufnahm. Willenlos legte sie die Hände auf das heilige Buch, sprach nach, was er ihr vorsagte, und gelobte mit weißen, zitternden Lippen, daß sie keine zweite Ehe eingehen werde, wenn ihrem Gemahl je etwas zustieße. Und immer mehr forderte die grausame Stimme:

„Du sollst immerdar karg und enthaltsam sein. Vor allem aber genieße keine Nahrung, die der Thüringer Hof aus den Abgaben der Klöster gewinnt, noch weniger Früchte, die auf dem Boden wuchsen, der einstmals Eigentum der Kirche war, denn nicht ziemt es den Fürsten, der Kirche Besitztümer für sich zu beanspruchen. Und vor einem hüte dich: vor der Sünde des Fleisches, denn ihr bist du tief verfallen. Meide die Freuden des ehelichen Lagers! Sie sind die Steine und Hindernisse auf deinem Wege zu Gott.

Als letztes endlich gelobe, mit deinem Gatten wegen des Kreuzzuges zu sprechen."

„Ich gelobe es ..." Die wenigen Worte verklangen wie ein weher Hauch.

Endlich kam die Erlösung: „Wenn du solches erfüllt hast, kehre ich zurück als dein Beichtvater."

Jahre älter, als sie vor Stunden herabgeritten war, todmüde und gebeugt, als laste das ganze Weh der Erde auf ihr, kam Elisabeth zur Mittagszeit auf die Burg zurück.

VI

Auf dem staubigen Bergpfad strebte eine kleine Kavalkade der Wartburg zu, allen voran die Landgräfin. Sie war noch immer eine gute Reiterin. Auch jetzt waren ihr die Anstrengungen des langen Rittes kaum anzumerken. Weich und schmiegsam wie eine Katze paßte sie sich im Sattel jeder Bewegung des Pferdes an, um dem Tier das Steigen auf dem holprigen Pfad zu erleichtern. Ihre Gedanken eilten voraus. Am Sonnenstand konnte sie feststellen, daß es schon um die zweite Nachmittagsstunde sein mußte.

Für vier Uhr war eine festliche Tafel angesetzt. Bei Ludwig weilten hohe Gäste: sein Schwager, der Herzog von Österreich, mit einem großen Gefolge von Grafen und Rittern.

Die Fürsten hatten sich zusammengefunden, um allerlei miteinander zu besprechen. Frau Agnes, nicht mehr die kleine, spitzige Maus von ehedem, sondern recht fürstlich und behäbig geworden, war mitgekommen. Ludwig mußte über seine jüngere Schwester lächeln. Wie sehr hatte sie sich in ihrer kurzen Ehe verändert! Nur ihre Zunge war spitz und mäuseflink geblieben. Während Agnes bei ihrer Mutter saß und sich mancherlei Rat holte, redeten sich die Fürsten im Landgrafenzimmer die Köpfe heiß.

Heinrich, des Kaisers Sohn, jetzt ein Knabe von zwölf Jahren, sollte an einem deutschen Hof erzogen werden, damit er rechtzeitig in seine Pflichten als deutscher König hineinwachse und das Land kennenlerne, über das er einst herrschen sollte. Die Wahl dieses Hofes war ein schwieriges Problem, und es gab endloses Hin und Her. Hielt doch der Vormund des Kaisersohnes gegenüber den anderen Fürsten einen Trumpf in der Hand, ja den Knaben selbst als Geisel, falls es ihn lockte, sich gegen den Kaiser aufzulehnen. Im Auftrag Kaiser Friedrichs sollte also der Österreicher erst einmal erkunden, was andere Fürsten, besonders Ludwig von Thüringen, von der Sache hielten. Grund genug, auf die Wartburg zu reisen.

Am Abend aber sollte der Besuch durch ein besonders festliches Mahl, durch Tanz und Musik geehrt werden. Elisabeth freute sich darauf wie ein Kind. Einem Schwager und Herzog zu Ehren durfte, ja mußte man sich schmücken. Vor ihm in prunklosen Kleidern zu erscheinen, wie sie es sonst tat, wäre Beleidigung gewesen. Elisabeth merkte es selbst nicht, daß sie die Gelegenheit, sich höfisch zu kleiden, mit einem erleichterten Aufatmen begrüßte. Auch waren kürzlich etliche Wagenladungen Fleisch und Getreide von Elisabeths eigenen Gütern angekommen. Sie sah eine Reihe von Tagen vor sich, wo sie nach Herzenslust essen durfte, ohne Konrads Gebot zu übertreten. Speisen aus klösterlichen Abgaben kamen diesmal bestimmt nicht auf die Tafel. Wie ein vom Sturm niedergehaltenes Bäumchen sich aufrichtet, sobald der Wind sich legt, so schnellte die unterdrückte Lebensfreude der jungen Frau in die Höhe. „Ich werde das Kleid anziehen, das die Farbe junger Lindenblätter hat", plauderte sie vor sich hin. „Dazu paßt auch recht gut dieser schwarze Prunkmantel. Ludwig wird sich freuen, wenn ich so festlich ihm zur Seite sitze …"

Das Pferd stolperte, mit leisem Erschrecken riß sie sich aus ihren Träumereien. Wieder hatte sie Gedanken an Putz und Tand verschwendet! Sie kroch gleichsam innerlich in sich zusammen. Was würde der Meister sagen, wenn er es wüßte?

Der Gedanke peinigte, so daß die Reiterin des Weges nicht mehr achtete. Ehe sie sich besinnen konnte, stieg das Pferd und schlug schwerfällig mit den Vorderhufen. Erst als sie es wieder beruhigt hatte, erblickte die Fürstin am Wegesrand eine Bettlerin, die vor dem scheuenden Tier erschrocken zurückgewichen war. Die Frau sah unbeschreiblich schmutzig und zerlumpt aus, mit einem so verhärmten Gesicht, daß Elisabeths Mitleid sofort wach wurde. Sie rief sie freundlich zu sich, und die Bettlerin kam zögernd näher; noch immer unterwürfig, fast kriecherisch vor Demut.
Elisabeth fand das Weib im ersten Augenblick abscheulich. Als sie sich bei diesem Gedanken ertappte, erschrak sie über ihren Hochmut. Sie zwang sich zu der gütig herablassenden Art, die sie im Umgang mit Bittstellern angenommen hatte, und fragte nach dem Begehr.
In den Augen der Frau glomm es seltsam bei dem Ton, der den Unterschied zwischen ihr, der armen Bettlerin, und der fürstlichen Almosenspenderin so deutlich dartat. Die Gestalt am Straßenrand hatte plötzlich nichts Unterwürfiges und Kriecherisches mehr. Aber die Bewegung, mit der sie sich aufreckte, war nur ein sehr kurzes Aufbäumen. Wie eine Welle lief es durch den Körper und verschwand, ohne von der Fürstin bemerkt worden zu sein. Warum auch sollte die Landstreicherin sich auflehnen? Tat man den Armen nicht Gutes an allen Ecken und Enden? Fast war Elisabeth dankbar, daß ihr die Frau in dem Augenblick den Weg kreuzte, da sie sich ob ihrer Vorfreude auf das Fest Gewissensnöte machte. Konnte sie jetzt durch ein Almosen ihre Demut beweisen, würde Gott ihr sicher nicht zürnen.
„Hunger", sagte die Frau dumpf. „Hunger, oh Herrin, Hunger, daß mein Kind daran sterben muß!" Sie öffnete am Hals den Fetzen, der ihr Umschlagtuch sein sollte, und zeigte eine welke, faltige Brust, aus der auch die gierigsten Kinderlippen keinen Tropfen Milch mehr hätten herauspressen können.

„Wo wohnst du?“
„Da“, die Bettlerin beschrieb mit der Hand einen Kreis. „Überall, nirgends, morgen wieder woanders –“
„Und wo ist dein Kind?“
Die Bettlerin wies auf eine kleine Höhlung am Wegesrand. Die Fürstin lenkte das Pferd dorthin. In einer Spalte zwischen Baum und Felsen blieb gerade so viel Platz, daß außer einem zusammengekauerten Menschen noch ein Bündelchen liegen konnte. Dieses Bündel entpuppte sich nun als ein Säugling mit grauem, runzligem Gesicht und schlaffen Gliedern. Er schlief nicht, ab und zu ließ er einen dünnen, jämmerlichen Schrei, ein seltsames Winseln hören.
„Wie alt ist er?“ Die Fürstin mußte das Pferd scharf am Zügel reißen, denn es hatte während des Gespräches begonnen, sich an den Blättern gütlich zu tun, die das Weib in die Höhle geschleppt hatte. Die Bettlerin zuckte die Achseln.
„Es war noch Winter, als das Kind kam.“
Elisabeth erschrak. Sie hatte geglaubt, der Säugling könne höchstens zehn oder zwölf Wochen zählen. Welch pralles, munteres Kerlchen war ihr eigener Sohn mit sieben Monaten gewesen, als er in seiner Wiege saß und schon nach allem greifen wollte, was er nur erwischen konnte. Warum verweigerte Gott seinen Segen für dieses Kind? Er, der doch sein Angesicht leuchten ließ über Gute und Böse, über Gerechte und Ungerechte?
„Du hast es doch sicher taufen lassen?“
Die Bettlerin sah verständnislos zu der Reiterin empor. „Taufen, das ist was für Reiche und Vornehme. Die Armen machen's nicht. Es kostet soviel Taufgebühren.“
„Weißt du nicht, daß in der Bibel steht: ‚Lasset die Kindlein zu mir kommen und wehret ihnen nicht!‘ Du hast eine große Sünde auf dich geladen, als du dieses Gebot mißachtetest. Nun fehlt Gottes Segen für das Gedeihen. Aber Gott ist gut und milde gegen alle, die von Herzen bereuen. Ist nicht jenes Kindlein, das hier auf Gras und

Laub vor uns liegt wie einst Jesus Christus selbst, dem Herrn ebenso lieb wie jedes andere Kind, wenn es nur vertrauensvoll an sein Vaterherz gelegt wird?“ Andachtsvoll neigte die Fürstin das Haupt und machte das Zeichen des Kreuzes. Dann ließ sie sich aus dem Sattel gleiten, nahm den prachtvollen Mantel von ihren Schultern, kniete nieder und hüllte die dünnen Gliederchen des Säuglings darin ein. Die Bettlerin sah stumpf und verwundert dem Tun der Fürstin zu. Sie begriff nichts.
Nach einer Weile des Entrücktseins erhob sich Elisabeth.
„Gehe gleich zu den Minoritenbrüdern nach Eisenach. Sage, die Fürstin sende dich. Wenn das Kind in meinen Mantel gehüllt ist, wird man dir glauben. Bitte darum, man möge das Kind taufen. Ich werde den frommen Mönchen später etwas dafür geben. Jetzt habe ich nichts bei mir, das ich dir schenken könnte.“
„Danke, Herrin“, sagte leise und enttäuscht die Bettlerin, die noch immer nicht verstand, was das alles bedeuten sollte.
Kaum war die Fürstin jedoch außer Sichtweite, raffte die Frau mit hastigen Bewegungen Kind und Mantel auf und eilte nach Eisenach. Das Beste war wohl, man tat, was die Herrin verlangte, und fragte nicht viel.
„Taufen“, brummte sie unterwegs vor sich hin und schüttelte den Kopf. „Taufen, wie es die Ritter und Grafen mit ihren Kindern tun. Aber was will man machen, man muß gehorchen. Sie ist mächtig.“
Die Minoritenbrüder priesen laut die Milde und Frömmigkeit der Fürstin. Wieder war eine junge Seele der Hölle entrissen, und die Gemeinde der Gläubigen hatte ein neues Mitglied gewonnen.
Während in den Herzen der Mönche Freude war, kreisten im Kopf der Bettlerin die Gedanken unablässig um das eine: der einfache Wunsch jedes lebenden Geschöpfes nach Nahrung, herrisch gefordert von den leeren Eingeweiden, wurde übermächtig. Neben ihm blieb kein

Raum für andere Gedanken. Den schalen Geschmack des Hungers im Munde, Bitternis im Herzen, nahm sie von dem Taufzeremoniell nichts wahr. Die junge Nonne, die das Kind über die Taufe gehalten hatte, mußte sie laut rufen. Sie reichte ihr den Jungen zurück und strich zärtlich und mit kaum verstecktem Gefallen über den Mantelstoff. Das kostbare Kleidungsstück war allen im Kloster bekannt. „Die Fürstin ist sehr edel. Sie opfert ihre herrlichsten Gewänder!"

Die Bettlerin hörte es nicht. Sie würgte an einer Bitte: „Gebt mir zu essen, Schwester! Mein Kind und ich – seit Tagen haben wir nur ein paar Brotrinden gehabt. Ich hab es vorgekaut und dem Kleinen gegeben, aber seht selber, wie schwach er ist."

Mitleidig führte die Nonne die Mutter in die Küche und stellte ihr einen Teller heiße Mehlsuppe hin. Gierig, mit halbgeschlossenen Augen, ganz dem Genuß hingegeben, schlang die Bettlerin ein paar Löffel voll hinab. Man sah am dürren Hals die Kehlre bei jedem Schluck zucken. Dann aber bezwang sie den eigenen Hunger. Sie bettete das Kind in ihren Arm und hob ihm das Köpfchen. Kaum spürte es den Löffel mit der warmen Flüssigkeit an den Lippen, als es daran zu saugen und zu lecken begann. Der Teller war leergegessen; die Frau bedankte sich und verließ das Kloster. Sie war ein wenig gestärkt. Dem Kind aber schien die Mehlsuppe nicht gutzutun. Schon nach kurzer Zeit krümmte es sich und jammerte. Dann erbrach es und verfiel wieder in seine vorherige müde Reglosigkeit.

Traurig schlich die Bettlerin durch die Straßen von Eisenach weiter. Überall das gleiche: Menschen, die in Häusern lebten, und Menschen, die auf der Straße hausten. Wie rasch verlor ein Mensch Hab und Gut und wurde zum Bettler. Daß je einer der Armen zu Besitz kam, und wäre er noch so bescheiden gewesen, davon war nie die Rede. Wer in der Gosse lag, stieg nicht mehr auf.

Die Zipfel des kostbaren Mantels schleiften auf der

Straße. „Was soll ich mit dem unnützen Ding! Milch, Milch brauche ich!“ Die Bettlerin sah sich nach einer der zahlreichen Eisenacher Herbergen um, trat ein und hielt der Wirtin den Mantel entgegen. „Die Landgräfin schenkte ihn mir. Ich glaube, er ist was wert. Gebt mir für eine Woche Unterkunft, Essen für mich und Milch für das Kind. Dann sollt Ihr ihn behalten.“
Mißtrauisch musterte die Wirtin das abgerissene Bettelweib. Wie kam die zu dem kostbaren Mantel?
„Ich hab die Fürstin im Wald getroffen.“ Die Bettlerin wurde ängstlich. Sie spürte das Mißtrauen der Herbergswirtin. Die wiegte überlegend das Haupt. Nein, gestohlen hatte die Zerlumpte den Mantel wohl nicht. Das wäre bei dem zahlreichen Gefolge der Fürstin kaum möglich gewesen. Wahrscheinlich hatte die Landgräfin bei einer Rast im Walde den Mantel abgelegt und vergessen. Die Bettlerin hatte ihn gefunden und erzählte nun das Märchen vom Schenken. Unmöglich! Niemand verschenkt einen so teuren Mantel! Andererseits hatte die Fürstin oft seltsame Launen ... Am besten war es, man hatte mit der ganzen Geschichte nichts zu tun, womöglich tat man gerade das Falsche. Nach kurzem Überlegen wich die Wirtin aus:
„Nein, ich kann dich nicht beherbergen. Ich habe das Haus schon zum Bersten voll Gäste. Versuche es doch anderswo. Geh zum Hellgrafenwirt. Das ist die vornehmste Herberge in der Stadt. Dort findest du Leute, die reich genug sind, dir einen so teuren Mantel abzukaufen.“
Vor Müdigkeit und Verzweiflung schon gleichgültig geworden, schleppte sich die Frau davon.
Die Wirtin hielt es doch für sicherer, ihrem Mann das Erlebnis zu berichten. Da die Herberge tatsächlich bis unters Dach voll Gäste war, kam es zufällig auch zu Ohren des Herrn Rudolf von Vargila. Viele Ritter aus dem Gefolge des Österreichers hatten auf der Wartburg nicht mehr unterkommen können und wohnten in Eisenach in verschiedenen Herbergen. Sie zusammen mit einigen Edelknaben abzuholen und zum Fest ritterlich auf die

Burg zu geleiten, war Herr Rudolf heruntergekommen. Er zweifelte nicht, daß seine junge Herrin den Mantel wirklich verschenkt hatte, ohne Besinnen und ohne Überlegung, wie sie es oft tat, wenn nur jemand genug jammerte und barmte. Er sah aber auch all die Verwicklungen voraus, die sich aus solcher Großzügigkeit ergeben mußten. Ein wenig fühlte er sich immer noch als Elisabeths Beschützer. Man mußte ihr so schnell wie möglich den Mantel zurückbringen!

Er brauchte nicht weit zu gehen. Schon an der nächsten Hausecke sah er die Frau lehnen. Tränen tropften auf den Mantel. Rudolf von Vargila ging auf sie zu; in ihrer Verzweiflung wurde sie es gar nicht gewahr. Erst als er sie am Arm ergriff, schrak sie auf. „Wo hast du den Mantel her? Los, rede!“

Die Bettlerin schrie auf: „Verflucht sei der Mantel! Was soll ich mit ihm? Ich wollte bloß Milch für das Kind! Es stirbt vor Hunger!“

Herr Rudolf wurde aus diesem Durcheinander nicht recht klug. Vielleicht war es eine Besessene, wie sie so dastand, die Finger in den Mantel gekrallt und mit wilden Blicken auf das Kind starrend, das sich von neuem in Krämpfen wand. Nur schnell die Angelegenheit erledigen, ehe das Weib durch ihr Gezeter noch andere herbeilockte und unnötiges Aufsehen machte! Ihr den Mantel mit Gewalt wegzunehmen schien nicht geraten Sie würde sich zur Wehr setzen, Geschrei erheben, Stadtsoldaten könnten aufmerksam werden. Viel böses Blut würde es geben. Herr von Vargila hielt der Frau schnell zwei Silbermünzen hin und sagte wesentlich freundlicher: „Gib ihn mir. Du kannst doch nichts damit anfangen. Wenn man den Mantel bei dir findet, wirst du sicherlich noch als Diebin ergriffen. Niemand wird dir glauben, daß die Landgräfin ihn dir geschenkt hat. Man wird dich einsperren und dir die rechte Hand abhauen.“

Wieviel das Kleidungsstück wirklich wert war, davon hatte die Frau keine Ahnung. Nie hatte sie so feines Tuch,

nie Pelzwerk dieser Art in den Händen gehalten. Sie blickte in das kühle, verschlossene Gesicht des Herrn. Hatte er nicht schließlich recht? Was sollte sie mit dem Mantel? Die zwei Münzen aber waren ein Schatz für sie. Ohnmächtige Wut packte sie. Sie spie auf die Goldstickerei, aber wortlos nahm sie das Geld aus der offenen Hand des Herrn, warf ihm den Mantel vor die Füße.
Der schüttelte sorgfältig den Staub ab und nahm ihn über den Arm. Froh, in der fürstlichen Familie eine neue Mißstimmigkeit verhindert zu haben, ritt er mit seinen Gästen zur Burg. Er gab den Mantel einer von Elisabeths Mägden und befahl ihr, ihn in die Kleidertruhe zu legen. Der Herrin werde er später selbst sagen, wie er dorthin gekommen sei.
Als Eisentraut, weil es Zeit zum Ankleiden war, ins Gemach trat, fand sie die Fürstin mit einer groben grauen Kutte bekleidet, einen alten, verstaubten Pilgerhut auf dem Kopf. So schritt sie auf und ab und sang ein frommes Lied. Ein Kind konnte in sein Spiel nicht vertiefter sein als die Landgräfin von Thüringen in ihre seltsamen Bußübungen.
„Oh, Herrin! Verzeiht, wenn ich Euch störe. Was tut Ihr denn? Es ist höchste Zeit, Ihr müßt Euch für das Fest ankleiden lassen. Habt Ihr es denn vergessen?“
Elisabeth schien den Vorwurf zu überhören. Sie lächelte.
„So werde ich gehen, liebe Eisentraut, wenn ich einst um Christi willen Elend erdulden und betteln muß, um ihm wohlgefällig zu sein. Heute habe ich schon damit begonnen. Ich habe meinen Mantel einer armen Bettlerin weggeschenkt, wie einst der heilige Martin es mit dem seinen tat. Und er gab nur den halben. Ich gab den Mantel ganz!“
„Welchen Mantel meint Ihr denn, Herrin?“ fragte Eisentraut, nichts Gutes ahnend, denn sie hatte doch soeben noch die beiden einfacheren Mäntel in der Truhe liegen sehen.

„Nun, den schönsten, den der Herr Landgraf mir zur Hochzeit schenkte. Ich trug ihn heute schon zum Ausritt, weil es mir Törin angemessen schien, an solchem Festtag mich zu schmücken."

Eisentraut wurde blaß. In kurzer Zeit begann der Empfang der Gäste. Was tun? Die anderen Umhänge konnte die Fürstin unmöglich zum Festkleid tragen. Eisentraut hätte sie am liebsten geschüttelt wie ein uneinsichtiges Kind, um ihr die Wirklichkeit ins Gedächtnis zurückzurufen. Die Seltsamkeiten der Herrin waren ohnehin in aller Munde. Bisher hatte der Landgraf jedes Gerede niedergeschlagen. Aber diesmal würde er bestimmt nicht auf seiten seiner Frau stehen; der Leichtsinn, mit dem sie seine kostbare Gabe verschleudert hatte, mußte ihn aufs höchste erzürnen und verärgern.

„Herrin", hub Eisentraut von neuem an, eindringlich, fast beschwörend. „Sagt, wie sah die Bettlerin aus, der Ihr den herrlichen Mantel schenktet? Vielleicht kann man sie noch in Eisenach treffen und ihn ihr wieder abnehmen. Man muß gleich einen Reitknecht hinuntersenden. Jeder kennt doch den goldgestickten Umhang. Vielleicht bekommt man ihn wieder."

Elisabeth wurde nun auch bedenklich.

„Nein, abnehmen kann man der Armen den Mantel nicht. Ich verschenkte ihn doch. Aber Geld braucht sie wohl notwendiger. Man muß ihn abkaufen."

Eisentraut nickte, beschloß jedoch, schnell erst die übrigen Festgewänder für Elisabeth zurechtzulegen, damit die Fürstin sich inzwischen schon ankleiden lassen könne.

Sie öffnete den Truhendeckel und schrie auf. Elisabeth blickte ihr über die Schulter und stand ebenfalls versteinert da. Dann schossen ihr die Tränen übers Gesicht.

„Ein Wunder", stammelte sie. „Mein Herr und Gott, wie reich segnest du mich!"

„Ja, Herrin, es ist wunderbar", flüsterte auch Eisentraut ergriffen.

Da die Frauen beide fest an Wunder glaubten, forschten sie auch niemals nach, auf welche Art der Mantel in die Truhe gekommen war.
Aber die Geschichte war in aller Munde, als sich am anderen Tag die Ritter im Eisenacher Badehaus trafen. Nur weil Herr von Vargila es verstand, von diesem Thema abzulenken und unziemliche Scherze zu übergehen, wendete man sich rasch den üblichen derberen Späßen zu. Es schien überhaupt, als hätten die Herren in der Badestube mit den Kleidern zugleich auch die Würde abgelegt. Sie kratzten sich wie die Jagdhunde und brummten dabei vor Wohlbehagen. Der junge Vargila, wie ihn die Ritter kurzerhand zum Unterschied von seinem Vater nannten, warf die Kleider über eins der Holzgestelle, die zu diesem Zweck an den Wänden entlang standen, und ließ sich auf das Ruhebett fallen. Er dehnte und rekelte sich genießerisch, und das nicht ohne Grund. Neiderfüllt musterten die älteren, bewundernd die jüngeren Ritter seinen Körperbau, die straffen Muskeln, die langen, sehnigen Beine. Walther von Vargila sonnte sich an dieser Bewunderung. Sie gefiel ihm ebenso wie die heißen Blicke, die ihm die Frauen zuzuwerfen pflegten. Solche Augensprache hatte noch nie getäuscht, und stets war ihr eine herrliche, wenn auch anstrengende Nacht gefolgt. Kein Wunder, daß die Männer neidisch wurden, denn natürlich hatten die Frauen untereinander geschwatzt. Vieles von dem, was Herr Walther mit ihnen trieb, war ihnen neu. Fragten sie ihn, woher er all diese Zärtlichkeiten wisse, so lachte er ihnen ins Gesicht: „So lieben die Mauren ihre Frauen."
Die Edeldamen hatten sich stets entsetzt bekreuzigt. Mit Heidinnen hatte er gehurt! Gleich darauf wollten sie dann, neugierig geworden, noch mehr wissen.
„Sitz nicht so schamlos hier herum!" fauchte Herr von Fahner zum jungen Vargila hinüber und bemühte sich vergeblich, den Bauch einzuziehen. „Halte wenigstens das Reisigbündel vor und prahle nicht so. Du weißt,

die Fürstin wünscht, es soll nicht nackend gebadet werden."

Als hätte er nichts gehört, ließ Herr Walther von Vargila die Blicke über die vom Wasserdampf feuchtglitzernde Balkendecke gleiten. Er wischte sich die Haarsträhnen aus der Stirn:

„Verflucht heiß ist es heute hier! He, du!" Er klatschte der Magd aufs Hinterteil. Der Kittel darüber, ihr einziges Kleidungsstück, klebte von der Nässe am Körper und gab ihre rundlichen Formen preis. Sie kreischte auf, mehr zärtlich als entrüstet. Gestern hatten die Damen gebadet und dabei gerühmt, wie zärtlich und erregend Herrn Walthers Liebkosungen seien und daß er wisse, wie man eine Frau behandeln müsse, ganz anders jedenfalls als seine plumpen Standesgenossen und Kumpane, bei denen es nur darum ginge, die Frau zu erwischen, es mit ihr zu treiben, bis sie selbst ihren Genuß hatten, um sich dann müde herumzuwälzen und zu schnarchen.

Als das Mädchen mit dem nächsten heißen Wasserkübel an Herrn Walther vorbeikam, hielt er sie fest.

„Sag mal, du willst uns wohl heute braten? Du heizt ja ein, als wär's das Fegefeuer!"

Sie schoß ihm einen Blick zu, den er belustigt aufnahm. Er wußte, wie er dran war, beschloß aber, das Mädchen noch ein bißchen zappeln zu lassen. Niemals durfte man die verheißungsvollen Blicke zu schnell verstehen. Ein Frauenzimmer, das nicht geduldig warten konnte, taugte ohnehin nicht fürs Bett, und ein kluges Katz- und Mausspiel steigerte die Leidenschaft. Herr Walther wollte nun einmal beim Baden seinen Spaß haben. Das gehörte dazu wie das Salz an die Suppe. Darum hatten auch die Bademägde vergnügliche Tage, seit das Gebot bestand, daß Damen und Herren getrennt baden mußten. Hockten keine Frauen mit in den Wannen, so trieben die Ritter ihre Scherze mit den Mädchen um so handgreiflicher und toller.

„Musik!" Die Herren saßen in ihren Wannen, fühlten

sich höchst gemütlich im warmen Wasser, und die Stimmung stieg. „Bringt etwas zu trinken! In dieser Hitze dörrt einem ja die Kehle aus!“
„Das Wasser steht doch wannenweise herum! Warum trinkst du nicht?“
„Pfui! Wasser von innen, das ist für Schweine und Rindviecher!“ Herr von Fahner grölte und schwenkte einen Krug mit Honigbier. „Will denn heute niemand aufspielen und singen? Sind hier nur Trauerweiden?“
Er selbst stimmte sogleich ein Lied an, in das die anderen begeistert einfielen. Mit den Händen klatschten sie den Takt.

„Her, künt ir ein spil den wemplink bergen? –
ja, daz kan ich: schoene tuot iuch under! –
seht, darumb ich ez niht liez,
meinen wemplink ich ir stiez
zwischen bein, als sie mich hiez.
do sie des enpfant, si nam sin wunder.

Do daz spil ein ende nam,
sprach diu here:
her, darumb sit mir niht gram,
ob ich mich ein teil verscham,
durch iuwer ere?
wemplink tuot ir mir erkant,
daz ich schouwe
wie ez si umb in gewant.
do gab ich ir'n in die hant
vor der ouwe.“

Vargila schwang seine langen Beine von der Pritsche. Er betrachtete den großen, schweren Ritter von Treffurt, der trinkend, singend und schwitzend in seiner Wannenecke hockte.
„Ihr brutzelt ja schon wie ein Schwein! Glaubt Ihr, mit Gesang werdet Ihr schöner gebraten?“ foppte er. Der Treffurter schöpfte eine Handvoll Wasser und klatschte

sie Vargila ins Gesicht. „ Und Ihr, Herr Walther, prustet jetzt wie ein Stier an der Tränke!“ Die zweite Ladung, Vargila zugedacht, verfehlte ihr Ziel und ergoß sich über eine der Mägde.
Die schüttelte sich, halb lachend, halb schimpfend. „Bis auf die Haut habt Ihr mich naß gemacht!“
„Wirklich?“ Der Treffurter heuchelte Mitleid.
„Laß sehen!“ Blitzschnell versenkte er die Hand in ihrem Busen.
„Ich weiß nicht, dies Plätzchen scheint mir trocken.“ Genießerisch streichelte er die volle Brust. Da hatte man wenigstens etwas in der Hand!
Das Mädchen schlug ihm auf die Finger.
„Schämt Euch, so ein alter Mann!“
„Bravo, ein junger ist dir lieber!“
Walther von Vargila, der hinter dem Mädchen stand, langte mit beiden Händen über ihre Schultern in den Halsausschnitt. Er drückte sie eng an sich. Das abwehrende Gezeter ging in vollüstiges Stöhnen über, sie ließ den Kopf auf Herrn Walthers Schulter sinken. Er drehte sie zu sich herum.
„Komm“, flüsterte er dicht an ihrem Ohr. „Wir wollen den Wemplink bergen!“ Er bedeckte ihren Hals, ihren Mund mit Küssen. Ihre Hüften zuckten. Willenlos ließ sie sich in eine dunkle Ecke ziehen.
Murrend stieg Herr von Treffurt wieder in die Wanne. Das Reisigbündel war nicht mehr nötig. Er gab es einem Mädchen und befahl ihr, ihm damit tüchtig den Rücken zu bearbeiten. Aber gleich darauf hielt er sie hart am Handgelenk zurück.
„Hör auf! Sei still!“ Er hatte einen Gesprächsfetzen aufgeschnappt, der es ihm geraten erscheinen ließ, zu lauschen. Herr Gottfried von Wartberg unterhielt sich halblaut mit einem jungen Ritter: „Oh, die Ärmste! Und wie ging die Sache weiter?“ hörte er fragen.
„Nun ja, der Ritter merkte bald, daß er sich vergebens mühte, seiner Frau zu einem Sohn zu verhelfen. Da sie

ihm aber ob seiner Jämmerlichkeit immer mehr grollte, beschloß er, unseren Landgrafen zu bitten, er möge nach altem Brauch einmal die Rolle des Ehemanns übernehmen. Einen Sohn hätte er gar zu gern gehabt und Ruhe vor seiner Frau auch. Er suchte unseren Herrn auf und redete unter vier Augen mit ihm. Der versprach baldige Hilfe. Ludwig ließ seinen Leibarzt holen. Als er die Geschichte hörte, meinte er, dagegen gäbe es gewiß die rechte Arznei. Er brachte auch bald ein Pulver und riet dem Landgrafen, etwas davon in den Wein des Ritters zu stäuben, ihm aber vorerst nichts davon zu sagen, sondern die Wirkung abzuwarten.
Der Landgraf veranstaltete eine Jagd und kehrte bei seinem Ritter ein, wie man eben gelegentlich einmal einen guten Bekannten aufsucht. Am Abend tafelte man gemeinsam, und es gelang dem Fürsten, eine hübsche Menge seines Pulvers an den rechten Mann zu bringen. Der verspürte auch sehr bald wunderliche Gefühle, wie sie ihn schon lange Zeit nicht mehr geplagt hatten. Je weiter der Abend voranschritt, desto unruhiger wurde er, und der Landgraf bemerkte mit Freude die Wirkung seiner Kur. Er wollte aber den Ritter noch ein bißchen foppen. Er flüsterte ihm also zu, er sei müde, wolle schlafen gehen und auch gleich seine Abmachung erfüllen. Doch der Ritter nahm ihn eilig und besorgt beiseit und meinte, er fühle sich heute abend so stark und tüchtig, er wolle es doch noch einmal selbst versuchen. So geschah's denn auch, und das war vor knapp einem Jahr. Gestern schickte der Ritter dem Landgrafen die Botschaft von der Geburt eines strammen Jungen; der Landgraf sandte ihm das restliche Pulver. Und das Rezept dazu. Für künftige Verwendung!"
Die badenden Herren lachten laut, nur Herr Gottfried von Wartberg spottete brüsk: „Ja, wir haben ein gar frommes Fürstenpaar! Hört, was ich kürzlich beobachtete. Die Fürstin ging durch den Burghof. Da humpelte ein schmutziger, zerlumpter Bettler an sie heran. Sie

nahm ihn liebevoll bei der Hand und zog ihn mit sich. Im Garten ließ sie ihn zu ihren Füßen niedersitzen, nahm seinen scheußlichen Kopf in ihren Schoß und sucht ihm, mögt Ihr's nun glauben oder nicht, die Läuse ab. Dann ließ sie warmes Wasser bringen und weichte ihm den Grind ab, salbte und verband ihn. Sagt selbst, tut so etwas eine Fürstin?"

„Bist du neidisch?" höhnten die übrigen, denn Herrn Gottfrieds vergeblicher Minnedienst um die junge Landgräfin war allen bekannt. „Möchtest am Ende gern selbst einmal den Kopf in ihren Schoß legen? Mach dir keine Hoffnungen, dich sieht sie gar nicht. Hättest du die Lepra oder eine andere scheußliche Krankheit, dann freilich würde sie dich inbrünstig küssen. Je nun, reiche Damen, sonderbare Launen! Schlimmer noch dünkt mich, daß der Landgraf mit seiner Frau nicht mehr so glücklich ist wie zu Beginn der Ehe. Seit der seltsame Pfaff immer um sie herum ist, entzieht sie sich dem Landgrafen, sooft es geht. Die Dienerinnen, die bei ihr schlafen, haben es mir bestätigt. Stundenlang kniet sie in der Kapelle und betet. Nein, der Fürst braucht kein Pulver, bei Gott nicht! Aber den Magister Konrad von Marburg sollte er kurzerhand hinauswerfen, wenn der sich hier wieder blicken läßt. Von ihm geht all der Zwiespalt am Hof aus, und eines Tages werden wir statt einer Fürstin einer Nonne unsere Reverenz erweisen. Das gemeinsame Baden hat sie verboten, die weiten Ärmel an den Frauengewändern hat sie verboten, damit nur ja kein schöner Frauenarm die Sinne reize. Andauernd soll man beichten. Wollte man so viel sündigen, wie man beichten soll, würde man vor Entkräftung zugrunde gehen ..."

„Und außerdem wird meine Frau Schwägerin auf des Pfaffen Geheiß noch die halbe Burg den Bettlern in den Schlund werfen!" Es war Heinrich Raspe, der sich zornig ins Gespräch mischte. „ Fehlt bloß noch, daß sie Ludwig dazu bringt, alles herauszugeben, was unser Vater und er selbst den Klöstern abgenommen haben, damit sie nicht zu mächtig werden.“ Wütend donnerte er mit der Faust auf das Brett über der Wanne. Bierkrüge, Brot und Fleisch sprangen hoch und verschwanden im heißen Wasser. Da mußten die Männer doch lachen, aber es war kein gutes, herzliches Gelächter. Es klang böse und löste die zornige Stimmung nicht.

Der fremde Ritter hatte bislang den Reden nur schweigend gelauscht. Jetzt nahm er das Wort:

„Deswegen, ihr Herren, bin ich heute hier bei meinem Oheim Herrn Gottfried zu Gast.“ Er verneigte sich leicht und höflich gegen den Burgvogt, was in der Badewanne ein bißchen komisch wirkte. Die Thüringer Ritter grinsten denn auch. Höflichkeit an diesem Ort war bei ihnen nicht Brauch.

Als aber der Fremde in seiner Rede fortfuhr, waren sie doch ganz Ohr.

„Wir müssen etwas tun, um die Mildtätigkeit der Fürstin einzuschränken. Im Lande herrscht Hunger, die letzten Ernten waren eben nicht gut. Wie dann, wenn alle Bettler und Notleidenden von uns, den Herren, plötzlich Speisung und Kleidung verlangen wollten? Wie dann, wenn sie aufsässig würden? Überall hört man sie sagen, daß es so sein müsse wie auf der Wartburg. Wir aber wollen und können keine Tagediebe füttern, so wir nicht selbst zu Bettlern werden sollen!“

„Wahr gesprochen! Hierher auf die Wartburg ziehen die unnützen Fresser bereits in dichten Schwärmen. Auf meines Vaters Burg! Drei Brüder waren wir. Der Älteste starb plötzlich. Ludwig ward Rechtens der Erbe. Sollte ihm etwas zustoßen – Gott verhüte es –, was dann? Ein vergeudetes Erbe, ein unmündiger Sohn.“

Heinrich Raspe hatte sich in Hitze geredet. Die Mägde, die noch immer herumstanden, trollten sich, allerdings nicht ohne vernehmlich zu seufzen: die Männer machten Politik, da war es zwecklos, auf kurzweilige Liebelei zu hoffen.

Die Zeit ging dahin. Der Alltag trat auch auf der Wartburg wieder in seine Rechte. Man schickte sich bei Hofe in manche Neuerung, die die Gemüter anfangs in Wallung gebracht hatte. Es war nicht ratsam, die Gunst des Landgrafen zu verscherzen, der es übel vermerkte, wenn man allzu deutlich der jungen Frau ob ihrer Eigenheiten die geziemende Achtung zu schmälern wagte. Er ließ ihr in religiösen Dingen Freiheit und duldete, um den Frieden zu wahren, den Hang zur Wohltätigkeit, zumal es auch für ihn ein Akt politischer Klugheit war, die kirchlichen Gewalten nicht unnötig gegen sich aufzubringen.

Sie selbst wurde sich des Zwiespalts zwischen Wirklichkeit und Versunkenheit kaum bewußt. Gattin zu sein, Mutterliebe zu spenden und Gott in tätiger Nächstenliebe zu dienen erfüllte sie vollauf. Daneben blieb nur wenig Zeit und Raum für weltliche Ablenkungen, und sie ging gleich einer Schlafwandlerin durch das äußerliche Dasein, selig in der Gewißheit, daß Gott sie lieben und um solcher Demut und Hingabe willen sie und die Ihren von Unheil verschonen werde.

Wo aber blieb Konrad? Hatte er auf das Amt des Beichtvaters vergessen? Zürnte er noch immer? Hatte sie noch immer nicht genug getan, um seiner gestrengen Gnade wieder teilhaftig werden zu dürfen? In Stunden der Einsamkeit rang Elisabeth vergeblich um die Lösung dieser Zweifelsfragen und ertappte sich hie und da bei dem Gedanken, sein Fernbleiben als Erleichterung zu empfinden.

Doch er meldete sich. Mit unerbittlicher Selbstverständlichkeit. Er erschien nicht selbst. Ein anderer begehrte am Burgtor Einlaß. Ein Auge lag ihm starr und blind im Kopf, das andere schoß umher wie eine hungrige Ratte in der Falle. Der rechte Arm hing leblos und verkrüppelt an ihm herunter. Die Wache wies den verlotterten Bettelmönch barsch zurück, als er in den inneren Burghof eintreten wollte.

„Ich bin Johannes, der dienende Bruder des Magisters

Konrad von Marburg. Bring mich vor die Fürstin!" forderte er hochfahrend. Der Wachhabende musterte ihn von oben bis unten, streckte seinen Spieß quer über den Weg und brummte: „Einem dienenden Bruder der Galgenvögel siehst du ähnlicher als einem Mönch. Ich geb dir einen guten Rat: Scher dich zum Teufel! Da paßt du besser hin als zu unserer Frau Fürstin!"
Johannes' Zetern verhallte ungehört. Hieß doch die Anordnung des Burgvogtes: So wenig wie möglich Bettelvolk hereinlassen! In Augsburg wütet die Pest. Wie leicht kann ein Kranker unter den Herumziehenden sein. Und wo einer einmal krank ist, sterben bald ganze Städte aus.
Es blieb Johannes nichts anderes übrig – er zog ein Schreiben unter seiner schmutzigen Kutte hervor und warf es dem Wächter vor die Füße.
„Da, bring das deiner Herrin! Mich schickt Meister Konrad." Sicherlich war es nur ein Zufall, daß der Speerschaft des Wächters plötzlich einen heftigen Ruck machte, so daß Johannes beinahe umgefegt worden wäre.
„Ja, ja, ich will's schon besorgen, wenn du nur draußen bleibst", brummelte der Knecht. Gleichgültig hob er das gefaltete Pergament auf und gab es einem Edelknaben. Der brachte es der Landgräfin. Elisabeth entfaltete und las: „Du willst Gott einen Fingerhut voll Wasser geben, während dein Brunnen überfließt. Laß fahren allen menschlichen Trost und Wollust des Fleisches! Gib dich Gott ganz mit Leib und Seele dahin! Bedenke, wie du selbst einst von Gott geflossen bist, und du sollst allezeit bedacht sein, wie du wieder in ihn ewiglich eingehst. Konrad von Marburg."
Elisabeth erschrak tief. Noch nicht genug! Der Meister verlangte mehr von ihr! Ludwig fand sie am Abend bleich und zerquält in ihrer Kemenate. Ihrem angstvollen Betteln und Drängen mußte er schließlich nachgeben und gestattete ihr, aus den Geldern ihrer reichlichen Morgengabe ein Hospital bauen zu lassen. Die einzige Bedin-

gung, die er stellte: es durfte nicht oben in der Burg errichtet werden, sondern unten am Fuße des Berges.
Und das Hospital wurde gebaut. Elisabeth arbeitete tagtäglich dort. Es gab neues Gerede, und der Klatsch erstarb auch wieder. Aus dem Frühling wurde der Sommer.
Das Zwitschern und Lärmen der Vögel verstummte. Sie hatten jetzt Junge zu füttern. In der Hitze schoß aus den Bäumen das Harz und tropfte klebrig und duftend an den Stämmen herunter. In der Kemenate war es kühl und so still, daß man hören konnte, wie Elisabeth die Garnfäden durch den dichten Stoff zog. Sie saß am Fenster, den Stickrahmen auf den Knien. Auf dem dunklen Grund des Samtes waren bereits das puppenhafte Antlitz einer Madonna und ein Arm zu sehen, der vorerst nur Haupt und Schultern des Jesuskindes umschlang. Elisabeth ahnte es schon lange: sie hatte sich mit dieser Decke zuviel vorgenommen. Nacken und Rücken schmerzten sie, die Augen tränten vom Hinsehen auf die winzigen Stiche. Ludwig hatte einen kräftigen Zorn auf die Stickerei und mochte sie nicht mehr sehen. Seit Elisabeth Tag für Tag daran saß und mit zarten, bunten Fäden den kostbaren Stoff bestickte, vernachlässigte sie ihn. Bei der Geburt ihres Jungen hatte sie gelobt, diese Decke zu stiften – nun mußte sie sitzen und sticken.
Da blickte sie auf. Sie war so in ihre Arbeit vertieft, daß sie Ludwig nicht hatte kommen hören. Nun trat er in seiner lauten, für ihr Empfinden immer etwas zu lauten Art ins Zimmer. Über sein Gesicht flog ein mißmutiger Schatten. Er hatte gehofft, Elisabeth werde ihn auf einem Jagdritt begleiten, wie sie es früher so gern getan hatte. Aber sie von der Altardecke wegzulocken war nahezu unmöglich. Da sollte einer die Frauen begreifen! Er spürte, daß sie viel lieber mit ihm spazieren geritten wäre, doch dieses lästige Gelübde erfüllte sie mit solchem Ernst, daß nichts sie zu einem Aufschub veranlassen konnte. Nun gut! Mochte das Jesuskind unter ihren Händen wachsen. Immerhin war Sticken eine angemessene

Beschäftigung für eine Dame. Es war ihm lieber, als wenn sie sich bei den dreckigen, verlausten Bettlern herumtrieb, ihnen den Schmutz abwusch und von der Krätze zerfressene Arme und Beine verband. Ludwig bezwang seinen Unmut. Es fiel ihm nicht leicht.
„Ich wollte ausreiten, Elisabeth. Mit dir! Aber –“, bemerkte er kurz.
Als die Frau schwieg und nur mit den Augen auf die Decke wies, sagte er im förmlichen Hofton, der zwischen ihnen sonst kaum einmal üblich war: „Dann lebt wohl bis heute abend. Langeweile werdet Ihr nicht haben, Frau Elisabeth, solange ich nicht hier bin.“
Sie hörte den spöttischen Unterton und bekam heiße, rote Flecken im Gesicht vor Verlegenheit. Sie liebte ihn, und sie wäre so gern mit ihm geritten. Was aber, wenn die Altardecke nicht fertig wurde? Sie hatte es doch gelobt! Es war alles so schwer. Um ihren Mund zuckte es. Die Augen wurden verdächtig groß und feucht. Ludwig sah es, und sie tat ihm leid. Sie war so hilflos. Er machte deutlich, daß sie dieses Gelübde lieber heute als morgen losgeworden wäre, aber nicht wagte, sich einfach darüber hinwegzusetzen. Die Angst, eine schwere Sünde zu begehen, zwang ihr stets von neuem die Nadel in die Hand. Schon wieder versöhnt, lächelte der Landgraf und legte ihr den Arm um die Schultern. Elisabeth zupfte an dem Handschuh, auf dem gleich der Falke sitzen würde.
„Auf Wiedersehen, Ludwig“, sie hob den Kopf und ließ sich küssen. Ihr kam ein Gedanke: Auch die Armenfürsorge gehört zu meinem Gelübde! Wenn ich einen Korb Essen einpacke und am Hospital vorbeireite, dann kann Gott mir nicht zürnen, weil ich die Altardecke im Stich lasse, und ich könnte mit Ludwig reiten! Aber gleich verwarf sie diesen Einfall wieder. Nein, noch viel weniger gern als an der Altardecke wußte Ludwig sie im Hospital. Er hatte stets Sorge, sie könne sich oder die Kinder anstecken. Und wie würde das Jagdgefolge witzeln und

murren, wenn sie den Jagdritt mit einem Besuch im Hospital verband.
Ludwig merkte, daß die Gedanken in ihr arbeiteten. Da sie aber nichts mehr sagte, wandte er sich und ging. Elisabeth beugte sich wieder über ihren Stickrahmen. Sie lauschte angestrengt, bis sich das Lachen, Rufen und Hundebellen weit genug entfernt hatte. Dann sprang sie auf. Wenn sie jetzt allein einen Korb Essen zu den Armen brächte, dann brauchte Ludwig sich nicht wegen der Ansteckung zu sorgen, kein Ritter konnte spotten, niemand sah es ... Sie rief nach Guta.
„Rasch, rasch!" befahl sie. „Fülle mir einen Korb mit Brot und Fleisch. Ich will hinunterreiten, im Hospital die Kranken und Armen besuchen." Das Mädchen kannte ihre Herrin nur zu gut und wußte, daß jeder Einspruch zwecklos war. Draußen vor der Tür konnte Guta sich jedoch nicht enthalten, Eisentraut zuzuflüstern: „Wenn das bekannt wird, gibt es wieder böse Gesichter." Eisentraut zuckte die Achseln. „Das laß nicht unsere Sorge sein!"
Der Stallknecht, der Elisabeths Pferd zäumen und sie begleiten sollte, wiegte bedenklich den Kopf.
Die Burgherrin wartete bereits, im Sattel sitzend, am Tor, als Eisentraut ihr den Korb reichte. Elisabeth verbarg ihn unter dem weiten Mantel und trieb ihr Pferd an. Vorsichtig ritt sie den steilen Burgpfad hinunter.

Ludwig, verstimmt darüber, daß er ohne seine Frau hatte reiten müssen, verlor schon bald die Lust an der Jagd. Unmutig streifte er mit seiner Schar kreuz und quer um die Burg, ließ ab und zu den Falken fliegen, mehr zum Spiel als in der Hoffnung auf lohnende Beute. So ergab es sich, daß er just den gleichen Pfad aufwärts ritt, den Elisabeth herabkam. Zuerst glaubte der Fürst voller Freude, seine Frau habe sich eines Besseren besonnen und sei ihm doch noch gefolgt. So schnell er konnte, trieb er ihr das Pferd entgegen. Sie aber erschrak; so nahe der Burg hatte sie ihn nicht vermutet.

Ein Blick auf ihr verstörtes, bleiches Gesicht offenbarte ihm die Verwirrung.
„Willst du nach Eisenach?“
Sie nickte.
„Wie ein kleines Mädchen sieht sie aus“, dachte Ludwig. „Wenn nicht die Frauenhaube wäre, würde sie jetzt wieder vor Verlegenheit an ihren Zöpfen drehen, wie sie es als Kind immer tat.“
„Oh Gott, mach, daß er mich nicht weiter fragt!“ schickte Elisabeth einen Stoßseufzer zum Himmel. „Wenn ich die Wahrheit sage, wird er mir zürnen. Aber lügen – nein, lügen mag ich nicht.“
Es gab da eine Erinnerung in Elisabeths Leben, bei der ihr stets und noch heute die Schamröte in die Wangen schoß, wenn sie daran dachte. Schon als Kind kannte sie den unwiderstehlichen Drang, alles zu verschenken. Was aber hat schon eine Achtjährige groß zu verschenken, und sei es ein Burgfräulein! So hatte Elisabeth begonnen, in der Küche bisweilen Eßwaren fortzuschleppen, und als sie merkte, daß dies ohne besondere Schwierigkeiten möglich war, stahl sie wie eine kleine Elster, aber mit dem Unschuldsblick eines Engels. Man ertappte sie, schalt sie, nahm ihr die Sachen fort – zwecklos. Der Drang zu schenken war uneindämmbar. Selbst Frau Sophie begriff nicht, wie das sonst so gutartige Kind in diesem Punkt so verstockt sein konnte.
Eines Tages, da Elisabeth wieder mit Brot und Speckscheiben aus der Küche kam, war sie Frau Sophie auf dem Hof begegnet. Blitzartig verschwanden die Eßwaren unter den Kleidern. Das Kind errötete über und über. Frau Sophie, die meinte, die Kleine habe sich beim Spielen so erhitzt, strich ihr freundlich über das Gesicht. „Was spielt ihr denn so hübsch miteinander?“
„Wir – wir haben Blumen gepflückt und wollen uns Kränze binden“, stammelte Elisabeth und wagte den Blick bei solcher Lüge kaum zu heben.
Doch Frau Sophie freute sich, daß das Mädchen sich

diesmal ein passendes Spiel ausgesucht hatte, und schrieb es ihrem Erziehertalent zu.
Erleichtert war Elisabeth davongelaufen, um vor dem Burgtor das Essen an eine Horde Bettelkinder zu verteilen. Agnes aber, das ‚Lamm Gottes', hatte mäuseneugierig im Hintergrund alles mit angehört. Kaum war die Pflegeschwester verschwunden, lief sie auch schon zu ihrer Mutter, um ihr alles zu klatschen.
Es gab mahnende Worte und die Rute. Doch nicht wegen der Lüge. Das hätte Elisabeth verstehen können, denn Lügen war ja eine Sünde. Es hatte Schelte gegeben wegen des gestohlenen Brotes! Konnten denn die Menschen nicht begreifen, daß sie Sachen einfach nehmen mußte, um anderen eine Freude zu machen? ...
Aber trotz dieser schmerzlichen und beschämenden Erinnerung hörte Gott auch diesmal ihr Gebet nicht. Ludwig fragte weiter:
„Was trägst du da unterm Mantel? Darf ich es sehen?"
In Elisabeths Kopf vermischte sich das Kindheitserlebnis seltsam mit der Situation des Augenblickes. Verwirrt und hilflos log sie: „Rosen."
Ihre Stimme war so leise, daß Ludwig sie kaum vernehmen konnte. Mit einer schnellen Bewegung riß der Fürst den Mantel zur Seite – und legte ihn ebenso schnell wieder über den Korb, ehe noch einer der Umstehenden etwas gesehen haben konnte. Die beiden starrten sich an. Elisabeths Augen standen groß und schwarz in dem angstbleichen Gesicht. In Ludwigs Blick funkelte mühsam zurückgehaltener Zorn. Sie sah die Muskeln an seinen Wangen nervös zucken. Das Schweigen währte nur einen Augenblick, aber es schien ewig zu dauern. Ludwig faßte sich als erster. Hier, vor dem gesamten Jagdgefolge mochte er seine Frau nicht Lügen strafen. „Wahrhaftig, es sind herrliche Rosen! Glutrote!" fügte er hinzu, als er einen Blick auf Elisabeth geworfen hatte, die tatsächlich schamrot glühte. Nur sie verstand den harten Ton.
„So reite denn und bringe deine Rosen nach Eisenach!"

Kurz verabschiedete sich der Landgraf und winkte seiner Schar.
Elisabeth setzte den Weg fort, und niemand sah mehr, wie ihr die Tränen vor Jammer über das Gesicht liefen.
Der Reitknecht aber wußte am Abend nicht genug zu berichten von dem Wunder, dessen Zeuge er gewesen war. Im Burghof hatte er selber gesehen, wie Wein, Fleisch und Heilmittel eingepackt wurden. Auf dem Waldweg war alles, nach des Landgrafen eigenem Zeugnis, plötzlich in Rosen verwandelt, um sich unten im Hospital wieder in seiner natürlichen Gestalt zu zeigen.
Im Schlafgemach lagen Ludwig und Elisabeth an diesem Abend lange schweigend beieinander. Den Mann quälte noch immer das Erlebnis des Tages: Wie war dieses seltsame Wesen doch unerfahren und hilflos. Jedem andern, der nicht im innersten Wesen so ohne Falsch, wäre sicher eine bessere Lüge eingefallen, als im Frühsommer zu erzählen, sie hätte Rosen im Korb. Aber als Fürstin durfte sie so weltfremd nicht sein. ‚Wie könnte sie sich behaupten, wenn ich einmal länger abwesend wäre? Jeder Einflüsterung, woher sie auch käme, würde sie dann erliegen.‘
Er hörte Elisabeth leise weinen. Da zog er sie in seine Arme. „Was du heute tatest, geziemt sich nicht für die Landgräfin von Thüringen. Wem willst du denn vertrauen, wenn nicht mir, deinem Gatten?“
Elisabeth preßte ihr tränennasses Gesicht gegen Ludwigs Schulter. Das Weinen und Schluchzen brach jetzt, alles überflutend, aus ihr heraus.
„Warum will Gott immer etwas anderes von mir als die Menschen? Wem soll ich nun gehorchen? Ich finde mich nicht zurecht. Immer ist man eine Sünderin“, flüsterte sie verzweifelt.
„So lieb und gut und fromm wie du ist niemand sonst, quäle dich nicht mit unnützen Gedanken“, tröstete Ludwig, durchaus nicht in der Stimmung zu geistlichen Disputen. Er streichelte sie zart und dann immer begehren-

der, bis sie sich in beglückender Geborgenheit zu ihm fand.

Als der Landgraf schon fest schlief, lag Elisabeth noch lange wach und grübelte. Sie wußte noch immer nicht, ob sie Gott oder den Menschen zu gehorchen habe. Und obendrein hatte sie eben wieder die Last einer Sünde auf sich genommen. Sie lauschte auf die ruhigen, kräftigen Atemzüge des Mannes. Hatte Konrad ihr nicht geboten, sie solle das eheliche Lager meiden? Hatte er nicht gesagt, die Fleischeslust sei eine der schlimmsten Sünden vor Gott? Wie aber konnte sie sich Ludwig versagen, den sie so liebte?

Mit süßer Lust und bitterer Qual im Herzen schlich sie schließlich in die Kapelle und blieb in heißen Reuegebeten für den Rest der Nacht vor dem Altar liegen.

Meister Konrad freute sich, als Elisabeth ihm den Vorfall vom Burgweg beichtete. Des Landgrafen Ritterlichkeit hatte aus ihrer Lüge ein Wunder gemacht, und keiner der Beteiligten würde es je widerrufen können.

VII

Der August des Jahres 1226 brachte Regen, Regen in grauen, langen Strähnen. Die Wege zerweichten, die Burgmauern sogen sich voll Feuchtigkeit und Kälte. Im Sommer war ein Wetter wie im November. Elisabeth litt unter dem Versprechen, das Konrad ihr abgerungen hatte. Es gab keine Ablenkung; kein Besuch meldete sich; man mußte dauernd in der Burg sitzen und in das rieselnde Grau hinausstarren. Nur die Altardecke mit der Madonna und dem Jesuskind gedieh unter den rastlosen Händen. Ludwig und Klein-Hermann trieben sich bei Elisabeth in der Kemenate herum, sie schienen beide nicht so recht zu wissen, was sie anfangen sollten.
„Du darfst das Kind nicht lehren, Menschen zu erschlagen!" Elisabeth blickte von ihrer Stickerei auf. Sie sagte es sehr sanft – mit einer Art Sanftheit, die Ludwig verdroß, weil er dann stets das Gefühl hatte, er sei in Glaubensdingen ein Barbar. Er warf einen raschen Blick auf seine Frau, die schon wieder eifrig stichelte. Sie schien ruhig, nur die schönen, schmalen Brauen hatte sie mißbilligend hochgezogen. Ihm fiel plötzlich auf, wie spitz und kummervoll ihr Gesicht in den letzten Wochen aussah. Ob sie wohl wieder guter Hoffnung war? Auch ihre leichte Erregbarkeit ließ eine solche Deutung zu.
Der kleine Hermann hatte im Tonfall seiner Mutter deutlich den Verweis gehört. Nun schaute er ängstlich auf den Vater. Auch dessen Antlitz verriet Unmut. Der Junge seufzte: wahrscheinlich war das schöne Spiel zu Ende.

Immer kam die Mutter und brach in seine herrliche Knabenwelt ein. Gerade dann, wenn er am wenigsten gestört sein wollte, nahm sie ihn an der Hand und zog ihn auf das Bänkchen vor dem Heiligenbild. Und er mußte beten. Lange, viel zu lange, wie er meinte. Er kannte schon jedes Stückchen vom heiligen Franziskus von Assisi auswendig, auch die linke, untere Ecke. Die gerade fesselte ihn am meisten. Sie sah so merkwürdig abgeschabt und zerfranst aus. Eine Magd hatte ihm gesagt, das seien die kleinen Mäuse gewesen, denn seit seine Mutter alles Essen den Armen gebe, wären die Speisekammern der Wartburg so leer, daß die Mäuschen schon die Bilder anknabbern müßten, um nicht ganz zu verhungern. Immer wieder, wenn er vor dem Bild kniete, ließ Hermann nun seine Blicke zu der angefressenen Ecke wandern. Angestrengt überlegte er, wie die Mäuse wohl so hoch hinaufgekommen sein könnten. Womit er sich sonst noch beim Beten beschäftigen sollte, wußte er nicht. Schließlich konnte man nicht immerzu an den lieben Gott denken. Auch seine Mutter hatte die Augen weit offen, wenn sie dort kniete und die Hände faltete. Aber trotzdem schien sie die fehlende Ecke nicht zu bemerken. Sie schaute auf den Heiligen, aber so, als sähe sie ihn gar nicht, als blicke sie durch das Bild, durch die Burgmauern hindurch weit, weit fort. Schwer zu verstehen war die Mutter. Zwar schalt sie nie; niemals gab sie ihm einen Klaps, wenn er ungezogen war. Doch nach jedem seiner kleinen Vergehen war sie lange traurig und weinte immerzu. Hermann, der seiner Meinung nach doch gar nichts Böses hatte tun wollen, kam sich dann immer vor wie ein Sünder. Beim Vater waren lautes Schimpfen und auch ein tüchtiger Klaps keine Seltenheit. Eigentlich, so fand der Junge, waren Schläge und Schelte bequemer, als Gott im Gebet um Vergebung der Untaten zu bitten. Man war schneller damit fertig und konnte weiterspielen. Gebete zogen sich in die Länge.
Wie aber würde sich heute die Sache entwickeln? Ob-

wohl er auf den Gesichtern der Eltern deutlich ablesen konnte, daß Spannung in der Luft lag, hatte er doch auch das untrügliche Gefühl, daß es diesmal nicht um ihn ging, sondern daß die Großen *miteinander* uneins waren. Unschlüssig bohrte er mit der Spitze seines winzigen Schwertes im Fußboden, stocherte in den Ritzen und freute sich, wieviel Staub und bröckligen Schmutz er dabei zutage förderte. Eine hellgraue Schabe flüchtete eilig; das fesselte für Augenblicke seine Aufmerksamkeit, aber als sich das Tier schnell im nächsten dunklen Loch verbarg, gab es auf dem Fußboden nichts mehr zu sehen. Ungeduldig schielte Hermann zum Vater hin. Der schaute aus dem Fenster und schien seinen kleinen Sohn vergessen zu haben. Das Kind stupste ein bißchen mit dem Schwert an den hölzernen Rittersmann. Der sah schon recht zerhauen aus, obwohl ihn der Vater erst vor ein paar Tagen mitgebracht hatte; seitdem war Hermann ein mutiger Ritter und drosch mit dem Schwert auf den Holzmann los.

Mit einer plötzlichen Bewegung wandte sich Ludwig vom Fenster weg. Ihm kam ein Einfall. Man durfte Elisabeth nicht verletzen. Sie war sehr reizbar und nach jeder Verstimmung tagelang traurig. Ludwig gestand seufzend zu:

„Natürlich, du hast recht. Ein Ritter sollte nicht dazu erzogen werden, die vornehmste Pflicht im Erschlagen anderer Ritter zu sehen. Ich weiß, wie wir es machen.“ Er zog ihr das weiße Tüchlein vom Schoß, in das sie die bunten Garnfäden für ihre Stickerei einzuwickeln pflegte, und wand es der Holzpuppe um den Kopf, bis der Helm ganz zugedeckt war und statt dessen ein Turban entstand.

„So, nun ist er ein Maure, ein Heide. Und Klein-Hermann zieht zum Kreuzzug aus und befreit das Heilige Grab.“

Wie zuvor sein Sohn, so blinzelte jetzt Ludwig zu Elisabeth hinüber. Was würde sie darauf zu sagen haben! Zu

seiner großen Erleichterung war diesmal alles richtig. Ein Aufleuchten ging über ihr Gesicht.
„Ja, Hermann ist jetzt ein tapferer Kreuzritter und befreit das Grab unseres lieben Herrn Jesus Christus aus der Gewalt der Heiden.“ Ermunternd nickte sie dem Kind zu, das sich sogleich lärmend wieder auf seinen Holzritter stürzte.
Ludwig hatte sein Erstaunen über Elisabeths schnelle Wandlung noch nicht überwunden. Er zog sich wieder in die Fensternische zurück, nicht ahnend, daß durch das Spiel Elisabeth ein Gedanke gekommen war, wie sie ihr Versprechen erfüllen und doch nicht Ludwig zu einem Kreuzzug veranlassen mußte. Gott ist ewig. Was sind vor ihm zehn Jahre! Nicht Ludwig würde nach Jerusalem ziehen, sondern Hermann! Später einmal, wenn er groß war. Das war noch lange hin!
Der Gedanke an einen solchen Aufschub beglückte sie. Kaum spürte sie, daß der Mann am Fenster mit schweren Entschlüssen rang, die all ihre Pläne und Hoffnungen nur allzu bald zunichte machen würden. Immer eifriger warben schon draußen im Lande Konrad von Marburg und die Deutschordensritter für das neue, noch umfassendere Kreuzzugsaufgebot.
Auch dem Landgrafen von Thüringen hatte man längst Kunde davon überbracht. Man erwartete von ihm Besonderes. Der Kaiser selbst würde diesmal mit den Kreuzrittern ins Heilige Land ziehen und damit das dem Papst gegebene Versprechen einlösen müssen, wenn anders er nicht dem drohenden Bannfluch verfallen sollte. Der Kaiser aber brauchte einen erfahrenen Feldherrn zur Seite und hatte für diesen Dienst seinen Freund, den Thüringer Landgrafen, ausersehen. Das war ein hoher Vertrauensbeweis, und zudem würde der Auftrag nicht lediglich um Gotteslohn zu leisten sein. Neben der Kriegsbeute stünden dem landgräflichen Feldherrn 4000 Silbermark zu. Man würde ihm auch, darin waren sich Papst und Kaiser einig, Besitz und Erbrecht der Mark-

grafschaft Meißen zusprechen, die er bislang nur als Vormundschaftsgebiet verwaltete.
Der Lohn und das Abenteuer reizten und waren des Einsatzes wert. Wie jedoch würde Elisabeth dieses Vorhaben aufnehmen? Kein Zweifel: der religiösen Schwärmerei verfallen, würde sie als fromme Christin die Entscheidung des Papstes bejahen, Heiden mit dem Schwert zum Glauben an die Allmacht der Lehre Christi zu bekehren. Was an machtpolitischen Erwägungen dahinter reifte, würde ihrem schlichten Sinn verborgen bleiben.
Noch immer focht der Knabe hingegeben gegen den hölzernen Heiden, und die Mutter duldete das Spiel. Für einen Augenblick war Ludwig gesonnen, die Gunst der Stunde zu nützen und Elisabeth seine geheimen Pläne zu offenbaren. Doch die Sorge vor den Tränen und Klagen, die folgen mußten, band seine Zunge. Noch war es nicht an der Zeit, noch hatte er Frist, das gnadenlose Geständnis hinauszuzögern. Er preßte die Lippen aufeinander und schwieg.
Guta trat ein.
„Herrin, es will Euch jemand sprechen."
Elisabeth blickte vom Stickrahmen auf. In all der Zeit waren nun die Arme der Gottesmutter, ihr Schoß, der das Kind getragen hatte, und Gottes Sohn selbst vollendet. Nur Teile des Gewandes fehlten noch. Sorgfältig steckte sie die Nadel im Stoff fest, damit sie nicht verloren gehe, und stellte die Arbeit beiseite.
„Natürlich, führe ihn nur herein."
„Es ist niemand von der Burg. Es ist die Bäuerin vom Talhof, und sie will unbedingt zu Euch. Sie sagt, sie hat große Sorgen."
„Um so schneller solltest du sie zu mir bringen!"
Ludwig trat aus seiner Fensternische.
„Ich will euch nicht stören." Die endlosen Klagen und Bitten, die man Elisabeth dauernd vortrug, langweilten ihn. Er verließ rasch das Zimmer, und Hermann zottelte hinter ihm her wie das ungeschickte Fohlen hinter einem

stolz schreitenden Hengst. Elisabeth mußte über das Bild lächeln. Vater und Sohn, die zuerst nichts Rechtes miteinander anzufangen wußten, weil der eine so groß und der andere zu klein war, hatten sich vor kurzem entdeckt. Wo Ludwig war, erschien bald auch Hermann. Leider war freilich der Kleine, seit er sich mit seinem Vater öfters zwischen den Kriegsknechten aufhielt, auf dem besten Wege, ein richter Rauhbautz zu werden. Elisabeth erstarrte oft das Blut in den Adern vor Entsetzen, wenn sie aus seinem niedlichen, immer ein bißchen schmierigen Mund die schauerlichsten Flüche ganz harmlos hervorsprudeln hörte.

Guta kam zurück, und hinter ihr schob sich die Frau des Pächters vom Talhof verschüchtert durch die Tür. Elisabeth hatte die Bäuerin schon bisweilen gesehen. Ihre rundliche Gestalt, ihr breites Gesicht strahlten meist Fröhlichkeit und gute Laune aus. Alles an ihr schien zu glänzen bis hinauf zu dem lächerlich dünnen, grauen Rattenschwänzchen, das sie mit viel Schweinefett einrieb und straff flocht, damit es schön ordentlich am Kopf liegenblieb. Freundlich begrüßte Elisabeth die Bäuerin.

„Es ist recht, daß du auch einmal den Weg auf die Burg findest. Wir sind schon oft bei dir vorbeigeritten und haben uns gefreut, wie ordentlich bei deinem Mann und bei dir alles ausschaut und wie tüchtig die Kinder schon mit zugreifen. Sicherlich sind sie euch eine rechte Hilfe. Der Große ist doch bald zehn Jahre, nicht wahr?"

Das bekümmerte Gesicht erhellte sich ein wenig bei dem Lob. Besonders wußte es die Bäuerin zu schätzen, daß die Fürstin das Alter des Sohnes in Erinnerung behalten hatte. Es war dies ein Ergebnis der Erziehung von Frau Sophie.

Nicht lange jedoch vermochten Elisabeths Worte den Kummer der Bäuerin zu verscheuchen. Ihr Gesicht nahm wieder den bedrückten und jämmerlichen Ausdruck an.

„Nun, erzähle!" ermunterte die Fürstin.

Weitschweifig hob die Besucherin an: „Ihr habt es selbst gesagt, Fürstliche Gnaden, wie bei uns alles gedieh. Ja … und …“, verlegen knäulten die abgearbeiteten Hände an den Kleidern, „und wir haben auch immer für die Burg alles abgeliefert, was Ihr verlangtet. Und stets die besten Sachen. Und in den letzten Jahren waren recht gute Ernten. Wir konnten uns allerhand anschaffen. Einen Mantel für den Bauern, es war der erste, den er bekam, und Betten für die Töchter, wenn sie heiraten.“
Elisabeth wurde ein wenig ungeduldig, aber man durfte die Pächterin in ihrer stockenden Rede nicht unterbrechen. Sicher hatte sie sich in vielen Stunden zu Hause zurechtgelegt, wie sie der Fürstin ihren Kummer schildern wollte. Jetzt ihr das vielfach geknotete Gedankenfädchen zu zerreißen hieße heillose Verwirrung stiften. Elisabeth hatte sich oft geärgert, wenn sie hörte, wie vornehme Leute, die es gelernt hatten, ihre Gedanken in gewählter Rede auszudrücken, einfachen und unbeholfenen Menschen das Wort abschnitten, weil deren stockende Rede sie langweilte.
So lächelte sie ermunternd. „Ja, du hast recht, es war gut so, Bertha.“
Das Weib schnaufte bekümmert. „Ja, und dieses Jahr ist eine schlechte Ernte, und vergangenes Jahr war sie auch schon gering. Aber beim letzten Mal konnten wir die Pacht noch abliefern, und dieses Jahr ist die Pacht erhöht worden. Wir haben schon den Mantel und die Betten verkauft, aber es fehlen uns immer noch zwei Silbermark. Und nun hat uns Euer Burgvogt ausrichten lassen, wenn wir die zwei Mark in Geld oder Waren nicht bis Martini bringen, läßt er uns die Pacht aufkündigen. Und was sollen wir dann machen? Dann steht der Winter vor der Tür. Dann müssen wir alle ins Hospital oder zu den Bettlern auf die Straße. Helft uns, helft uns, Fürstliche Gnaden. Wir wollen auch alle Tag und Nacht arbeiten. Aber nur nicht ins Hospital, nein, nein!“

Elisabeth tröstete die Aufgeregte: „Beruhige dich. Bis zum 11. November sind ja noch fast drei Monate. Ich will schon Rat schaffen. Ich verspreche dir, ihr werdet alle auf dem Hof bleiben."
Dankbar griff die Pächterin nach Elisabeths Rocksaum und drückte einen Kuß darauf.
„Vergelt's Euch Gott, Euer Gnaden, und lohn's Euch mit tausendfachem Segen!"
Guta führte die Bäuerin wieder hinunter in den Burghof. Als sie zurückkam, fragte Elisabeth erstaunt:
„Hast du denn gewußt, daß die Pacht erhöht worden ist?"
„Ja, natürlich. Mein Vater muß auch mehr abliefern als vorher, und die Bede hat man gleichfalls heraufgesetzt. Man sagt, es soll ein Kreuzzug ausgerüstet werden. Und dafür braucht's Geld." Guta zuckte die Achseln. „Seht, Herrin, wenn man wirklich helfen könnte, das wäre schon gut. Damit, daß Ihr Bettler küßt und Aussätzige pflegt, helft Ihr den Menschen nicht. Ihr tut es, um Gott milde gegen Euch selbst zu stimmen, glaubt, Euch durch Eure Demütigung bei den Niedrigsten vor Gott zu demütigen, damit Ihr einst ins Paradies kommt. Das hat Euch der Magister eingeredet. Glaubt mir, alle hier fürchten sich vor ihm. Nehmt Euch in acht, er zerstört noch Euer Glück!"
„Hüte deine Zunge!" Elisabeth wurde zornig. „Was du sagst, ist Ketzerei! Wenn jemand davon erführe, der dir nicht wohlwill, würde er dich verklagen. Weißt du denn, was du sprichst, Mädchen? Konrad ist der heiligste und reinste Mann, den ich von Angesicht zu Angesicht kenne!" Und empört wies die Landgräfin das Mädchen von sich, das seit mehr als zehn Jahren ihre treueste Gefährtin war. Guta hatte Zeit, darüber nachzudenken, ob es ratsam ist, Fürsten die Wahrheit zu sagen, und sei die Fürstin selbst so milde und freundlich wie Elisabeth – und die Wahrheit noch so wahr. Letztlich aber mußte man dieser Frau immer wieder gut sein, denn sie trug

schwerer als andere an der Last von Zweifeln und Qualen, die sie sich aufgebürdet hatte …
Und da war noch etwas, eine wunde Stelle, von der man nichts spürt, solange sie nicht angerührt wird, die aber schmerzt, sobald man sich auch nur ganz leise daran stößt. Seit Wochen war in Elisabeth diese grauenvolle Angst. Bald nur leise, bald gesteigert bis zum Entsetzen. Seit langem redete und flüsterte man von einem Kreuzzug. Eines Nachts hatte sie geträumt, eine undurchsichtige, graue Wolke senke sich auf die Wartburg herab. Elisabeth vermochte plötzlich niemand von den Ihrigen mehr zu sehen und wußte nicht, was mit ihnen geschah!
Auch jetzt machte die Angst ihr wieder Herzklopfen, daß sie es bis in den Hals hinauf spürte. Hätte sie doch Guta nicht so hart angefahren, dann wäre sie jetzt nicht allein im Zimmer. Sie hielt es nicht aus. Wie eine Verfolgte lief sie zur Tür und trat auf den Gang hinaus. Unten im Burghof krähten helle Kinderstimmen. Das fröhliche Geschrei besänftigte und lenkte ab. „Sicher hat der Traum von der Wolke keine Bedeutung", redete sie sich zu. „Regen und Nebel gibt es jedes Jahr hier oben."
An Herbstnebel zu denken war auch noch gar nicht die Zeit. Noch hatte man Hochsommer, wenngleich dieses Jahr wenig davon zu verspüren blieb. Man war froh, wenn mal für ein oder zwei Stunden der ewige, leise Regen aufhörte. Besonders die Kinder, die in den Räumen nur schwer ruhig zu halten waren, nutzten jede noch so kurze Pause aus, um im Hof zu toben. Eben machte die kleine Tochter Sophie die ersten Schritte. Pollux, der riesige, graue Hund, der aussah wie ein Wolf, zu den Kindern aber sanft war wie ein Lamm, half ihr dabei. Die Kleine klammerte sich mit ihren noch ungeschickten Händchen an den langen, zottigen Schwanz. Der Hund ging langsam vor ihr her, wich aber sorgfältig den tiefen Pfützen aus, weil er wohl selber kalte und nasse Pfoten nicht schätzte. Er war schon uralt und liebte trotz seines dicken Fells die Wärme. Der kleine Hermann lief

vornweg und spielte wieder einmal den tapferen Ritter; jetzt allerdings nicht als Kreuzfahrer – er befreite eine schöne Frau aus der Gewalt eines bösen Untiers. Guta war bei den Kindern und sorgte dafür, daß beim Kampf gegen das ‚Untier' den beiden nichts geschah.
Der Herbst wurde warm und golden. Die Bauern fragten sich bekümmert, warum denn die Heiligen ein solches Wetter nicht im Juli und August geschickt hatten, als man sie mit Kerzenopfern und Gebeten in langen Prozessionen um Sonnenschein anflehte. Aber da regnete es, regnete unentwegt. Erst legten sich die Halme zur Seite, dann verschmolzen sie mit der aufgeweichten Erde zu einem schmutzigen, braunen Teppich, und schließlich verfaulten die Körner in den Ähren, die Rüben im Boden. Die Älteren meinten, es sei wie vor zehn Jahren – damals hatten die Schwarzen Pocken und eine große Hungersnot gewütet. Heuer nun wurde bis zur Ernte kaum etwas reif, und was vermochten die Bauern mit der schimmligen und vermoderten Frucht anzufangen? Was blieb ihnen denn, nachdem sie ihre Abgaben in Korn und Hafer, Fleisch und Früchten an den Grundherrn geleistet hatten? Der aber konnte verkaufen, was er und die Seinen nicht selber benötigten, und so zum Nutznießer der hohen Preise werden. Drei Mark kostete ein einziges Maß Korn. Für das Geld hatten die Städter in den Jahren vorher reichlich das Zehn- oder gar Zwölffache bekommen. Nur in den nordöstlichen Gauen von Thüringen war es nicht ganz so schlimm. Der Landgraf besaß auch dort Ländereien genug, so daß die Burgbewohner den Mangel kaum spürten.
Aber Elisabeth maß den Hunger im Lande an den Scharen von Bettlern, die sich mit jedem neuen Tag nach Eisenach hereinwälzten. Sie hatte alle Hände voll zu tun, um der Not und dem Elend wenigstens einigermaßen abzuhelfen. Und sie war glücklich, daß sie helfen konnte.
Gott würde kein anderes Opfer von ihr verlangen, wenn sie ihm so diente, hoffte sie, denn noch immer hatte sich

das Gemurmel und Geraune, das von einem Kreuzzug wissen wollte, nicht gelegt. Noch immer verlangte Konrad von ihr, sie solle Ludwig zu diesem Kreuzzug zureden. Noch immer verschob des Magisters sonst so fügsame geistliche Tochter die Unterredung von einem Tag auf den anderen. Und Konrad, dem es in diesem Fall mehr um die tatsächliche Teilnahme des Landgrafen als um die Durchsetzung seines Willens bei der Fürstin ging, war klug genug, den Bogen nicht zu überspannen. Er hatte erkannt, daß Elisabeth lieber die strengsten Bußen in Kauf nehmen werde, als ihren Mann zum Zug in eine so gefahrenvolle Ferne zu überreden.
Eines Tages, als Elisabeth wieder einmal durch Eisenach ritt, um Eßwaren an die Bedürftigen auszuteilen, tauchte die Bäuerin des Talhofes vor ihr auf, das jüngste Kind in den Armen. Tiefe Falten durchzogen das abgehärmte Gesicht. Das Weib sah nicht mehr rundlich und fröhlich aus, mager war sie geworden. „Herrin", bat sie leise, fast scheu. „Ihr habt uns versprochen zu helfen. Vergeßt uns nicht!"
Elisabeth mußte sich eingestehen, daß sie an die Sache mit dem Talhof tatsächlich nicht mehr gedacht hatte, und entschloß sich, noch am gleichen Tag mit Ludwig zu reden.
Sofort nach ihrer Rückkehr in die Burg suchte sie den Landgrafen auf. Sie schämte sich. Rings um sie her war alles von Sorgen belastet, und sie hatte das für die Bäuerin so wichtige Versprechen vergessen. Sie vergaß in der letzten Zeit überhaupt so viel. Sie war fast immer müde, und meistens befiel sie ohne Grund eine lähmende Traurigkeit, die nach Stunden quälender Lethargie in eine ebenso grundlose Lustigkeit umschlug.
Elisabeth fand den Landgrafen zusammen mit Herrn Gottfried beim Weine sitzen. An den Mienen der Herren war deutlich zu erkennen, daß sie ihr Gespräch in dem Augenblick abgebrochen hatten, als sie Elisabeth ins Zimmer treten sahen. Die Landgräfin mußte plötzlich an

die graue Wolke denken. Warum nur erschreckte sie dieses Traumgebilde immer wieder?
„Wir reden ein andermal weiter“, entließ der Landgraf seinen Burgvogt.
Als die Tür sich hinter Herrn Gottfried geschlossen hatte, nahm Ludwig seine Frau in die Arme. Sogleich schwand ihre Angst. Sie schmiegte sich zärtlich an ihn, rieb ihr Gesicht an seiner Schulter, denn höher hinauf reichte sie nicht. Plötzlich schien sie ihm wieder ganz das heitere junge Mädchen, das ihn vor Jahren durch ihre Anmut verzaubert hatte. Solche Stunden waren im Laufe der letzten Monate selten geworden. Als der Landgraf, Meister Konrad gegenüber, eines Tages die Befürchtung äußerte, das viele Fasten und nächtliche Beten sei der zarten Gesundheit seiner Frau abträglich, sie werde immer stiller und mache oft einen erschöpften Eindruck, hatte ihm der Geistliche abweisend erklärt: das sei die Demut, zu der er die Landgräfin erzogen habe. – ‚Hol der Teufel alle Demut, fröhlich und munter gefällt sie mir zehnmal besser!‘ dachte Ludwig.
Elisabeth indessen umschmeichelte ihn weiter. Bald streichelte sie, bald küßte sie ihn. Ludwig gefiel es. Er hatte längst gemerkt, daß hinter solcher Zärtlichkeit eine geheime Absicht verborgen war. Aber er genoß den Augenblick und hütete sich, ihn allzufrüh durch Fragen nach dem Grund solch ungewohnter Stimmung zu verkürzen. Mit gespieltem Gleichmut goß er sich ein neues Glas Wein ein und trank es behaglich aus. Endlich begann Elisabeth:
„Liebster, schenkst du mir etwas?“
„Hm, wenn's nicht meine Krone kostet –“
„Ich brauche zwei Silbermark. Gibst du sie mir, bitte?“
„Hoho, eine gewaltige Summe, kleine Verschwenderin!“
„O nein, ich brauche sie nicht für mich. Es ist …“ Und Elisabeth erzählte eifrig von ihrer Begegnung mit der Bäuerin. Ludwig lachte. „Ach du liebe Zeit! Weiter nichts.

Und ich dachte schon, du wolltest unser Fürstentum unter die Bettler aufteilen, weil Reichtum Sünde ist."
Elisabeth verzog ungeduldig das Gesicht.
„Du sollst nicht spotten. Du sollst mich ernst nehmen. Wäre es nicht überhaupt das Schönste, wir wären ganz, ganz arm und hätten nur ein kleines Häuschen für uns und unsere Kinder, ein paar Felder dazu und eine Schafherde? Du könntest mit Hermann zusammen die Schafe hüten, derweil ich daheim die Grütze kochen würde."
Ludwig schmunzelte und wunderte sich zugleich über die naive Anschauung von „ganz, ganz arm" und über die Vorstellung, die seine Frau vom Bauernleben hatte. Sie, die doch jeden Tag mit den Ärmsten der Armen zusammenkam, vermochte sich also keinen Begriff davon zu machen, was *arm sein* wirklich hieß. Er nahm ihr Köpfchen zwischen seine Hände, er lachte nicht mehr, liebevoll und ein bißchen besorgt schaute er sie an.
„Wenn ich dich ernst nehmen wollte, könnte ich dich nicht mehr lieben", sagte er dann schwer und langsam.
In Elisabeth erwachte zum ersten Male der Gedanke, daß ihr Mann vielleicht mit ihrem frommen Eifer nicht einverstanden sei. Bisher war es ihr nie in den Sinn gekommen, daß er darunter leiden könne, wenn sie sich ihm wochenlang entzog, um allein auf einer harten Pritsche zu schlafen und nachts stundenlang zu beten.
„Glaubst du, es ist schön", fuhr Ludwig fort und blickte sie traurig an, „wenn das Leben des Menschen, den ich am meisten liebe, ein einziger Vorwurf für mich ist? Wir stehen nicht allein. Der Zwiespalt, in den uns dein absonderliches Verhalten hineintreibt, reißt eine gefährliche Kluft zwischen uns und dem Hofe auf. Man spart nicht mit Spott und trägt die Mär in alle Lande hinaus."
Elisabeth erschrak.
„Das habe ich nicht gewußt und nicht gewollt. Glaube mir, ich wollte nur Gott dienen."
„Gewollt hast du das nicht, ich weiß es, weil ich dich

kenne. Aber die anderen wissen es nicht. Meister Konrad und du, ihr lebt so, als wolltet ihr sagen: ‚Schaut, was wir für fromme Christen sind! Ihr anderen, die ihr eßt, was auf den Tisch kommt, die ihr eure Frauen liebt und gern glücklich seid, ihr könnt uns nicht das Wasser reichen!‘ Du versuchst bei jeder Gelegenheit die Ritter und ihre Damen zu deiner Lebensart zu bekehren, du bist unduldsam, wenn sie dich nicht begreifen, du meidest unsere Hoftafel, weil du glaubst, dein Mann bereichere sich an unrechtmäßig erworbenem Gut. Du magst kaum noch mit mir schlafen, weil man dir eingeredet hat, es wäre Sünde, glücklich zu sein. Das alles macht viel böses Blut unter den Höflingen. Doch lassen wir das. Dich darob zu schelten fruchtet wenig. Sehen wir lieber zu, wie wir deiner Bäuerin helfen können, denn allein deswegen kamst du doch her.“ Das letzte klang schon wieder bitter, aber er bezwang seinen Unmut.
Elisabeth hörte den Unterton wohl und spürte, daß ihr Mann in gewissem Sinne recht hatte. Ja, sie war nicht seinetwegen gekommen, sondern weil sie wieder einmal etwas für ihre Schützlinge brauchte. Ihn selbst aber und seine Sorgen hatte sie darüber vergessen!
Auch an Ludwig waren die letzten Jahre nicht spurlos vorübergegangen. Sie sah ihn plötzlich mit ganz neuen Augen. Aus dem schlanken, blonden Ritter, der einst mit ihr koste und scherzte, war ein breiter, fast etwas dicklicher Mann geworden, an seinen Schläfen grauten schon die Haare, um die Augen zeigten sich deutlich die Krähenfüße. Am meisten aber hatten sich seine Augen selbst verändert. Früher strahlten sie offen, warm und heiter. Kühl, abwägend, ja manchmal sogar hart blickten sie jetzt. Er war seit zehn Jahren Fürst eines großen Landes.
Elisabeth legte in stürmischer Aufwallung ihre Arme um seinen Hals.
„Bertha ist nicht nur ‚meine‘ Bäuerin. Sie ist auch die deine. Ihr Mann und sie sind die besten Pächter, die wir seit Jahren auf diesem großen Hof sitzen haben. Sie kön-

nen doch nichts dazu, daß jetzt die Bede erhöht worden ist."

Ludwig löste ihre Arme von seinem Nacken und nahm aus dem Geldkasten die beiden erbetenen Münzen.

„Laß dir eins sagen, Elisabeth. Wenn du ernst genommen sein willst, mußt du es verstehen, dich durchzusetzen. Du kommst zu mir und bittest mich um ein Almosen. Warum ließest du nicht, wie es einer Fürstin geziemt, Herrn Gottfried vor dich rufen und befahlst ihm: ‚Herr Gottfried, ich gebiete Euch, dem Pächter des Talhofes für dieses Jahr die Pacht zu erlassen.' Statt dessen verlegst du dich aufs Bitten und Unterhandeln, hörst dir alle Gegengründe an und läßt dich auch von den niedrigsten Dienstleuten am Schluß immer überzeugen, daß sie recht haben und nicht du. Glaub mir, selbst das Gesinde weiß genau, wie es mit dir umspringen kann, und lächelt über dich."

„Aber sie lieben mich. Ist das nicht mehr?"

„Gewiß, sie lieben dich, und es ist gut so, wenn ein Fürst von seinen Untertanen geschätzt wird. Doch seine Würde verbietet es, den Bauern und Knechten zu weit entgegenzukommen. Das verleitet sie, mit der Zeit aufsässig zu werden. Die Menschen sind nun einmal so: sie gehorchen nur, wenn sie den Herrn auch fürchten. Wie aber willst du dich je behaupten können, wenn ich einmal nicht mehr bei dir wäre? Wenn ich dich nicht beschützte? Wie die Wölfe über ein wehrloses Reh würden sie über dich herfallen."

Elisabeths Gesicht wurde blaß vor Angst. Die ‚Wolke', da war sie wieder! Sie kämpfte ihre Sorge nieder. „Ludwig, du verbirgst mir etwas. Ich habe Angst. Ohne dich kann ich nicht leben. Du bist alles, was ich habe."

Der Landgraf schüttelte den Kopf und ging einer Antwort vorsichtig aus dem Wege. Wer kannte sich schon in den Frauen aus! Nachts wollte sie nicht mehr mit ihm schlafen, jedes Mal mußte er erst darum betteln. Und am Tag gestand sie dann, er sei ihr Ein und Alles.

Als er aber sah, daß Elisabeth wie Espenlaub zitterte, tröstete er: „Sei still. Ich sagte es nur so hin. Schließlich ist kein Mensch unsterblich. Ein Fürst und Ritter ist dem Tod oft noch näher als die anderen."

Aber Elisabeth beruhigte sich nicht. Ludwig fluchte im stillen auf sich selber. Was hatte er da angerichtet! Sie kam ausnahmsweise in heiterer Stimmung – mußte er gerade heut so ernste Gespräche mit ihr führen? Er war ein Esel! Einmal würde sie es ja erfahren müssen, aber warum schon heute? Noch fast ein ganzes Jahr war dazu Zeit. Er zog sie fester in seine Arme, wiegte sie wie ein Kind auf dem Schoß, drückte ihren Kopf an seine Schulter und flüsterte ihr kleine Worte der Zärtlichkeit ins Ohr, sie dabei mit den Lippen streichelnd. Er küßte ihren Mund und trug sie auf das Lager. Man mußte die günstige Stunde nutzen und Elisabeth nehmen, wie sie eben war. Mit hastigen Händen löste er die Frauenhaube. Er liebte ihre schweren, schwarzen Flechten. Welch eine dumme Mode, das Haar wegzubinden, daß ein Eheweib ausschaute wie eine Nonne ...

Als Ludwig sich tief über Elisabeth beugte, sah sie im Ausschnitt seines Gewandes ein rotes Tuch stecken.

„Was trägst du da vor mir verborgen?" forschte sie in jähem Argwohn. Sie wollte danach greifen. Ludwig war schneller, er deckte die Hand darüber. Sie aber wehrte sich dagegen mit ihren winzigen Fäusten. Ludwig hätte sie beide mit einer Hand umschließen können. „Du betrügst mich!" rief sie mit gespielter Entrüstung. „Wer gab dir das als Andenken?"

Ludwig, darauf bedacht, das Ganze als einen Scherz ausgehen zu lassen, gab einen Augenblick nicht acht. Da erfaßte Elisabeth das Tuch und zog es heraus. Roter Samt rieselte wie ein Blutstreifen über ihre Hände und über ihre nackten Arme bis auf den Boden.

Es waren zwei zusammengesetzte, schmale Stoffbahnen. Eine längere und eine kürzere. Erst begriff Elisabeth nicht, dann sah sie: Es war ein Kreuz, wie es die Ritter auf ihren Mantel nähen, wenn sie den Zug zum Heiligen Grab geloben.

Plötzlich war alles klar! Sie schrie und bäumte sich wild auf. Ludwig, der noch immer über sie gebeugt stand und nicht wußte, was er tun sollte, mußte sich mit seinem ganzen Gewicht auf sie werfen, sonst wäre sie vom Lager gefallen.

Elisabeth schien ihn nicht zu spüren. Sie schrie, schrie, wie er nur auf dem Schlachtfeld die zu Tode Getroffenen hatte schreien hören. Es wurde ihm unheimlich. Sie schlug um sich. Noch nie hatte er seine Frau so gesehen. Wieviel Kraft vermochte dieses zarte Geschöpf zu entwickeln. Doch es dauerte nicht lange. Erschöpft, wie von einer rohen Gewalt weggeschleudert, lag Elisabeth auf dem Ruhebett. Ihr Schreien wurde zum Gewimmer, dann war sie bewußtlos.

Hastig stopfte Ludwig den roten Samt in die nächste Ecke, damit Elisabeth, wenn sie die Augen aufschlug, ihn nicht sofort wieder erblickte.

‚Vielleicht hat sie alles vergessen, wenn sie aufwacht, sie war ja gar nicht bei sich', hoffte er.

als sie nach bangen Minuten sich belebte und ihn mit großen, erloschenen Augen ansah, schnitt es ihm tief ins Herz. Da gab es nichts mehr zu verbergen.

VIII

„Mein Bruder, der du hier sitzest und es dir bei Wein und Braten wohl sein läßt, glaubst du, du hast damit des Lebens höchstes Gut errungen? Oh, wie blind du bist und nicht siehst, daß du dabei das Heil deiner Seele versäumst. Hörst du nicht klagen vor dem Throne des Herrn die süße Himmelskönigin Maria, weil das Grab ihres geliebten Sohnes sich noch immer in den Händen der gottverfluchten Heiden befindet? Du bist doch ein treuer Sohn unserer alleinseligmachenden Kirche. Das Flehen der Muttergottes erreicht auch dein Herz. Die tapfersten Ritter der Christenheit sehen seit Jahrhunderten ihre edelste Aufgabe darin, das Heilige Grab wieder mit den Ländern der katholischen Kirche zu vereinen. Schon deine Väter und Vorväter haben es vergeblich versucht, sagst du? Ist dies nicht ein Grund mehr, daß du, mein Bruder, es von neuem unternimmst? Denn du bist klüger, als die Väter es waren, du gehörst zu einer neuen Jugend voller Mut und Tüchtigkeit. Was deinem Vater mißlang, dir wird es glücken. Und ist es uns nicht schon gelungen, die starke Feste Akkon den Heiden zum Trotz zu errichten? Der Boden, der das Blut deiner Väter trank, er muß dir heilig sein, du mußt ihn befreien. Nie werden die Seelen eurer Väter sonst Ruhe finden, wenn nicht ihr Jungen das Werk vollendet. Es naht eine große Zeit, und auf euch allein ruht die Hoffnung Gottes; auf euch blickt die Heilige Jungfrau. Ihr seid es, die ihr das Heilige Grab erlösen werdet, und zugleich rächt ihr den Tod eurer Väter!“

Johannes wischte sich den Schweiß von der Stirn. Wie lange sollte er denn noch reden, bis dieser Klotz von Ritter sein „Ja“ für den Kreuzzug gab! Wahrhaftig, einen störrischen Esel auf Trab zu bringen war weit leichter!
Der Ritter von Kapellendorf betrachtete sehr lange seine Stiefelspitzen, als ob es dort wirklich etwas zu sehen gäbe. Dann wiegte er das Haupt.
„Wißt Ihr, Bruder Johannes, ich habe vom letzten Kreuzzug noch allerlei in Erinnerung. Mein Vater zog damals mit. Er erzählte uns oft genug davon, wie sie das fremde Land durchirrten. Feind waren ihnen nicht nur die Bewohner, feind war ihnen auch die Sonne, feind waren Staub, Hitze, die ausgedörrte Erde, der Durst und die wilden Tiere. Feind war ihnen der lange Weg zu Wasser, feind der noch längere Landweg. Schon als sie vor den Mauern von Jerusalem lagen, war ihre Schar arg zusammengeschmolzen. Ihre eigenen Schlösser und Burgen sahen die wenigsten jemals wieder, und wer schließlich heimkehrte, war zumeist gebrechlich oder siechte an Krankheiten darin, die in deutschen Landen kein Arzt kannte. Das hat mein Vater selbst erlebt und gesehen. Nicht gesehen hat er die Wunder des Morgenlandes, die ihnen die Kreuzprediger vorgaukelten. So, wie Ihr das auch bei mir versucht habt. Nicht gesehen hat er die weißen Marmorschlösser mit märchenhaften Gärten, mit Schätzen an Gold und Edelsteinen, in denen bezaubernd schöne Maurinnen nur deshalb der christlichen Ritter harren – so sagte man –, damit sie aus ihrem Heidentum erlöst würden. Nicht gesehen hat mein Vater die Karawanen von Kamelen und ihre Lasten von Gewürzen, Samt, Seide und andern seltenen Stoffen ... Freilich, die Fürsten und Grafen haben damals manch wertvollen Schatz eingeheimst. Bis zu uns Rittern aber ist wenig von dem begehrten Gut gedrungen. Meistens reichte die Beute grade aus, die Heimfahrt auf dem Schiff zu bezahlen. Oft mußten die Kreuzritter auf ein solches Schiff wochenlang warten, dann ging das erbeutete Gut schon in den

Häfen und Schenken drauf. Nein, so schnell gewinnt Ihr mich nicht für einen Zug ins Gelobte Land."

Johannes strengte von neuem seine ganze Beredsamkeit an. Wehe, er kehrte mit ungünstigem Ergebnis von seiner Fahrt zurück. Magister Konrad würde ihn das büßen lassen! Zehntausend Mann sollten zusammengebracht werden! Gelang das nicht, gab der Meister die ganze Schuld seinen Helfern, nicht dem Unternehmen, von dessen Sinnlosigkeit Johannes ebenso überzeugt war wie die Ritter, die geworben werden sollten.

Soweit es die rauhe Stimme zuließ, gab er sich salbungsvoll: „Bedenke wohl, wer das Kreuz nicht nimmt, ist gegen die heilige katholische Kirche! Kein treuer Sohn unseres Glaubens entzieht sich der Pflicht, die Gott selbst ihm auferlegt hat. Und wenn im Heiligen Land die Wege mit Feinden dichter besäet wären als eine Wiese mit Grashalmen, und wenn uns das Heilige Grab von den Heiden, die Gott verdamme, neunmal wieder entrissen würde, so solltest du es doch zum zehnten- und elftenmal versuchen, bis es für immer in den Schoß der Christenheit zurückgekehrt ist."

„Mag's das zehnte und elfte Mal ein anderer versuchen. Ich fühle mich fromm genug und habe keine Sünden begangen, daß ich mich durch einen Zug gen Jerusalem wieder reinwaschen müßte."

„Was du da sagst, ist Gotteslästerung! Ist Ketzerei! Sei froh, daß nur mein Ohr deine Worte hört, und nicht ein anderer! Die schwersten Kirchenstrafen wären dir gewiß!"

Solcherart, mit ‚Bannfluch', ‚Höllenpein', ‚Fegefeuer', arbeiteten die Kreuzprediger freigebig nach dem Muster ihres Meisters Konrad. Sie flochten daraus schlau und listig ein Netz, in dem sich zuletzt ihr armes Opfer doch noch verfing.

Auch der Ritter von Kapellendorf nahm das Kreuz, hauptsächlich um den lästigen Mann loszuwerden, der sich anders nicht abschütteln ließ. Nun genoß er die Vorrechte des Kreuzfahrers: Vergebung aller Sünden für sich und seine Familie, Erlaß aller weltlichen Schuld und Schulden, aber ein Entrinnen von dem roten Tuchkreuz gab es nicht mehr, es sei denn gegen Zahlung eines hohen Ablasses.

Viele Thüringer Ritter und Grafen, die keine Aussicht auf einen Heerführerposten und damit auf den Löwenanteil der Beute hatten, fanden, es sei das kleinere Übel, diesen hohen Ablaß zu zahlen und sich dadurch Ruhe zu erkaufen. Weit war der Papst, weiter noch die ewige Seligkeit oder das Fegefeuer. Sehr nah, warm und lebendig waren ihnen ihre Frauen und Kinder, fest und sicher ihre Burgen, und die Ehre, für Gott und die Heilige Jungfrau einen frühen Tod zu erleiden, bot nichts Verlockendes.

Magister Konrad erkannte, daß seine Helfer zuwenig ausrichteten. Es blieb ihm nichts anderes übrig, er mußte die Wartburg verlassen und selbst das Kreuz predigen.

Wieder zog er durch Thüringen auf seinem Maulesel, demütig nach dem Vorbild Christi in Jerusalem. Scharen von Geistlichen und Laien, von Männern und Frauen strömten ihm zu, sooft er in einen Ort einzog, angelockt durch den Kreuzzugsablaß, den jeder erhielt, der sich die Predigt anhörte oder gar für die Kreuzfahrer etwas spendete. Ehrfürchtig empfing die höhere Geistlichkeit den Prediger und geleitete ihn zum Marktplatz. Dort zelebrierte Konrad zuerst feierlich die Messe des Heiligen Kreuzes und begann seine donnernde Predigt. Doch am Ende mußte er jedesmal mit Ingrimm feststellen, daß die Schar der Neugierigen zwar groß gewesen war, spärlich aber die Zahl der Münzen, die sich in den Opferstöcken vorfanden, und noch weit geringer an Zahl waren die, die sich in die Listen der Kreuzfahrer einschreiben ließen. Da hatte Johannes einen guten Einfall:

„Meister, die Teilnahme am Kreuzzug reinigt von Sünde und Verbrechen. Dehnt Eure Werbung auf die Kerker und Burgverliese aus. Weltliche Straffreiheit und ewiger

Ablaß, wer könnte dem widerstehen, wenn er sich schon am Galgen baumeln sieht?"

Gesagt, getan. Die Kerker gaben ihre Opfer heraus. Nun aber murrten die Ritter: „Uns hat man gesagt, es sei eine Ehre, Kreuzfahrer zu sein. Und jetzt tragen gar solche das Kreuz, die morden, Bränden legen, Totschlag verüben und ihre eigenen Töchter und Schwestern schänden! Wer darf es wagen, uns an solche Kumpanei zu ketten!"

Mancher, der noch keine feste Zusage gegeben hatte, verweigerte nun die Teilnahme. Allerdings war ihre Sorge überflüssig. Es sollte sich später zeigen, daß von den freigelassenen Missetätern auch die letzten davonliefen, als man durch Bayern zog. Die meisten waren überhaupt nicht erschienen.

So war es denn ein saures Handwerk, Kreuzprediger zu sein, und lange dauerte es, bis Meister Konrad und seine Helfer so viele Teilnehmer geworben hatten, daß an den eigentlichen Aufbruch gedacht werden konnte.

Elisabeth erschien diese Zeit wie eine letzte Frist. Es war, als sei nun nach der großen Unruhe und quälenden Ungewißheit eine eisige, tödliche Stille über sie gekommen wie Maifrost, der die jungen Vögel tötet und die Blüten erfrieren läßt. Nichts erregte sie. Sie ging umher wie eine Schlafwandelnde, teilte mit Ludwig Bett und Tisch und schlief in seinen Armen, sooft er es wünschte. Sie aß, ohne Konrads Speisegebote zu beachten. Sie liebte und betete, ohne zu merken, was sie tat. Sie beteiligte sich an allen Pflichten, die Familie und Hof von ihr forderten, und war doch in Wirklichkeit nie dabei. Ihre Bewegungen waren, wie die einer Holzpuppe, steif und leblos. Ihr Herz erstarrte, und der Blick ihrer Augen ward leer. Ludwig steckte tief in seinen Vorbereitungen. Er spürte kaum, wie sehr Elisabeth unter dem drohenden Unheil litt.

Der Herbst des Jahres 1226 ging dahin, das neue Jahr kam heran. Im Mai 1227 teilte die junge Landgräfin ihrem Gatten mit, daß sie abermals guter Hoffnung sei. Aber ihre Augen lächelten ihm dabei nicht zu.

Der Johannistag des Jahres 1227 ward als Tag des Aufbruchs bestimmt. Schon Wochen vorher ging es in Eisenach zu wie auf einem Jahrmarkt. Täglich konnten die Bürger Ritter begaffen, die mit ihren Knechten in die Stadt einzogen, um sich hier zu sammeln. Noch waren die Lanzen und die Speerschäfte neu, und die Fähnlein flatterten lustig, die Helme blinkten. „Ja, ja“, meinte ein alter Lederhändler. „So sind wir damals auch ausgezogen. Gesund und unbekümmert. In unseren besten Gewändern, mit guten, jungen Pferden. Als wir heimkamen, stand keiner mehr am Straßenrand und jubelte uns zu. Einzeln kamen wir zurück, oder nur in kleinen Gruppen. Die meisten aber blieben aus. Pferde hatten wir kaum noch. Auch keine Fähnlein an den Lanzen mehr, dafür aber viel Narben und Wunden. Zerrissen und müde schleppten wir uns über die Wege und Gassen. Oh, diese Toren! Bald werden sie's bereuen, und wir bezahlen's jetzt schon. Denn wenn der Herr in den Krieg zieht, hungert das Volk ...“ Der Greis konnte nicht ausreden, denn es schlug ihm einer mit dem flachen Schwert von hinten über die Schulter, daß er vor Schmerz aufschrie.
„Hüte deine Zunge, alter Schwätzer! Was verstehst du schon von den Pflichten eines christlichen Ritters!“
„Wohl, wohl. So gut wie gar nichts versteh ich, edler Herr.“ Scheu verneigte sich der Mann. „Hab nur selbst anno 1190 mitgemacht.“
„Du tätest besser daran, dein Maul zu halten, sonst wird es dich in kurzem gereuen!“ Eilig drückte sich der Alte durch die Menschen davon.
Aufgebracht trieb der Ritter sein Pferd wieder an. Er war zornig vor allem, weil er wußte, daß der Sprecher recht hatte, weil er selbst schon am liebsten den ganzen Kreuzzug aufgegeben hätte, doch nun nicht mehr zurückkonnte.
Hufschlag und Pferdewiehern auf den Wegen, Sonnentupfen auf Gras und Baum, blauer Himmel und Lerchenschlag – so ritten die Eisenacher Kreuzfahrer we-

nige Tage später gen Schmalkalden, wo sich die Mannen des Landgrafen Ludwig mit den übrigen Thüringer Rittern vereinigen wollten. Ein langer, buntgemischter Zug wälzte sich durch das Land. Die Angehörigen der Kreuzfahrer geleiteten ihre Männer, Brüder, Söhne und Väter bis an die Grenze Thüringens, um ihnen so lange als möglich nahe zu sein.

Der Landgraf drängte seinen jungen, kräftigen Hengst dicht an das Pferd seines Bruders Heinrich Raspe. Sie ritten nebeneinander, aber sie sprachen nicht. Die Brüder verstanden sich auch ohne Wort. Seit jeher war es zwischen ihnen Brauch gewesen, daß Kriegszüge, wo es irgend anging, gemeinsam durchgeführt wurden. Stets allerdings hatte der Ältere bei allem, was sie unternahmen, den Ruhm allein geerntet. Ludwig bekam Meißen – Ludwig erwarb die 4000 Silbermark. Ludwig, immer wieder Ludwig! In Heinrich Raspe keimte seit langem der Neid, aber er hielt ihn tief in sich verborgen. Kein mißgünstiges Wort kam je über seine Lippen, denn ein offener Bruderzwist würde die Macht des Landgrafenhauses nur schmälern. Und nun zog Ludwig aus, um neue, höchste Ehren einzuheimsen. Als Feldoberster, nicht nur über die Thüringer, sondern über alle deutschen Kreuzfahrer, zu denen drunten im Süden noch große Heerzüge aus Italien und Burgund hinzustoßen würden. Mochte dem Bruder die Waffenehre beschieden sein. Er selbst, der Jüngere, zog diesmal nicht mit. Er blieb daheim, aber er würde die Zeit der Regentschaft nützen! Heinrich Raspe rechnete damit, daß der Landgraf mindestens zwei bis drei Jahre abwesend sein mußte. Es reizte ihn, für diese Zeit Herr der Wartburg zu sein. Er wollte alles darein setzen, ebenso gut zu regieren wie der Bruder. Er wollte die Thüringer Grenzen ebenso kraftvoll gegen jeden Übergriff von außen verteidigen. Zwei oder drei Jahre würde er Landesherr in Thüringen sein!

Ludwig kannte Heinrichs Gedanken. Er klopfte ihm freundschaftlich auf die Schulter.

„Heinrich, daß, worum ich dich jetzt noch bitten könnte, weißt du ohnehin: Hilf Elisabeth über die Zeit der Trennung hinweg und gib auf sie acht. Sie vergißt sich zuweilen in ihrer Gebefreudigkeit. Man muß da wohl die Zügel etwas straffer anziehen. Nimm dich auch um Hermanns Erziehung an. Der Junge kommt jetzt in das Alter, wo es nicht guttut, wenn er immer nur mit Frauen zusammen ist. Er soll später einmal Landgraf werden, kein Mönch!"
Heinrich Raspe nickte. Er spürte auf einmal, wie gern er den älteren Bruder hatte. Doch der fuhr schon fort:
„Ich habe noch einen besonderen Auftrag für dich. Unser Vater hinterließ ihn mir, als er starb. Ich kann ihn vielleicht nicht mehr ausführen. Bitte, tu du's."
Heinrich Raspe streifte den Landgrafen mit erstauntem Blick. „Ludwig, so darfst du nicht reden. Du wirst bestimmt zurückkommen!"
„Wohl werde ich wiederkehren, denn ich will in Reinhardsbrunn begraben sein. Aber ob dann noch Leben in mir ist, wer will das wissen? Es hat keinen Zweck, die Augen zu verschließen. Wir sind Männer und gewohnt, mit allem zu rechnen. Ich bitte dich also, Bruder, berenne und zerstöre, sobald es dir möglich ist, das Schloß des Grafen von Ettersburg. Es ist auf Ländereien erbaut, die dem Kloster Reinhardsbrunn gehören. Die Mönche dort baten schon unseren Vater, ihnen diesen Stein des Anstoßes vom Halse zu schaffen, gegen den sie selbst machtlos sind. Der Vater konnte den Grafen von Ettersburg für diesen Übergriff nicht mehr züchtigen. Erfülle du nun seinen letzten Wunsch. Außerdem muß man dem Adel von Zeit zu Zeit einmal zeigen, wer Herr im Lande ist. Dulden wir heute irgendwo Anmaßung, so schalten und walten binnen kurzem alle Ritter und Grafen nach ihrem Belieben."
Heinrich Raspes Augen funkelten vor Unternehmungslust. Das war so recht ein Auftrag nach seinem Wunsch! Ein Auftrag, bei dem er seine Fähigkeiten endlich zeigen

konnte. Zudem würde er in die Annalen des Klosters als gerechter Verteidiger der Kirche und als Schützer der Mönche eingehen!
Mittlerweile hatte man Schmalkalden erreicht, wo die übrigen Thüringer Kreuzzugsteilnehmer schon auf den Landgrafen und seine Leute warteten. Die Ritter schlugen mit ohrenbetäubendem Krachen auf ihre Schilde, die Fanfarenbläser schmetterten, als sie des Reisezuges ansichtig wurden, an dessen Spitze nun Ludwig in das Feldlager einritt. Den Frauen der Kreuzfahrer klang dieses Getöse nicht wie ein froher Begrüßungston, sondern wie das Läuten der Sterbeglocke. Schlug doch jetzt endgültig die Abschiedsstunde. Die Männer würden von nun an ihre Fahrt in größter Eile fortsetzen. Elisabeths zuckendes, wehes Herz war nur ein winziges Teilchen des großen Schmerzes, den Frauen erdulden, solange Männer in den Krieg ziehen. Furcht und Hoffnung, Glauben und Verzweiflung, stille Resignation und wilde Auflehnung sind wie peinigende Widerhaken, die die Seele bald hierhin, bald dorthin zerren. Ein Teil der Ritter, die den Zug wirklich nur deshalb unternahmen, weil ihre Hingabe an den heiligen Glauben es ihnen befahl, waren gefaßt und ruhig, standen doch ihrer Meinung nach sowohl sie selbst als auch ihre Lieben in Gottes Hand. Was Er tat, das war recht getan, auch wenn die kleine Menschenseele selbst das nicht begriff. Sie ertrugen standhaft die Trennung von ihren Angehörigen und sangen gemeinsam fromme Lieder oder beteten, weil sie das für die beste Art des Abschiednehmens hielten.
Die meisten aber, bei denen Abenteuerlust den Ausschlag gegeben hatte, verfügten nicht über solche Seelenstärke. Sie bereuten es längst, daß sie sich zu diesem Dienst verpflichtet hatten. Gern hätten sie jetzt alles zurückgezogen. Die Reue aber kam zuspät. Nun war das Weinen und Wehklagen groß. In der Stunde des Abschieds befiel sie Ernüchterung. Hier standen ihre Frauen, die sie zusammen mit den Kindern, den Burgen

und all ihrem Besitz einer ungewissen Zukunft überließen.
In dieser Wolke von frommen Gesängen, Wehklagen, Schwert- und Schildgerassel, Pferdeschweiß und Staub, Kommandogeschrei und Fanfarensignalen standen Elisabeth und Ludwig. Einer festgebannt mit den Augen an das Antlitz des anderen. Sie hielten sich an den Händen. Immer von neuem umarmten sie sich, Ludwig murmelte tröstende Worte, Elisabeth brachte keinen Ton heraus. Mehr und mehr leerte sich das Feldlager. Die ersten Abteilungen begannen auszurücken. Die Frauen gingen noch ein Stück mit und blieben dann hilflos am Wegesrand stehen. Schon gehörten die Männer nicht mehr ihnen. Der ungeheure Heerwurm hielt sie in seinen Krallen. Mochten sie auch zurückblicken, winken, es gab keine Gemeinschaft mehr zwischen ihnen und den Zurückbleibenden.
Herr Walther von Vargila trat auf Ludwig zu und legte ihm die Hand auf die Schulter. Der Landgraf nickte. Einmal mußte es ja sein. Er löste Elisabeths Arme von seinem Hals. Frau Sophie trat zu den beiden. Ludwig umarmte noch einmal die Frau, zugleich die Mutter. Dann verschränkte er Elisabeths Arme mit denen von Frau Sophie.
„Liebste Mutter, hilf auch du meiner Elisabeth. Sie folgt oft blindlings ihrem guten Herzen. Das kann manchmal auch Unheil geben."
Er wies den schweren Wappenring der Thüringer Landgrafen vor: „Was auch an Gerüchten zu euch dringen mag, glaubet keines von ihnen. Beunruhigt euch nicht. Glaubet einzig dem Boten, der euch meinen Ring vorweist. Lebt wohl. Gott mit euch, mit uns allen!"
Er machte sich los und stieg aufs Pferd. Schwer und müde waren seine Bewegungen, als wäre er nicht siebenundzwanzig Jahre alt, sondern schon ein Greis.
Elisabeths Jammerlaute wurden übertönt von den Klängen des Kreuzfahrerliedes, das die Heerschar jetzt anstimmte:

„Du aller Frauen Krone,
Bist mit uns zweifelsohne:
Dort ward das Kreuz dem Sohne,
Als sich sein Leib ergab.
Sein Geist mög uns durchdringen,
Daß wir die Völker zwingen,
Die nie die Tauf empfingen …“

Leiser und leiser wurde der Gesang. Die Worte waren nicht mehr zu verstehen. Nur wie ein geheimnisvolles Brausen drang es noch an das Ohr der Zurückbleibenden. Eine Staubwolke verschluckte den Landgrafen: er hatte den Zug eingeholt. Als habe Elisabeth auch nicht einen dieser kurzen Augenblicke versäumen wollen, in denen ihr sein Anblick noch vergönnt war, schlug sie nun endlich die Hände vors Gesicht und schluchzte bitterlich. Blind und taub für ihre Umwelt, besinnungslos vor Schmerz ließ sie den Kopf an Frau Sophies Schulter sinken. Guta und Eisentraut wollten sie trösten. Sophie hielt sie zurück.

„Hier hilft jetzt kein Trost! Laßt sie sich ruhig ausweinen. Es ist schlimmer, wenn man die Tränen verschlucken muß. Man sagt, dann schlagen sie aufs Herz. Das ist nicht gut. Nicht für sie und auch nicht für das Kind, das sie trägt.“

Ludwig faßte sich schnell wieder. Ihn lockten Abenteuer vorwärts. Das strahlende Sommerwetter stimmte auch manchen andern hoffnungsfroh. Man begann zu lachen und zu scherzen, man malte sich aus, was man alles mit den Schätzen des Morgenlandes beginnen werde, die man zu erbeuten gedachte.

Aber es schien, als blicke Gott nicht mit Augen des Wohlgefallens auf diesen Kreuzzug, der doch um seines eigenen Sohnes willen unternommen wurde. Bereits im Alpenvorland wurden die Kreuzfahrer von Gewitterschauern begrüßt. Als sie höher in die Berge hinaufkamen, nahm der Regen überhaupt kein Ende mehr. Die Pferde rutschten und stolperten auf den nassen, glitschigen Pfaden. Die Wolkendecke hing niedrig und je höher die Reiter ins Gebirge gerieten, desto schlechter wurde die Sicht. Hie und da gellte plötzlich der Hilferuf eines Mannes oder der schaurige Todesschrei eines Pferdes, wenn einer den Pfad verlor und ausgeglitten war. Die Berggeister zogen ihn in ihr Reich, so glaubten die Fahrenden, als Tribut dafür, daß die Fremden ihr Land durchzogen. Die Verzagtheit der Abschiedsstunde kehrte wieder. Als man am Abend das Lager aufschlug, fehlten viele, deren Pferde lahmten. Sie konnten nicht so schnell nachkommen. Andere hatten sich zu Tode gestürzt. Der Heerhaufen, der sich zuerst eng zusammengehalten hatte, zog sich nun über viele Meilen in die Länge. Während die Spitze schon droben den Brenner überquerte, war der Rest noch unten am Fuß des Gebirges. Nachts mußte man in den nassen Kleidern schlafen, sofern von Schlaf die Rede sein konnte. Die Packpferde mit den Decken und Zelten hatten den Aufstieg noch nicht bewältigt, man hatte keinerlei Möglichkeit, sich zu trocknen. Die spärlichen Feuer gaben wenig Wärme. Die meisten blieben die ganze Nacht über auf den Beinen, um nicht zu frieren.

Herr Rudolf von Treffurt hockte vor Kälte schlotternd am Feuer, als er sich leise angerührt fühlte. Es war der Ritter von Kapellendorf.

„Findet Ihr nicht, Herr Rudolf, daß uns der Himmel allzu mißgünstig gesonnen ist?"

Der Angesprochene schwieg. Gewiß, es stimmte, die Strapazen waren für hoch und niedrig gleich schwer. Aber er gehörte zum engsten Kreis des Landgrafen. Bei der Verteilung der Beute würde es anders sein, hoch und niedrig würden dann unterschiedlich bedacht werden. Also lohnte es sich schon durchzuhalten.

„Warum sagt Ihr mir das?" fragte er schließlich kühl.

Der Kapellendorfer wies mit der Hand hinter sich.

„Schaut, jetzt geht unser Blick noch nach den deutschen Landen hinunter, geht heimwärts. Haben wir erst den Kamm überschritten, dann liegt unter uns die Lombardei. Dann versperren uns die Alpen den Blick nach Hause und auch den Weg –"
„Wollt Ihr unserem Heerzug untreu werden?" fuhr Herr Rudolf auf.
„Das ist ein schlechtes Wort, untreu! Ich habe gelobt, mich mit allen meinen Kräften für den Kreuzzug einzusetzen. Habe ich es nicht ehrlich versucht? Kann ich dafür, wenn meine Kräfte für ein solches Unternehmen zu schwach sind?"
„Hinweg!" schrie Herr von Treffurt. „Und hütet Eure Zunge!" Dem anderen schien geraten, das Gespräch nicht fortzusetzen. War der Treffurter wirklich ein so sonderbarer Kerl, daß er allein um der Ehre willen das Kreuz genommen hatte? Kaum anzunehmen. Auch der würde sich, wie alle anderen, am Ende fetten Anteil an der Beute sichern, und wenn er sich jetzt als Ritter ohne Furcht und Tadel aufspielte, so war zu wetten, daß er es nur tat, um in der Gunst des Landgrafen zu steigen. Mochte er! Der Kapellendorfer stapfte davon. Rasch hatte ihn die Dunkelheit verschluckt.
Am anderen Morgen beim Abmarsch stellte man fest, daß der Ritter von Kapellendorf fehlte. Fast sechzig Knechte waren mit ihm verschwunden.
„Wir jagen ihm nach", grollten die Ritter. „Wir zwingen ihn zur Umkehr!"
Ludwig winkte müde ab.
„Es hat keinen Zweck. Seid froh, daß wir die Höhe geschafft haben. Wollt ihr den Aufstieg ein zweites Mal machen?"
Er hatte recht. Alle, die die Paßhöhe erreicht hatten, waren froh, daß nun endlich der Weg sich gen Süden senkte.
Am darauffolgenden Morgen hätte sich Ludwig doch gewünscht, den Kapellendorfer wegen seiner Flucht vor

aller Augen zu züchtigen. Das Beispiel machte Schule. Als aufgebrochen wurde, fehlten bereits etliche hundert Mann, und auch der Graf von Sunthausen mit seinen Rittern war nicht mehr unter den Kreuzfahrern.

Endlich erreichte man die Lombardei, erlebte den Zauber von Mailand; alle atmeten auf. Nun sei, so glaubten sie, das Schlimmste überstanden. Tatsächlich ging nun bis Rom der Zug ohne Schwierigkeiten vonstatten.

In der Vorhalle der Peterskirche aber saß ein Vikar des Papstes, der um eine beträchtliche Menge blanken Silbers den Kreuzfahrern Befreiung vom Gelübde verkaufte. Der Vikar, das päpstliche Siegel und die Urkunden waren falsch, doch es dauerte tagelang, bis der Präfekt von Rom den Betrug merkte. Der Fälscher war schon mit reichem Verdienst entwichen. Das Kreuzheer aber war wieder um ein paar hundert Streiter kleiner geworden.

Dagegen hatte sich das Heer der Dirnen, ein Schwarm, in dem vom leuchtenden Paradiesvogel bis zur zerrupften Krähe alles lockere Gevögel vertreten war, beträchtlich vermehrt. Schon von Schmalkalden aus waren die ersten den Kreuzfahrern gefolgt. Unterwegs strömte ihnen Verstärkung zu. Wie die Spatzen am Futterplatz begannen sie sich schon um die reichsten der Herren zu zanken und zu raufen.

Nachdem das Heer Rom verlassen hatte, war die Zahl der Dirnen fast ebensogroß wie die Schar der Streiter selbst.

Weiter zogen die Ritter durch Italien. Der August legte Staub und Dunst um die Olivenbäume, die Pinien und Zypressen. Granatbäume säumten den Strand von Neapel, darüber loderte die Feuersäule des Vesuv. Es duftete nach blühenden und sterbenden Blumen, nach Laub, nach Erde, so daß die meisten Deutschen von all den ungewohnten Bildern, Lauten und Gerüchen ganz benommen wurden. Als gar der Kaiserpalast von weitem auftauchte, weiße Mauern zwischen Palmen, Orangenbäumen und Zitronengebüsch, rieselnde Bäche,

blaue Teiche und schimmernde Gondeln – da glaubten manche, sie hätten das Morgenland schon erreicht.
Während man in Apulien das Heerlager bezog, um sich mit den burgundischen und italienischen Truppen zu vereinigen, begann das Unheil von neuem. Die Packpferde und Saumtiere ließen Tage um Tage auf sich warten. Als sie endlich eintrafen, fehlte die Hälfte, und kein Mensch wußte, wo sie geblieben waren. Dafür kam ein anderer, heimtückischer Gast ins Heerlager: das Sumpffieber schlich wie ein Gespenst durch die Reihen der Krieger. Am Abend begannen die Kranken zu zittern, bald wurde aus diesem Zittern ein regelrechtes Schütteln, so sehr plagte sie der Frost. Sie schlugen mit den Zähnen, daß es schrecklich anzuhören war. Obwohl die Nächte drückend schwül waren, riefen die Kranken nach Decken, nach Wärme. Ihre Kameraden schleppten sie zu den Wachtfeuern und legten sie so nahe an den Holzstoß, daß sie fast geröstet wurden. Es half nur wenig, der Kopf schmerzte unerträglich, manchmal waren sie so benommen, daß sie die Geräusche des Heerlagers nur noch wie ein fernes Raunen hörten. Das seltsamste an dieser Krankheit aber war: obwohl am nächsten Morgen noch schwach und müde, fühlten die Kranken, wie sich die Kräfte wieder regten. Abends saßen sie fröhlich bei den anderen und zechten und freuten sich, daß sie wieder auf den Beinen waren. Am nächsten Tag kam das Fieber wieder, und das Ganze begann von neuem.
„Es sind die bösen Geister aus den Sümpfen“, flüsterten die Männer. „Rachegeister der heidnischen Götter. Sie haben sich in diesen unzugänglichen Gegenden versteckt, dort kann sie kein Priester mit Weihwasser austreiben, und die Kirchenlieder und Glockenklänge, die ihren Ohren gar übel klingen, dringen nicht bis dorthin. Dort fühlen sie sich sicher! Sie wollen uns davon abhalten, daß wir zum Heiligen Grab ziehen und es befreien.“
Zwar hätten ihnen die Einheimischen berichten können, daß das Sumpffieber seit eh und je seine Opfer suchte

und fand. Aber zur Unterhaltung über solch komplizierte Fragen reichten die beiderseitigen Sprachkenntnisse nicht aus, wenngleich die Verständigung über Essen, Wein und Weiber bereits ganz gut gelang.
Wenn auch das Fieber seine Opfer in Apulien suchte, solange man denken konnte, so war doch nicht zu leugnen, daß die Kreuzfahrer, die das feuchtheiße, drückende Klima nicht gewohnt waren, besonders stark davon ergriffen wurden. Also mußte es mit den bösen Geistern doch seine Richtigkeit haben. Wer hatte je eine solche Krankheit erlebt, an der man heute siechte, morgen zum Schein genas und die einen im zermürbenden Wechsel wieder zu Boden streckte? Die Ritter, die sich auf Wunden recht gut verstanden, wußten gegen die Schüttelfröste nichts Besseres als heißen Wein. Schon begann man die Krankheit als notwendige, aber nicht lebenszerstörende Plage zu nehmen, da verfielen die Kranken, durch die häufigen Fieberanfälle geschwächt, mehr und mehr. Nach zwei, drei Wochen vermochten sie nicht mehr aufzustehen, die Erde drehte sich, bald glaubten sie zu schweben, bald zu stürzen. Die Sinne schwanden. Einen nach den andern holte sich der Tod. Unter den Gesunden brach Panik aus, erst recht unter denen, die bereits erkrankt waren. Viele verwünschten wieder einmal sich selbst und ihre Abenteuerlust, die sie hinausgetrieben hatte. Aber auch noch andere Gedanken wurden jetzt laut:
„Wollten *wir* denn den Kreuzzug? Die Mönche und Grafen sind es gewesen, die uns so lange zugesetzt haben, bis wir uns bereit erklärten. Noch hat der Kreuzzug kaum begonnen, und schon haben wir Verluste über Verluste. Das Essen im Feldlager ist schlecht, die Bauern wollen nichts mehr verkaufen. Die Proviantwagen bleiben aus. Der Wein hier ist zwar gut, aber die Vorräte sind fast aufgebraucht. Die Weiber sind hübsch und auch willig – aber bezahlen muß man. Hol's der Teufel! Unsere Herren sitzen warm und trocken in den Städten, während wir uns

auf dem durchweichten Sumpfboden den Tod holen, von Mückenschwärmen gepeinigt. Einer nach dem anderen beißt ins Gras. Ob wir je nach Jerusalem kommen werden? Ihr wißt doch: vor zwanzig Jahren ist ein großes Kreuzfahrerheer jammervoll zugrunde gegangen, ohne das Heilige Land überhaupt erreicht zu haben. In einer Stadt an dem Flusse Nil wurden sie von Arabern und Mauren eingeschlossen. Wochenlang wehrten sie sich, dann brachte sie der Hunger zur Strecke. Und die Pest. Wahrscheinlich geht es uns auch so! Vielleicht hat man uns auch nur vorgelogen, daß das Heilige Grab unser Ziel ist. In Wahrheit werden wir wohl nach Konstantinopel ziehen, damit der Papst auch noch über die östliche Welt herrschen kann. Oder wir sollen wieder fremde Handelshäfen besetzen, damit die Prasser besser zu Seide und Samt, zu Gold und Edelgestein, zu Zimt, Pfeffer und Ingwer kommen. Für die großen Handelshäuser werden wir unsere Haut zu Markte tragen!"

Mit Besorgnis hörten die Heerführer von der Mißstimmung im Lager. Noch immer verschwanden auch hier Nacht für Nacht Knechte und Ritter. Wenn nicht bald etwas geschah, würde sich das Kreuzfahrerheer schon in Italien auflösen. Die Anführer der drei Heeressäulen hielten Rat und beschlossen, sich so bald als möglich einzuschiffen. Hinaus auf das offene Meer, so meinten sie, könne das Fieber ihnen nicht folgen und auch kein Mann mehr entlaufen. So sei die baldige Überfahrt die einzige Hoffnung, das Heilige Land noch mit kampffähigen Leuten zu erreichen.

Schiffe lagen viele im Hafen. Mast ragte neben Mast. Aber kein Schiffer wollte die Kreuzritter übers Meer bringen.

Nach vielen vergeblichen Bemühungen war es Ludwig geglückt, die Schiffseigner zu einer Verhandlung zusammenzubringen.

„Was gebt Ihr uns, Herr Graf?" lautete deren erste Frage.

„Den zehnten Teil unserer Beute, wenn wir wieder zurückkommen."
„Wenn Ihr zurückkommt ...", höhnte ein Raubvogelgesicht, das mehr einem Piraten glich denn einem christlichen Seemann. „Was glaubt Ihr, wie Ihr zurückkommt? Als seuchenzerfreßne Kadaver vielleicht! Schon manches Menschenwrack habe ich von den Gestaden des Heiligen Landes mit zurückgenommen um Gottes Lohn, damit er wenigstens auf heimatlichem Boden verrecken konnte. Nichts als Scherereien hatte ich. Die meisten mußten wir unterwegs über Bord werfen, sie konnten mit dem Sterben nicht warten. Nein – so wird nichts aus unserm Geschäft. Bezahlt gleich!"
„Gut, wenn wir nun die Überfahrt im voraus bezahlen, dann müßt Ihr aber an der Küste warten, bis wir wiederkehren, und uns nach Sizilien zurückbringen."
Der Schiffer lachte, daß der goldene Ring in seinem Ohrläppchen hüpfte. „Herr Graf, könnt Ihr Eure Ritter ein, zwei oder gar drei Jahre in einer Burg ruhig halten, ohne Rauferei, ohne Beute?"
Ludwig schüttelte erstaunt den Kopf.
„Nein, aber warum fragt Ihr das?"
„Ja, glaubt Ihr denn, eine Horde Matrosen bleibe so lange vor der Küste liegen, ohne Wind, ohne Fahrt, ohne Beute? Na also. Ich denke, wir sind uns einig. Ihr zahlt den Transport vorher in Gold oder in Ware. Über die Rückfahrt reden wir später. Bringt nur reiche Beute mit, dann –"
„Schweigt, Ihr seid Halsabschneider!"
„Wie Ihr wollt. Ich sehe, wir einigen uns ohnehin nicht. Addio!" Der Sizilianer wandte sich zur Tür, die anderen Seeleute schlossen sich ihm an.
„Halt, halt! So wartet doch!" Ludwig wischte sich den Schweiß von der Stirn. Ach, die schreckliche Hitze!
Er fühlte sich heute nicht wohl. Kopfschmerzen plagten ihn.
„Sagt mir doch, vor fünfzehn Jahren fuhren von Italien

aus Tausende Kinder zum Kreuzzug. In Liedern hörte ich die Schiffer preisen, die die Kinder umsonst nach Alexandria brachten, damit sie von dort aus ihren Weg zu Lande fortsetzten."

Nun lachten nicht nur die sizilianischen Küstenschiffer, sondern auch die reichen Kaufherren, die mit ihren Seglern weite Reisen aufs offene Meer unternahmen und sich sonst von den ‚Strandräubern', wie sie die Küstenfahrer verächtlich nannten, vornehm getrennt hielten.

„Eure Lieder haben Euch richtig berichtet, aber die Sänger wußten nicht alles. Schaut Euch in Alexandria um, Ihr werdet dort viele blonde Sklaven finden. Der Verkauf der Kinder an geschickte Zwischenhändler brachte damals den Schiffern ein Vielfaches an Gewinn von dem, was Ihr uns bezahlen könnt."

Ludwig starrte entsetzt die Schiffer an. Dann erhob er sich langsam. Sein Gesicht war entstellt von Wut und Abscheu, schon fürchteten die Seefahrer, zuviel gesagt zu haben.

„Zum Teufel, gottloses Pack! Schurken seid Ihr, die man am höchsten Schiffsmast aufknüpfen sollte!"

Die Verachtung, die der Landgraf in seine Stimme legte, machte kaum Eindruck.

„Wenn man etwas haben will, Herr Graf, muß man es von den Lebenden nehmen. Die Toten geben nichts mehr."

Ludwig bändigte seinen Zorn. Er war auf die Segelschiffe angewiesen und durfte sich mit deren Eigentümern nicht überwerfen.

„Gut, lassen wir das. Setzt uns zum vereinbarten Preis über, das Weitere wird sich finden."

Den Tag darauf in aller Frühe begannen die Ritter an Bord zu gehen. Ludwig zog sich auf dem Schiff sofort in sein Gelaß zurück. Mit matter Handbewegung winkte er dem Gefolge. „Geht, Ihr Herren, ich wünsche Euch gute Nachtruhe. Sendet mir den Pater Berthold."

Die Ritter sahen sich bestürzt an. Es war ein heller Morgen, und der Landgraf wünschte ihnen eine gute

Nachtruhe? Offenbar sprach er im Fieber. Auch ihn mußte die Krankheit gepackt haben. Man beschloß, nicht nur den Kaplan, sondern auch den Leibarzt Benjamin Rosenblüt an das Krankenlager zu rufen.

Der Arzt schüttelte den Kopf. Gewöhnlich begannen die Kranken erst nach längerer Zeit so schwach und hinfällig zu werden, wie er den Landgrafen jetzt vorfand. Er legte seine Hand auf das Herz des Kranken und erschrak. Was er fühlte, war nicht das ruhige, stetige Pochen, sondern ein wildes, stolperndes Jagen, unterbrochen von langen Pausen. Die Herren, die das Lager umstanden, lasen die tiefe Besorgnis in seinem Antlitz. Vorsichtig legte Benjamin Rosenblüt die Hände auf Ludwigs Stirn und Schläfen; er glaubte im ersten Augenblick, die Haut müsse ihm versengt werden von der Hitze des Fiebers.

Durch seine Benommenheit hindurch spürte Ludwig die kühlen Hände. Ihm war, die Schmerzen in seinem Schädel müßten geringer werden, solange sie dort blieben. Nun, wo er ruhig liegen konnte und sich nicht mehr mit Gewalt zwingen mußte, seinen Pflichten nachzukommen, fühlte er sich etwas besser. Mit Anstrengung hob er die Hand und legte sie über Rosenblüts Finger.

„Bleib da", flüsterte er. „Mir ist so elend."

Der Arzt fuhr mit einem Schwamm, den er in kühles Wasser getaucht hatte, über die fieberheiße Stirn des Leidenden. Der streckte sich erleichtert aus, rückte sich ein bißchen zurecht und murmelte: „Nur ein wenig schlafen. Dann wird mir besser."

Am nächsten Tag fühlte sich der Landgraf wirklich weit wohler. Er schrieb das den Tränken zu und lobte und beschenkte seinen Leibarzt reichlich. Sodann befahl er allen Grafen, sich an seinem Lager zu versammeln. Das Bett zu verlassen, hatte Rosenblüt ihm nicht gestattet, und ein heimlicher Versuch, den Ludwig unternahm, war fehlgeschlagen, die Knie sackten ihm vor Schwäche weg, als er sich aufrichten wollte. Er hatte sich gern und schnell wieder niedersinken lassen. Aber er war schon zu-

frieden, daß er überhaupt wieder Herr seiner Gedanken war.
Als die Grafen eintraten, winkte Ludwig Herrn Walther von Vargila und Herrn Heinrich von Fahner heran.
„Ich bin ein jämmerlicher Heerführer." Das sollte ein Scherz sein, aber Herr Ludwig sah tatsächlich elend genug aus. „Ich lege mich ins Bett und sollte doch an eurer Spitze stehen. Ich hoffe aber in einigen Tagen mit Gottes Hilfe wieder ganz gesund zu sein. Daß ihr Befehl zum Auslaufen des Schiffes gabt, damit wir dieser verhexten Fieberküste entrinnen, war gut. Aber meinetwegen hättet ihr nicht gestern abend Anker zu werfen brauchen. Ich hätte die Seefahrt ganz gut vertragen. Ich bin dafür, wir setzen unsere Reise schnellstens fort. Das wird auch dem Kaiser recht sein."
„Kaiserliche Hoheit lassen Euch grüßen, Herr Landgraf." Heinrich von Fahner verneigte sich. „Er erkundigte sich gestern genau nach Eurem Befinden, vom Bett aus übrigens, denn der Kaiser ist selbst krank. Aber auch er befindet sich auf dem Wege der Besserung und meint, wenn es Euer Zustand erlaubt, solle die Reise fortgesetzt werden."
Ludwig nickte.
„Gut, dann hisset die Segel und lichtet die Anker!"
Die kleine Flotte der Kreuzfahrer sah, wie das Flaggschiff plötzlich Fahrt aufnahm. Segel stiegen an den Masten hoch und flatterten weiß vor dem blauen, so seltsam blauen Himmel, wie sie es in Thüringen nie gesehen hatten. Blauer noch als der Himmel war das Meer. Glatt und weit lag es vor ihnen. Bald zogen die Schiffe, ruhig wiegend wie eine Schar Schwäne, über die Wellen.
Aber schon am späten Nachmittag bemerkten die Steuerleute und die Ausguckposten, wie langsam, fast traurig, ein Teil der Segel auf Ludwigs Schiff wieder sank. Dann drehte es bei und glitt langsam, lautlos auf die übrigen zu. Weit hinten am Horizont glänzte noch im Abendlicht die italienische Küste. Mit entblößtem Haupt

stand am Bug des Schiffes Herr Heinrich von Fahner. Jedesmal, wenn sie eins der anderen Schiffe passierte, rief er hinüber: „Unser Herr Landgraf liegt im Sterben. Wir kehren nach Otranto zurück. Setzt ihr die Fahrt fort. Wir folgen euch später."
Überall verbreiteten diese Worte lähmende Trauer. Wenn überhaupt einer, dann war es Herr Ludwig gewesen, der den sinkenden Mut durch einen derben Scherz oder auch mal durch einen harten Verweis aufrechterhielt. Mit des Kaisers ruhiger, glatter Art wußten die Thüringer nichts anzufangen. Friedrich II. wußte genau, warum er Ludwig den Oberbefehl über die Deutschen gab. Nun aber waren sie wie eine Herde Schafe, die nicht recht wissen, von welcher Seite der Wolf kommt und was sie tun sollen. Manche Schiffe fuhren weiter, andere refften die Segel, und wieder andere kehrten um, es war ein heilloses Durcheinander. Schließlich warfen alle Anker und blieben vorerst liegen.
Vor Ludwigs Lager knieten die Grafen und beteten. Pater Berthold hatte dem Sterbenden die Beichte abgenommen und die Letzte Ölung gereicht. Benjamin Rosenblüt flößte ihm ab und zu ein paar Tropfen eines Beruhigungsmittels ein, denn der Fiebernde war in seinen Phantasien kaum mehr zu bändigen. Wurde er ruhiger, murmelte er Gebete. Die Augen versagten ihm den Dienst, manchmal sah er nichts als graue Schleier, manchmal war alles um ihn so grell und überdeutlich, daß es schmerzte; bald war es dunkel, daß er meinte, es sei Nacht. Dann wieder schienen weiße Flecken im Raum zu tanzen und zu flattern. „Die weißen Vögel – was sind das für weiße Vögel?" Es waren die letzten Worte, die er sprach.
Pater Berthold, der die gefalteten Hände des Toten zwischen seinen Händen hielt, hob den Kopf und blickte die Umstehenden erstaunt an.
„Weiße Vögel sah er – das können nur Tauben gewesen sein. Oh!" Sein Blick loderte plötzlich von heiliger Begei-

sterung. „Ich weiß es, Gott ist gütig und allmächtig. Er sah, wie sich unser Landgraf bemühte, immer ein guter Sohn der Kirche zu sein. Er belohnt ihn wahrhaft herrlich dafür, daß der Heimgegangene im Dienste des heiligen Kreuzes sein Leben ließ. Ihm wird das Fegefeuer erspart. Die weißen Tauben geleiten seine Seele direkt ins Paradies." Er schlug fromm das Kreuz. Alle Anwesenden glaubten seinen Worten und bekreuzigten sich ebenfalls.

Am anderen Tag wickelte man die Leiche des Landgrafen in Laken, die in heißes Wachs getaucht waren, und senkte sie bei Otranto in geweihte Erde. Ein Ritter mit zwanzig Reitknechten wurde als Bote nach der Wartburg abgeschickt.

Die übrigen Thüringer warteten von einem Tag zum anderen auf die Fortsetzung des Kreuzzuges. Vergeblich. Der Kaiser schien in diesem Jahr sein Vorhaben nicht mehr ausführen zu wollen.

Da nahmen sie schließlich um die Weihnachtszeit die Leiche ihres Fürsten aus der Erde, legten sie in einen großen Wasserkessel und kochten sie so lange, bis sich das Fleisch von den Knochen säuberlich ablösen ließ. Die weißen Gebeine betteten sie in einen kostbaren Schrein.

Statt mit reicher Beute machten sie sich mit trauriger Last auf den Heimweg.

IX

Die Armen, Kranken und Obdachlosen von Eisenach hatten gute Tage, seit der Landgraf zum Kreuzzug aufgebrochen war. Es sprach sich schnell herum, daß die Landgräfin um ihres Gemahls willen Mildtätigkeit ohne Schranken übte. Sie hielt es für unwürdiges Feilschen, wenn sie, ehe sie gab, nachforschen ließ, ob die Bedürftigen wirklich so bedürftig, die Kranken wirklich so krank und die Obdachlosen wirklich so obdachlos waren, wie sie ihr vorjammerten.

Selbst dem gestrengen Meister Konrad wurde dieser Almosentaumel zuviel.

„Du kannst von Gott nichts erzwingen! Aber er schaut mit Liebe und Güte auf uns alle. Natürlich besonders auf jene, die ihm von Herzen in Demut dienen. Dein Almosenspenden, so reichlich du es auch tust, wird aber Gott nicht so hoch achten wie deine Demut. Auch wenn du noch mehr gäbest, du bist und bleibst Fürstin, und was du spendest, schmerzt dich nicht. Das wirst du nie ändern können. Deine nächtlichen Gebete aber, die dir den Schlaf rauben, die Kälte und Härte des Steinfußbodens, wenn du stundenlang kniest, der Hunger, wenn du um Seinetwillen fastest, das schmerzt dich wahrhaft. Das ist der Dienst, der Gott wohlgefällt."

Und Elisabeth diente, diente bis zur Erschöpfung des Leibes und der Seele. Sie fastete, geißelte sich, kniete nächtelang in der Kapelle, betete. Sie verband, wusch und fütterte mit eigener Hand die Kranken im Hospital. Guta

und Eisentraut versuchten ihren Eifer zu dämpfen, sie rieten ihr Mäßigung. Vergebens. Endlich gingen sie Frau Sophie um Hilfe an.
Sie besuchte Elisabeth in ihrer Kemenate. Die Fürstin-Mutter lehnte am Fenster und sah auf die junge Frau herab, die auf dem Rande des Ruhebettes saß, die Füße – sie war jetzt im letzten Schwangerschaftsmonat – angeschwollen, das sonst so schmale Gesicht aufgedunsen, ein wenig entstellt.
„Elisabeth, du übertreibst!“ brach Frau Sophie endlich das Schweigen.
„Ach, Mutter, die Angst um Ludwigs Leben quält mich Tag und Nacht. Ich kann nicht anders. Ich muß Gott dienen, damit er ihn mir läßt. Was gilt mein Leben ohne ihn!“
„Nicht an dein Leben denke ich!“ Es klang mit Absicht hart, denn Sophie wußte nicht, wie sie ihrer Schwiegertochter anders beikommen konnte. Der Starrsinn der jungen Landgräfin in Religionsdingen war zum Verzweifeln.
„Ich denke an das Leben des Kindes, das du trägst. Es ist nicht nur dein, es ist auch Ludwigs Kind, und es ist eine Seele Gottes, die du nicht ungestraft vernichten darfst.“
Elisabeth erschrak heftig. Die Schwiegermutter hatte recht mit ihren Vorwürfen. Daß sie daran nicht gedacht hatte! Sophie merkte, daß ihre Worte zu wirken begannen.
„Erinnere dich bitte, wie es vor Jahresfrist war. Du hättest das Kind nicht tot geboren, wenn es mehr Lebenskraft in sich gehabt hätte. Damals sagte dir die Hebamme, das Kind sei zu schwach, weil du dich als Schwangere nicht geschont, zuwenig geschlafen und vor allem viel zuviel gefastet hättest.“
Das stimmte freilich. Daß die Hebamme aber damit nur die Meinung der Landgräfin-Mutter der jungen Fürstin mitgeteilt hatte, verschwieg Frau Sophie jetzt wohlweislich.

Elisabeth erhob sich vom Bettrand und trat ebenfalls ans Fenster. Man spürte, wie schwer ihr jede Bewegung fiel. Sie ergriff die Hand der alten Dame und küßte sie. Ein seltsamer Gegensatz, diese beiden Frauenhände: Sophiens gepflegt, schmal, weiß – Elisabeths geschwollen, rauh, verarbeitet und rot.
Sophie hielt sie fest und betrachtete sie mißbilligend. „Liebe Tochter, ich müßte schon wieder schelten, aber dann wird dir mein Besuch leid werden. Sag selbst, sehen so die Hände einer Fürstin aus? Mußt du unbedingt die Kranken waschen und ihre Betten machen? Deine Haut ist rauh und spröd vom Wasser. Du mußt dich besser pflegen. Von solchen Händen wird Ludwig nicht liebkost sein wollen bei seiner Heimkehr. Auch dein Haar ist staubig."
Für Elisabeth waren diese liebevollen Vorwürfe unendlich peinlich. Verstand denn niemand, daß sie auch die geringste Mägdearbeit auf sich nehmen mußte, wenn sie Gott beweisen wollte, daß keinerlei Hoffart in ihr sei! Dann mußte er doch ihre Demut erkennen und weitere Prüfungen von ihr abwenden.

„Doch, meine Tochter! Gottes Ratschlüsse sind unerforschlich, und dir bleibt nur eines, dich ihm regungslos zu unterwerfen ..." Konrad wiederholte es wohl jeden Tag, an dem er ihren hektischen Eifer sah. Er wußte: Das stachelte sie an, sich selbst noch mehr Pflichten aufzuerlegen. Anderseits wollte er ihr von vornherein einprägen, daß sie durch ihre Religionsübungen kein Pfand gegen Gott in der Hand habe. Seltsames ging in Konrad vor. Der anfängliche Triumph nach dem Aufbruch Ludwigs wich neuen, peinigenden Gedanken. Elisabeth war zwanzig Jahre alt. Im Falle einer Witwenschaft würde man nicht zögern, sie wieder zu verheiraten. Und dann? Konrad zweifelte, ob ein zweiter Gatte die gleiche Duldsamkeit von ihrem Glaubenseifer aufbrächte. Er zweifelte mit Recht daran, ob ihre Familie das Gelübde der

Ehelosigkeit anerkennen werde. Wie leicht es war, sich mit ein paar Silberschillingen von Gelübden loszukaufen, wußte er selbst nur zu gut.
Konrads Überlegungen kamen nicht von ungefähr. Die Geheimboten, die ständig zwischen den einflußreichen Priestern unterwegs waren, hatten ihm Kundschaft zugetragen von dem seltsamen Fieber, das in Apulien unter den Rittern wütete. Würde der Landgraf verschont bleiben?
Während Konrad noch überlegte, ob er Elisabeth von der Seuche im Heer Mitteilung machen sollte, während die junge Landgräfin eine Tochter gebar, die in der Taufe den Namen ihrer Großmutter Gertrud erhielt, hatten Boten aus Otranto, die mit Ludwigs Wappenring die Kunde seines Todes überbrachten, die Thüringer Grenze bereits überschritten. Sie trugen schwer an ihrer Botschaft. Die Freude, auf diese Art dem Kreuzzug entronnen zu sein und wieder heimreiten zu dürfen, wurde getrübt durch den Grund ihrer Rückkehr.
„Du läßt ja die Stirn bis auf den Sattelknopf hängen!" Einer der Jüngeren gab dem alten Hugbald einen freundschaftlichen Rippenstoß. „Schau dich um, wir sind wieder zu Hause. Es riecht nach Harz, nach feuchtem Waldboden wie seit unserer Väter Zeiten. Unsere Pferde gehen über abgefallene Nadeln. Ach, wie hab ich mir diese frische Luft oft in den stinkenden Gassen des Feldlagers da unten ersehnt. Sei froh! Immer noch besser, mit einer Todesbotschaft nach Hause zu kommen und selber lebendig zu sein, als ein anderer Reiter bringt die Nachricht von deinem Tode. Freilich hab ich den Herrn nicht so gut gekannt wie du, aber mich hat er überhaupt nicht gekannt. Und um mich geweint hätte er bei meinem Ende nicht. Warum also soll ich weinen?"
„Er war ein so guter Herr."
„Zu dir vielleicht, weil du von Kind an um ihn warst, weil er sich an dich gewöhnt hatte und dich brauchte. Aber er war ein Herr wie alle Herren, und nach ihm wird ein anderer kommen, dem wir dienen müssen."

„Hm, ein bißchen magst du recht haben. Doch nach mir hat der Landgraf nie mit dem Fuß getreten, er hat mich nicht geschlagen, wenn ihm etwas nicht schnell genug ging oder wenn ich es in etwas versah.“
„Das ist wahrhaftig ein seltener Fall. Die Herren sind sonst so zaghaft nicht, wenn es gilt, uns ein paar überzuziehen. Aber im großen ganzen sind sie alle gleich. Gestern Hermann, heute Ludwig, morgen Heinrich Raspe – für uns ist das ganz einerlei.“
„Hast recht, es ist schon ein Elend. Wie gut wär's, wenn unser Landgraf noch am Leben wäre. Welch böser Geist hieß uns nur in diese Fiebersümpfe ziehen! Oh, dieser Jammer. Seit Ludwig als Kind das erste Mal aufs Pferd gehoben wurde und ich ihn am Bein festhielt, damit er nicht auf der anderen Seite herunterfiele, habe ich ihn überallhin begleitet. Nun muß ich ihn in fremder Erde allein lassen.“
„Genug geflennt! Pfeif ein bißchen mit, das vertreibt die Zeit!“ Und der Reitknecht begann zu flöten, daß es weithin schallte.
„Was ist die Jugend doch allezeit leichtsinnig“, dachte Hugbald empört. „Kein Herz und kein Verstand.“
Kurz bevor sie in Eisenach einritten, wandte er sich zu seinen Begleitern: „Hört! Was man euch auch fragen mag, wenn wir die Stadt durchreiten: ihr haltet's Maul! Diese Nachricht gebührt zuerst Herrn Heinrich Raspe! Geht nicht wie die Klatschweiber mit eurer Neuigkeit hausieren, die man euch um so lieber abkaufen wird, je schrecklicher sie ist! Seid bald selbst schon wie die Weiber, und männliches Wort gilt euch nur noch so.“ Der Alte blies erbost in die Luft. „Wenn es euch nicht mehr paßt, pustet ihr es davon wie eine Feder.“
Die jungen Reitknechte stießen sich heimlich grinsend an. Das war Hugbalds Lieblingsgespräch. Obwohl er sonst kaum die Zähne auseinanderbrachte – wenn es galt, die gute alte Zeit zu loben und die Jugend zu verurteilen, war er beredt wie nur einer.

Wenige Tage erst war das Kind des Landgrafen alt, da ritt die Schar auf der Wartburg ein.
Elisabeth hörte am Hornruf des Wächters, daß Boten eingetroffen sein mußten. Voller Unruhe lauschte sie auf jedes Geräusch. Was mochten sie bringen? Gutes oder Schlimmes? Kamen sie von Ludwig? Die Zeit verrann. Die Wöchnerin begann zu fiebern, ihr Herz klopfte wild. Die Frauen, die sie betreuten, schickten schließlich Guta aus, um zu erfahren, woher die Nachricht gekommen sei.
Gutas Fuß stockte, als sie das Landgrafenzimmer betrat. Heinrich Raspe lehnte bleich an der Säule mit den Löwen, Frau Sophie saß am Tisch, den Kopf in die Hände gewühlt, und schluchzte, daß ihre Schultern bebten. Vor ihr lag der Ring mit dem Wappen der Thüringer Landgrafen. Guta hatte ihn noch genau in Erinnerung. Hilflos vor dem Schmerz der Landgräfin-Mutter und des jungen Grafen stand Ludwigs Leibknecht Hugbald. Wenn der alte Hugbald und der Wappenring hier in Eisenach plötzlich auftauchten, gab es nur eine Erklärung: Ludwig brauchte beide nicht mehr. Guta wurde blaß, so bestürzend überfiel sie diese Erkenntnis. Sie stöhnte leise auf. Die anderen wandten den Kopf und bemerkten erst jetzt, daß sie nicht mehr allein im Zimmer waren. Guta ließ die Hände sinken, die sie vor den Mund gepreßt hatte, um ihren Seufzer zu ersticken.
„Um Gottes willen, was soll man der Landgräfin sagen? Seit sie den Hornruf hörte, fiebert sie vor Erregung. Nun will sie wissen, was der Bote gebracht hat."
„Man darf ihr noch nichts sagen", weinte Frau Sophie laut auf. „Das überlebt sie nicht."
Ebenso hilflos wie Guta blickte sie zu Heinrich Raspe. Den überfiel nun erst die Erkenntnis: „Jetzt bin ich es, der allein die Zügel in Händen hält!" Er zitterte und wurde noch blasser als die Säule, an der er lehnte. Die Verantwortung für ganz Thüringen lag nun allein auf ihm. Niemand würde sie ihm abnehmen. Aber nicht nur die Pflichten des Landgrafen lasteten auf ihm. Er genoß

auch die Rechte des herrschenden Fürsten! Ein Blitzschlag war diese Erkenntnis, so jäh und grell, daß Heinrich Raspe davon fast geblendet wurde. Er senkte für einen Augenblick die Lider. Das wilde Triumphgefühl, das in ihm aufwallte, wollte er ganz genießen. Fast glaubte er, das Landgrafenzimmer könne nicht mehr so aussehen wie vorher, wenn er jetzt die Augen öffnete. Es war eine leise Enttäuschung, daß sich doch nichts verändert hatte. Frau Sophie und Guta weinten immer noch, der alte Hugbald stand hilflos herum und wußte nicht, ob er entlassen sei.

Herr Heinrich Raspe ergriff schließlich das Wort. Vor Erregung wollte ihm die Stimme kaum gehorchen.

„Geh zur Landgräfin", er berührte die noch immer ganz versteinerte Guta leicht an der Schulter, um sie aus ihrer Erstarrung zu wecken. „Mach ein heiteres Gesicht, Mädchen, lächle! Sage meiner Frau Schwägerin, daß es ihrem Gemahl gut gehe, Frau Sophie werde bald kommen und ihr ausführlich die Nachrichten des Boten erzählen. Auf keinen Fall darf Frau Elisabeth jetzt schon erfahren, was geschehen ist. Auch den Boten und den Ring darf sie nicht erblicken."

Heinrich Raspe überlegte kurz, rief nach dem Edelknaben: „Bertram, ich weiß, du dienst unserer Landgräfin voller Hingabe. Nimm dir noch etliche zuverlässige Jünglinge, und stellt euch vor die Tür der Wochenstube. Niemand außer mir, Frau Sophie, Guta und Eisentraut haben Zutritt. Niemand, hörst du, dafür haftest du mir mit deinem Kopf! Sorge auch, daß die Tür immer geschlossen bleibt, daß nichts aus der Burg in das Zimmer dringt. Sollte Frau Elisabeth sich wundern, dann muß man ihr sagen, es sei zu ihrer Schonung von Frau Sophie so angeordnet worden."

Guta ging hinaus, mit schweren Füßen. „Lächle!" hatte Herr Heinrich Raspe gesagt. „Lächle!" Die Liebe zu der jungen Herrin half ihr, die Verzagtheit zu überwinden. Mußte erst ein Mann ihr sagen, daß die Wöchnerin jetzt noch Schonung brauchte? Sie schluckte tapfer ihren Kummer hinunter. Als sie vor Elisabeths Tür stand, begann sie ein Liedchen zu summen, als hätte sie schon die ganze Zeit nichts anderes getan. Als sie die Tür öffnete, zwang sie sich zur Heiterkeit.

„Gute Nachricht bringe ich Euch, Frau Elisabeth! Euer Herr Gemahl läßt Euch grüßen. Er befindet sich wohl. Frau Sophie spricht noch mit dem Boten. Sie kommt dann gleich und berichtet Euch alles ganz genau."

„O Gott, ich danke dir!" flüsterte Elisabeth. Die Aufregung des Wartens hatte sie so erschöpft, daß sie gleich darauf einschlief. So hatte Frau Sophie noch die Nacht als letzte Frist, ehe sie am Morgen ihrer Schwiegertochter gegenübertreten mußte, um das Gespinst freundlicher Lügen weiterzuweben.

Am anderen Tag erwachte Elisabeth davon, daß sich jemand leise auf dem Bettrand niederließ. Es war Frau Sophie. Die Sonne beschien das Gemach und funkelte auf einer hübschen Brosche, die sie in der Hand hielt, einer Rose aus feinem Golddraht, die Blätter Smaragde, die Blüte Rubin. Als Frau Sophie noch die junge Fürstin war, hatte auch ihr ein Ritter treu gedient, als der Dame seines Herzens. Der junge Ritter schloß sich einem Kreuzzug an; mit einem Brieflein und der Kunde seines Todes kam wenig später die Rose zu ihr. Während sich Frau Sophie in der letzten Nacht den Kopf zerbrochen hatte, womit sie vor Elisabeth Ludwigs Botschaft beglaubigen könne, denn nie pflegte er ihr Nachricht zu schicken, ohne eine kleine Überraschung beizufügen, war ihr die Rose wieder eingefallen. Mit wehmütigem Lächeln trennte sie sich davon. Mochte sie nun, statt im Kasten zu liegen, ihrer Schwiegertochter noch ein paar ruhige Tage der Genesung sichern.

„Guten Morgen, Elisabeth! Ludwig läßt dich vielmals grüßen. Er befindet sich wohlauf. Diese Rose schickt er dir als Unterpfand seiner Zuneigung. Im Morgenland verehrt man die Rose als die Blume der Liebe. Im Sep-

tember haben sich die Kreuzfahrer in Otranto eingeschifft. Von dort kam auch der Bote. Wir sollen alle für die Gesundheit der Kreuzfahrer und für den glücklichen, siegreichen Ausgang ihres Zuges beten!"
„Ja, ja, das wollen wir tun. Oh, ich bin so glücklich. Wo ist der Bote, kann ich ihn nicht selbst sprechen?"
Sophie zwang sich zu einem Lächeln. „Sei nicht so eigensüchtig", scherzte sie. „Andere Frauen wollen auch Nachricht von ihren Männern haben. Er ist weitergeritten."
Elisabeth nickte. „Natürlich. Das hätte ich mir denken können. Wollen wir nicht Ludwig auch einen Boten senden? Er muß doch wissen, daß wir eine Tochter haben!"
„Dein Schwager hat es bereits besorgt. Er sandte Botschaft nach Venedig. Von dort aus gehen viele Schiffe ins Morgenland. So Gott will, erreicht den Landgrafen die frohe Kunde bald und bei guter Gesundheit."
In plötzlicher Freude schlug Elisabeth die Arme um ihre Schwiegermutter. „Ich bin so glücklich!"
Sophie mußte schnell aus dem Fenster sehen. Ihr schossen die Tränen in die Augen. Mit abgewandtem Gesicht strich sie über Elisabeths Hände. „Ja, auch ich bin sehr froh!"
„Eure Worte klingen, als sprächet Ihr sie unter Tränen?"
„Es sind Tränen der Freude, liebes Kind."
Elisabeth nickte eifrig. „Ja, ja, das kenne ich. Mir geht es bisweilen so. Wenn ich so ganz überglücklich bin, kann ich den Tränen nicht gebieten. Ich danke Euch, liebe Mutter, für Eure gute Nachricht."
Zärtlich drückte Elisabeth die Rose an ihre noch immer fiebrig warme Wange.
Die Reitknechte behielten ihre erschütternde Nachricht natürlich nicht für sich. Das Gebot des alten Hugbald war ja erfüllt, Herr Heinrich Raspe und Frau Sophie waren unterrichtet und ihnen die Zunge nicht mehr gebunden. Kaum eine Stunde, da wußte jedermann auf der Burg Bescheid. Einer vertraute es dem anderen eiligst an.

Unterschiedlich war die Wirkung, angefangen von der jüngsten Küchenmagd und dem kleinsten Roßburschen bis hinauf zu Herrn Gottfried von Wartberg, zu Herrn Heinrich Raspe und Frau Sophie. Herr Gottfried von Wartberg und einige wenige Ritter mit ihm verbargen unter der Maske höflicher Trauer ein Gefühl des Triumphes: Wenn Heinrich Raspe Regent wurde, dann waren die Zeiten des Landgrafen Hermann mit fröhlichen Gelagen, Dichtern, Sängern und Gauklern am Hofe nicht mehr fern. Dann hatte die Epoche der Sparsamkeit, der Demut, des Almosengebens und Kirchenliedersingens ein Ende.

Einige alte Knechte klagten: „Nun ist er tot, unser lieber, guter Herr!“ Die Jungen, Abenteuerlust in den Augen, wiesen sie zurecht: „Was plärrt ihr wie die alten Weiber? Ein Held ist Ludwig, er starb für die Ehre der Ritterschaft im Kreuzzug.“ Wieder andere blieben gleichgültig. Herr ist Herr. Viel würde sich für sie nicht ändern. Die meisten der Frauen freilich erhoben ein Jammern und Wehklagen. Tagelang mochte niemand so recht etwas arbeiten. Wo man sich begegnete, tauschte man seine Meinungen aus, was wohl nun komme. In der Schloßkapelle wurden Messen zum Seelenheil des Landgrafen gelesen. Die gleiche Verwirrung, Trauer und Aufgestörtheit herrschten in Eisenach. Herr Heinrich Raspe hatte verkünden lassen, daß auf der Wartburg und in der Stadt zu Ehren seines Bruders acht Tage lang Trauer getragen werden sollte. Als der Bote mit der Fanfare durch die Straßen ritt und an allen Ecken blies und die Nachricht verlas, folgte ihm bald ein immer mehr anwachsender Menschenhaufen.

Indessen machte Elisabeths Genesung Fortschritte. Nach einigen Tagen konnte man ihr den Tod des Landgrafen nicht länger verheimlichen. Es erwies sich als zu schwierig, sie so von der Außenwelt abzuschließen, daß kein unvorsichtiges Wort zum Verräter wurde; solch plötzlicher Schrecken wäre wohl noch schlimmer gewesen als die schonende Mitteilung.

Gern hätte Frau Sophie das Herrn Heinrich Raspe überlassen. Er aber scheute sich ebenso davor und meinte, Frauen vermöchten weit besser, Hiobsbotschaften mit sanften, tröstenden Worten zu überbringen.
Sophie zögerte, dann raffte sie sich auf. Das Warten änderte nichts. In Begleitung ihrer Damen suchte sie Elisabeths Zimmer auf. Der Gang wurde ihr schwer.
Freundlich wurde sie von der Schwiegertochter willkommen geheißen. „Nehmt Platz, Frau Sophie." Die Anwesenheit der Edeldamen machte diese zeremonielle Anrede notwendig.
„Wie fühlt Ihr Euch, Frau Elisabeth? Wie geht es dem Kinde?"
„Ich danke für Eure gütige Nachfrage. Ich fühle mich wohl, und Gertrud gedeiht gut. Sie ist sehr niedlich. Wollt Ihr sie sehen?" Die junge Mutter wies voll Stolz auf die Wiege. Es war immer noch die silberne aus Ungarn.
Der Blick auf das Kind gab Frau Sophie noch eine kurze Frist.
„Ich bringe Euch heute leider keine so gute Nachricht wie vor etlichen Tagen, meine liebe Tochter. Seid starken Mutes und betrübt Euch nicht allzusehr über das, was Eurem Gemahl widerfahren ist."
Die krampfhafte Ruhe, mit der Sophie dies sagte, ließ Elisabeth zunächst glauben, Ludwig sei gefangen oder verwundet. So bemühte sie sich, ebenso tapfer und gefaßt zu sein wie ihre Schwiegermutter. Auch der Hofdamen wegen nahm sie sich zusammen. „Ist mein Herr gefangen, so wird man ihn mit Gottes und unserer einflußreichen Freunde Hilfe wohl bald auslösen können. Man muß Boten an meinen Vater und an meinen Bruder nach Ungarn senden. Sie haben sicher Möglichkeiten, schnellere Verbindung aufzunehmen als wir."
Sophie zog Elisabeth fester an sich und schüttelte traurig das Haupt. „Das ist es nicht. Du mußt sehr, sehr tapfer sein." Sie legte den Ring in Elisabeths Hände: „Der Ring

ist wiedergekommen …" Sie konnte die Tränen nicht länger zurückhalten.

Elisabeth saß wie erstarrt. Nur an ihren entsetzt aufgerissenen Augen konnte man sehen, daß sie alles erfaßt hatte. Sie taumelte von ihrem Sitz in die Höhe, klammerte sich an der Lehne des schweren, geschnitzten Stuhles fest.

„Nein", keuchte sie. „Nein! Nein!" Das letzte war ein wilder Schrei. Sie floh aus dem Zimmer. Jammernd und weinend, wie von Sinnen, jagte sie durch die Räume der Burg. In ihrer Raserei prallte sie im Palas gegen eine Wand, so daß sie zu Boden geschleudert wurde. Frau Sophie, Guta und Eisentraut, die ihr in großer Besorgnis gefolgt waren, hoben sie auf und trugen sie in ihr Gemach zurück. Im Bett kam Elisabeth zu sich. Verständnislos, als wüßte sie nicht, was geschehen sei, blickte sie um sich. Dann kam das Erinnern. Da war das Bett, in dem sie ihre Kinder empfangen und geboren hatte, das Zimmer, in dem sie all ihr Glück erlebt hatte. Wie oft hatte sie morgens, wenn Ludwig schon aufgestanden war, ganz an den Rand des Bettes gedrückt gelegen, damit sie in den Kissen den Abdruck seiner Schulter, seines Kopfes nicht zerstörte. In zärtlicher Erinnerung hatte sie dann wohl ihr Gesicht in die noch warme Mulde geschmiegt, hatte den Duft der Kissen eingesogen, den Geruch, der sie in der ersten Nacht so erschreckt hatte und den sie dann so liebte, weil er in ihrer Erinnerung immer untrennbar mit Ludwig verbunden war. Ebenso untrennbar wie seine zärtlichen Worte, seine Küsse, das Streicheln seiner Hände und auch sein Grollen, wenn er sich über irgend etwas geärgert hatte. Und nun – zu Ende! Nie mehr ihn reden hören; nie mehr seinen raschen Schritten lauschen können; nie wieder ihm entgegeneilen dürfen; nie wieder!

„Oh, wäre ich doch selbst gestorben! Wäre ich doch tot!" jammerte sie herzzerreißend. „Ich will nicht länger leben!"

Die Sinne schwanden ihr von neuem. Trotz der Angst,

die sie ausgestanden, waren die Frauen fast dankbar dafür. Erlöste doch die Ohnmacht sie von ihrer Qual.
Als die Bewußtlose wieder zu sich kam, hielt Frau Sophie sie in den Armen. Elisabeth spürte, wie Tränen auf sie heruntertropften. Nie hatte sie, seit sie denken konnte, ihre Schwiegermutter weinen sehen. Diese Entdeckung erschütterte sie. Ihr kam zum Bewußtsein, daß nicht nur sie den Gatten, sondern Frau Sophie den Sohn verloren hatte, den sie vor allen am meisten liebte. Leise wendete sie den Kopf und küßte die Schwiegermutter. Am Druck der Hand spürte sie, daß sie verstanden worden war.
Man ließ die beiden Frauen allein.

Tagelang verkroch sich Elisabeth wie ein wundes Tier. Als sie ihr Zimmer wieder verließ, hatte sie ihre Jugend endgültig hinter sich gelassen. Den Hof übersah sie vollständig. Beten, Fasten, Krankenpflege, anderes hatte keinen Raum mehr in ihrem Leben. Das stumpfe Grau ihres Gewandes umhüllte plump den abgezehrten Körper. Wozu sich schmücken?
Waren auch die Adligen der Meinung, Elisabeth müsse nun für ihren unmündigen Sohn die Zügel ergreifen und sich selbst mit um die Haus- und Staatsgeschäfte des Thüringer Hofes kümmern, so ließ man sie doch gewähren. Man hielt ihr seltsames Verhalten dem großen Schmerz zugute. Außerdem war es für die Höflinge um vieles bequemer, wenn sich Elisabeth in nichts einmischte.
Frau Sophie siedelte auf die Wartburg über und übernahm die Pflichten der Hausfrau. Elisabeth war dessen froh. Ihr Schwager besorgte alle Herrscherpflichten. Elisabeth merkte es nicht einmal.
Nach etlichen Wochen meinte Herr Heinrich, es sei des Trauerns nun wohl genug. Sah er Elisabeth in ihrer einfachen Kutte umherwandeln, dann wurde er ungeduldig. Zugegeben, Elisabeth hatte Ludwig mehr geliebt, als das in Adelskreisen üblich war. Er war ihr entrissen worden.

Aber durfte sie sich so gehenlassen! Als er gar hörte, daß sie täglich ins Burgverlies ging, die Gefangenen mit besonders guten Bissen speiste und ihnen die Hand- und Fußgelenke verband, in die die Ketten tiefe Wunden gefressen hatten, fand er eine ernsthafte Aussprache angebracht.

Er bat Elisabeth am Abend ins Landgrafenzimmer. Ihm lag an einer gütlichen Regelung. Deshalb hatte er seine Mutter hinzugezogen und bat sie, von Frau zu Frau zu sprechen.

„Sage mir doch, liebe Tochter, wie hast du dir die Zukunft gedacht?" begann Sophie vorsichtig.

Elisabeth hob müde die Schultern und ließ sie wieder sinken. Sie blickte hilflos auf ihren Schwager. „Ich denke, Herr Heinrich Raspe ist nun Landesverweser. Er wird alles zum besten ordnen", meinte sie zaghaft. „Ich verstehe doch nichts von den Regierungsobligenheiten."

„Man kann alles lernen", hielt Sophie ihr entgegen. „Du bist eine gebildete Frau und kannst lesen und schreiben. So weit habe ich es nicht einmal gebracht."

„Ja", – die Tränen saßen schon wieder in Elisabeths Augen – „Ludwig wollte, daß ich es lerne."

„Er wußte, warum er es tat. Du solltest nicht so unerfahren sein wie die meisten Frauen und deine Angelegenheiten selbst ordnen können."

„Ich kann es nicht, oh, ich kann es nicht! Mein Herr Schwager soll nur tun, wie er es für richtig hält."

„Wie meint Ihr das, Schwägerin?" In Herrn Heinrichs Stimme lag ein lauernder Unterton: „Soll das heißen, daß Ihr mir alle Vollmacht laßt? Daß Ihr keinerlei Einfluß auf die Regentschaft ausüben wollt?"

Elisabeth war erleichtert, als hätte ihr endlich jemand den richtigen Ratschlag gegeben.

„Ja, das meine ich. Ihr seid Hermanns Vormund, Ihr seid jetzt Landesverweser in Thüringen. Was soll ich mich noch um nichtige irdische Dinge kümmern, die nur dem Heil meiner Seele schaden!"

Heinrich Raspe überlegte im stillen, wie jemand so töricht sein könne, das süße Gefühl der Macht, die Wonne des Herrschenkönnens als ‚nichtige irdische Dinge' zu betrachten.
„Gut, Frau Schwägerin. Ich nehme an, was Ihr vorschlagt. Aber wißt, daß auch Ihr dann unter meinem Gebot steht und mir gehorsam sein müßt."
Elisabeth nickte. „Gern will ich mich Euch beugen, Herr Heinrich, solange es um weltliche Dinge geht."

Wären doch wenigstens Herr von Fahner oder Herr von Vargila daheim gewesen! Auf der Wartburg und in Eisenach gewannen langsam, fast unmerklich jene Höflinge die Oberhand, die Elisabeth nicht wohlwollten.
Herr Gottfried von Wartberg stellte es mit Genugtuung fest. Wie ein Vogelfänger begann er Heinrich Raspe mehr und mehr einzukreisen, um ihn auf seine Seite hinüberzuziehen. Der war jung und drängte darauf, neben den Pflichten auch unbeschränkt die Rechte des Landgrafen auszuüben.
Elisabeth merkte, wie ihr nach und nach die Schwingen immer weiter beschnitten wurden. Sie bekam kein Geld mehr in die Hand – da holte sie für sich und ihre Schützlinge das Essen aus der Schloßküche. Der Zutritt zur Schloßküche wurde ihr verweigert; sie ließ größere Lieferungen aus ihren eigenen Gütern kommen. Die Nutznießung der eigenen Güter wurde ihr entzogen; nun konnte sie den Armen keine Spenden mehr geben und auch sich selbst nicht mehr an Konrads Gebot halten, nie etwas zu genießen, das von den Gütern stammte, die einst Kirchenbesitz waren. Sie mußte an der Schloßtafel mitessen, und es gab Tage, an denen sie keinen Bissen zu sich nehmen konnte, wollte sie ihr Gebot nicht verletzen. Der Hunger machte sie weinerlich und erregt. Sie verkaufte so lange Schmuckstücke und Kleider, bis Heinrich Raspe die kostbarsten Stücke unter Verschluß nehmen ließ – sonst hätte sie kein einziges standesgemäßes Ge-

wand mehr besessen. Er befahl ihr, das Hospital nicht zu betreten, den Armen keine Speise mehr zu reichen, keine Kranken und Obdachlosen mehr aufzunehmen.
Elisabeth, darauf vertrauend, daß dies keine weltlichen Dinge seien, in denen sie Heinrich Raspe Gehorsam schuldig war, kümmerte sich nicht um die Anordnungen des Schwagers und übertrat sie, wo es ihr nur möglich war.
Herr Gottfried beobachtete alles und sparte nicht mit leisen, halb hingeworfenen Worten. Stets lagen die Aufstellungen der Gelder, in denen die Mittel für Elisabeths Wohltätigkeit besonders herausgestrichen waren, obenauf, wenn er seinem Herrn Bericht gab. Er flocht auch öfters Hinweise auf Elisabeths unwürdiges Benehmen in die Unterhaltung: „Die Fürstin macht sich in Lebensweise und Kleidung mit dem Pöbel gemein. Sie tritt ihre Pflichten als Herrin mit Füßen. Wenn man ihr begegnet, weiß man nicht, ob man eine Landgräfin oder eine Bettlerin vor sich hat. Ihre Torheit wird uns noch viel zu schaffen machen" – und was dergleichen mehr war.
Als Herr Heinrich sie eines Morgens wieder mit einem Korb voller Nahrungsmittel durch den Burghof gehen sah, rief er sie an: „Frau Elisabeth, nun ist es genug! Überall im Lande waren die Ernten schlecht. Auch unsere Wintervorräte auf der Burg sind nicht unerschöpflich! Wenn Ihr malterweise das Getreide fortschleppt, werden wir im Frühjahr hier selbst hungern müssen. Scharenweise hocken die Bettler vor dem Burgtor wie die Hühner um die Bäuerin, wenn sie Futter streut."
Herr Heinrich saß hoch zu Roß. Elisabeth stand klein und demütig vor ihm. „Ich habe gelobt, Herr Schwager, in allen weltlichen Dingen Euren Geboten zu folgen. Dies hier aber sind keine weltlichen Dinge, das sind Christenpflichten. Und da muß ich tun, was Gott verlangt. Verzeiht mir!"
Herr Heinrich biß sich auf die Lippen. Zum Donner, die Frau war listiger, als er dachte!

Am gleichen Morgen saß Magister Konrad von Marburg in seiner Kammer, die er stets bewohnte, wenn er sich in der Wartburg aufhielt. Ein Abend fiel ihm ein, er lag sechs Jahre zurück. Damals war strahlender Sommer, es war der Vortag der landgräflichen Hochzeit. Viel hatte sich inzwischen ereignet. Viel hatte er selbst erreicht. Er dachte an seine Schachpartie, die er damals mit den schwarzen und weißen Figuren, der kirchlichen und der adligen Partei, gespielt hatte. Wie sah das Brett heute aus? Konrad war „Visitator monasteriorum", unterstand allein der päpstlichen Gerichtsbarkeit, war nahezu allmächtig als geistlicher Richter nicht nur über den niederen Klerus der Klöster, Mönche und Priester, sondern sogar über die Bischöfe und Erzbischöfe. Ein Sieg! Konrad war Kreuzprediger, oberster Kreuzprediger in Deutschland! Ein zweiter Sieg! Er war Ketzerrichter und brauchte sich an kein weltliches und kein geistliches Gericht gebunden zu fühlen und hatte allein dem Papst Rechenschaft abzulegen. Ein dritter Sieg der schwarzen Dame, denn Kardinal Ugolino war seit 1227 Papst Gregor IX.! Und Ludwig von Thüringen war im Kreuzzug gefallen, die weiße Dame war aus dem Spiel geschlagen. Der weiße König hatte seinen besten Stein verloren. Wahrhaftig, die Partie stand heute günstiger denn je.

Leise ging die Tür auf. Johannes schlich herein.

„Meister, wißt Ihr, daß schon wieder Familienzwist herrscht? Eben kanzelt Herr Heinrich Raspe im Burghof Euer frommes Beichtkind ab. Nun hat er schon die Vorratsschränke, Lagerräume und Geldtruhen sperren lassen. Lange kann das hier nicht mehr gut gehen."

„Wie meinst du das?"

„Wenn Ihr nicht wißt, wie ich es meine, habt Ihr schlechte Augen und Ohren, Meister!" Das klang frech, aber Johannes wußte, was er sich erlauben konnte. Er zog Konrad mit sich an die Fensteröffnung, schob das Fell beiseite, das die Winterkälte abhalten sollte, und wies hinaus. Da sah man Herrn Heinrich zu Pferde sitzen, vor

ihm stand Elisabeth und sprach: „... das sind Christenpflichten. Und da muß ich tun, was Gott verlangt. Verzeiht mir."
Johannes und Konrad sahen sich einen Augenblick an. „Was wollt Ihr tun, Meister, wenn es zum offenen Bruch kommt?" lauerte der Getreue.
„Das, was ich vor Gott und den Menschen verantworten kann", wich Konrad aus. Und Johannes ärgerte sich. Der Meister war wirklich glatt wie ein Fels. Nie konnte man ihm beikommen.
„Laß mich allein, Johannes!" Es klang nicht eben freundlich. Konrad wollte überlegen.
Ein offener Bruch zwischen Schwager und Schwägerin schien tatsächlich unvermeidbar. Männliche Anverwandte, die sich Elisabeths annehmen konnten, lebten nicht in der Nähe. Er war also der einzige, auf den sich die Landgräfin stützen konnte. So weit, so gut. Aber dann? Ihre Partei ergreifen? Das gab Zerwürfnisse mit Heinrich Raspe. Unmöglich! Konrad wollte seine Ämter in Thüringen behalten. Gegen Elisabeth Partei ergreifen? Ging ebenfalls nicht an, er hatte sie ja selbst zu ihrem Tun ermuntert. Wenn es sein mußte, war es jedoch immer noch ratsamer, die hilf- und machtlose Frau preiszugeben als den Landesverweser. Man mußte irgendwie versuchen, einen Ausgleich zu finden. Vielleicht so, daß er, Konrad, Elisabeths Vormund wurde. Man könnte ihr das Wittum auszahlen lassen und sich mit ihr zusammen von der Wartburg zurückziehen in eine stille Ecke Thüringens. Aus den Händen lassen wollte er diese Frau nicht. Die Demut, mit der sie sich ihm in geistlichen Dingen, in allen Dingen unterwarf und ihm doch immer fern blieb, fesselte ihn. Sie stachelte seine Herrschsucht an bis zum Wahnsinn; und immer blieb da ein Rest Eigenleben, in das er nie eindringen konnte. Lebte er erst mit ihr allein, war sie ihm ausgeliefert. Er war dann der Verwalter ihres Besitzes! Eine Kirche könnte man bauen von ihrem Geld. Eine Kirche für seine Predigten, die durch ihn

berühmt werden, die noch nach tausend Jahren den Namen ‚Conradus-Kirche' tragen sollte. Ein berauschender Plan, doch vorerst nur im Bereich der Phantasie angesiedelt. Noch war er nicht ihr Vormund! Aber wozu besaß man den Papst zum Freunde?

In der gleichen Nacht bekam Johannes einen Brief und die Erlaubnis, die Mauleselin zu benutzen, denn der Weg nach Rom war lang. Konrad forderte seinen Getreuen zur höchsten Eile auf. Auch der Magister beurlaubte sich kurz darauf vom Thüringer Hof unter dem Vorwand, sein Kreuzpredigeramt zwinge ihn dazu; die deutschen Ritter, durch das Fieber geschwächt, säßen in Italien fest und brauchten dringend Nachschub, um den Kreuzzug zu beenden. Diese Reise entzog ihn auf gute Art jeder Parteinahme für Elisabeth oder für Heinrich Raspe. Er würde wiederkehren, wenn seine Zeit gekommen war.

X

„Laß mich ein, bitte."
Der Wächter zauderte.
„Der Herr Burgvogt sieht es nicht gern, wenn Landgräfliche Gnaden die Verliese besuchen."
„Er wird es nicht erfahren."
Der Wächter zögerte noch immer. Natürlich, die Landgräfin würde Herrn Gottfried nichts sagen, aber es gab tausend Augen und Ohren. Der Knecht überlegte. Warum auch mußte die Landgräfin immer Dinge tun, über die sich der Herr Landesverweser ärgerte? Konnte sie nicht sein wie andere Fürstinnen? Dann säße er jetzt nicht in einer solchen Klemme. Wie sie so vor ihm stand, hilflos, schmal, mit bittendem Blick, konnte man ihr schlecht etwas verweigern. Er gab den Eingang frei. Elisabeth hob den Korb auf, den sie mitgebracht hatte, und betrat den feuchtkalten Gang. Sie schauderte. Modriger Geruch schlug ihr entgegen. Vor der Tür des Kerkers wartete sie. Der Wächter kam mit dem Schlüssel. Knarrend bewegte sich die Tür. Schloß und Angeln, von der Nässe rostig geworden, quietschten, daß es unheimlich durch die Gewölbe hallte.
„Beeilt Euch, Landgräfliche Gnaden. Ich werde hier warten und darauf achten, daß niemand etwas merkt."
Elisabeth tastete sich in das dunkle Loch hinein.
Drinnen raschelte es.
Ein Gestank, schlimmer als in einem verdreckten Stall, machte ihr das Atmen schwer. Die Frau brauchte Zeit,

bis ihre Augen sich an das Dunkel gewöhnt hatten. Auf einer dünnen, halbverfaulten Strohschütte, durch die überall der kahle Fels hervorsah, lagen vier halbnackte Gestalten, mit Ketten nebeneinander an die Wand gefesselt.

Einer der Gefangenen kroch auf Elisabeth zu, soweit seine Bande es erlaubten. „Helft, helft, Landgräfliche Gnaden!" wimmerte die heisere Stimme. Hände, kalt und steif wie die einer Leiche, griffen flehend nach ihr. Ekelhafter Geruch, sauer und faulig, wehte sie an. Sie sah an den Fußgelenken eitrige Wunden, rohes Fleisch, aufgescheuert von den Eisenringen. Elisabeth bezwang das Grauen, sie öffnete die Tür und rief den Wächter.

„Wer sind diese Angeketteten?"

„Zwei Bauern, die ihre Steuern nicht bezahlten und vom Herrn Burgvogt in Schuldhaft genommen wurden. Die beiden anderen sind Wegelagerer."

„Löse allen die Ketten!"

„Landgräfliche Gnaden, ich darf es nicht! Ihr verlangt Unmögliches!"

„Nur für einen Augenblick, damit ich ihre Wunden waschen und verbinden kann."

„Gut, Herrin, aber nur bei den Bauern. Die sind an ihrem Elend wahrhaftig nicht schuld! Sie schinden und plagen sich den ganzen Tag, und wenn sie dann die erhöhten Abgaben wegen der schlechten Ernten nicht leisten können, behandelt man sie wie Räuber."

„Nein, du sollst alle losketten! Vor Gott sind alle Menschen gleich. Auch reuige Sünder nimmt er liebreich auf. Sie sind seinem Herzen näher als die Gerechten. Auch die Räuber wollen beten und Gott um Verzeihung anflehen. Im übrigen werde ich mit Herrn Heinrich Raspe reden, daß er die Bauern milde und mit Gerechtigkeit behandeln möge."

Der Wächter behielt aus Achtung für sich, was er dachte. Bußfertig sahen die beiden Strauchdiebe seiner Meinung

nach nicht aus. Elisabeth hieß alle Gefangenen niederknien. Sie mußten mit ihr beten.
Noch während die Landgräfin in Andacht versunken auf dem schmierigen, kalten Boden kniete, fühlte sie sich plötzlich niedergerissen, hörte Gebrüll, das Knarren der Tür.
Als sie sich, über und über mit Unrat beschmutzt, aufraffte, sah sie den Wächter quer vor dem Eingang liegen; ein blutiges Rinnsal sickerte von seiner Stirn herunter. In einer Ecke kauerten entsetzt die beiden Bauern und starrten auf die Fürstin. Die Räuber waren verschwunden.
Elisabeth preßte die Hände vor den Mund, ratlos, voller Angst blickte sie bald auf den reglosen Wächter, bald auf die Bauern. Dann schrie sie, schrie mit sich überschlagender Stimme um Hilfe. Stöhnend wälzte sich der Niedergeschlagene zur Seite und versuchte aufzustehen. Andere Burgknechte kamen herzugelaufen. In der Verwirrung gelang es den beiden Flüchtlingen, an den Torhütern vorbeizuschlüpfen und aus der Burg zu entkommen.
In der nächsten Nacht aber machten sie noch einmal von sich reden. Vor dem Georgentor überfielen sie im Schutze der Dunkelheit eine Schar Bettelmönche, raubten ihnen ihre spärliche Habe und die mühselig erbettelten Pfennige und verschwanden.
Tobend und erbittert darüber, daß ihm seine Häftlinge entflohen waren, kam Herr Gottfried von Wartberg zu Heinrich Raspe. Der aber lachte und schlug sich vor Vergnügen auf die Schenkel. „Herr Gottfried, Ihr habt ja recht, die Sache ist für uns peinlich genug. Trotzdem ist es ein herrlicher Spaß für meine fromme Schwägerin. Was wird sie für Augen machen, wenn sie erfährt, daß ihre liebreich betreuten Gefangenen nichts Eiligeres zu tun hatten, als ihr die Hilfe mit schnödem Undank zu lohnen, arme Minoritenbrüder zu überfallen und zu erschlagen! Minoritenbrüder! Von jeher der Landgräfin ganz besondere Lieblinge!“

Herr Gottfried zog ein saures Gesicht und zuckte die Achseln. Bei seinem jungen Herrn wußte er nie recht, wie er dran war. Einmal geriet er über Kleinigkeiten in heftigen Zorn, dann wieder lachte er über eine Nachricht, die doch wirklich nicht zum Lachen war!
Herr Heinrich Raspe säumte nicht, Elisabeth den Mord an den Franziskanermönchen zu berichten.
Elisabeth schlang die Finger ineinander und preßte sie, daß die Knöchel hervortraten.
„Nein, das kann – das kann ich nicht glauben!"
Mit Genugtuung sah Heinrich Raspe auf seine verwirrte, nun völlig hilflose Schwägerin.
„Ihr könnt es nicht glauben? Warum? Zweifelt Ihr am Ritterwort des Herrn Gottfried?"
„Nein – nein – ich kann es mir nicht denken, daß so schnöder Undank in den Menschen wohnt." Elisabeth faßte sich nur mühsam. Heinrich zuckte die Achseln.
„Auch zur Bestrafung solcher Verworfenen und zur Erhaltung der Ordnung im Land sind wir Fürsten von Gott mit unserer Macht belehnt worden. Man kann sich nicht ungestraft über solche Verpflichtung hinwegsetzen. Ihr seht es nun selbst."
„Aber ist die Macht der Fürsten auch immer gerecht? Denkt an die Bauern, Herr Schwager. Sie hatten nichts verbrochen, und doch kerkerte sie Herr Gottfried zusammen mit den schlimmsten Wegelagerern ein."
„Frau Schwägerin, Ihr redet, wie Ihr's versteht. Sie hätten nichts verbrochen, sagt Ihr? Die Bauern haben unser Gebot nicht befolgt."
„Wie sollten sie denn Abgaben leisten, wenn sie doch selbst nichts besaßen?"
„Ist es meine Sache, mich um die Felder zu kümmern? Ist es Sache der Ritter? Nein, Pflicht der Bauern ist es. Erfüllen sie sie nicht, trifft sie unsere Strafe. Ihr aber, mit Eurer Milde, macht die Leute erst recht aufsässig. Statt sie zu Fleiß und Gehorsam anzuhalten, speist Ihr sie freigebig, tröstet sie und sagt ihnen: ‚Vor Gott sind alle Men-

schen gleich, der Fürst wie der ärmste Bettler!' Wo bleibt da die Achtung vor dem Landesherrn?"

„Ich kann nicht glauben, daß Gott den Fürsten ihre Macht deswegen gab, damit den Armen noch mehr genommen und den Reichen noch mehr gegeben werde!"

„Vergeßt nicht, daß Ihr selber Fürstin seid. Es mißfällt uns allen gar sehr, wie Ihr Euch mit dem niederen Volk und den Bettlern gemein macht. Ihr geht mit ihnen um, als wären sie Euch an Rang gleich. Ihr aber seid Landgräfin, bedenkt das und beherzigt meinen Rat."

„Oh, wäre ich doch keine Fürstin! Wie der heilige Franziskus würde ich dann bettelnd durchs Land ziehen. Ich brauche nichts für mich."

„Eine gefährliche Narretei ist's, von der Ihr schwätzt!"

„Vor Gott ist nichts unmöglich. Ich will alles gern zurücklassen, was einst mein war. Nur ganz nackt wie der heilige Franziskus von Assisi aus seinem Elternhaus mag ich nicht von der Burg gehen. Hemd und Kittel muß ich behalten."

„Und Schuhe?" höhnte Heinrich Raspe, den diese Hartnäckigkeit allmählich in Wut versetzte. „Schuhe braucht Ihr wohl nicht?"

„Nein, Schuhe brauche ich nicht." Elisabeth streckte ihre Fußspitze unter dem Rocksaum hervor. „Ich trage schon seit Wochen keine mehr."

Heinrich Raspe starrte auf den Fuß, dem anzusehen war, daß die Böden der Wartburg nicht sehr sauber sein konnten. Die Zehen waren von der Winterkälte blaurot. Plötzlich schlug Heinrich Raspe mit der Faust auf den Tisch.

„Genug des überspannten Unsinns! Ihr werdet Euch sofort wie ein vernünftiger Mensch betragen! Alle lachen und spotten hinter Euch her. Selbst die niedrigsten von unseren Mägden wickeln sich im Winter Wollfetzen um die Füße, und Ihr, die Fürstin, lauft barfuß! Meinetwegen geht ins Kloster und werdet Nonne, wie es viele adlige Damen vor Euch taten, wenn sie ihren Gemahl verloren hatten und die Welt ihnen verleidet war."

„Nein, ich kann nicht ins Kloster gehen. Ich habe Magister Konrad unbedingten Gehorsam gelobt. Wenn ich den Schleier nehme, unterstehe ich der Ordensregel und kann nicht mehr ihm gehorchen. So will ich denn wenigstens meinen Reichtum aufgeben und ein Leben in Armut führen. Ich will bettelnd von Stadt zu Stadt ziehen und mich in Demut üben."

Heinrich Raspe sprang auf. Er zwang sich zur Ruhe, unterdrückte noch einmal seinen Ärger.

„Wie, Schwägerin, stellt Ihr Euch das vor? Euer Unternehmen ist unausführbar. Es ist gut, daß mein armer Bruder Euch so nicht mehr zu erleben brauchte. Es hätte ihm das Herz im Leib zerrissen. Besinnet Euch doch, kommt zu Euch! Ich kann wohl verstehen, daß Ihr der Welt entsagen wollt, nachdem Euer Gemahl sein Leben im Kreuzzug ließ. Aber seht doch selbst, wie kann eine Fürstin bettelnd durchs Land ziehen!" In Heinrichs Stimme schwang ein freundschaftlich überredender Ton. „Alle werden Euch verhöhnen, denn wer ohne Not betteln geht, den setzt man rasch den Toren gleich, die man hinter Schloß und Riegel halten muß."

„Herr Schwager, laßt meinen Gemahl aus dem Spiel. Er hat mich verstanden, Ihr versteht mich nicht. Und ich werde betteln gehen, oh, ich werde doch betteln gehen!"

Heinrich wandte sich ab und schrie erbost:

„So tut's, in Gottes Namen tut es! Aber laßt Euch dann nie wieder hier auf der Wartburg sehen!" …

Leider fehlte Frau Sophie bei diesem Streit. Ihr wäre es vielleicht gelungen, den Zwist zu beenden, ehe unüberlegte Dinge ausgesprochen wurden. Elisabeth nahm Heinrich Raspes Worte ernst, ohne deshalb mit ihm zu zürnen. Sie hatte ja von ganzer Seele gewünscht, betteln gehen zu dürfen. Sie sah keinen Grund, Heinrich um Aufhebung seines Befehls zu bitten.

Er dagegen erwartete es im stillen. Seine Worte taten ihm sofort leid, als ihm zu Bewußtsein kam, was er da gesagt hatte. Eine demütige Bitte der Schwägerin – und er hätte

alles zurückgenommen. Nur sein Stolz verbot ihm, von sich aus zu widerrufen.
So verließ Elisabeth mit leisem Gruß das Landgrafenzimmer. Auch Heinrich grüßte – zögernd –, als wisse er nicht recht, wie er sich nun weiter verhalten solle.
In ihrer Kemenate erzählte Elisabeth den Dienerinnen, was sich ereignet hatte. Guta und Eisentraut warfen sich einen mißbilligenden Blick zu. Sobald es anging, verschwand Guta und eilte zu Frau Sophie. In heller Aufregung berichtete sie. Sophie ließ sie gar nicht erst ausreden. Seit langem schon hatte sie ein Zerwürfnis zwischen Sohn und Schwiegertochter befürchtet. Aber daß es so kommen mußte, hatte sie nicht erwartet. Sophie faßte Guta an der Hand und zog sie mit sich durch die Gänge der Burg bis ins Landgrafenzimmer. „Stimmt es, was dieses Mädchen mir berichtet?“ fragte sie unvermittelt ihren Sohn.
„Was berichtet sie denn?“ wich er aus. Er wußte, jetzt würde er allerlei zu hören bekommen. Seine Mutter besaß nicht Elisabeths Sanftheit. Und Vorhaltungen von Frau Sophie waren Herrn Heinrich trotz seiner Mannes- und Regentenwürde heute noch genauso unbehaglich wie zu der Zeit, da er ein kleiner Junge war.
„Verstelle dich nicht“, antwortete Sophie unwirsch und dachte gar nicht daran, ihm die gebührende Ehre durch höfische Anreden zu zollen. „Du weißt genau, was ich meine.“ Bei sich aber dachte sie, daß Männer nie erwachsen werden und sich immer am liebsten wie die Kinder drücken möchten, wenn sie etwas angestellt haben. „Also?“
„Ja, es stimmt. Aber sage doch selbst, Mutter, geht es denn so, wie Elisabeth es treibt, auf die Dauer weiter? Sie schadet unserem Ansehen, sie läuft gar barfuß.“
„Das muß man ihr verbieten! Eine barfüßige Fürstin!“
„Verbiete es ihr doch!“ Heinrich lief schon wieder auf und ab. Wenn ihn etwas im Innersten erregte, konnte er nicht ruhig sitzen. „Ich habe es versucht. Und was sagt

sie mir? Es sei ihr Wunsch, bettelnd wie der heilige Franziskus durchs Land zu ziehen. In meinem Zorn über so viel Unvernunft entgegne ich, dann solle sie es in Gottes Namen versuchen. Darauf bedankt sie sich und geht. Jetzt kann ich ihr nicht nachlaufen und sie bitten, zu bleiben. Wie sähe das aus! Wenn sie zuerst kommt, ist alles in Ordnung. Mutter, mir ist die Sache peinlich genug! Du weißt, daß Elisabeth und ich uns nie übermäßig gut verstanden haben. Aber immer achtete ich sie als Frau meines Bruders, wie es ihr auch als der Landgräfin gebührte. Ich würde diesen Streit gern ungeschehen machen. Sieh zu, was du ausrichten kannst ..." Der bittende Ton in der Stimme des jungen Landesverwesers war ehrlich.

Sophie eilte mit Guta zu Elisabeth und fand sie im Begriff wegzugehen, so, wie sie jetzt immer umherlief, im groben grauen Rock, das ungefärbte wollene Umschlagtuch um Kopf und Schultern, barfüßig. Ihr Gesicht glühte in ekstatischer Begeisterung. Sophie, von dem Anblick unangenehm berührt, erkannte, daß sie kein leichtes Spiel haben werde.

„Willst du so kurz vor dem Abendläuten noch einmal fortgehen? In der Kälte?" Sophie fragte vorsichtig tastend.

Elisabeth kniete nieder und küßte die Hand ihrer Schwiegermutter. „Segnet mich, liebste Mutter! Herr Heinrich hat mir meinen heißesten Wunsch erfüllt. Er will mich ziehen lassen, bettelnd durch die Lande, wie einst der heilige Franziskus."

„Kind! Was du tun willst, ist ein Unding. Herr Heinrich ist über deine Widerspenstigkeit sehr erzürnt. Willst du dich nicht bei ihm entschuldigen?"

„Ja, Ihr habt recht, das will ich gern tun, denn ich will nicht von der Wartburg scheiden, ohne den Streit aus der Welt geräumt zu haben."

Sophie schüttelte verzweifelt das Haupt.

„Nein, nein, so meinte ich es nicht. Ich denke, du solltest ihn bitten, ob du nicht auf der Burg bleiben darfst."

„Ihr mißversteht mich, liebste Mutter. Mein Gewissen befiehlt mir, so zu handeln, wie ich es mir vorgenommen habe. Ich will nicht mehr in Wohlstand und Reichtum leben. Ich will Gottes Herzen so nahe sein wie alle, die arm sind und betteln."

Die Widerstreitenden zu versöhnen erwies sich als aussichtslos, sosehr sich die Landgräfin-Mutter an diesem Abend darum mühte. Herr Heinrich Raspe, stolz und erzürnt, wollte den ersten Schritt nicht tun. Elisabeth hinwieder war nur zur Abbitte bereit, um in Frieden von der Wartburg zu gehen, aber verlassen wollte sie den Thüringer Hof! Bitten, Beschwörungen, Seufzer, ja sogar Tränen blieben wirkungslos. In seiner Art war einer so starrsinnig wie der andere.

Am Tor der Wartburg nahmen am nächsten Morgen die beiden Frauen Abschied. Seltsamerweise schien er Sophie schwerer zu fallen als Elisabeth, die alles im Lichte ihrer übersteigerten Begeisterung sah, während die Ältere im eigenen Schmerz auch an zukünftige Verwicklungen dachte, die der unverständliche und unerhörte Schritt der Schwiegertochter nach sich ziehen mußte. Eines nur tröstete: sie hoffte, Elisabeth werde das Bettlerleben nicht aushalten und nach einigen Tagen gern auf die Wartburg zurückkommen.

Guta begleitete ihre Herrin. Eisentraut blieb bei den Kindern auf der Burg. Am meisten befremdete es Sophie, daß Elisabeth sich von den Kindern zwar mit Tränen in den Augen, aber doch recht leichten Herzens getrennt hatte.

„Was mag sie sich nur gedacht haben?" grübelte sie. Sophie sollte noch oft darüber nachsinnen; denn Elisabeth kehrte nicht zurück.

Sie war müde, sie war hungrig, sie fror – aber umkehren? Zurück in das verderbliche Behagen des Wohllebens? Ihrem Gott untreu werden? Das mußte sie in den Augen des Herrn noch viel verächtlicher machen. Nein! Niemals würde sie umkehren! Die Straßen von Eisenach wurden ihr erstes Zuhause. Die Kleider hatten sich voll Nässe gesogen. Sie war so erschöpft, daß die Bilder vor ihren Augen verschwammen. Vor Kälte und Schwäche schüttelte sie ein unaufhörliches Zittern, ohne daß sie dessen Herr werden konnte. Die Knie waren schwach, beinahe wäre sie ausgeglitten. Daß es so viel Schmutz gab! War denn Eisenach früher auch so schmutzig? Mußte es immerzu durcheinander regnen und schneien? Wurde man gar nicht mehr trocken?

Verzagt schlang sie vor der Hellgrafenherberge die Arme um einen Holzpfahl, der sonst zum Anbinden der Pferde diente. Sie schloß die Augen. Der Pfahl stand leicht erhöht. Zu ihren Füßen quoll eine schmierige, zähe Brühe. Nur nicht abrutschen! Schaudernd blickte sie in den lehmigen, braunen Matsch, der träge durch die Straße floß und auf seinem Weg allen Unrat und Gestank der Gasse mit sich nahm.

„Lieber Gott, sag mir doch, wo soll ich denn noch hingehen, um mir ein Obdach zu erbitten?!" Voll Verzweiflung rang sie die Hände. „Überall bin ich schon gewesen – vergeblich."

Sie hörte Hufschlag. Es war kein helles, fröhliches Klappern, wie sie es im Sommer bei Ausritten so gern mochte. Jeder Schritt gab im Straßenkot ein häßliches, schmatzendes Geräusch und der Dreck spritzte um die Pferdebeine. Zu spät erkannte sie die Farben der Wartburg. Sie konnte sich nicht mehr zurückziehen. Der Reiter hielt, die Fanfare in der Hand. Er mochte eine Botschaft zu verkünden haben, denn ein ansehnlicher Menschenhaufe zog hinter ihm her. Seltsamerweise schien es die meisten gar nicht zu stören, daß sie bis über die Knöchel im Schmutz wateten.

Der Reiter hielt neben der Frau an. Er hatte erkannt, wer da am Pfahl lehnte. Aus der Hellgrafenherberge drängten sich alsbald die Gäste herzu. Sie wollten hören, was es Neues gab – Botschaft von der Burg war stets ein Ereignis.

Der Rufer stieß in seine Fanfare, daß es schallte. Elisabeth zog den Kopf zwischen die Schultern. Die Umstehenden schienen sie nicht zu bemerken, und sie wagte nicht, ihren Standort zu verlassen, um die Menschen nicht auf sich aufmerksam zu machen.
„Herr Heinrich Raspe, Landesverweser und Regent im Namen des unmündigen Landgrafen zu Thüringen, läßt folgendes kundtun: Es soll niemand, weder um Geld noch um Gottes Lohn, die flüchtige Landgräfin von Thüringen bei sich beherbergen, noch ihr Kleidung, Essen oder sonstige Hilfe angedeihen lassen!"
Elisabeth zuckte bei jedem Wort zusammen, als träfe sie ein Peitschenschlag. Plötzlich sahen alle hämisch zu ihr herüber. Wenig Mitleid las sie in den Augen, dafür viel Hohn und schamlose Neugier.
„Der Landgraf läßt weiterhin kundtun: Es soll auch niemand ihr eine Arbeit überlassen und sie dafür bezahlen. Diejenigen der landgräflichen Untertanen, die diesem Spruch zuwiderhandeln, sollen an ihrem Hab und Gut empfindlich gestraft werden. Dies ist des Landgrafen Gebot und Wille!"
Der Ausrufer stieß wieder in die Fanfare, ließ dann die Zügel auf den Hals des Pferdes klatschen und ritt eine Straße weiter. Noch oft hörte Elisabeth an diesem Morgen das helle Geschmetter aus irgendeiner Gasse klingen. Als ihr zum Bewußtsein kam, daß der Landgraf ja eigentlich ihr kleiner, geliebter Hermann sei, und daß Heinrich Raspe diese Botschaft in seinem Namen verkünden ließ, dünkte sie, dieser Morgen sei der schlimmste ihres schlimmen Elends. „Nein, welche Sünde", erschrak sie gleich darauf. „Ich muß ihn als Tag meines höchsten Glückes preisen. Leide ich doch um Gottes willen. Noch quälender muß mein Leiden sein, noch härter die Peinigungen, die meine Seele und mein Leib erdulden sollen, denn um so glücklicher werde ich dereinst im Paradies sein." Elisabeth klammerte sich fester an den Holzpfahl, als sei er die letzte irdische Stütze, die sie noch besaß.

Nun die Stimme des Reiters nicht mehr alle anderen Gespräche übertönte, fing Elisabeth einiges aus den Gesprächen der Herumstehenden auf. Jedermann legte den Entschluß der Landgräfin auf seine Weise aus, doch keiner begriff sie, niemand dachte daran, daß sie nur den Pfaden Gottes folgen wollte. Roh und verständnislos nannte man es einfach „Flucht", und die meisten munkelten, Elisabeth habe sich etwas zuschulden kommen lassen und sei vor ihrer Familie geflohen. Eine neue Pein, die über sie hereinbrach. „So man mich unschuldig schlägt, will ich glücklich sein, denn Gott wird mich für diese Heimsuchung einst belohnen." Daran klammerte sie sich verzweifelt.

Zwei Ritter standen nicht weit von ihr und redeten absichtlich laut, daß die Landgräfin es hören mußte:

„Was meinst du zu solcher Tollheit, Odo?"

„Hm, wer weiß, warum die schöne Dame das weiche Nest verlassen. Hat sie dir gebeichtet? Mir nicht! Aber ich kann's mir schon denken, im Januar werden alle Katzen läufig."

Elisabeth stöhnte, bittere Scham im Herzen. Das also dachte man von ihr!

Doch schon entgegnete der andere: „Je nun, ich weiß nicht recht, sie hat sich doch dem Landgrafen, wie die Leute erzählen, in tiefer Frömmigkeit oft verweigert."

„Ja, dem Landgrafen wohl, doch weißt du, wem sie sich dafür gab? Immer steckte sie mit diesem Priester zusammen, das hat manchem nicht gefallen."

„Aber der Priester ist ja jetzt fort."

„Nun, ist's nicht mehr der, so ist's inzwischen ein anderer. Lehr mich einer die jungen Frauen kennen!"

Unter Zotengelächter gingen die beiden Ritter endlich in die Herberge zurück.

Heinrich Raspe kam nicht zur Ruhe. Dafür sorgte schon Sophie. Er berief Herrn von Wartberg in sein Gemach.

„Herr Gottfried, glaubt Ihr noch immer, sie werde

zurückkommen?" Er fragte ohne jegliche Einleitung, so daß man deutlich merkte, daß er nur eine lange Kette von Gedanken jetzt laut fortführte.

„Was sollte sie sonst tun, da ihr doch alle anderen Möglichkeiten verschlossen sind!"

„Und wenn sie aus Eisenach fortgeht, dann weiß alle Welt, was sich hier zugetragen hat."

Der Burgvogt überlegte. „Sollte die Landgräfin so versessen auf das Bettlerleben sein, daß sie sogar die Stadt verläßt, die doch ihr Zuhause ist? Nein, einer solchen Belastung ist sie schon rein körperlich nicht gewachsen! Freilich hat man es oft erlebt, daß Menschen in der Erregung zu außergewöhnlichen Anstrengungen fähig sind. Man müßte sie also an Eisenach fesseln, damit nichts über die Stadtmauern hinausdringt."

„Sie wird ihre Kinder nicht verlassen wollen", meinte Heinrich Raspe unsicher. Gottfried von Wartberg musterte seinen jungen Fürsten heimlich mit einem spöttischen Blick. Wirklich, der Herr Landesverweser war noch sehr jung und wenig erfahren in der Kenntnis der Frauen. Der Einwurf jedoch brachte ihn auf einen Gedanken: „Solange sie ihre Kinder hier in Sicherheit weiß, ist es wohl möglich, daß sie Eisenach verläßt. Erst wenn man ihr die Kinder nachschickt, wird sie ihren verstiegenen Plan aufgeben müssen. Sie kann nicht im Winter mit den Kleinen hinaus auf die Landstraße. Sie wird nicht nur in der Stadt bleiben, nein, sie wird auch gezwungen sein, sofort auf die Wartburg zurückzukehren, wenn sie nicht zusehen will, wie die beiden Jüngsten zugrunde gehen. Hermann ist älter, ihm schadet der Winter weniger."

„Man kann ihr doch nicht das drei Monate alte Brustkind nachsenden! Sie hat nicht einen einzigen Raum als Unterkunft."

„Sendet es ihr nach, mein Fürst, gerade das! Sie soll sehen, wie es ist, bettelarm zu sein. Sie wird gern zu Euch zurückkehren und Heimat und Besitz schätzen lernen.

Sie wird vernünftig werden, wenn sie erlebt, wie das franziskanische Leben in Wirklichkeit ist."
Heinrich Raspe entschloß sich nur ungern zu diesem gewaltsamen Versuch und achtete auch darauf, daß Frau Sophie davon nichts erfuhr.
Als Elisabeth aus der Katharinenkirche in die Scheune zurückkehrte, die ihr als Unterschlupf diente, fand sie dort Eisentraut mit den drei Kindern.
Sie mußte sich an die Wand lehnen, so sehr taumelte sie vor Schwäche. Tagelang schlief sie nun schon mit Guta hier auf einem Strohlager. Meist war es nur ein Dahindämmern gewesen. Und nun sollten ihre kleinen, zarten Kinder mit ihr in diesem Elend hausen! Sollten mit ihr zittern, wenn der Januarwind durch die Ritzen pfiff, sollten mit ihr hungern! Ob wohl die tatkräftige Guta einige Bissen Essen bringen würde? Oder gar die Nachricht, daß sie ein besseres Unterkommen gefunden habe? Heute früh hatten sich die beiden Frauen getrennt. Elisabeth zog es in die Kirche zum Gebet, Guta wollte nach Nahrungsmitteln, Arbeit und Obdach suchen.
Elisabeth raffte sich auf.
„Bleibt hier und wartet. Ich will sehen, ob ich bei den frommen Franziskanern Herberge für uns finden kann."
Sie seufzte. Es galt, die Bürde wieder auf sich zu nehmen. Gott wollte es so. Mit Füßen, die vor Kälte steif und schwer waren, machte sie sich auf den Weg zu den Minoritenbrüdern. Doch nur leere Worte gab es dort für sie. Worte, die sie glücklich priesen, daß sie leiden dürfe wie Jesus, daß Gott ihr gnädig sei, weil er sie prüfe – das war alles. Ein Unterkommen wagten die frommen Brüder ihr nicht zu geben, sie kannten den Befehl des Landgrafen.
Arme Elisabeth, die du blind glaubtest, daß man Gott mehr gehorchen solle als den Menschen. Da stehst du nun wie eine Ausgestoßene. Gott gehorchst du, dafür verlachen dich die Menschen, wie sie einst Gottes Sohn verlachten. Und Gott hat dir genausowenig geholfen, wie er einst seinem Sohn helfen konnte. Und ist die Last, die

du trägst, nicht tausendmal schwerer? Selbst zu leiden ist leicht gegen den Schmerz, andere leiden zu sehen, die man liebt. Gottes Sohn war ein Mann; keine eigenen Kinder bettelten mit hungrigen Augen in kleinen blaugefrorenen Gesichtern zu ihm hinauf. Er war frei. Ihm war nicht der Mensch entrissen worden, den er so über alles liebte, wie du Ludwig liebtest. Willst du nicht umkehren, Elisabeth? Geh heim. Man verlangt zuviel von dir. Du kannst auch als Fürstin fromm sein! –

Die Stimme lockte und zog. Elisabeth lauschte ihr und ließ sich von den verführerischen Worten streicheln. Natürlich sprach die Stimme wahr! Hatte sie nicht bisher gegeben, immer nur gegeben? – Schaudernd wühlte die Heimatlose das Gesicht in ihre Hände. Durfte sie der Stimme nachgeben, die ihr Ruhe und Geborgenheit verhieß?

Ruhe?! ‚Listig und schmeichelnd ist die Stimme des Bösen!' hatte Magister Konrad ihr stets gesagt. Ja, listig und schmeichelnd wollte diese Stimme sie vom rechten Wege abziehen. Elisabeth lief vorwärts, wie von Furien gepeitscht. Nein, nein, nein! Nicht darauf hören! In wilder Flucht drängte sie sich durch das nächste Kirchenportal und warf sich am Hochaltar nieder. Hier war die Macht des Bösen zu Ende!

Lange verharrte sie im Gebet, bis ihr die Klarheit kam, daß sie so nicht immer liegenbleiben konnte. Sie mußte Essen und Obdach für ihre Kinder schaffen.

Müde schlich sie die Kirchenstufen hinab. Unten standen die Bettler. Gierig ausgereckte Hände und dürre Hälse, Finger, blaurot und knotig von Kälte und Krankheit. „Gott grüße Euch, gnädige Frau Landgräfin." Glück erfaßte Elisabeth. Hier war ihre Heimat! Die Bettler, die einst von ihr Essen und Pflege empfingen, sie verleugneten sie nicht! „Gott grüße Euch, gnädige Frau Landgräfin!" Das war der Trost, den Gott ihr schickte in der Stunde, da sie zu verzweifeln begann. Es war der Lohn dafür, daß sie der Stimme des Bösen nicht gefolgt war. Sie erwiderte den Gruß.

„Ich danke euch. Eins sind wir nun in Not und Elend."
Die Bettler schauten sich verständnislos an. Wo blieben die Spenden?
„Ich kann euch nichts mehr geben, ich bin selbst –"
Murren, Fragen. Da erst sah Elisabeth die hingestreckten Hände.
„Ich habe den Weg der Armut gewählt. Ich will auch im Leben nicht mehr höher stehen als ihr. Vor Gott sind wir im Jenseits alle gleich. Ich habe nichts mehr, um es euch zu geben. Ich muß selbst betteln gehen."
Was hieß das? Was predigte die Frau von Gott und Jenseits? Nur eins blieb bei den Bettlern: „Ich habe nichts mehr, was ich euch geben kann, ich muß selbst betteln!"
Aus dem Murren wurde Schimpfen, Johlen, Pfeifen. Fäuste reckten sich Elisabeth entgegen. Wilde Flüche drangen an ihr Ohr. Sie floh. Nach dem Glück über die vermeintliche Treue der Bettler, das sie wie eine warme Woge überflutet hatte, war der Sturz in die Verzweiflung um so furchtbarer. Am Straßenende sah sie den Ausrufer um die Ecke biegen. Sofort lief der Haufe auf ihn zu. Da wurde ihr alles klar: Die Bettler wußten noch nichts!
Der Kalvarienweg war nicht zu Ende.
Schwerfällig schleppte sie sich weiter. Vorsichtig, einen Fuß vor den anderen setzend, über die Steine hinweg, die man in der Mitte des Weges in den Morast geworfen hatte, um wenigstens einigermaßen trocken gehen zu können. Erst jetzt entdeckte sie, daß ein Stückchen von ihr entfernt eine ärmlich gekleidete Gestalt stand und sie mit stumpfen Blicken verfolgte. Wenn Elisabeth gekonnt hätte, wäre sie noch ausgewichen. „Herrin, wir hungern! Herrin, wir frieren!" Wie oft hatte sie das hören müssen und hatte geholfen, so gut sie es vermochte. Sie lächelte bitter. Von ihr konnte niemand mehr etwas bekommen. Nun war sie selbst arm und Gott so nah wie alle anderen Armen. Die Sünde ihres Reichtums hatte sie selbst getilgt. Nichts unterschied sie mehr. Allen Mut zusammennehmend, schritt sie der Frau entgegen. Die Bettlerin

kam ihr bekannt vor. Nun standen beide voreinander. Die Frau wich nicht. Es gab keine Möglichkeit, aneinander vorbeizukommen. Behutsam wollte sich Elisabeth auf den glitschigen Steinen an der anderen vorbeitasten, aber einer der Blöcke wackelte, Elisabeth verlor das Gleichgewicht. Hilfesuchend griff sie nach der Hand des Weibes. Da fühlte sie sich hart zurückgestoßen, glitt vollends aus und lag mit dem Rücken in dem eiskalten Morast.

„Da liegst du gut", zischte haßerfüllt das Weib, statt der Liegenden herauszuhelfen. „Du wolltest keine Landgräfin mehr sein, sei drum ein Stück Dreck! Wie wir!"

Elisabeth starrte die Frau an.

„Berta", murmelte sie kältezitternd, „Berta, du unter den Bettlern?"

„Ja, wo denn sonst? Ihr verspracht uns zu helfen, aber Ihr vergaßt es."

„Ich trug schweres Leid. Verzeihe mir, wenn ich darüber nicht mehr an dich dachte. Es geschah ohne bösen Willen."

„Ich weiß, unser Landgraf fand auf dem Kreuzzug den Tod." Das klang versöhnlicher. „Euer Schmerz ist verständlich. Haltet Ihr es aber für verdienstvoll, Euch unter die Armen zu mischen? Bettler gibt's genug. Wollt auch Ihr noch betteln? Ihr habt es nicht nötig. Was Ihr erbettelt, nehmt Ihr einem von uns weg. Ich will Euch sagen, warum man Euch schmäht: Als Fürstin konntet Ihr uns helfen, konntet uns schützen, nähren und kleiden. Um einer Laune willen habt Ihr alles hingeworfen. Wer hilft uns nun? Seht, Ihr schweigt! Nun geht es Euch wie mir. Auch uns hat man vom Pachthof gejagt."

Während des Wortwechsels hatte sich allerhand Volk angesammelt. Hämisch lächelnd hörten die Männer und Frauen mit an, wie man einer Fürstin die Wahrheit ins Gesicht sagte. Ein junges, derbknochiges Weib in Elisabeths Alter, mager und abgerackert, trat vor.

„Ihr seid Witwe geworden wie ich. Ihr seid arm wie ich.

Euer Mann starb drunten am Fieber wie meiner. Doch der Eure ging freiwillig, meiner wurde gezwungen. Euer Mann hatte hohe Belohnung zu erwarten, meiner nicht. Euren Mann zwang niemand, aber er zwang den meinen mitzuziehen. Darum haben wir nichts miteinander gemein. Wißt Ihr es nun endlich?"

Elisabeth ertrug es nicht mehr. Sie hatte geglaubt, alles gut zu machen, und niemand verstand sie. Nicht einmal die Armen, denen sie gleich sein wollte.

„So hört doch, man wollte mir auf der Burg verbieten, euch zu helfen. Man sperrte mir die Vorratsschränke, man ließ mich nicht mehr ins Hospital zu den Kranken. Deshalb verließ ich meine Familie, um eine von euch zu werden."

„Als Fürstin ist man mächtig! Ihr hättet Mittel und Wege finden müssen. Wenn Ihr gleich uns bettelt, helft Ihr uns gar nichts! Aber wann hat je ein Fürst den Armen wirklich geholfen? Immer nur an sich gedacht haben sie!"

Verzweifelt preßte Elisabeth die Hände an die Ohren. Nur nichts mehr hören! Wie gejagt hastete sie durch den Schmutz davon, nicht darauf achtend, daß sie oft bis zu den Waden im eiskalten, schlammigen Schneematsch versank. Nach Hause, nach Hause! Das war das einzige, was sie noch zu denken vermochte. Als sie von ferne das Stadttor erblickte, hinter dem steil der Weg zur Wartburg emporführte, spürte sie einen wehen Stich im Herzen. Das war ja ihr Heimweg nicht mehr. Gab es überhaupt noch ein Zuhause für sie? Die alte Hofscheune? Nirgends, nirgends mehr gehörte sie hin, seit Ludwig sie verlassen hatte. In der Scheune hockten die Kinder, hungerten, froren. Gertrud hatte sich erkältet, und obwohl ständig eine der drei Frauen die Kleine unter dem Mantel wärmte, hustete sie, daß man fürchten mußte, der letzte Atemzug solle aus dem winzigen Körperchen herausgepreßt werden. Stumm, schwach vor Kälte und Hunger hockte Sophie in einem Winkel, wie eine kleine Maus ins Stroh eingewühlt, und ihre großen Kinder-

augen blickten ängstlich in das für sie so neue und häßliche Dasein. Am schlimmsten war es mit Hermann. Wohl dutzendmal zog er seine Mutter am Ärmel: „Mama, warum gehen wir nicht nach Hause? Mama, komm, hier ist es so garstig!“
„Ich kann nicht mehr auf die Burg.“ Elisabeth suchte ihm die Veränderung begreiflich zu machen. „Ich habe deinen Onkel Heinrich Raspe erzürnt. Nun mag er mich nicht mehr sehen, und wir sind jetzt hier. Gott wird uns helfen.“
Da brüllte Hermann zornig los:
„Nach Hause will ich! Auf die Burg! In mein Bett! Zu meinem Pferd! Ich habe den Oheim nicht erzürnt! Mich mag er sehen! Zu mir ist er immer lieb! Ich will nicht bei dir bleiben!“
Mit heftigem Schluchzen stürmte das Kind aus dem Schuppen. Kaum daß Guta den um sich schlagenden Jungen einfangen und zurückbringen konnte; noch immer loderten Zorn und Verachtung aus Hermanns Blicken. Sie konnte es nicht ertragen, wankte hinaus, lief davon.
Ein dunkles Kirchenportal nahm sie auf. Trost suchend, kniete sie am Altar nieder. Es war just die gleiche Stelle, an der sie Konrad wegen der versäumten Ablaßpredigt züchtigte. „Wäre *er* doch wenigstens hier!“ dachte sie hilflos. „Er könnte mir sagen, was ich tun soll. O Herr, hätte ich dir nur besser gedient, als ich Fürstin war. Hätte ich um deinetwillen mehr Almosen gegeben, du ließest mich jetzt nicht fühlen, wie bitter weh es einer Mutter tut, ihre Kinder obdachlos und hungrig zu sehen!“ Sie stöhnte auf.
Unbewegt blickte das Gesicht der Gottesmutter herab auf den menschlichen Jammer zu ihren Füßen.

XI

Einem aufgescheuchten Wild gleich, zog Elisabeth in Eisenach von Kirche zu Kirche. Oft brachte sie auch die Nächte dort zu. Die Sorge um die Kinder überließ sie ihren Frauen.
Müdigkeit und Schwermut lähmten Denken und Handeln. Schließlich sahen Guta und Eisentraut keine andere Hilfe mehr, als Elisabeths Tante die Geschehnisse zu berichten. Sie nahmen, was sie selbst an Geld und Schmuck noch besaßen, und bestachen damit einen Boten, daß er für sie einen Brief an Frau Mechthild von Andechs besorge. Das war eine Schwester von Elisabeths Mutter, jetzt Äbtissin des Benediktinerinnenklosters Kitzingen am Main. Die beiden Frauen hofften sehr, daß sie in dieser verzweifelten Lage einen Ausweg wisse, denn Frau Mechthild war vor ihren Ohren oft als kluge und energische Dame gerühmt worden.
Sie machte auch in diesem Falle ihrem Ruf alle Ehre: mit Ratgeben allein begnügte sie sich nicht. Sofort nach Erhalt des Briefes schritt sie zur Tat. Von zehn handfesten Klosterknechten begleitet, fuhr sie gen Eisenach. Ihre Begleiter konnten sie unterwegs oftmals unwillig vor sich hin murmeln hören. Das war zu verstehen! Schließlich war die Hochwürdige nicht mehr die Jüngste, und eine Reise im Februar über schlammige und grundlose Wege, dann glatt überfrorene Pfade war kein Vergnügen.
Was Frau Mechthild in Eisenach vorfand, übertraf die schlimmsten Erwartungen. Im Stroh vor ihr kauerte, was

von der einstigen Fürstin noch übrig war. Rock und Umschlagtuch waren staubig, Gesicht und Hände hatten tage-, ja wohl wochenlang kein Wasser und kein Handtuch mehr gesehen. Die Tränenspuren auf den Wangen zeichneten sich als helle Striche ab. Ebenso verschmutzt wie die Kleidung, dazu zerzaust und ungekämmt, war das Haar.

Elisabeths Blick schien von weit her zu kommen, als Frau Mechthild mit freundlichem Gruß nach ihren Händen faßte und sie zu sich emporzog. Nur langsam gewannen ihre Augen Leben, und es währte einige Zeit, bis sie ihre Tante erkannte. Dann hing sie ihr stammelnd und schluchzend am Hals.

„Nun, nun, Kindchen!" Die tiefe Stimme von Frau Mechthild hätte mühelos die ganze Scheune ausgefüllt. Jetzt versuchte sie so zart und leise zu sprechen, wie ihr das nur möglich war. Sie drückte Elisabeth beruhigend an sich, streichelte ihr Gesicht und Haar. „Nun weine nicht mehr. Ich bin da. Ich werde dir helfen."

Die Äbtissin war eine wirklichkeitsnahe und nüchterne Natur. Das war wohl auch das Geheimnis ihres Erfolges als Leiterin eines so großen und berühmten Klosters. Aber jetzt regte sich in ihr doch heftiges Mitleid mit der jämmerlichen Gestalt in ihren Armen, daß ihr beinahe selbst die Tränen gekommen wären. Muttergefühle, schüchtern und verspätet, erwachten in ihr, als sie das hilflose Anklammern der mageren Frauenhände spürte. Sie blickte an ihrer Nichte herunter und entdeckte, daß sie auf schmutzigen Füßen, ohne Schuhe in der Scheune stand. Der unpassende Anblick verscheuchte in Frau Mechthild sofort jede weitere Rührung. Ein Wink mit den Augen, und der alte Reitknecht, der an der Tür gewartet hatte, trat heran.

„Was befehlt Ihr, Frau Äbtissin?"

„Bring mir den Sack mit den Kleidern und schaff mir eine Schüssel mit warmem Wasser – aber schnell!"

Baldo kannte die kurzangebundene Art seiner Herrin.

Wenn sie in diesem Ton sprach, war es geraten, sich sehr zu beeilen. Er wußte aber auch, daß sie da, wo es vonnöten war, der geduldigste, hilfsbereiteste Mensch sein konnte. Er diente ihr gern. Vormachen durfte man ihr freilich nichts; sie durchschaute jeden Schwindel sofort, und wehe dem, der sich bei ihr Geld oder andere Hilfe erheucheln wollte – er kam kein zweites Mal!
Als Waschwasser und Kleidersack gebracht waren, scheuchte Frau Mechthild die Knechte hinaus.
„Du gehst mit, Mädchen, und packst die Kinder warm in meinen Wagen. Er ist voll Stroh, und Decken liegen auch genügend drin“, wandte sie sich an Guta.
„Du bleibst hier und hilfst mir.“ Das galt Eisentraut.
Zuerst zogen sie Elisabeth die schmutzigen Fetzen aus. Am liebsten hätte Mechthild die ganze Frau in eine Wanne mit heißem Wasser gesteckt, so aber mußte sie sich damit begnügen, ihr nur den gröbsten Schmutz abzuwaschen. Dabei sparte sie nicht mit ihrem Mißfallen.
„Kindchen, wie siehst du aus! So darf man sich nicht gehenlassen, wenn man vom Stande ist wie du!“
„Oh, Tante, verzeiht mir. Aber habt Ihr je einen Mann geliebt? Dann wißt Ihr, wie mir zumute ist.“
Frau Mechthild lachte leise.
„Ach, *sancta simplicitas!* Natürlich habe ich geliebt. Oder glaubst du, ich war immer die Matrone, als die du mich jetzt kennst? Wenn ich mir um jedes Mannes willen, der mir in Minne diente, die Augen ausgeweint hätte, dann wäre ich längst blind. Nur einen einzigen habe ich besonders geliebt. Von einem Heereszug kehrte er nicht mehr zurück, da nahm ich den Schleier. Wenn ich dich so sehe, dann glaube ich wahrhaftig, Gott hat mir das bessere Los zugeteilt, als er mich Nonne werden ließ, bevor ich heiraten konnte. Aber lassen wir die alten Geschichten ruhen. Sie stimmen uns nur beide traurig.“
Mit spitzen Fingern warf Frau Mechthild den groben Wollrock und das Tuch der Fürstin in einen Winkel. Sie war weder zimperlich noch verwöhnt, aber das hier war

zuviel, und es lag ihr sehr daran, den Aufenthalt in diesem Gemäuer abzukürzen – ihrer Meinung nach war es höchstens als Schweinestall gut genug. Nach der flüchtigen Wäsche wurde Elisabeth anständig gekleidet und in warme Pelze gehüllt.
„Wann hast du das letzte Mal warme Füße gehabt?“ Frau Mechthild brummte schon wieder. „Bist du ganz von Sinnen? Im Winter herumzulaufen wie ein Bettler? Soll ich deinem Herrn Schwager einmal meine Meinung sagen? Nun ich dich so gesehen habe, bin ich in der richtigen Stimmung dazu!“
Fast bekam Elisabeth Angst vor ihrer kampflustigen Tante. Frau Mechthild hielt es jetzt nicht für nötig, ihre Stimme zu dämpfen, und Elisabeth konnte sich Ton und Verlauf der Unterhaltung gut vorstellen.
„Nein, ach nein, liebe Tante. Tut das nicht. Ich ging auf eigenen Wunsch von der Wartburg.“
Mechthild schüttelte den Kopf, murmelte wieder etwas, das nicht sehr freundlich klang, dann deutlicher: „Draußen steht der Reisewagen. Du kommst jetzt mit mir nach Kitzingen. Du mußt von hier weg in eine andere Umgebung. Wenn du dich erholt hast, sehen wir weiter.“ Sie nahm noch einmal den Zipfel ihres Nonnenschleiers und fuhr damit über Elisabeths schon wieder tränenfeuchte Augen und Wangen.
„Baldo, hebe die Frau Fürstin in den Wagen!“ Und zu Elisabeth gewendet: „Dich kann man ja nicht einmal reiten lassen. Du fällst mir vor Schwäche vom Pferd. Dabei ist das Fahren wahrhaftig kein Vergnügen.“
Für Frau Mechthild stand eine gutmütige alte Stute mit breitem Kreuz und starken Beinen bereit. Spottvögel in Kitzingen sagten oft, die Frau Äbtissin und ihr Pferd glichen sich wie zwei Schwestern. Während ein junger Reitknecht den Bügel hielt, mußte Baldo sich beträchtlich anstrengen, um seine Herrin in den Sattel zu heben. Es war dies sein stets mit Seufzern quittiertes Ehrenamt. Als alle Reisenden ihre Plätze im Wagen und zu Pferde ein-

genommen hatten, setzte sich auf ein energisches Kopfnicken hin der Zug in Bewegung.
Frau Mechthilds zupackende Art belebte Elisabeth bald ein wenig. Zum ersten Male seit Tagen fragte sie wieder nach diesem und jenem. Klein-Hermann bettelte so lange, bis er bei einem der Reitknechte im Sattel sitzen durfte. Nun kam er mit seinem Beschützer stolz an den Wagen geritten. Elisabeth mußte lächeln. Sie erinnerte sich daran, wie sie als Vierjährige in Eisenach eingezogen war und ebenfalls nicht im Wagen bleiben, sondern selber reiten wollte. Damals hatte Ludwig sie gehalten und gestützt. Das Lächeln erlosch jäh.
„Du mußt nicht immer daran denken, Kindchen." Das klang so weich und zart, daß Elisabeth überrascht auf ihre Tante blickte, die neben dem Wagen ritt und sie beobachtete. Mit dem sicheren Gefühl der Frau hatte sie sogleich erraten, worüber ihre Nichte nachsann, und Elisabeth begann zu verstehen, warum alle, die Frau Mechthild kannten, sie innig verehrten, obwohl sie ihr gleichzeitig hohe Achtung zollten und fast ein wenig Angst vor ihr hatten. Elisabeth hatte bislang geglaubt, Güte müsse weich, Strenge hart sein. Diese Art von Güte und Strenge *zugleich*, wie sie Frau Mechthild ausstrahlte, war ihr etwas Neues. Sie fühlte sich nach langen, langen Wochen endlich wieder geborgen. Dankbar sah sie ihre Tante an.
„Wenn sie lächelt, bemerkt man, daß sie zwanzig Jahre zählt", überlegte Frau Mechthild. „Manchmal freilich sieht sie so alt aus, als hätte sie sämtlichen Jammer der Welt zu tragen. Zwanzig Jahre erst!" Die Äbtissin seufzte. Was sollte nur aus dieser jungen Frau werden? Wenn sie nicht den Schleier nehmen wollte, konnte sie nicht im Kloster verbleiben. Das verboten die Regeln des Ordens. Was aber sonst? Man konnte doch dieses zerbrechliche, hilflose Geschöpf nicht sich selbst überlassen! Die alte Dame seufzte nochmals. Schlecht ging es den Frauen, über die ein strenger Ehemann gebot, jämmerlich aber

war das Los derer, die kein starker, männlicher Vormund schützte. Aber da war ja noch ihr Bruder, Ekbert, Bischof von Bamberg. Konnte er sich seiner Nichte annehmen? Er hatte damals die Heirat mit dem Eisenacher Landgrafen zustande gebracht. Mochte er ruhig noch einmal den Heiratsvermittler spielen. Eine Frau mit zwanzig Jahren, hübsch und reich dazu, gehört einfach unter die Haube. Das war die einzige Lösung, wenn sie weder den Schleier nehmen noch als Witwe in der Familie ihres Gatten bleiben wollte. Alles andere war überspannter Unsinn.

Bereits nach kurzem Aufenthalt in Kitzingen wurde Elisabeth von der tatkräftigen Tante wieder in den Reisewagen gesetzt und nun, einigermaßen fürstlich gekleidet und ein bißchen erholt, samt Kindern, Guta und Eisentraut zum Oheim nach Bamberg gebracht.
Bischof Ekbert gab ihr zahlreiche Dienerschaft und zum Wohnsitz das kleine Schloß Bodenstein. Ihr zu Ehren veranstaltete er festliche Empfänge. Elisabeth war davon unangenehm berührt, wagte jedoch nicht, diese Art von Gastfreundschaft zurückzuweisen. Boten sich ihr doch endlich wieder Mittel, Wohltätigkeit nach Herzenslust zu üben! Bischof Ekbert fiel das zwar auf, und er glaubte, die Nichte wolle sich auf fürstliche Art bei ihrer Umgebung beliebt machen. Als er aber entdecken mußte, daß der größte und schönste Raum ihres Schlößchens sich mehr und mehr mit Kranken füllte, als er sah, daß sie statt der kostbaren Kleider, die er ihr schenkte, einfache graue Tuchsachen trug, weil sie die seidenen Gewänder verkauft hatte, hielt er es für nötig einzugreifen. Er spann Pläne.
Auf Sizilien war die Gattin des Kaisers im Kindbett gestorben, nachdem sie einem Sohn das Leben geschenkt hatte. War es nicht die beste Lösung, Elisabeth mit dem Kaiser zu verheiraten? Ähnliche Überlegungen mochte auch der Kaiser angestellt haben … Zwischen dem sizilianischen Hof und dem Bischofssitz zu Bamberg zogen Unterhändler hin und her.

„Mein Herr, Kaiser Friedrich, wünscht, daß er im Falle einer Verehelichung mit der Landgräfin von Thüringen auch Vormund des jungen Landgrafen Hermann werde." Gespannt blickte der Bote auf Herrn Ekbert. Würde der solches Verlangen ohne weiteres billigen?
‚Alter Fuchs', dachte der Bischof, ‚Vormund des jungen Landgrafen sein, das möchtest du natürlich. Einst waren der Kaiser und der Landgraf vertraute Freunde. Aber getrennt in ihren Machtbereichen. Heiratest du nun Elisabeth, so ist alles Land und alle Macht in deiner Hand. Anderntteils habe ich auf der Wartburg ohnehin nichts zu sagen. Ob ich nun zustimme oder ablehne, ist eins. Mag der Kaiser sich diese Vormundschaft selber erringen. Ein Kaiser als angeheirateter Neffe ist immer erstrebenswert. Man muß ihm großzügig entgegenkommen – um jeden Preis!'
Während seiner Überlegungen hatte Herr Ekbert nicht mit der Wimper gezuckt. Er wußte genau: Der ihm da im Äußern eines einfachen Reitknechtes gegenüberstand, mußte einer der vertrautesten Männer des Kaisers sein. Der Bischof beugte seine füllige Gestalt leicht nach vorn. Er strich mit den kurzen, dicken Fingern über das Pektorale und betrachtete einen Augenblick sinnend seinen Wappenring. Diese Gesten wirkten ungewollt, waren aber genau berechnet. Das Vorbeugen hieß: Ich bin gern zu jedem Entgegenkommen bereit. Das Berühren des bischöflichen Brustkreuzes und der Blick auf den Hirtenring: Ich bin immerhin Bischof von Bamberg, einer der höchsten geistlichen Würdenträger in Deutschland, also eine Macht, mit der man rechnen muß.
Der Bote schien ebenso erfahren in der Kunst wortloser Diplomatie. Er verstand genau, was Herr Ekbert ausdrücken wollte, und tat, als sähe er nichts.
„Die Vorschläge unseres Herrn und Kaisers begrüßen Wir", hub der Bischof wieder an. „Da man meine geliebte Nichte in ihrer großen Trauer ohne Hilfe und Beistand von der Wartburg ziehen ließ, so hat sich auch der

Landesverweser, Herr Heinrich Raspe, des Rechtes entäußert, über ihre Geschicke ferner zu entscheiden. Im Namen der Herren Andreas und Bela, Könige von Ungarn und engste männliche Anverwandte der Landgräfin von Thüringen, sind Wir der nächste hier, um derselben Schutz zu leihen, der ihr als Witwe eines Kreuzfahrers vor allem gebührt. Wer aber könnte ihr und den Kindern ein besserer Herr sein als Kaiser Friedrich, der großmütige Freund des seligen Landgrafen Ludwig? In die Hände unseres Herrn und Kaisers lege ich gern und vertrauensvoll das Geschick der Fürstin Elisabeth, des jungen, unmündigen Landgrafen Hermann und der beiden Töchter Sophie und Gertrud. Ich bin tief dankbar für die Ehre, die der Kaiser durch seine Botschaft meiner Nichte und auch mir erweist. Des Kaisers Majestät sind gütig und klug. Er weiß am besten, was allen Beteiligten frommt."

Der Bote nickte dankend und zufrieden. Im Geiste zog er die Phrasen ab und stellte fest:

Bischof Ekbert hat auf der Wartburg keinerlei Verfügungsrechte. Dafür hat er die Landgräfin und alle drei Kinder in der Hand. Vor allem den Thronerben, auf den es ankommt. Er will die Heirat und würde sie nach Kräften fördern. Alle anderen Rechte mochte sich der Kaiser dann selbst verschaffen. Wenn Ekbert ihn auch in diesem Punkte nicht unterstützen konnte, so würde er ihn jedenfalls als einer der höchsten geistlichen Würdenträger Deutschlands nicht daran hindern und ihm auch keinerlei Schwierigkeiten in den Weg legen. Das war es, was der Kaiser wissen wollte, aber noch hatte der Bote seinen Auftrag nicht ganz erfüllt.

„Sagt mir, Fürstbischöfliche Gnaden, wo predigt Magister Konrad von Marburg jetzt? Soviel ich weiß, ist er der Beichtvater der Frau Fürstin. Es verwundert den Kaiser, daß er in so schwerer Zeit nicht an ihrer Seite ist."

„Ja, Uns verwundert dies auch!" Ekberts Gesicht verriet nicht, wie sehr er Konrads Verhalten mißbilligte und wie treulos er es fand. „Kurz nach dem Tode des Landgrafen zog Magister Konrad von dannen, um, wie er sagte, das Kreuz zu predigen; das Fieber in Apulien habe so viele Ritter hingemordet, daß der Kreuzzug nicht begonnen werden könne, bevor das Heer wieder in voller Stärke versammelt sei."

Der Bote nickte. „Das mag stimmen. Es gab viele Tote und obendrein viele Flüchtlinge, die sich auf dem langen Weg oder noch kurz vor der Einschiffung davonstahlen. Den Kaiser traf deshalb der Bannfluch, der Heilige Vater gab ihm die Schuld an dem Mißgeschick. Um sich zu lösen, muß er nun den Kreuzzug so bald als möglich durchführen. Magister Konrad hatte demnach gewichtige Gründe, die Wartburg zu verlassen. Doch den Kaiser umgeben gleichfalls sehr fromme und würdige Geistliche. Unter ihnen könnte sich die Fürstin ihren Beichtvater auswählen, und es wäre unnötig, das Magister Konrad von Marburg außer seinen schweren und verantwortungsvollen Ämtern als Kreuzprediger und Ketzermeister noch die Last des geistlichen Beraters der Fürstin auf sich nimmt und ihr nach Sizilien folgt."

Ekbert wiederum übersetzte sich das sehr richtig: Der Kaiser sieht es nicht gern, daß seine Gattin einen Beichtvater mitbringt, der Vertrauter des Papstes ist. Die Geheimnisse des Kaiserhofes sind nicht immer für den Vatikan bestimmt.

So waren sich die beiden Herren einig, ohne daß ein Wort gefallen wäre, das später einmal dem oder jenem ungünstig ausgelegt werden könnte.

Der Unterhändler verneigte sich vor Ekbert: „Fürstbischöfliche Gnaden, im Namen meines kaiserlichen Herrn danke ich Euch. Bei dem, was wir heute verhandelten, darf ich volle Übereinstimmung feststellen. Mein Herr und Kaiser wird sich baldigst mit einem persönlichen Handschreiben an die Frau Fürstin Elisabeth und an Euch als ihren Vormund wenden. Habt die Gnade, mich zu beurlauben, damit ich die günstige Nachricht schnellstens überbringe."

Der Reitknecht verneigte sich abermals und verließ rückwärts schreitend das Gemach. Ekbert hätte seinen goldenen Abendmahlskelch zum Pfand gesetzt, daß er einen adligen Herrn vor sich haben müsse; so sicher und selbstbewußt trat kein Knecht auf. Der Bischof ging zum Fenster und spähte hinunter in den Hof. Dort harrte die Reiterschar, die den Boten begleitete. Er sah, wie ein gutgekleideter Ritter aus dem Sattel sprang, das Knie vor dem Unterhändler beugte und ihm den Steigbügel hielt. Dann stob die Schar davon. Erst Wochen später sollte Ekbert erfahren, daß der Bote des Kaisers eigener Vetter gewesen war.

Friedrich wendete diese List oft an, wenn es sich um wichtige Dinge handelte. Ein Ritter wurde mit Gefolge ausgerüstet und bekam schriftliche Botschaften mit, die, wenn sie je anderen in die Hände fielen, den Kaiser immer nur im allergünstigsten Licht erscheinen ließen. Unter die Schar der Reitknechte aber steckte der Kaiser seinen Vetter. Der mußte sich einen struppigen Bart stehen lassen, so daß niemand den hübschen, eleganten Grafen von Brienne darunter vermutet hätte. Nur drei oder vier der bewährtesten Leute aus dem Reitertrupp wußten das. Und die hatten Befehl, bei einem etwaigen Überfall im ersten Durcheinander sofort mitsamt dem Grafen zu fliehen und sich in Sicherheit zu bringen. Diese Vorsicht hatte den Kaiser schon oft davor bewahrt, seine Pläne vorzeitig verraten zu sehen ...

Bischof Ekbert trat vom Fenster zurück. Unter seiner mächtigen, schweren Gestalt knarrten die Dielen. Nachsinnend rieb er mit dem Finger die fleischige Nase. Fromm war der Kaiser ja keineswegs, aber einem Kaiser sah man das nach. Fast jeder Herrscher hatte irgendwann einmal im Kirchenbann gestanden. Aber auch jedem war es gelungen, auf gute Art davon wieder loszukommen. Und der Kaiser war ein kluger Fürst. Ekbert war außerordentlich zufrieden mit dem, was er eingefädelt hatte. Seine Nichte durfte ihm dankbar sein. Er sorgte gut für die Seinen!

Sogleich beschloß er, Elisabeth ihr neues Glück mitzuteilen. Vorerst aber lockerte er die breite Bischofsschärpe, sie drückte nach dem reichlichen Mittagsmahl allzusehr auf den Magen, ein höchst unbehagliches Gefühl. Wenn er sich zu seiner Nichte begab, durfte er sich diese Bequemlichkeit schon leisten.

Ehe er das Zimmer verließ, kehrte er noch einmal zum Fenster zurück. Sein Blick ruhte auf einem Gewirr von Holzgerüsten, zwischen denen langsam graue Mauern emporwuchsen. Jeden Tag ein kleines Stück höher, und jeden Tag freute sich Ekbert daran. Dieser Bau war sein ganzer Stolz. Ein Dom sollte da entstehen, eine Predigt in Stein, ein Zeugnis der Größe Gottes und – des Bischofs Ekbert von Bamberg. Wieder rieb er die Nase zwischen Daumen und Zeigefinger. „Noch fünf Jahre, noch zehn Jahre", rechnete er, „dann sind wir damit fertig. Wer wird uns die Skulpturen meißeln? Man muß den besten Steinmetzen damit betrauen, den man finden kann. Vielleicht setzt man über das Portal ein Standbild Kaiser Heinrich II., ganz übergehen kann man den Stifter nicht – immerhin gab er einst reichlich Geld dazu. Aber es ist trotzdem mein Dom!" Ekbert atmete tief. „Meine Ideen, meine Pläne stecken darin! Das ist mehr als Geld. Man wird keinen der althergebrachten Bildhauer beauftragen, bei denen eine Gestalt so steif und leblos aussieht wie die andere. Man wird einen jungen Künstler rufen. Auch wenn die Priesterschaft sich bekreuzigt und behauptet, es sei Ketzerei, Figuren so zu schaffen, als ob sie sprächen, sich bewegten und lebten. Das Werk muß Jahrhunderte überdauern, man darf getrost etwas Neues, etwas Außerordentliches dabei wagen!"

Sehr zufrieden machte sich Ekbert auf den Weg zu seiner Nichte.

Elisabeth saß in Bodenstein zwischen ihrem neuen Hofstaat wie ein verirrter grauer Spatz in einem goldenen Käfig voll schillernder exotischer Vögel. Die Damen vergnügten sich mit Brettspielen, Lautenschlagen, Singen und anderem standesgemäßen Zeitvertreib. Elisabeth aber spann Wolle.
„Lasset Uns bitte mit Unserer Nichte allein“, verabschiedete Herr Ekbert mit ritterlichem Lächeln die hübsche Schar. Er kniff die Augen zusammen, wodurch sie noch mehr zwischen den tief herabhängenden Lidern und den schweren Tränensäcken verschwanden, und betrachtete seine Nichte. Der Blick auf den Dombau war weitaus freundlicher gewesen als der auf die wollespinnende Witwe. Solche Lebensweise gefiel ihm ganz und gar nicht!
„Wie befindet Ihr Euch unter meinem Dache, liebe Nichte?“
„Danke. Bischöfliche Gnaden sind sehr gütig zu mir.“
Ekbert versuchte sie aus ihrer Zurückhaltung herauszulocken, denn es lag ihm viel daran, ein günstiges Verhältnis zwischen seiner Nichte und sich zu schaffen. Immerhin hatte er eine künftige Kaiserin vor sich, wenn sie auch jetzt noch in einer Art bei ihm lebte, die seltsam und befremdend war.
„Lassen wir die steifen Anreden, liebes Kind. Wir sind unter vier Augen. Es freut mich, daß es dir bei mir gefällt und daß es mir gelungen ist, es dir ein wenig schön zu machen, Du Arme. Was mußt du gelitten haben! In einer alten Hofscheune zu hausen, nein, nein!“
Ekbert schüttelte sich vor Entsetzen und hob wirkungsvoll die dicklichen, sorgsam gepflegten Hände. Ein wenig Zorn in Elisabeth zu wecken über ihre Vertreibung, ein wenig Rachegelüste zu säen und so den Boden für seine Nachricht vorzubereiten hielt er für angebracht. Die Rechnung ging leider nicht auf. Elisabeth zuckte nur die Schultern.
„Um Gottes willen leidet man gern.“

Das klang, obwohl er es billigen mußte, dem geistlichen Herrn nicht angenehm in den Ohren.
„Gut, gut. Lassen wir die traurigen Erinnerungen! Jetzt beginnt eine bessere Zeit. Ich habe eine frohe Botschaft für dich, Nichte. Deine schmalen, blassen Wangen sollen wieder frisch erblühen." Wohlgefällig und mit Genuß strich er über Elisabeths Schulter. „Es hat sich ein Freier um deine Hand eingestellt."
Elisabeth erschrak.
„Oheim, ich sagte Euch schon bei meiner Ankunft, daß ich nie mehr eine Ehe eingehen kann. Ich habe Magister Konrad ewige Ehelosigkeit zugelobt, falls Ludwig einmal von mir gerissen würde."
„Gewiß doch!" Ekbert machte eine Handbewegung, halb beschwichtigend, halb abwinkend. „Nur gar so streng darfst du dieses Gelübde nicht nehmen. Man sollte Gelöbnisse überhaupt immer nur in höchster Not aussprechen. Die Zeiten können sich ändern, und dann bedarf's erst eines Ablasses, sich davon zu lösen. Nun, auch das ist nicht so schlimm. Wozu hast du mich, deinen Oheim und Bischof von Bamberg!"
„Nein, nein." Elisabeth wehrte ängstlich ab. „Ich brauche keinen Ablaß, ich will mein Gelübde erfüllen!"
„Höre doch erst, Kind, wer der Freier ist." Ekbert legte begütigend die Hand auf Elisabeths Arm. Eine heiße Männerhand. „Wenn du es erfährst, wirst du die Lösung vom Gelübde selbst begehren." Der Onkel war sehr siegessicher. „Bedenke, es ist der Kaiser selbst."
Elisabeth war fassungslos. „Der Kaiser ...?" hauchte sie.
Ekbert erhob sich, ein selbstgefälliges Lächeln spielte um seine Lippen, seine Augen glänzten vor Stolz.
„Nicht wahr, das hättest du nicht gedacht! Wie sorge ich für dein Wohl?!"
„Ich weiß, Oheim, Ihr meint es gut, aber – den Kaiser – – ?"
„Siehst du, nun kannst du dich freuen!"
„Nein", schrie Elisabeth entsetzt. „Nein, den Kaiser nicht!

Ich will es nicht! Er steht unter dem Bannfluch. Zwiefache Sünde wäre es, mein Gelübde zu brechen und mich an einen vom Bannstrahl Getroffenen zu binden."

„Aber so komm doch zu dir. Besinne dich! Glaubst du, ich als dein Oheim riete dir etwas, das dir nicht ziemt? Glaubst du, ich würde als Fürstbischof von Bamberg dich mit einem Mann verheiraten wollen, bei dem das Heil deiner Seele gefährdet ist? Der Heilige Vater muß strenge sein, wenn es um die Sache des Grabes geht, darin der Leichnam unseres Herrn ruhte. Doch prüfe selbst, ob das Vergehen des Kaisers so schwer wiegt. Konnte er dafür, daß Gott das Fieber schickte, um ihn und seinen guten Willen zu erproben? Ist es so schimpflich, wenn ein Mensch eine Prüfung Gottes einmal nicht besteht? Der Kaiser ist ein sehr kluger und tüchtiger Herrscher. Er wird den Kreuzzug in diesem Jahr glücklich durchführen, der Papst wird den Bann von ihm nehmen und eurer Eheschließung den Segen nicht versagen. Denke daran, auch Landgraf Ludwig stand unter dem Bann, kurz vor eurer Hochzeit. Das störte dich damals nicht, du nahmst ihn zum Manne, obwohl du es wußtest."

„Ja, ich wußte es, doch kein Gelübde trennte uns, und ich liebte Ludwig. Den Kaiser aber liebe ich nicht. Der Kaiser ist ohne Treu und Glauben. Man sagt, er sei gewalttätig mit seiner Gattin umgegangen, deshalb starb sie. Man sagt, er besitze einen Harem morgenländischer Frauen. Schickt sich das für einen Christen?"

„Der Kaiser ist nicht schlechter und nicht besser als mancher andere Herrscher. Jeder Fürst muß auf das Seine bedacht sein! Und was den Harem anbelangt – Nichte, um deinetwillen könnte ich einen ganzen Harem vergessen, jung und schön wie du bist."

Elisabeth errötete vor Unwillen. Ihre Miene blieb verschlossen und abweisend. Ekbert wurde ungeduldig. So viel Halsstarrigkeit und Unvernunft war ihm noch nicht begegnet! Er grollte:

„Andere Witwen werden überhaupt nicht gefragt. Man verheiratet sie, und sie fügen sich, wie das christlichen Frauen ihrem Vormund gegenüber zukommt. Wenn ich deine hohe Bildung achte und eine so wichtige Sache zuvor mit dir bespreche, dann darf ich wohl Vernunft erwarten."
„Ja, Bischöfliche Gnaden", kam es fast tonlos zurück. „Ich bin in Eurer Hand und kann nicht hindern, was Ihr tun wollt. Aber wisset, es gibt viele Fromme, die sagen, der Kaiser sei gottlos. Ja, manche behaupten, er sei der Antichrist selber und verstünde sich auf Zauberei und andere heidnische Geheimnisse. Auch liest er mit Vorliebe in gottlosen Büchern, die von römischen Göttern und anderen ketzerischen Dingen handeln. Und wisset weiter" – Elisabeth steigerte sich nach und nach in eine wilde Ekstase hinein –, „wenn Ihr mich zu dieser Heirat zwingt, werde ich mir eigenhändig die Nase verstümmeln!" Es klang wie ein Triumphschrei. „Der Kaiser wird eine solche Frau nicht wollen und verzichten."
‚Und wie werde ich vor dem Kaiser dastehen!' dachte Ekbert unbehaglich. Nach dem, was man ihm von seiner Nichte berichtet hatte, war ihr eine solche Wahnsinnstat wohl zuzutrauen. Er zwang sich zur Ruhe. Man durfte sie jetzt nicht noch mehr aufregen. In diesem Zustand waren die Menschen zu den größten Dummheiten fähig. Ekbert lief auf und ab. Ekelhaft, wie ihn wieder das fette Mittagessen plagte. Bei jedem Ärger machte ihm sein Magen zu schaffen. Er mußte sehen, daß er auf gute Art aus dem Frauengemach herauskam, das lästige Aufstoßen ließ sich nicht länger unterdrücken. So zwang er sich zu einem kühl-höflichen Ton:
„Gut, liebe Nichte. Man sagt im ersten Augenblick wohl manchmal etwas, was man hinterher bitter bereut. Ich gebe Euch Zeit zum ruhigen Nachdenken. Sammelt Eure Gedanken, zieht Euch zurück. Und wenn Ihr mir eine günstige Kunde zu vermelden habt, dann laßt es mich wissen."

Ekbert hauchte mit spitzen Lippen einen zeremoniellen Kuß auf Elisabeths Wange und verließ das Gemach.

Sooft Elisabeth in den nächsten Tagen aus der Tür ihrer Kemenate treten wollte, versperrte ihr ein großer, breitschultriger Mönch den Weg.
„Wollet Ihr meinem Herrn Bischof etwas mitteilen lassen, Frau Fürstin, dann gebet mir die Botschaft. Ich will sie bestellen."
„Nein, nein." Elisabeth war verzweifelt. „Ich will ausgehen, meine Kranken besuchen und pflegen, nach den Armen sehen."
„Ich muß es Euch verwehren. Ihr sollt durch nichts davon abgelenkt werden, Eure Gedanken zu sammeln."
Der Mönch brachte ihr auch Speisen und Getränk. Zwei Nonnen kamen zu ihrer Bedienung, halfen ihr beim An- und Auskleiden. Sonst zeigte sich niemand. Weder Guta, noch Eisentraut, noch die Kinder. Elisabeth war Ekberts Gefangene. Der Bischof wartete. Vier Tage, acht Tage. Elisabeth beugte sich nicht. Keiner wollte nachgeben. Es war eine unangenehme Lage, die den Bischof noch weit mehr belastete als Elisabeth.

Ein Zufall erlöste Oheim und Nichte im Verlauf der zweiten Woche aus diesem unguten Verhältnis.
Eines späten Nachmittags hörte Elisabeth vor ihrer Tür Schritte.
Es waren schwere Tritte in derben Schuhen, keine Mönchssandalen. Es klopfte. Auf ihr „Tretet ein!" erschien ein großer, hagerer Mann in ritterlicher Kleidung. Es dauerte einige Zeit, bis Elisabeth den Besucher mit dem sonnenverbrannten Gesicht erkannte. Dann lag sie zitternd in den Armen des Herrn Rudolf von Vargila, in den Armen des Mannes, der ihr in der Kindheit mehr noch ein zweiter Vater geworden war als Landgraf Hermann selbst.
Unbeholfen legte ihr Herr Rudolf die Hand aufs Haupt.

Die Frau reichte ihm gerade bis zur Brust. Er wartete ruhig, bis der erste Sturm sich gelegt hatte. Dann sagte er in seiner etwas ungefügen Art:
„Herrin, wir Thüringer Ritter sind aus Italien zurückgekehrt, weil wir es leid sind, nur tatenlos auf den Nachschub für die Kreuzfahrer zu warten ... Nun bringe ich Euch die sterblichen Überreste Eures Gemahls. Mir wäre wohler, meine Knochen lägen in dem Sarg, statt daß ich sehen muß, wie Euch das Herz bricht. Ich bin alt, mein Leben geht zu Ende. Aber Gott hat es so gefügt, daß ich müde und traurig auf meine Tautenburg zurückkehren soll, während unserem Herrn eine glückliche Heimkehr nicht beschieden war. Kommt jetzt mit mir in die Bischofskirche. Dort haben wir den Schrein aufgebahrt."
Elisabeth schüttelte hilflos den Kopf.
„Ich kann Euch nicht folgen. Ich darf das Zimmer nicht verlassen."
„Doch, Ihr dürft. Ich sprach mit Eurem Oheim. Kommt nur. Ich geleite Euch."
Rudolf von Vargila führte sie an der Hand in die Kirche bis vor den Schrein. Dort ließ er sie allein. Sie in ihrem Schmerz zu betrachten wäre ihm schamlos vorgekommen. Diese Stunde vertrug keine fremden Blicke.

XII

Der Frühling des Jahres 1228 brachte Leben und Treiben nach Marburg. Wo bisher nur die kleine hessisch-thüringische Grenzfestung, ein paar unansehnliche Rittersitze und ein zusammengewürfeltes Häufchen armseliger Holzhütten standen, machten sich nun Maurer und Zimmerleute zu schaffen. Die Handwerker waren aus Eisenach herübergeschickt worden. Mit ihnen kam Unruhe in das verschlafene Städtchen. Neugierige strichen den Bauleuten um die Beine wie Katzen der Bäuerin, wenn sie die Milchschüssel hereinbringt. Es dauerte nicht lange, und die Marburger wußten alles, was sie wissen wollten. Endlich hatten die hessischen Ritter und Edeldamen auch ein Ereignis in ihrer Eintönigkeit: die große Welt des Thüringer Hofes, vom Landadel seit jeher neidisch aus der Ferne bestaunt, sollte in Person der Landgrafenwitwe in Marburg einziehen! Die Nachricht hielt die Gemüter in Bewegung, aber noch größer wurde das Aufsehen, als die vornehme Dame nach ihrer Ankunft sich nicht auf der Burg niederließ, sondern in dem nahen Dorf Wehrda in einer halbverfallenen Kate Unterschlupf nahm, um die Beendigung der Bauarbeiten abzuwarten. Das Staunen über dieses unfürstliche Gebaren nahm überhaupt kein Ende. Was die junge Witwe nur an dem verlassenen Nest schön fand? Die hessischen Frauen und Fräulein waren sich sofort darin einig, daß sie selber die Zwischenzeit auf jeden Fall in Eisenach abgewartet hätten.

Kaum legte sich die erste Welle des Klatsches und der Neugier, da erfuhren die Marburger, daß der Witwensitz selbst nur ein kleines Fachwerkhaus werden solle, die beiden größeren Gebäude aber als Hospital und als Kirche zu dienen bestimmt waren. Jedenfalls gab es während der ersten Monate, die Elisabeth in Hessen verbrachte, Gesprächsstoff genug.

Wo zwei Damen zusammentrafen – die Herren waren auch nicht viel besser, wenngleich sie es nicht zugaben –, entwickelte sich bald nach der Begrüßung schon das Gespräch in gleicher Richtung:

„Magister Konrad ist sehr eifrig. Tag und Nacht sieht man ihn die Bauleute antreiben. Er kann es nicht erwarten, bis er seinen ‚Schützling' in den neuen Wohnsitz führen kann."

„Aber meine Liebe, was heißt Schützling? Glaubt Ihr etwa dieses Märchen von ‚geistlichen Vater'? Die Fürstin hat sich schnell getröstet. Und wie hat sie zuerst über den Tod des Landgrafen geklagt!"

„Man kann es ja verstehen, daß sie Trost brauchte. Aber, Frau Hildrun, sagt selbst, hättet Ihr den Magister Konrad dazu erwählt?"

Die Damen schüttelten sich vor Lachen.

„O nein, ich hätte mir bestimmt einen anderen Tröster gesucht als diesen asketischen Finsterling. Aber es muß wohl etwas an ihm dran sein, wenn sie seinetwegen eine Heirat mit dem Kaiser ausgeschlagen hat."

„Freilich, einen seltsamen Geschmack hatte sie schon immer. Bedenkt nur allein ihre Kleidung. Jetzt trägt sie gar das Bettelgewand der Franziskaner, mit andersfarbigen Flicken ausgebessert noch dazu! Es ist nicht zu fassen."

„Doch, doch, schon auf der Wartburg hat man sich darüber weidlich verwundert. Eine meiner Freundinnen, Frau Gisela, wohnte jahrelang als Edeldame in Eisenach. Sie besucht mich bisweilen und hat mir erzählt, daß Frau Elisabeth schon dort ihren Gefährtinnen Bußpredigten hielt: ‚Tragt nicht die modischen Kleiderärmel, sie sind ein Werk des Teufels, sie dienen nur der Prunksucht!‘ Dabei gefielen diese neuen Ärmel den Rittern so gut. Man konnte bis zur Schulter hinaufsehen, wenn die Dame den Arm hob. Und warum soll man sich eigentlich nicht so kleiden? Wir tun es nun einmal gern, und die Männer haben daran Vergnügen. – Sie aber trägt, ob Ihr's glauben wollt oder nicht, als Unterkleid ein Ziegenfell auf der bloßen Haut. Ein Ziegenfell, wie ein Eremit in der Einöde!“ Wieder lachten die Schwätzerinnen hell auf.

„Wahrscheinlich ißt sie auch nur, was Ziegen fressen. Man sagte mir, sie meide Fleisch und Wein. Sogar Fisch verschmähe sie an Fasttagen. Je nun, da bleibt nur noch Kohl mit Grütze übrig. Sie macht sich um dieses Magisters willen wahrhaftig zur Närrin.“

„Die Landgräfin sollte, soviel ich weiß, auf Wunsch ihrer Familie ins Kloster eintreten. Wie man hört, hat es Magister Konrad hintertrieben. Er ist ein schlauer Fuchs, samt der Witwe will er sich das Wittum sichern.“

„Und sie wird keine guten Tage haben, wenn er nun ihr alleiniger Herr ist. Man munkelt sogar, daß er sie prügelt!“

„Er geißelt sie? Unmöglich! Sie hat keine schweren Sünden begangen und ist zudem keine Nonne. In Klöstern ist es ja üblich, sich zu peitschen.“

„Das ist es eben! Sie will leben wie eine Nonne, und Geißelhiebe sind den Töchtern Gottes herbe Wonne.“

„Vielleicht hat sie ein böses Gewissen wegen ihrer Buhlerei mit dem Priester? Vielleicht drückt dieses Vergehen sie, und sie will dafür büßen?“

„Mag dem sein, wie es wolle. Von der Wartburg ist sie wohl nicht freiwillig und nur Gottes wegen fortgegangen. Der Herr Landesverweser hat sie hinausgewiesen, weil ihm ihr närrisches Treiben zuviel wurde. Wie erklärt Ihr es Euch sonst, daß man ihr die beiden ältesten Kinder genommen hat, um sie am Hofe des Landesverwesers zu erziehen?“

„Soviel man mir berichtet hat, nahm sie noch bei ihrer ersten Flucht die Kinder mit nach Bamberg. Von dort kehrte sie im Frühling auf die Wartburg zurück, um die Gebeine des verstorbenen Landgrafen zur letzten Ruhe zu geleiten. Sie lebte auch wieder mit ihrer Familie zusammen, aber es gab neue Anstände. So wurde beschlossen, ihr hier einen Witwensitz zu schaffen."

„Findet Ihr es trotzdem nicht seltsam, daß sich die Fürstin dann leichten Herzens von ihren beiden Kindern trennte?"

„Auch das hat Magister Konrad und kein anderer zustande gebracht. Er erreichte, daß der Papst ihm die Vormundschaft über die Witwe übertrug. Dann schlug er Herrn Heinrich Raspe vor, er möge der Landgräfin ein Wittum anweisen, wohin sie sich zurückziehen und nach ihrem Wunsche leben könne, ohne daß es darob am Thüringer Hof dauernd Reibereien gäbe. Der Magister erbot sich, die Fürstin samt ihrem Besitz in seine Obhut zu nehmen. Der Thronerbe Hermann sollte unter Vormundschaft seines Oheims Heinrich Raspe zusammen mit seinem vierjährigen Schwesterchen Sophie auf dem väterlichen Erbe heranwachsen. Unter der Erziehung von Onkel und Großmutter würden aus ihnen sicher ein tüchtiger Herrscher und eine gute Fürstin werden. Klein-Gertrud aber sollte bei der Mutter bleiben. Der Herr Landesverweser fand diesen Vorschlag nicht schlecht. Wenn die aufsässige Schwägerin auf Wohnung und Erbe an der Wartburg verzichtete, dann mochte sich gern ein anderer um das Weitere bekümmern. Auszuhandeln waren nur noch die Wittumsgüter, die mitten in Thüringen lagen. Mit einem Aufgeld von 2000 Silbermark sollten sie gegen die an Wert geringeren Liegenschaften in Marburg ausgetauscht werden. So wenigstens schlug es der berechnende Diener der Kirche vor, und es gab erst einiges Feilschen, bis der Landesverweser auch in diesem Punkte einwilligte. Nun, die Herren unter sich finden ja noch immer einen Weg, das Schäflein zu scheren. Heinrich Raspe erkaufte sich auf solche Weise Ruhe, und – Hauptsache, der Thronerbe blieb unter seiner Gewalt auf der Wartburg zurück!"

„Wetten, daß Magister Konrad ebenso zufrieden gewesen sein wird? Mit den Geldern der Fürstin kann er nun großzügig bauen. Er hat das fein eingefädelt, kehrt in seine Geburtsstadt zurück, läßt sich hier eine Kirche errichten – der Ruhm seines Namens und seiner Predigten bleibt nun womöglich auf immer mit dem Namen unserer Stadt verknüpft. Und die Landgräfin ist ja ohnehin Wachs in seinen Händen, sie tut –"

„Stimmt es eigentlich, daß sie ihm Treue schwören mußte, wie man sie sonst nur dem eigenen Gatten gelobt?"

„Gewiß doch! Bei Hofe bleibt so etwas nicht lange verborgen. ‚Keuschheit, solange ich lebe, Gehorsam in allen weltlichen und geistlichen Dingen gelobe ich hier vor Gott meinem Beichtvater Konrad von Marburg. In steter Demut will ich nur noch den Armen und Kranken leben und entäußere mich deshalb auch allen ...' Der Magister konnte sie gerade noch zurückhalten, sonst hätte sie sich auch des eben von ihm so schwer erkämpften Besitzes entäußert und damit seine schönen Pläne zerstört. ‚Du hast kein Recht, auf deinen Besitz zu verzichten', verwies er sie salbungsvoll. ‚Du hast ihn bereits der Kirche geweiht.' Die Fürstin bemerkte diese Notlüge ihres geistlichen Hirten gar nicht und entschuldigte sich darob noch."

„Was Ihr nicht alles wißt!"

„Oh, Liebste, man weiß ja kaum, wo anfangen und aufhören. Ich erfuhr zum Beispiel noch, daß Seine Heiligkeit der Papst große Stücke auf Frau Elisabeths Frömmigkeit hält. Er würdigte sie sogar eines persönlichen Handschreibens. Aber im Vertrauen, selbst um solcher hohen Ehre willen brächte ich es nicht fertig, wie die Fürstin zu leben. Man will gesehen haben, wie sie mit ihrem kostbaren Haarschleier den Kranken Eiter und Grind ab-

wischte und wie sie die ekligen Geschwüre der Aussätzigen küßte."
„Hört auf, hört auf, ich bitte Euch! Ich bin im vierten Monat, mir wird übel. Ihr wißt selbst, wie das mit dem Versehen ist. Vielleicht schadet es, wenn man sich so etwas nur anhört!"
„Nun, inzwischen wird sie selber nicht viel besser aussehen als die Bettler und – entschuldigt – auch nicht viel besser riechen. Sie verachtet alle Körperpflege als sündige Hoffart, von Schminken und Duftwässern schon gar nicht zu reden! Kennt Ihr nicht die Geschichte, wie ihre Tante sie einmal baden wollte? Nein? – Frau Mechthild von Andechs war kürzlich hier in Marburg, um ihre Nichte zu besuchen. Sie wohnte übrigens auf der Burg, die Behausung in Wehrda war ihr gar zu elend. Sie fand die Landgräfin unbeschreiblich schmutzig und hielt ihr das natürlich vor. Elisabeth hörte sie voller Freundlichkeit an, denn sie mochte die Tante nicht kränken. Nun, Frau Mechthild ist bekanntlich eine sehr tatkräftige Frau, viel größer als die zierliche Fürstin und auch doppelt so breit. So nahm sie denn die Nichte einfach bei der Hand und zog sie ins Badehaus. Dort scheuchte sie die Dorfweiber fort, damit die Fürstin sich ohne Scham entkleiden könne, und befahl: ‚Wasch dich, mein Kind!' Elisabeth merkte, daß ihre Tante vor der Tür stehenblieb. Da sie einerseits ihr Gelübde nicht brechen, andererseits aber auch ihrer Tante nicht ungehorsam sein wollte, plätscherte sie mit den Füßen im warmen Wasser. Nach einiger Zeit kam sie heraus und sagte: ‚So, liebe Tante, ich habe gebadet.' Da gab selbst Frau Mechthild alle weiteren Versuche auf."
„Liebe Freundin, ich fürchte, an diesem neuen Hof wird es für uns keine gedeckten Tische geben. Man wird dort Bettler füttern statt der Ritter und Sänger, und die Badestube wird statt zum standesgemäßen Zeitvertreib nur für Kranke mit Krätze und Grind geheizt werden."
„Eigentlich sollte man", meinte Frau Hildrun, von echt

weiblicher Neugier geplagt, „ihr doch wenigstens einen Anstandsbesuch abstatten. Es lockt mich zu sehen, wie sie da haust. Meine Freundin Gisela wird mich gewiß dort einführen können."

„Ich werde mich hüten!" Die andere war ganz Entsetzen. „Die Art, in der die Fürstin mit ihrem Beichtvater lebt, ist mir doch höchst zweideutig. Wenn man sie offiziell besucht, heißt es womöglich, man hätte dieses Konkubinat begünstigt!"

Die Entrüstung war, wie moralische Entrüstung oft, nicht allzu echt. Die Dame ärgerte sich nur, daß sie selbst keine Freundin besaß, die ihr mit Anstand den gleichen Dienst erweisen konnte.

Wie es mit jedem Klatsch geht: er ebbte nach einiger Zeit ab. Elisabeth kümmerte sich nicht darum. Immer neue Pflichten bürdete Konrad ihr auf. Sie trug alle geduldig und murrte nicht. Sie schlief auf dem Fußboden, im Sommer ohne Kissen und Decken. Sie betete nächtelang. Sie aß fast nichts. Äußerlich glich sie bald einem lebenden Leichnam. Ihre Seele war bei Ludwigs Tod gestorben, das Verwelken ihres Körpers schien sie nicht zu spüren. Ein einziges Mal entfuhr ihr eine Klage, die nur für Eisentraut, die Getreueste der Treuen bestimmt war: „Oh, Eisentraut, wenn ein Mensch schon so streng ist und man ihn fürchten muß, wie ich Meister Konrad fürchte, wie schrecklich muß dann erst Gott sein!"

Der eifrige Johannes hatte auch diese Worte erlauscht und hinterbrachte sie seinem Herrn. Für Konrad klangen sie süß. Sie fürchtete ihn und verglich ihn mit Gott! Sie sollte ihn noch mehr fürchten lernen, damit er in ihren Augen immer gottähnlicher wurde ...

Noch hatte sie Guta und Eisentraut, zu denen sie flüchten konnte! Die beiden Frauen mußten fort. Elisabeth weinte bitterlich, aber es waren keine Tränen des Aufbegehrens.

Guta und Eisentraut blieben trotzdem in der Nähe. Sie brachten es nicht fertig, Elisabeth ganz allein zurückzu-

lassen. Doch der Unerbittliche ging in seiner Herrschsucht so weit, daß er seinem Schützling nicht gestattete, ohne ausdrückliche Erlaubnis mit ihnen zu reden oder ihnen Speise und Trank anzubieten, wenn die beiden Frauen die Einsame aufsuchten.
Auch Besuche des Adels sah er nicht gern, er konnte sie aber nicht immer verhindern, und der neugierigen Dame Hildrun gelang es doch, eines Tages Zutritt zu erhalten. Elisabeth, tief in Gebet versunken, hatte gar nicht bemerkt, daß vor dem Haus Pferde scharrten und schnaubten, daß Zaumzeug klirrte und Stimmen erklangen. Mit halbgeschlossenen Augen und ineinander verschlungenen Händen kniete sie vor dem Kruzifix. Sie hoffte und wartete, daß es wieder über sie käme, „die große Freude", wie sie es nannte. Herbeizwingen, wie es ihr schon oft gelungen war, wollte sie jenen Augenblick, da sie sich leicht wie eine Flaumfeder fühlte, da wildes Entzücken sie nach stundenlangem Gebet erfaßte, ein unbeschreiblicher Taumel, in den sie sich selber mit aller Kraft hineinsteigerte. Es war dies ihr Geheimnis, das sie Konrad nie verriet. Wenn er einmal forschte, warum sie so fröhlich sei, antwortete sie ihm nur: „Die Gnade des Herrn hat mich mit Freude erfüllt." Sie gab nie preis, daß sie in ihrer Einsamkeit gelernt hatte, sich diese Freude selbst zu erzwingen. Konrad hätte ihr sofort erklärt, auch das sei eine Sünde, nicht sich selber solle der Mensch glücklich machen, sondern die anderen …
Elisabeths verzücktes Murmeln wurde zum zusammenhanglosen Gestammel. Sie fühlte: gleich war es soweit. Eine unendliche Woge erfaßte sie, hob sie, trug sie immer höher. Ihr war, als flöge sie durch weite blaue Himmelsräume, wo die Sonne warm und golden strahlte. Festliche Musik umbrauste ihre Ohren, Ludwig kam ihr entgegen. In dem Augenblick, da sie sich in den Armen lagen, war der Gipfel der Wonne erreicht. Tränenströme rannen über Elisabeths Gesicht. Sie merkte es nicht. Mit starren, blicklosen Augen hockte sie am Boden, die Um-

welt war verschwunden. Aber die ekstatische Woge zerfloß, Elisabeth sank in Ohnmacht wie in einen nachtschwarzen Abgrund, der sie mit Kälte und Dunkelheit umfing.
So fanden sie die Nonnen, die Konrad geschickt hatte, um die Fürstin zu holen, denn Frau Gisela und Herr Bertram kamen angereist, auf dem Wege zur Hochzeit ihrer Schwägerin nach Frankfurt am Main. Da Elisabeths Witwensitz nicht weit von ihrer Straße ablag, wollten sie die Gelegenheit zu einem Besuch nicht versäumen. Es trieb sie wohl mehr die Neugier her als die alte Freundschaft, und Frau Hildrun hatte sich nur zu gern den Besuchern angeschlossen.
Ratlos standen die Nonnen vor der Bewußtlosen. Kein Ruf erreichte sie. Erst als Schwester Irmingard Tücher in kaltes Wasser tauchte und sie ihr um Stirn und Schläfen legte, schlug sie die Augen auf und sah verwirrt um sich. Warum ließ man sie nicht in Ruhe? Eben noch hatte sie sich mit Ludwig unterhalten. Warum ließ man sie nicht mit ihm zusammen im Himmel bleiben? Haß glomm in ihrem Blick, den Irmingard nicht zu deuten wußte, da sie Elisabeths Geheimnis nicht kannte.
„Ich soll Euch rufen. Ihr habt Besuch bekommen."
Elisabeth bewegte ein wenig den Kopf. War es Zustimmung? Die Nonnen sahen sich ratlos an. Schon drohte die verstörte Frau wiederum ins Abseitige zu entgleiten. Eine müde Handbewegung schien zu sagen, man solle die Toten ruhen lassen, auch das Grab einer abgestorbenen Vergangenheit verlange nach Achtung und Stille …
„Kommt, kommt!" drängte die Nonne. „Meister Konrad verlangt es." Das genügte. Gehorsam erhob sich die Fürstin. Mit Mühe kehrte sie in den Alltag zurück.
Magister Konrad hatte die Gäste unterdessen in den größten Raum geleiten lassen, den das Haus aufzuweisen hatte. Er war freilich immer noch armselig genug. Die Mitte nahm ein großer, grober Tannenholztisch ein, umstanden von Bänken und Schemeln. Ein anderer, kleine-

rer Tisch befand sich zwischen den beiden schmalen Fensteröffnungen. Er war bedeckt mit Leinenlappen und Binden, mit Flaschen, Fläschchen und Kräuterbündeln. Der übrige Raum war mit Stroh ausgelegt, auf dem sich Kranke wälzten. Kaum fanden die Gäste Platz zum Stehen.

Bestürzt blickte sich Ritter Bertram um. Hier hauste die Frau, deren strahlende Schönheit er als junger Edelknabe angebetet! Das zarte Geschöpf, für das die reiche Wartburg einst den richtigen Rahmen geboten hatte!

Entsetzen und Abscheu malten sich in den Zügen Frau Giselas. Aus den halbdunklen Ecken stöhnte und wimmerte es. Da bewegte sich einer vorsichtig, um nicht an seine Armstümpfe zu stoßen, die wie zwei rohe Fleischklumpen vor ihm auf der Decke lagen. Eine alte Bettlerin krümmte sich mit geschlossenen Augen im Stroh. Das schlimmste Elend aber waren die Kinder. Gesichtchen mit greisenhaft müdem Ausdruck blickten erstaunt auf die schöngekleideten Fremden. Neugierig und zudringlich grapsten schmutzige Fingerchen nach den funkelnden Verzierungen an Herrn Bertrams Schwertknauf, streichelten den weichen Samt von Frau Giselas Mantel, und der grauste vor den Kinderhänden, die an ihr herumgriffen, grindig und von Krätze zerfressen.

Konrad merkte, was in den Gästen vorging. Höflich schaffte er für die Damen einen Sitzplatz. Wie um eine Henne drängten sich die Mägde aus dem Reisegefolge schutzsuchend um Frau Giselas harten, unbequemen Holzschemel.

„Wer sein Dasein den hilfsbedürftigen Schwestern und Mitbrüdern weiht, darf nicht leben in Glanz und Schwelgerei!“ Die wenigen Worte des Priesters klangen wie eine Zurechtweisung.

‚Um des Himmels willen! Bloß keine Bußpredigt jetzt!‘ durchfuhr es die Gäste; Konrads Eifer, mit dem er gegen die Sünde des Reichtums wetterte, war im ganzen Land gefürchtet. Bekannt war auch, wie stolz er auf sein

Beichtkind sei, das sich unter seiner Anleitung von der reichen Fürstin zur Wohltäterin aller Hilflosen gewandelt hatte. Ja, seit einiger Zeit hörte man sogar hin und wieder flüstern, die Fürstin sei auf dem besten Wege, eine Heilige zu werden. ‚Wenn Elisabeth doch endlich käme!' hoffte Frau Gisela im stillen. ‚Ich kann jetzt nicht mehr davonlaufen, ohne daß ich sie begrüßt habe. Wie sähe das aus!' Fast verwünschte sie schon ihren Entschluß, Elisabeth aufzusuchen.

Draußen gingen Leute hin und her. Dann öffnete sich die Tür. Frau Giselas Befangenheit steigerte sich zum Entsetzen. Auch Herr Bertram benötigte seine ganze ritterliche Beherrschung, um nicht durch einen unbedachten Ausruf sein Erstaunen zu verraten. Das sollte Elisabeth sein? Auf den Arm einer Nonne gestützt, stand da ein Geschöpf, halb Kind, halb Greisin. Über die schmalen Schultern pendelten zwei unordentlich geflochtene Zöpfe. Das Haar hatte sein leuchtendes Schwarz verloren, die Strähnen waren glanzlos und brüchig, viele graue Fäden zogen sich hindurch. Elisabeth war erschreckend abgemagert, die Brust eingesunken, ihre Kutte hing wie an einer Holzpuppe herab. Den Kopf mißtrauisch in Richtung auf die Gäste gewendet, stand sie im niedrigen Türrahmen. In ihren Augen war kein Leben. Gleich einer Toten, die man wider ihren Willen aus dem Grab hervorgezogen hatte, starrte sie ins Wesenlose.

Frau Giselas Kehle wurde trocken, und das Herz schlug ihr bis zum Hals. Sie bekreuzigte sich. Fieberhaft arbeiteten ihre Gedanken. Dreiundzwanzig Jahre zählte Elisabeth – ebensoviel wie sie selbst – und stand dort an der Tür, als wäre sie eine alte Frau.

Der Ritter faßte sich als erster:

„Seid uns gegrüßt, Frau Elisabeth! Wir hofften Euch durch unseren Besuch eine kleine Freude zu machen."

„Friede mit Euch!" erwiderte Elisabeth. Nichts weiter. Aber sie trat schleppenden Schrittes näher. Nun, da statt der Frauenhaube nur ein dünnes graues Tuch ihr Haar

bedeckte und kein prunkvolles Gewand ihr Fürstenglanz verlieh, wirkte sie noch kleiner und zerbrechlicher. In ihren Augen glomm jetzt eine Spur von Teilnahme auf, wie träumend ging sie auf Frau Gisela zu, schweigend.
‚Erkennt sie uns denn nicht?' wunderte sich Bertram im stillen.
Plötzlich legte die Fürstin wie ein zu Tode erschöpfter Mensch den Kopf an die Schulter ihrer einstigen Gefährtin. Der stiegen die Tränen in die Augen, und liebevoll schlang sie ihre Arme um die schmale, graue Gestalt. Der Ritter blickte zur Seite, aber Konrad starrte sein Beichtkind mit unheimlichem Blick an. Elisabeth schien es zu spüren. Sie raffte sich zusammen, richtete sich auf und sagte dankend einige freundliche Worte. Alle atmeten auf. Die üblichen Fragen nach dem gegenseitigen Befinden, nach früheren Bekannten wurden gewechselt. Dann versickerte das mühsame Gespräch schon wieder.
Unruhe flackerte auf in Elisabeth. Die Stunde ihres Gebetes mit den Kranken rückte heran. Sie hatte nicht mehr viel Zeit. Was wollten diese Menschen aus einer anderen Welt! Man sollte sie zufrieden lassen! Da fiel ihr Blick auf Frau Giselas junge Magd Trautelind. Ihre Augen weiteten sich, die Gedanken gerieten in Verwirrung. Führten Dämonen der Hölle ihr das eigene Jugendbildnis vor Augen, um ihre Standhaftigkeit zu versuchen? Sie sah ein zartbraunes, schmales Gesicht, aus dem große, dunkle Augen strahlten. Wellen glänzenden, lackschwarzen Haares umrahmten die Schläfen und fielen auf die Schultern nieder. Die Gestalt des Mädchens war klein, grazil, beweglich, nicht größer als die ihre. Trautelind begann sich zu fürchten. Diese seltsame, unheimliche alte Frau, die sie mit verzehrenden Blicken musterte, sollte die gepriesene gütige Landgräfin von Thüringen sein? Auch den anderen wurde unheimlich. Konrad rief herrisch:
„Elisabeth! Was ist dir?" Er faßte nach ihrer Hand, schüttelte sie an der Schulter – sie merkte nichts davon.
Plötzlich aber, mit einer blitzschnellen Bewegung, ergriff

Elisabeth vom Nebentisch die Schere, mit der sie sonst die Verbände zurechtschnitt. Mit der Linken packte sie Trautelinds herrliches Haar und trennte es mit einem einzigen Scherenschnitt dicht am Kopf ab.

„Sie soll ins Kloster gehen!“ Alle schauderten beim Klang dieser schrillen, sich überschlagenden Stimme. Elisabeth weinte laut auf und stürzte hinaus, ehe jemand sich fassen konnte. Vor dem Kamin des Nebenzimmers fiel sie auf die Knie und faltete die Hände. „Ich danke dir, Gott, mein Herr. Ich wußte es, daß du mich prüfen wolltest. Schicke mir immer wieder solche Versuchungen, denn nur im Kampf mit dem Bösen kann ich meine Stärke erweisen, kann ich dir zeigen, wie fest ich deinem Glauben anhänge. Ich habe den Satan besiegt, der mich zurücklocken wollte in ein unwürdiges Dasein.“ Die Funken knisterten und sprühten um den Kamin. Die Betende merkte es nicht. Ein Stückchen Glut sprang vom Holzscheit ab und fiel in ihr Kopftuch, als sie ihre Stirn tief bis zur Erde beugte.

„Heilig, heilig, heilig bist du! Oh, Herr! Du Gott der Heerscharen. Himmel und Erde sind voll deiner Herrlichkeit. Ehre sei dem Vater, dem Sohn und dem Heiligen Geist! Ich will mit deiner Hilfe jede Sünde meiden, ich will lieber sterben als sündigen. Ich bitte dich um der Liebe Christi willen, verleihe mir Ausdauer, damit ich fromm und demütig bleibe. Verfüge über mich, wie du willst. Herr, dein Wille ...“

Elisabeth fühlte sich heftig ergriffen. Man riß sie vom Kamin weg, sie spürte, wie man ihr das Kopftuch hastig abtat und sie mit Wasser übergoß. Sie kam von weit, weit her zurück. Jetzt erst roch sie versengten Stoff, schwelendes Haar. Verwundert blickte sie auf. Vor ihr kniete Irmingard.

„Was – was ist denn? Brennt es?“

„Herrin, oh, Herrin! Eure Kleider hatten Feuer gefangen. Euer Haar begann bereits zu brennen. Habt Ihr es denn nicht gespürt?“

Elisabeth schüttelte den Kopf.
„Nein, ich habe es nicht bemerkt. Ich betete. – Aber du sollst nicht ‚Herrin' zu mir sagen. Ich will diese Anrede nicht. Du sollst mich ‚Elisabeth' nennen und ‚du'!"
„Ja, Herr ..., ich meine: Ja, Elisabeth. Ich dachte im Schrecken jetzt nicht daran, daß du es so haben willst."
Irmingard schüttelte den Kopf. Daß Elisabeth, in Andacht versunken, Speisen verbrennen ließ – schon mehrfach –, daran war man gewöhnt. Eigensinnig wollte sie jede Arbeit selber tun, weil sie nicht besser sein mochte als die anderen Frauen. Daß sie aber nicht einmal bemerkt hatte, wie die Flammen nach ihr griffen, konnte Irmingard nicht fassen.
Bei den Besuchern im Zimmer war indessen, nach einem schrecklichen Tumult, wieder etwas Ruhe eingekehrt. Als Trautelind das am Boden liegende Haar sah, erkannte sie erst, was man ihr angetan hatte. Mit heftigem Schluchzen warf sie sich nieder.
„Meine Zöpfe, meine Haare! Alle werden denken, ich sei eine Verbrecherin. Diebinnen werden geschoren, Huren und Ketzer! Niemand wird mich mehr lieben und küssen. Niemand wird mich heiraten!" Sie klagte herzzerreißend. Immer neue Tränenströme benetzten den Boden. Sacht hob Frau Gisela das verzweifelte Mädchen auf.
„Wir wissen doch, wie es geschehen ist, Kind, und können es bezeugen. Auf unserer Burg kennt dich jeder, niemand denkt böse von dir! Du hast noch viel Zeit zum Lieben und Küssen, wenn übers Jahr alles wieder nachgewachsen ist."
Gisela streichelte das erregte Mädchen, bis es sich langsam beruhigte.
Der Abschied von Meister Konrad verlief noch frostiger als die Begrüßung. Zwar packte Frau Gisela jedesmal neu das Mitleid, wenn sie daran dachte, wie Elisabeth im Türrahmen gestanden hatte, ein verschüchterter, grauer Schemen. Trotzdem würde sie ihr so bald keinen Besuch wieder machen.

Als hätte Bertram ihre Gedanken erraten, sagte er leise, damit das Gefolge es nicht hören konnte:
„Ich hätte mich früher für sie in Stücke reißen lassen. Ein eigenartiges Geschöpf war sie schon immer. Aber Herr Heinrich Raspe hat recht. Jetzt ist sie närrisch. Sie muß vollkommen närrisch sein!"

XIII

Im Hospital zu Marburg ist ein Tag wie der andere. Mönche und Nonnen gleiten still wie Schatten vorbei, tauchen auf, verschwinden – Konrad sieht sie nicht. „Pax vobiscum", ein ehrfürchtiger Gruß – Konrad hört ihn nicht. Eine scheue Frage – Konrad beantwortet sie nicht und läßt die Nonne stehen, die ihn anredete. Blind und taub für seine Umgebung schreitet er den Gang entlang. In seinem Hirn wirbeln die Gedanken. Dunkle Gedanken, düster wie seine Seele. *Sie!* Immer wieder *sie* ist es, die ihn nicht zur Ruhe kommen läßt. Sie folgt demütig jeder seiner Weisungen; sie entblößt ihr Herz, sie kniet nackt vor ihm und übergibt ihren Körper seiner Geißel – aber weit fort ist sie immer. Er fühlt, daß er sie niemals wirklich erreichen kann. Sie unterwirft sich allen seinen Geboten, und doch entzieht sie sich ihm. Womit? Wie? Er weiß es selber nicht, er ahnt es nur dumpf. Ein Stöhnen steigt aus der Brust des Mannes, den alle so unbewegt kennen wie einen Block aus grauem Stein. Selbst dieser Seufzer klingt nicht menschlich; er klingt wie das Grollen aneinanderreibender Felsen.

Zartes Lachen, das Jauchzen einer Kinderstimme dringt an sein Ohr. In Konrads Herzen hallt es wider, als schrien tausend Teufel einen höllischen Chor. Aufblickend, findet er sich vor Elisabeths Tür. Unzählige Male ist er hier vorbeigegangen, ist eingetreten, ungerufen, unangemeldet. Nicht den kleinsten Winkel, nicht den kürzesten

Augenblick soll sie für sich allein haben. Alles will er kennen, alles mitbesitzen.
Konrad geht noch ein Stück den Gang entlang, kommt zurück, nähert sich wieder der Tür.
Er glaubt gefunden zu haben, was sie von ihm trennt: das Kind! Ludwigs letztes Vermächtnis, lebendig, warm, atmend, weich und anschmiegsam. Er muß es ihr nehmen!
Wieder steht er vor der Tür, geht vorbei, kehrt um …
Nichts soll sie haben, dem sie Liebe und Zärtlichkeit schenken und dabei der Umarmung ihres Gatten gedenken kann! Keine kleinen Kinderhände sollen ihr im Haar wühlen, keine Ärmchen sich schlafmüde um ihren Nacken legen, kein Mund, der leise „Mama" sagt, wenn die Mutterarme das winzige Körperchen umschlingen und an die Brust drücken. Gertrud muß fort! Das Kind ist dem Kloster gelobt! Was soll es noch hier? Konrad vergißt, daß Elisabeth damals betete: ‚Herr, du mein Gott, wenn mir Ludwig gesund aus dem Kreuzzug zurückkehrt, will ich das Leben meines Kindes, das ich jetzt unter dem Herzen trage, dem Kloster weihen.' Er schiebt das Wenn beiseite. Er will sich nicht mehr daran erinnern. Der Wunsch wird übermächtig, beherrscht ihn so, daß kein anderer Gedanke mehr Raum hat. Sie hat das Kind dem Kloster gelobt, es muß fort. Noch heute! Hart geht Konrad wieder auf die Tür zu. Diesmal stößt er sie auf, tritt ein. Drinnen kniet Elisabeth auf dem Boden. Vor ihr krabbelt Klein-Gertrud. Sie spielen. Elisabeths Gesicht ist, wie er es oft sah, wenn sie Ludwig entgegeneilte: jung, glücklich. Wie er diese leuchtenden, schwarzen Augen plötzlich haßt, weil sie nie ihm so strahlten!
Massig steht die graue, schwere Gestalt im Zimmer. Elisabeth wird blaß, erhebt sich. Gertrud flüchtet und kriecht ängstlich unter den Tisch.
„Du hängst zu sehr am Leben, meine Tochter! Du lachst zuviel. Christus starb auch für dich am Kreuz. Deine Heiterkeit ist verachtenswert!"

Jedes Wort wie ein Hieb, der schmerzend in die Stille fällt. „Maria opferte ihren Sohn, um die Menschen zu erlösen. Du aber willst eigensüchtig dein Kind für dich allein behalten. Gib Gertrud ins Kloster. Du selbst hast sie einst Christus angelobt. Noch heute nachmittag trägt Johannes sie nach Altenberg!"
Elisabeth erstarrt, ein Steinbild, das sich nicht rühren kann. Nur ihre Augen scheinen zu leben und ihren Jammer hinauszuschreien. Kein Peitschenschlag Konrads hat je so geschmerzt wie diese Worte. Nie hat sie unter den Gertenhieben gejammert. Jetzt klammert sie sich an der Tischkante fest.
„Nein", stöhnte sie, „nein, nein!"
Es ist der uralte Klagelaut der Menschheit, ausgestoßen von unzähligen Müttern der Erde, die erleben mußten, wie ihnen ihr Liebstes entrissen wurde.
Konrad bleibt unbeweglich.
„Doch! Gott will es!"
Wieder Schweigen. Endlich Elisabeth:
„Sie ist noch so klein. Wartet noch ein paar Jahre."
„Willst du Gott ungehorsam sein?" Die Frage kommt leise von Konrads schmalen Lippen, aber in einem Tonfall, der Elisabeth vor Angst zittern läßt. Nach einer Pause antwortet sie tonlos:
„Dann will ich sie selbst hintragen. Bitte, gebt mir Gerhard mit, nicht Johannes."
„Ich sagte dir, daß Johannes das Kind fortbringt. Aber meinetwegen geh selbst mit."
Die Tür schließt sich. Elisabeth wirft sich auf ihr Strohlager. Sie kann sich nicht länger aufrecht halten. Sonst hatte sich ihr jeder Schmerz in einem erlösenden Tränenstrom gemildert, heute bleiben auch die Tränen aus. Sie zerbeißt das Kissen, krallt die Hände ineinander, daß auf dem Handrücken rote Flecken entstehen. „Nein, nein, nein!" Aber: ‚Gott will es. Maria gab ihren Sohn, um die Menschen zu erlösen! Und du willst dein Kind nicht dem Kloster geben?' Ihre Stimme: „Ich habe es doch so lieb.

Es ist das einzige, das zu lieben mir noch übrigblieb. Es ist mein ein und alles." Wieder ist ihr, als hörte sie, kühl, hart: ‚Gott sollst du lieben! Eben darum sollst du dein Kind dem Dienste Gottes weihen.' – „Ja, ich will", das Herz begehrt auf, „aber noch nicht, nicht jetzt. Sie braucht mich noch." – ‚Sie braucht dich nicht. Sie ist im Kloster besser aufgehoben als bei einer Mutter, die mit Gott handeln und markten will. Deine Frömmigkeit ist nur Heuchelei. Wenn du opfern sollst, verrätst du Gott.'
„Mama", eine verschlafene Kinderstimme reißt sie aus ihren Gedanken. Gertrud kommt unter dem Tisch hervorgekrochen. Mit grauem, verfallenem Gesicht erhebt sich Elisabeth. Die Kleine muß schlafen gelegt werden. Der Weg heute nachmittag ist weit. Mit leisen, sanften Bewegungen zieht die Frau das Kind auf ihren Schoß, wickelt es in eine Wolldecke und trägt es auf das Lager. Sie hält die kleine, runde Kinderhand zwischen ihren abgemagerten Fingern, sie schmiegt ihr Gesicht an das weiche Bäckchen. Manchmal streicht sie mit den Fingern über den blonden Schopf, der wie ein kleiner Hahnenkamm auf dem Köpfchen steht.
„Leb wohl, mein Geliebtes, leb wohl."
Ganz sacht summt sie noch einmal die Wiegenlieder, die sie so oft für Gertrud gesungen hat. Nun rollen unaufhaltsam die Tränen über ihre Wangen. Sie merkt es nicht. Die Glocke ruft zum Mittagsgottesdienst. Der Ton dringt an ihr Ohr, in ihr Hirn dringt er nicht. Konrad öffnet die Tür.
„Willst du heute dein Gebet versäumen?!"
Wie sehr kann man einen Menschen quälen, ehe er schreit, tobt, um sich schlägt? Konrad grübelt darüber nach, als er in Elisabeths Augen sieht. Aber sie schreit nicht, sie wehrt sich nicht. Sie ist zerbrochen. Mit unsicheren Schritten wie eine Schlafwandelnde folgt sie ihm über den Hof in die Kapelle. Folgsam verrichtet sie die Gebete. Dann verkriecht sie sich wieder am Bett des Kindes. Schwester Irmingard bringt eine Schüssel Milchgrütze und ein Stück Brot.

„Du mußt essen, Elisabeth. Der Weg ist weit."
Elisabeth sieht ins Leere. Sie schüttelt nur den Kopf.

Als Gertrud erwachte, fütterte Elisabeth ihr den Brei. Johannes wartete schon an der Tür. Elisabeth sog noch einmal gierig den Kleinkindergeruch ein, den Duft nach Milch, Wärme und Leben. Dann nahm sie Gertrud in die Arme und schritt an dem Mönch vorbei, ohne ihm einen Blick zu gönnen.

Von allen Menschen, die Konrad um sich hatte, war Johannes ihr der widerwärtigste. Nicht nur sein Leib, auch sein Herz war verkrüppelt. In schamloser Neugier stießen seine Augen in jeden Winkel. Nie sah er einem Menschen gerade ins Gesicht. Und erhaschte man doch einmal einen Blick von ihm, so wurde man den Eindruck nicht mehr los, von etwas unsagbar Schmutzigem berührt worden zu sein. Vor keinem krätzigen, verseuchten Bettler hatte sich Elisabeth gescheut – vor Johannes ekelte sie sich. Wie konnte ein Mensch behaupten, er liebe Gott, wenn er, wie Johannes, seine Mitmenschen aus tiefstem Herzen haßte? Vor Monaten hatte Elisabeth in der Beichte solche Gedanken Konrad anvertraut. Der Magister hatte ihren Hochmut gescholten und ihr harte Buße auferlegt.

Auch daß Konrad gerade ihn ausgesucht hatte, um ihr Kind stundenweit über Land zu tragen, war als Teil ihrer Buße gedacht. Hätte man ihr doch Gerhard mitgegeben! Auch er folgte bedingungslos allem, was Magister Konrad tat und sagte. Doch ihm schlug unter der Mönchskutte ein ehrliches Herz ohne Heuchelei. Auch Gerhard war oftmals Zeuge gewesen, wenn Konrad sie schlug, doch vor ihm hatte sie sich nie geschämt oder sich durch seine Gegenwart erniedrigt gefühlt. Eine Geißelung in Anwesenheit des anderen aber trieb ihr noch heute die Röte in die Wangen.

Gerhard hätte ihr Kind tragen dürfen, aber Johannes überließ sie es um keinen Preis. Der Einarmige konnte

das kleine Wesen auch gar nicht richtig halten, es mußte sich bei ihm unbehaglich fühlen.
Der Weg war weit. Die Straße hatte kein Erbarmen. Schwer und schwerer lag das Kind in den Armen der erschöpften Frau. Über Steine und verkrustete Radspuren stolperte sie; der Wald ließ sie schaudern, wenn sie, schweißnaß vor Anstrengung, seine feuchte Kühle auf der Haut spürte. Zwischen den Feldern war es wärmer, aber dort trieb der Wind ihr Staub in die Augen, die vom Weinen schmerzten. Der Rücken tat weh, seit ihn vor Wochen ein besonders heftiger Schlag der Geißel getroffen hatte.
‚Wenn ich Christophorus wäre und das Jesuskind trüge, um keinen Preis würde ich es einem anderen überlassen', dachte Elisabeth und fand darin ein wenig Trost. Zärtlich rückte sie die kleine Last in ihren Armen zurecht. Sachte wiegte sie das Kind. „Schlafe, mein Kleines, schlaf ein."
So kamen sie nach Altenberg. Mit letzter Kraft legte Elisabeth ihr Kind in die Hände der Äbtissin. Schultern und Arme waren ihr wie abgestorben, ein Krampf schüttelte sie, der sich in unheimlich klingendem, stoßweisen Lachen Bahn brach. Sie lachte, lachte schrill und gellend, sah und hörte nicht, was um sie vorging. Dazwischen schossen ihr die Tränen übers Gesicht.
„Gott hat ihr Opfer gütig aufgenommen. Er hat sie nach ihrem anfänglichen Schmerz mit Freude erfüllt, deswegen lacht sie jetzt und ist glücklich", ließ sich Johannes mit öliger Stimme vernehmen. Gelächter und Schluchzen endeten in einer tiefen Ohnmacht der Erschöpfung. Man mußte die Nacht über in Altenberg bleiben. Elisabeth war unfähig, am gleichen Abend noch drei Stunden weit nach Marburg zurückzugehen.
Am anderen Morgen brachen sie in aller Frühe auf.
„Willst du nicht Gertrud sehen?" fragte die Äbtissin. „Sie schläft so lieb. Sie war müde von dem weiten Weg, und gestern abend konnte sie lange nicht zur Ruhe kommen. Immerzu weinte sie nach dir."

Elisabeth senkte das Haupt.
„Ich kann nicht.“ Sie blickte die Fragende an, daß der alten Frau die Tränen aufstiegen. Am liebsten hätte sie ihre Arme um Elisabeth gelegt und deren Kopf an ihre Schulter gezogen. Sie verstand. „Gertrud ist gut aufgehoben bei uns, meine Tochter. Und auch du bist immer willkommen. Sei es als Besuch, sei es für immer als unsere Mitschwester“, tröstete sie.
„Ich darf nicht, der Meister will es nicht. Lebt wohl.“ Ein heißer Kuß auf eine gute, alte, welke Hand, von jungen Lippen, die vom Weinen zuckten.
„Der Herr ist mit dir, gehe in Frieden, meine Tochter.“
Eine Kette grauer Tage wurde Elisabeths Leben, seit Gertruds Lachen nicht mehr ertönte. Seltene Glücksstunden waren es, wenn sie nach Altenberg gehen und das Kind besuchen konnte: sie holte sich vom Altenberger Kloster Wolle, die sie gegen Entgelt verspann. So hatte sie Gelegenheit, ein- oder zweimal in der Woche dort zu sein.
Konrad merkte schnell, daß es Elisabeth nicht um Wolle zu tun war. Deretwegen hätte sie nicht drei Stunden weit über Land zu wandern brauchen, Schafe gab es in Marburg auch.
‚Von allen Untugenden, die Frauen in sich tragen, hat sie die schlimmsten: List und Hinterhältigkeit. Diese Sünden muß man ihr austreiben!‘ Es fielen Konrad sofort etliche Gelegenheiten ein, bei denen Elisabeth in aller Demut seine Gebote umgangen hatte, obwohl sie sie buchstäblich befolgte. Da war in seiner Erinnerung, wie ein Dorn im Fleisch, die Sache mit dem Austeilen ihres Geldes! Als damals der Rest ihres Besitzes von der Wartburg eintraf, darunter auch 500 Silbermark in bar, hatte Elisabeth an einem einzigen Abend die volle Summe verschenkt. Er selbst war damals in Trier verreist. Bei seiner Rückkehr erfuhr er davon; zu spät! Die Bettler, die seine Beichttochter aus zwölf Meilen im Umkreis durch Boten hatte zusammenholen lassen, waren längst über alle Berge, der

riesige Betrag verschleudert. Kurzerhand hatte Konrad ihr verboten, einem Bettler hinfort mehr als nur einen einzigen Pfennig zu schenken. Was tat sie? Sie nahm ihren Schmuck und ließ silberne und goldene Pfennige daraus prägen, so daß sie wohl einen Schilling wert waren. Konrad verbot es: gewöhnliche Pfennige habe er gemeint. Was tat sie? Sie ließ die Bettler stündlich wiederkommen und gab ihnen jedesmal eine Kupfermünze. Konrad verbot es, sie durfte nur noch Brot verschenken. Was tat sie? Sie ließ Brote backen, so groß, daß man sie nur mit Mühe schleppen konnte, und hieß die Bettler zur Almosenverteilung auch ihre Kinder mitbringen. Die bekamen gleichfalls solch ein Riesenbrot.

Konrad hätte sich zerreißen mögen. Sie folgte ihm, und sie hinterging ihn doch. Und nun der Vorwand mit der Wolle. Aber dieses Mal wollte er sie prüfen!

Einige Stunden später ritt der Meister zum Kloster Altenberg. Kurz nach seiner Ankunft schon schickte er Gerhard mit der Botschaft, Elisabeth möge ihm sofort nachkommen. Sie machte sich unverzüglich auf den Weg.

Magister Konrad stand im Hof des Klosters, als sie am späten Nachmittag dort erschien. Zwei Schwestern gingen ihr entgegen und begrüßten sie freundlich. Elisabeth, voller Sehnsucht nach einem Wiedersehen mit ihrem Kinde, überschüttete sie sofort mit Fragen.

„Kommt, meine Tochter. Ich habe Gertrud erzählt, daß Ihr heute kommt, sie wartet schon auf Euch.“ Ohne ihre Antwort abzuwarten, nahm die Äbtissin sie bei der Hand und zog sie mit sich. Und zu Konrad gewendet: „Ihr erlaubet doch, Herr Magister.“

Magister Konrad bedachte zornig, daß er nicht einmal begrüßt worden war.

„Sie mag eintreten, wenn sie will.“ Im stillen wartete er immer doch darauf, daß Elisabeth eine demütige Bitte an ihn richten werde … Nichts!

Sie war schon im Innern des Klosters verschwunden, das er als Mann nicht betreten durfte.

Ein Gedanke durchzuckte ihn plötzlich: Wenn sie etwa hier ins Kloster eintreten wollte –? Wenn sie ihr Gelübde mißachtete, um bei dem Kind zu sein? Er könnte sie nicht hindern, ja, sie kaum noch sehen! Sie wäre ihm entzogen! Und ihr Besitz? Die Marburger Liegenschaften?!

In kaum zu bändigender Erregung erwartete der Priester die Rückkehr seines Beichtkindes. Es dauerte und dauerte. Was er im ersten Augenblick nur gefürchtet hatte, wurde ihm fast Gewißheit: Sie kam nicht wieder! Obwohl nur kurze Zeit vergangen war, glaubte er, es wären schon Stunden. Als sie endlich, endlich aus der Tür trat, Gertrud fröhlich plappernd neben ihr, löste sich eine furchtbare Spannung. Die von Angst niedergehaltene Wut, das nie erfüllte Begehren nach der Frau überschwemmten Konrads Verstand mit rotem Nebel.

„Du warst ungehorsam!" Das klang so, daß die Nonnen zu zittern begannen. Elisabeth erbleichte und senkte das Haupt. Sie kannte den heiseren, aufgebrachten Ton und wußte, was nun kam.

„Büße!"

Er riß ihr das Obergewand von den Schultern und zwang sie, die nur noch ein Grashalm war, mit einer einzigen Bewegung seiner Hand in die Knie.

„Falte deine Hände und singe mit mir: Herr, erbarme dich unser!" Und Gerhard mußte, solange das Lied währte, Elisabeth mit einer Haselgerte über Rücken und Schultern schlagen. Zwar hielt das grobe Leinenhemd manches ab, aber bald sickerte das Blut hernieder. Die Äbtissin bedeckte Gertruds Gesichtlein mit ihrem Nonnenschleier und führte sie rasch hinweg; das sollte das Kind nicht mit ansehen müssen.

Das Miserere war gesungen, Elisabeths Kopf hing vornüber. Speichel tropfte von ihren Lippen. Ihr war elend zum Sterben. Wie von weit her drang Konrads Stimme an ihr Ohr: „Sprich mir nach: Ich danke Gott für die Gnade, die er mir erwiesen hat."

Sie wiederholte mechanisch seine Worte.

„Nun sind alle weltlichen Güter, die ich je geliebt habe, Staub für mich!"
„... Staub für mich."
„Ebenso rufe ich dich zum Zeugen an, o Herr, daß ich meine eigenen Kinder nicht mehr liebe als irgendein fremdes Kind. Dir habe ich sie geweiht –"
Elisabeth murmelte nur noch.
„– mögest du beginnen mit ihnen, was dich gut dünkt." Ihre letzten Worte waren vor Weinen nicht mehr zu verstehen. Aber unvermittelt ging das Schluchzen in schrilles, fast irres Gelächter über:
„Mein Heiland, mein Heiland, oh, ich danke dir! Wie liebreich umarmst du mich! Laß mich an deiner Brust liegen, laß mich deinen Nacken umschlingen und an diesem Halse weinen. Ludwig, ich habe dich wieder! Wie hat mich nach deinem Anblick verlangt! Schön ist es im Paradiese. Oh, wie bin ich froh, daß ich nun gestorben bin." Das Lachen verstummte, das krampfhafte Zucken des Körpers verebbte; noch immer auf den Knien liegend, sank die gepeinigte Frau auf die Steinplatten des Hofes, streckte sich aus, faltete die Hände auf der Brust.
„Nun bin ich tot", murmelte sie, und tiefe Ruhe und Zufriedenheit schwangen in ihrer Stimme. „Oh, das Paradies. Ich habe es erreicht. Ich habe die Welt überwunden. Ruhig und kühl ist es im Sarkophag." Schwächer und schwächer wurden die Worte, das letzte erstarb und war nicht mehr zu verstehen. Elisabeth schloß die Augen und verfiel in einen seltsamen Zustand, halb Schlaf, halb Ohnmacht. Trotzdem schien sie alles zu spüren, was vorging. Als die Nonnen sie aufheben wollten, begann sie erneut zu weinen und zu zittern: „Nein, ich bin tot. Hebt mich nicht auf. Ich liege doch im Grab." Ratlos, hilfesuchend blickten die Nonnen auf Konrad. Was sollten sie tun?
Der Priester hob die Hand und schlug über allen Anwesenden das Kreuz. „Gesegnet seid ihr, fromme Schwestern, wie auch ich – weil ihr Zeugen dessen werden durf-

tet, was ihr hier eben sahet. Ohne Zweifel ist mein Beichtkind Elisabeth auf dem Wege, den nur die Heiligen beschreiten. Um sie auf diesem schweren und dornenreichen Pfad zu ermuntern; daß sie nicht ermatte in der Wüste des Lebens, – darum hat Gott sie eben einen Blick tun lassen ins Paradies. Er hat sie schauen lassen in die Gefilde der Seligen, wo sie dereinst vereinigt sein wird mit Ludwig, dem Landgrafen. Danket dem Herrn für das Wunder, welches zu erleben euch vergönnt war."
Und Konrad segnete alle mit großartiger Gebärde.
Die Nonnen aber verkündeten laut, daß sich die fromme Landgräfin von Thüringen als Heilige erwiesen habe und von Gott für würdig erachtet worden sei, das Paradies zu schauen.

Und weiter reihte sich Tag an Tag. Das Jahr 1230 wich dem Jahr 1231. Elisabeths Hausgenossen sahen, wie sie immer mehr verfiel. Gingen die anderen schlafen, lag sie vor dem Altar und betete. Betraten sie am Morgen die Kapelle, kniete sie vor dem Kruzifix mit gefalteten Händen. Immer noch – oder schon wieder. Nächte hintereinander suchte sie die eigene Kammer nicht auf. Überfiel sie der Schlaf völliger Erschöpfung, ruhte sie für einige Stunden auf dem Steinboden der Kapelle. Auch in der Kammer mied sie ihr Bett und schlief auf dem Estrich. Essen sah man sie kaum noch. Drei, vier, fünf Bissen, und sie war satt. Sie verspürte keinen Hunger. Alle menschlichen Triebe und Begierden schienen in ihr gestorben. Jeder Löffel ungesalzene Grütze und jedes Stücklein trocken Brot quoll ihr im Halse. Oft verloren sich ihre Gebete in sinnlosem Gestammel. Wenn man sie ansprach, erschrak sie. Hörte sie Konrads Stimme oder erblickte sie ihn, begann sie zu weinen.
‚Gott ist mächtig und schrecklich! Wenn er will, kann er mich vernichten und zerschmettern, und Konrad ist sein Stellvertreter', so spiegelten sich in ihrer armen, gehetzten Seele die Tröstungen des Glaubens wider. ‚Im Na-

men Gottes, im Dienste der alleinseligmachenden Kirche ist alles recht: Peitschen, Martern, Töten.‘
Fühlte sich Elisabeth an anderen Tagen besser, dann zwang sie sich, schwach und selbst pflegebedürftig, stundenlang im Hospital zu bleiben und zu arbeiten. Der Winter nahte, in Scharen strömten die Obdachlosen herbei und suchten Asyl. Oft wurde die Lagerstatt eines Verstorbenen nicht kalt, ehe sich ein anderer Armer darauf ausstreckte.
Frühmorgens führte Elisabeths erster Weg ins Hospital. Alle Kranken mußten dann aufstehen und mit ihr in die Kapelle zur Beichte und zum Gottesdienst gehen. Eine alte Bettlerin, erst am Abend vorher angekommen, müde und erschöpft, schloß sich dem Zug der Andächtigen nicht an. Elisabeth sah es, erstaunte und kam zu ihr zurück.
„Willst du nicht zum Gottesdienst gehen?“
„Nein, ich bin müde und krank. Ich friere.“
„Aber das ist nicht recht von dir. Die Messe wird dich wundersam stärken.“
„Die Wärme hier und eine kräftige Fleischsuppe werden mich weit wundersamer stärken.“
Elisabeth erstarrte. Das war Gotteslästerung! Ratlos sah sie auf das Weib herab, das nicht um Gottes willen die kleine Last der morgendlichen Beichte und Messe auf sich nehmen wollte. Wie konnte Gott diese Weigerung hören und nicht sofort eine schreckliche Strafe schikken?! Strafte Gott nicht immer in furchtbarer Weise? Hatte Gott denn Geduld? Der Gott, den Konrad ihr als so strengen Gott deutete? Warum war der Herr nie bei ihr selbst geduldig und gütig gewesen und hatte immer nur gefordert? Fragen über Fragen, die ihr niemand beantwortete.
Oder war es wieder eine Versuchung des Satans, der ihre Festigkeit im Glauben prüfen wollte?
Nein, nein, nein! Triumphieren sollte der Böse nicht! Sie würde ihn besiegen!

In der Ecke stand der Rutenbesen, den die Aufseher oft brauchten, um unter den Hospitalinsassen Ordnung zu halten. Elisabeth griff danach. Weiß vor Erregung, riß sie der Alten die Decke weg und ließ die Gerten durch die Luft peitschen auf den alten, kranken, vom Leben geschundenen Körper.
„Du! Du! Aus dir spricht der Teufel! Aber du sollst mir danken. Ich werde dich von ihm erlösen und zu Gott zurückführen, auf daß dein Seelenheil gerettet werde!" tobte Elisabeth ganz außer sich. Die Rute pfiff.
Als die Bettlerin sich vom ersten staunenden Erschrekken über die plötzliche Verwandlung der schwächlichen jungen Frau erholt hatte, erhob sie sich murrend.
„Ja, ja, ich will schon gehen."
Keuchend und erschöpft sank Elisabeth auf das Lager daneben.
„Ich habe ihn besiegt, ich habe den Satan besiegt! Ich habe Gott eine Seele gerettet!"
Sie faltete die Hände. Langsam beruhigte sie sich.

XIV

Der November dieses Jahres 1231 zog mit Regenschauern und eiskalten Windböen ins Land. Eng schlossen sich die dichten, düsteren Wälder um Marburg, so eng, daß man nicht wußte, ob sie den Ort beschirmen oder zwischen sich erdrücken wollten. Nebel schlich aus dem Unterholz. Die Menschen verkrochen sich in ihre armseligen Hütten, verstopften jeden Spalt und verhängten jede Luke. Frierend umdrängten sie den Herd, die wärmende Mitte des Hauses. Die Dächer duckten sich ängstlich unter den rüttelnden Stößen des Sturmes. Der zerrte an den Holzschindeln, an den Fensterläden und tobte weiter durch die schmutzigen Gassen, bis er an die Mauern des Hospitals kam. Während er heulend gegen die rauhen Steinquadern rannte, standen die Mauern unbewegt. Schließlich fand er in dem kleinen Fachwerkhaus neben dem Hospital doch noch Ritzen, durch die er mit leisem, scharfem Pfeifen seinen Atem in die Kammern blasen konnte. Alle sollten es spüren: der Sommer war dahin!

Die Menschen wehrten sich, so gut sie konnten. Als Wind und Nebel sich aber den Landregen zu Hilfe holten, blieb der Herbst Sieger. Einer nach dem anderen mußten sich die Marburger ergeben. Schmerzhafter Husten, Fieberschauer, Schüttelfröste zwangen sie nieder. Das Hospital war überfüllt, zu zweien und dreien lagen die Kranken in den Bettgestellen, und als auch das nicht mehr reichte, schüttete man Stroh in alle Ecken und Winkel.

Die kräftigeren unter den Kranken erholten sich wieder und kehrten zurück auf die Straße, die ihre einzige Heimat war. Aber die Schwachen, die Kinder und Greise schleppte der Tod davon, der bald zum vierten Bundesgenossen dieses grauen Herbstes wurde. Verloren war jeder, der einmal begonnen hatte, Blut auszuhusten.
Lange hielt Meister Konrads eiserner Körper dem Ansturm der Krankheit stand. Dann aber mußte auch er sich niederlegen.
Er war als Fiebernder ebenso unduldsam wie als Gesunder. Elisabeth hatte ihre Not mit ihm. Er war noch nie krank gewesen und wollte es auch jetzt nicht sein. Statt demütig, wie er es stets von anderen verlangte, sein Leiden zu tragen, begehrte er unbeherrscht dagegen auf. Immer wieder stand er auf, denn es war ihm unerträglich zu denken, daß draußen etwas gut gehen könne, ohne daß er es bis ins kleinste genau anordnete. War er aber eine Weile außer Bett, dann packte ihn der Schüttelfrost, und es war grausig anzusehen, wie der mächtige Körper hin und her geworfen wurde.
Elisabeth, die schon im Hospital alle Hände voll zu tun hatte, mußte auch ihn ständig betreuen. Er wollte sie am liebsten keinen Augenblick von seiner Seite lassen. Immerzu fand er etwas für sie zu tun, bald mußte sie ihm heiße Umschläge auf die Brust legen, um ihm das Atmen zu erleichtern, bald brauchte er kühlende Tücher um die fieberheiße Stirn, bald rief er nach Wasser, weil der Durst ihn quälte, bald mußten die Kissen neu aufgeschüttelt werden, weil der Rücken ihn schmerzte.
Demütig, zerbrechlich, selbst dem Umsinken nahe, tat sie stumm und leise, was er verlangte. Aber das, wonach er noch mehr lechzte, tat sie nicht. Kein freundliches, aufmunterndes Wort, wie man es lieben Menschen spendet, kam über ihre Lippen.
„Ich glaube, sie denkt sogar noch im Schlaf an Ludwig – wenn sie überhaupt je denkt."
Konrad griff zu dem Mittel, nach dem Kranke gern grei-

fen, wenn sie Mitleid erregen wollen. Er sprach mit Vorliebe von seinem nahen Tode. „Sage mir, meine Tochter, was wirst du tun, wenn ich sterbe?“

Voll Begierde horchte er auf das, was nun kommen mußte: Tränen, Jammer, der Wunsch, Gott möge ihn nicht hinwegnehmen und sie, Elisabeth allein zurücklassen, ein Leben ohne Konrad sei für sie unausdenkbar – diese Worte wären Balsam für seine Seele gewesen. Sie kamen nicht. Elisabeth blickte ihn mit seltsamem Lächeln an. „Macht Euch darum keine Sorgen, Meister Konrad. Ihr werdet mich überleben. Denn ich werde sterben, nicht Ihr.“

Zorn ist manchmal eine gute Arznei, die die Kräfte weit mehr ermuntert als noch so reichlich gespendetes Mitleid. Wenn überhaupt etwas, so waren diese kühlen Worte geeignet, Konrads Genesungswillen anzustacheln.

Elisabeth behielt recht. Zwei Tage später wurde sie selber vom Fieber gepackt. Bei ihrer aufopfernden Pflege hatte sie sich angesteckt. Mit dem Fieber kam der Schüttelfrost und kurz darauf ein quälender Husten.

Die Hausgenossen redeten ihr zu, sie solle doch ihr Lager auf dem kalten Fußboden aufgeben. Sie sträubte sich. Aber sie wurde von Tag zu Tag schwächer und ließ bald alles mit sich geschehen. Da befahl Schwester Irmingard, daß man sie in ein Bett lege, denn seit zwei Tagen sah sie mit Besorgnis, wie nach jedem Hustenstoß blutiger Schleim auf Elisabeths aufgesprungenen Lippen stand. Man konnte ihr nicht helfen, wenn der Krampf wie eine fürchterliche Faust die Lunge zusammenpreßte, bis nur noch ein klägliches Röcheln zu hören war. Ließ die Faust wieder los, dann lag Elisabeth da und holte Luft in vorsichtigen, kleinen Atemzügen, um den Husten nicht von neuem zu wecken. In schweißfeuchten Strähnen klebte das Haar am Kopf. Die Kranke fror trotz des hohen Fiebers und glaubte völlig erstarren zu müssen unter dem dünnen Luftzug, der von der Fensterluke her durchs Zimmer strich. Umsonst bemühte sich Schwester

Irmingard, den Pergamentrahmen fester in die Öffnung zu drücken. Der Wind rüttelte daran, als wollte er nicht dulden, daß die Menschen ihre Häuser vor ihm verschlossen. Ein kleiner Spalt genügte, und er zwängte sich wieder in das Gemach.
Elisabeth versuchte ihre mageren Schultern noch tiefer in das Stroh zu wühlen. Warum nur kam ihr heute der Novembersturm so unerträglich vor? Angst packte sie, deren sie nicht Herr werden konnte.
„Morgen ist es besser", beruhigte sie sich selbst. „Schwester Irmingard hat es gesagt. Morgen ist bestimmt alles vorbei, auch der Husten."
Mit müder, kraftloser Bewegung zog sie die Decke höher. Sie spürte die langen, rauhen Zotteln des Pelzes und grub die kalten Finger hinein. Die Wärme des Fells kroch wie etwas Lebendiges angenehm in ihre Hände. War sie denn wieder auf der Wartburg? Da schlief man im Winter unter solch herrlichen Decken und träumte vor dem Einschlafen in die langsam dunkler werdende Glut des Kamins … Drüben an der Wand öffnete sich eine Tür. Jetzt mußte Ludwig kommen. Elisabeth streckte die Arme aus. Von neuem umnebelte die Krankheit mit heißen Wellen ihr Gehirn. Die Fieberphantasie war gütiger als die Menschen und trug sie zurück in das Glück vergangener Tage. Elisabeth merkte nicht mehr, daß in der Tür eine alte Nonne stand. Mit festem, kühlen Griff wurden ihre unruhig suchenden Hände erfaßt. Sorgsam wickelte Schwester Irmingard die Decke fester. „Ruhig liegenbleiben, meine Tochter, ruhig. Bald wird alles gut für dich, so gut."
Die zärtliche Berührung, die liebevolle Stimme – das konnte nur Ludwig sein. „So gut, so gut", hörte die Fiebernde murmeln. Sie glaubte es und streckte sich getröstet aus.
Irmingard ließ sich am Bett nieder, und ihre Gedanken wanderten eigene Wege in dieser langen Nacht. Rasselndes Keuchen schreckte sie zuweilen auf. Dann flößte sie

ihrem Schützling vorsichtig einige Löffel heißen Kräutertee ein und setzte sich wieder zurecht. Sie selbst focht die Kälte wenig an. Niemand hatte je Zeit gehabt, sich um sie zu kümmern oder sie zu verwöhnen. Daß sie sich ihr Leben einst anders erträumt hatte – wer fragte danach! Auch daß sie sich über manches im Kloster ihre eigenen Gedanken machte, war ihre persönliche Sache und ging niemanden etwas an.

Leise flüsterten die Lippen der Nonne, während draußen im Sturm die bösen Geister johlten und pfiffen. Wie Tropfen rieselten die Perlen des Rosenkranzes durch ihre Finger.

„Ave Maria", ein wunderliches Gemisch wurde der Rosenkranz dieser Nacht. „Ave Maria", – unbewußte Anklagen gegen Magister Konrad – Fragen, auf die ihr Gott die Antwort schuldig blieb – ein neues „Ave Maria" – mancherlei krause Gedanken. Würde die Madonna, die Liebliche, die Gnadenreiche, die Mutter des Gottessohnes, Mitleid haben mit der jungen Frau, die da leidend vor ihr lag, nicht weit mehr von der Pforte des Todes? War es nicht überhaupt Frauensache, die verstoßene Herrin der Wartburg liebreich zu trösten und fest mit dem Leben der Franziskanerinnen zu verbinden? Frauen, die zusammen lebten und dem gleichen Gedanken dienten, fanden immer einen Weg zueinander. Konrad von Marburg aber hatte mit seinen strengen Bußgeboten eine Mauer um Elisabeth gezogen und sie von den anderen Nonnen getrennt. Irmingard wagte nicht bis zu Ende zu denken, aber im tiefsten Herzen wußte sie: Konrad allein trug Schuld daran, daß Elisabeth dahinwelkte wie eine Blume im Herbst und dem Tod mit jedem Atemzug näherkam. Jene unerbittlichen Fastenübungen und stundenlangen Gebete bei Tag und Nacht hatten die junge Frau so erschöpft, daß sie nun eine leichte Beute der Krankheit wurde. Konrads unverwüstliche Gesundheit siegte, aber Elisabeth verfiel mit jedem Tag mehr. Vielen hatte Irmingard schon die Augen zugedrückt; sie wußte es, dies verhärmte Gesicht mit den scharfen Furchen von der Nase zum Mund war vom Tode gezeichnet. Elisabeth würde sterben müssen. ‚Sterben dürfen', fügte Irmingard im stillen hinzu, ‚sterben dürfen, um dann endlich erlöst zu sein.'

Leise tat sich die Tür auf, so geräuschlos, daß Irmingard zunächst glaubte, es schrecke sie nur der gleitende Schatten des Kienspanflämmchens, das im Zugwind flackerte und zuckte. Doch gleich darauf erkannte sie: Der so eintrat, war der Meister selber. Ohne einen Blick für die Nonne ging Konrad an das Lager. Lange starrte er auf Elisabeth nieder. Die Kranke schien es zu spüren. Irmingard, froh, daß ihre Pflegebefohlene endlich Schlaf gefunden hatte, sah mit Besorgnis, wie die fiebernde Unruhe wieder aufflackerte, begleitet von kläglichen Hustenstößen.

„Sie ist eben eingeschlummert." Irmingard versuchte Gleichgültigkeit in ihre Stimme zu legen. In Wahrheit aber schwang in ihren Worten die heiße Besorgnis mit: ‚Geh, geh doch um Gottes willen, und quäle sie nicht wieder!' Konrad hatte weder die Worte selbst noch deren ängstlichen Unterton vernommen. Er starrte weiter auf die junge Frau herab. Nach Minuten, die wie Ewigkeiten waren, ging er.

Mit Irmingard allein im Raum, beruhigte Elisabeth sich schnell. In dem wieder einsetzenden Gemurmel des Rosenkranzes meinte sie die sanften, eintönigen Schlaflieder zu hören, die einst in Ungarn an ihrem Bettchen die Kindermägde sangen. Die freundliche Erinnerung fiel wie eine kühle, schimmernde Perle in heiße Fieberträume. Sehnsüchtig wollte sie die Hand danach ausstrecken, sie festhalten. Aber sie glitt ihr durch die Finger und tropfte zu den vielen anderen ins Dunkel der Vergessenheit.

Durch die Gänge des Hospitals schritt Konrad, geräuschlos, wie er Elisabeths Zimmer betreten und verlassen hatte. Gleich vielen herrschsüchtigen Menschen liebte er es, unerwartet zu erscheinen. Sein immer waches Mißtrauen trieb ihn dazu, er wollte wissen, was über ihn gesprochen wurde, wenn man ihn abwesend glaubte. Heute jedoch hatte er anderes im Sinn. Er schlug die Haustür hinter sich zu und überquerte den dunklen, zugigen Hof. Jeder Windstoß ließ ihn erschauern. Er verließ nach seiner Krankheit zum ersten Male wieder das Haus, und er merkte, daß er alt wurde. Die früheren Kräfte wollten nicht zurückkehren.

Die Tür der Kapelle öffnete sich knarrend, ein riesiges, schwarzes Maul, und verschlang den Priester. Drinnen wirkte die Finsternis drückend wie in einem Grabgewölbe. Konrad suchte vergebens seiner Beklemmung Herr zu werden. Er schob die Stimmung auf die soeben überstandene Krankheit. Als er sich ans Dunkel gewöhnt hatte, konnte er erkennen, wie das Ewige Lämpchen trübe vom Altar her flackerte. Es kämpfte einen aussichtslosen Kampf gegen die Finsternis. Außerhalb seines spärlichen Leuchtens lagerten die Schatten noch schwärzer und drohender. Zwar war die Zugluft in der Kapelle nicht mehr zu spüren, aber die stockende, im Gemäuer eingesperrte Kälte war noch schärfer. Unschlüssig näherte er sich dem Altar. Ein Zittern überrann seinen Körper. Erst als er sich dicht vor den Stufen befand, sah er auf dem Boden zu seinen Füßen etwas Helles schimmern. Er nickte befriedigt. Über die eisigen Steinfliesen waren zwei nackte Frauen dahingestreckt mit ausgebreiteten Armen – Kreuze aus Fleisch und Blut. Konrad kniete nieder und ließ kein Auge mehr von den beiden Gestalten.

‚Sie sind schön!‘ dachte er. ‚Biegsam und schlank, aber mit runden Hüften. Von vorn will ich sie sehen. Nicht nur, wie sie dort liegen.‘ – „Richtet euch auf, meine Töchter!“ befahl er.

Die beiden jungen Nonnen erschraken vor dem seltsamen Ton in der Stimme des Mannes, die sie aus dem Dunkel der Kapelle plötzlich wie ein geducktes Raubtier

ansprang. Aber Konrad hatte sich schnell wieder in der Gewalt.
„Richtet eure Blicke noch einmal auf den Gekreuzigten, auf daß er gnädig annehme euer Opfer, eure Schmerzen, euer Blut, und euch dafür erlöse von eurer Sünde, die ihr auf euch ludet, als ihr den heiligen Mauern des Klosters entfliehen wolltet. Dann beginnet die Buße. Ich selbst will den ersten Schlag führen zum Heile eurer Seelen und zum Lobe Gottes."
Mit diesen Worten trat er hinter die beiden Büßerinnen, und schwirrend schnitt die Gerte durch die Luft. Sie zeichnete einen roten, aufquellenden Strich über zwei demütig gebeugte Rücken. In Konrads Seele tobte Aufruhr, und ihm war, als legte sich dieser Schlag ihm jetzt wie lindernder Balsam aufs Herz. Er dachte an die Frau, die stets von neuem peinigende Unruhe in sein Leben trug, die ihn leiden ließ, die ihn quälte, ohne es selbst zu wissen. Oft hatte er sie erblickt, nackt und hüllenlos vor dem Angesicht Gottes, mit schmerzverzücktem Gesicht. Nie glaubte sie dem Herrn näher zu sein, als wenn sie unter den Hieben der Geißel litt. Und nun entfloh sie ihm für immer!
Wieder und wieder schlug Konrad. Eine der Nonnen bäumte sich mit gellendem Schrei. Wieder überfiel den Priester das eigenartige Zittern, gemischt aus Frost, Erregung und Schwäche. Wirre Bilder tanzten vor seinen Augen. Im Munde hatte er einen faden Geschmack, und auf der Stirn perlten Schweißtropfen.
‚Man muß sie zerschlagen! Alles zerfetzen!' murmelte er wie irre vor sich hin. ‚Die Schönheit der Frauen! Die Leiber der Ketzer! Den Hochmut des Adels! Alles zertrümmern, alles zerreißen!'
Bei jedem Haßgedanken schnitt die Gerte durch die Luft. Ein halbersticktes Wimmern drang an das Ohr des Rasenden.
„Singt!" flüsterte er hohl. „Singt ein ‚Te deum laudamus'. Das sang sie immer, wenn ich sie zum Lobe Gottes und zum Heile ihrer sündigen Seele geißeln mußte!"

Aber kein Gesang ertönte. Sei es, daß die beiden Nonnen weit weniger zu reuigen Büßerinnen taugten als die Frau, die wenige Schritte weiter im Fachwerkhaus ihrer Erlösung entgegendämmerte, sei es, weil seine Worte nicht mehr bis ins Bewußtsein der Mädchen drangen, deren Fühlen und Denken überschwemmt wurde von den Wellen des Schmerzes. Der gellende Schrei gepeinigter Kreatur, dessen Echo zwischen den Mauern noch hin- und widerlief, blieb der letzte Klang. Das Wimmern hörte auf, die zerschlagenen Körper zuckten nicht mehr.

In Konrad breitete sich die Ruhe der Befriedigung aus. Noch keuchend vor Anstrengung, ließ er die Rute zwischen die Büßerinnen niederfallen, achtlos.

„Für heute habe ich den Satan besiegt. Er wird es nicht mehr wagen, sein Haupt zu heben“, murmelte er und ließ sich am Altar nieder. Er faltete die Hände, aber er betete nicht. Im Geiste sah er anstelle der beiden Franziskanerinnen noch immer die Frau knien, von deren Sterbelager er kam. Er wußte: Nun entglitt sie ihm auf ewig. Er vergaß seine Umgebung. Eine Nonne trat leise in die Kapelle. Mit einem weichen Tuch tupfte sie den beiden Mädchen den Rücken ab, hüllte die Ohnmächtigen vorsichtig in ihre Gewänder und ließ sie ins Hospital hinübertragen, um sie dort zu verbinden. Konrad sah es nicht. Sein Geist war beschäftigt, Bilder der Erinnerung quälten ihn, Bilder, die wie höhnende Schemen ihn zurückführten bis zu dem Tag, da er das erste Mal Elisabeth gegenübergestanden hatte. Ein leiser Schmerz, überschattet von ohnmächtigem Haß, regte sich in ihm: Elisabeth durfte diesen Erinnerungen entfliehen, die Ruhe des Todes würde alles auslöschen! Wieder überschlich den Priester die große Müdigkeit, die ihn seit seiner Krankheit oft packte. Erst das Morgengrauen riß ihn aus dem Schwebezustand zwischen Beten und dämmerndem Halbschlaf.

Wie von einer unsichtbaren Macht getrieben, lenkte er seine Schritte wieder nach Elisabeths Zimmer. Sie war

wach, aber sie erkannte ihn nicht mehr. Sie lag mit weit offenen Augen und murmelte vor sich hin. Sosehr er auch lauschen mochte, er erhaschte kein einziges Wort, das ihm galt.
In Wahrheit hatte sie ihn schon verlassen. Sie weilte in einer anderen Welt. Diese Welt war für sie die Wartburg, war Ludwig, waren die Jahre, die sie nie vergessen konnte. Sie, die weltliche Lieder in Marburg nie über ihre Lippen gebracht hatte, summte nun mit ganz leiser Stimme die Reigentänze, die man einst zu ihrer Hochzeit gespielt hatte. Mit zärtlichen Fingern streichelte sie immer wieder die Felldecke.
Unruhe trieb Konrad wieder hinaus. Von einem Gemach ins andere, bis er sich wieder in der Kapelle fand. Auf dem Altar flackerte jetzt eine Kerze; flackerte, beugte sich, brannte hell auf, zuckte, wurde zum winzigen Flämmchen, wie es der eisige Windhauch befahl. Konrad hing festgeklammert mit den Blicken an diesem Lichtlein. Wer mochte es angezündet haben?
Er fand keinen Frieden für seine Unrast. Sechs Jahre lang hatte er gekämpft, gerungen um die Seele dieser Frau. Und er hatte sie doch nicht gewonnen. Sie sollte ihn bewundern lernen wie die heilige Clara den Verkünder der Armut, Franz von Assisi. Aber Elisabeth unterwarf sich nur seinen Geboten, weil er es im Namen Gottes von ihr forderte und weil sie Gott fürchten gelernt hatte. Sie unterwarf sich, wie man seinen Leib dem Messer des Heilkünstlers unterwirft: ohne Hingabe, nur mit Angst und Bangen, weil die Qual des Leibes es notwendig machte.
Seine Gedanken wurden unterbrochen. Schwester Irmingard betrat eilig die Kapelle.
„Magister Konrad, kommt, kommt schnell! Landgräfin Elisabeth wünscht zu beichten und die Letzte Wegzehrung zu empfangen."
„Meinst du, es ist schon so weit?" Konrads Stimme klang erschrocken. Die Kehle wurde ihm eng.
„Ja", Irmingard nickte. „Ich weiß es."

Elisabeths Beichte war kurz. Als sie vorüber war, forschte Konrad: „Willst du nicht auch ein Testament machen, meine Tochter? Ich will es gern für dich aufsetzen, wenn du dich zu schwach fühlst, um selbst zu schreiben. Du brauchst es nur zu unterzeichnen.“
Kaum noch vernehmbar flüsterte die Sterbende:
„Gebt mein bißchen Habe den Armen. Alles andere habe ich doch schon damals – als ich ...“, die Pausen zwischen den einzelnen Worten wurden länger, „Euch nach Marburg ... folgte ..., der Kirche angelobt.“
Hin und wieder hob ein tiefer Atemzug ihre Brust. Elisabeth fühlte Kälte auf sich eindringen. Aber sie tat nicht weh; diese Kühle beruhigte. Als draußen das Morgenlicht heraufdämmerte, wurde es dunkler und dunkler vor ihren Augen. Sie spürte nichts mehr.
Während alle Anwesenden weinend und klagend die Totengebete sprachen, mußte sich Konrad eingestehen, daß er ein letztes Mal von seinem Beichtkind überlistet worden war. Da kein Testament existierte, würde der Landesverweser Elisabeths Wittum zurückfordern. Es mußte Streit geben. Als Sterbende hatte sie ihn in seiner eigenen Schlinge gefangen. –
Im Morgengrauen des 19. November 1231 drang aus dem Hospital die Kunde, daß die Landgräfin Elisabeth von Thüringen still und friedlich entschlafen sei.
Die Todesnachricht verbreitete sich mit Windeseile. Jeder hatte gerüchtweise von der Heiligkeit der Fürstin gehört; jeder wollte nun an ihrem Sarg ein Gebet verrichten, hoffend, sie werde seine Fürbitterin und sein Flehen erreiche so leichter Gottes Ohr.

Der Tod war freundlich zu Elisabeth gekommen. Die Wunden, die das Leben ihr geschlagen, hatte er mit lindernder Hand hinweggewischt. Auch Konrad hatte das Seine dazu getan: lag ihm doch sehr daran, daß das Volk Elisabeth verehren sollte. Seine Kirche mußte dadurch neuen Zulauf erhalten, der Respekt vor ihm selbst, der

der fromme Berater einer Heiligen gewesen war, mußte ins Unermeßliche wachsen.
Er hatte oft genug beobachtet, daß Tote am zweiten oder dritten Tag noch einmal einen trügerischen Hauch von Lebensfrische erhalten. Diesen Zeitpunkt wartete er ab, bevor er Elisabeths Leichnam in der Kapelle zur Schau stellte.
Ein unabsehbarer Menschenstrom zog am Sarg vorüber. Alle, die die Tote in den letzten Jahren gekannt hatten, erstaunten: eine müde, vergreiste, gebrochene Frau war unter ihnen einhergeschlichen – da aber lag eine Fürstin. Den Ausdruck knechtischer Demut hatte der Tod getilgt, herb und verschlossen wirkte das Angesicht und jünger als in ihren letzten Lebensjahren.
Ein Flüstern, erst scheu und leise, wurde lauter und lauter, schließlich füllte es die Kapelle, drang nach Marburg, ertönte in ganz Hessen und Thüringen:
„Ein Wunder ist geschehen! Gott hat die verstorbene Landgräfin gar wunderbar erhöht. ‚Sehet, so erhebe ich diese meine Tochter, bis zu den Stufen meines Throns!' will er uns damit sagen. ‚So schön ist sie vor dem Antlitz des Herrn durch ihre Demut und Frömmigkeit.'"
Erst schüchtern und heimlich eine Haarsträhne, dann ein Fetzchen vom grauen Franziskanerkittel, darin man Elisabeth ihrem Wunsche entsprechend aufgebahrt hatte, brachten die Besucher an sich. Sie wollten ein Stückchen des Wunders mit nach Hause nehmen. Vielleicht wirkte es dort weiter. Je größer die Reliquie, desto sicherer mußte auch das Wunder eintreffen. Als nicht nur die Fingernägel, sondern sogar ein ganzer Finger am wundertätigen Leichnam fehlten, ließ Konrad die Bahre streng bewachen.

In Zuckungen wand sich ein grauhaariger Mönch auf dem Boden vor der Bahre. Die gefalteten Hände reckten sich dem stillen Totenantlitz entgegen, die Augen flackerten unruhig.

„Sancta Elisabeth, o Heilige! Ich danke dir!" Ekstatisches Gestammel brach aus den Lippen. „Ich danke dir, denn vierzig Jahre lang war mein Geist umnachtet und krank. Du hast ihn wunderbar geheilt und erleuchtet, daß er die strahlende Helligkeit Gottes wiedererkennt. Ich danke dir!"

Der Mönch sank mit dem Gesicht auf die Steinfliesen, Tränen rannen über das verzerrte Gesicht.

Konrad ließ ihn sofort in das Spital bringen. Ein Wunder, ein richtiges Wunder schon zur Grablegung – das war mehr, als er zu hoffen gewagt hatte. Und im stillen schmiedete sein unruhiger Geist hochfliegende Pläne. Marburg würde ein Wallfahrtsort werden, man mußte eine neue, größere Kirche haben, im ganzen Land würde man davon sprechen. Nicht nur von der verstorbenen frommen Landgräfin, nein, auch von ihm, der sie zeitlebens auf den dornigen Pfaden der Heiligkeit väterlich entgegengeleitet hatte.

Am Abend im Hospital aß der geheilte Mönch tüchtig, ganz ohne Schaum auf den Lippen und ohne Gesichtsverzerrung. Niemand konnte zweifeln: er war geheilt, gründlich geheilt. Als er die schüchterne Bitte äußerte, er wolle im Franziskaner-Hospital bleiben und aus Dankbarkeit wieder und wieder Zeugnis ablegen von der Gnade, die ihm widerfahren war, stimmte Konrad gnädig zu, erreichten sie doch damit beide, was sie hatten erreichen wollen.

Von nun an ereigneten sich die Wunder am Grab häufiger. Je elender das Leben, je hoffnungsloser die Lage, desto lieber nimmt der Mensch auch die kleinste Besserung als großes Wunder.

Ein Weib, schon nahe am Matronenalter, schob sich in die Kapelle, auf dem Arm ein Kind von zwei Jahren. Die Mutter sah dürr, schwächlich und einfältig aus. Spät hatte sie ihr Kind geboren. Ihr einziges, ihren Schatz! Wenn es ihr möglich gewesen wäre, hätte sie den Kleinen in Samt und Seide gehüllt, hätte ihn in goldbestickte Decken gebettet. Alles tat sie ihm zuliebe. Streckte er sein Händchen nach einer bunten Blume aus, so wurde er hingetragen. Angelte er nach einem gelben Schmetterling, so fing ihn die Mutter und brachte ihn. Saß er schreiend am Boden und hob die Ärmchen nach ihr, so nahm sie ihn auf und schleppte ihn umher. Als das Kind älter wurde, kam der große Schmerz über das Mutterherz: der Kleine konnte nicht gehen. Immer, wenn er irgendwo hingelangen wollte, schrie er so lange und jämmerlich, bis die Mutter kam und ihn hintrug.

Unter viel Wehklagen erzählte es die Frau einem heilkundigen Bruder des Franziskus-Hospitals. Der besah und befühlte genau des Knaben Beinchen und fand sie gesund und wohlgestalt und das ganze Kind für seine zwei Jahre hinreichend kräftig. Nur weil seine überbesorgte Mutter immer gleich zur Stelle war, wenn er weinte, hatte der Knabe das Laufen bisher nicht nötig gehabt. „Sancta Elisabeth war eine große Freundin der Kinder“, sagte der Mönch mit frommem Blick. „Sie wird auch deinem Kind helfen. Komm mit mir an das Grab.“

In der Kapelle wies der Bruder die Mutter an einen versteckten Platz.

„Hier knie nieder und bete unablässig um die Genesung deines Kindes. Aber rühre dich nicht von der Stelle. Sonst störst du das Wunder.“ Der Franziskaner stellte den Kleinen neben dem Elisabethgrab auf den Boden und ging zwei, drei Schritte von ihm weg. Plötzlich saß auf seiner Hand ein buntes Holzvögelchen, das hielt er dem Kinde hin.

„Komm, komm“, lockte eine freundliche Stimme. „Komm, komm.“ Mehr noch lockte das Spielzeug. Wo war die Mutter, daß sie ihn hintrug? Er sah sich um, fand sie nicht, greinte, schrie. Schon wollte das Weib herzuspringen, ihrem Liebling zu helfen. Der Mönch scheuchte sie zurück. Er blies auf dem Vögelein, und es war wie das Flöten einer Amsel. Der Kleine jauchzte vor Vergnügen. „Komm, komm!“

Das bunte Spielzeug reizte so sehr, daß alle Angst vor dem ersten Schritt vergessen war. Der Kleine tappte auf den Mönch zu, und der, den Vogel auf der Hand haltend, ging vor ihm her und führte ihn so bis in die Arme seiner Mutter. Die lachte und schluchzte vor Glück und dankte Gott und Sancta Elisabeth für das große Wunder.

Tausende strömten herbei. Inbrünstige Gesichter, gefaltete Hände. Halboffene Münder, als müßte sich so der erhoffte Segen besser einsaugen lassen. Gierig starrten sie auf das Grab: Wunder, gebt uns Wunder! Wir sind gequält, wir hungern, wir frieren, wir dürsten nach einem bißchen Glück, das Leben ist elend! Wunder, gebt uns Wunder!

Krüppel, Gelähmte, Stumme, Blinde, Mütter mit stumpfsinnigen Kindern, Taube, Fallsüchtige, Stotterer, Menschen, denen Geschwüre den Leib zerfraßen – eine unabsehbare Schar des Elends wälzte sich stammelnd, lallend, betend, singend, bisweilen in höchster Verzückung schreiend durch die Kapelle, küßte das Grab, opferte Kerzen, silberne oder wächserne Hände, Füße, Arme, Beine oder Herzen, je nach dem Sitz des leiblichen oder seelischen Leides. Wenige von den Tausenden erlebten ein Wunder mit, noch weniger erlebten es an sich selber. Für viele, die sich, Hilfe erhoffend, mit letzter Kraft nach Marburg geschleppt hatten, wurde das Glöcklein des Franziskus-Hospitals zur Totenglocke und der Friedhof neben der Grabkapelle zur letzten Ruhestätte.

Das Hospital wurde mehr und mehr zur Herberge für durchziehende Wallfahrer. Konrad sah es gern. Es schien an der Zeit, in einem langen Handschreiben unter Aufzählung aller Verdienste beim Papst nun Elisabeths offizielle Heiligsprechung zu betreiben.

Oft, sehr oft sogar versagte aber das Grab seine Hilfe.

„Warum wird uns nicht geholfen?“ Tag für Tag stießen enttäuschte Pilger diese bange Frage aus.

„Das Wunder ist eine Gnade Gottes. Du kannst es nicht

erzwingen, sondern nur demütig erflehen. Weißt du nicht, daß in der Bibel steht: ‚Gehe hin, spricht der Herr, dein Glaube hat dir geholfen.' So muß *dein* Glaube zu schwach gewesen sein, wenn dir keine Gnade widerfahren ist."

„Mein Glaube ist rein und stark!"

„So lastet vielleicht eine Sünde auf dir, an die du dich nicht mehr erinnern kannst, die du noch nicht gebeichtet hast und die dir noch nicht vergeben ist. Nun verdunkelt sie das Licht deiner Frömmigkeit. Nur wenige Auserwählte sind es, die des göttlichen Gnadenbeweises teilhaftig werden. Gehe heim. Bete. Tue Buße. Kehre rein und geläutert zurück. Vielleicht blickt Gott das nächste Mal wohlgefällig auf dich nieder."

Und wenn der Strom schon nachlassen wollte, dann geschah zur rechten Zeit wieder ein Wunder.

Ein Bub war in den Bach gefallen, der dicht am Hospital vorüberfloß. Als ihn sein Vater herauszog, lag er wie tot da. Weinen und Klagen, Schütteln und Rufen halfen nichts. Kein Atem war zu spüren.

„Schnell, schnell! Tragt ihn ans Grab der heiligen Elisabeth!" Die Worte eines hinzugekommenen Mönches waren der letzte Hoffnungsschimmer für den verzweifelten Vater. Er hob sein Kind auf, lud es sich auf die Schulter und lief eilends auf die Kapelle zu. Wie eine abgeknickte Blüte, weich und schlaff pendelte das herabhängende Haupt des Kindes auf dem Rücken des Vaters hin und her. Aus dem kleinen Mund troff das eingeschluckte Wasser. Keiner achtete darauf.

„Sancta Elisabeth, hör meine Bitte! Hilf!"

Der Vater legte den Jungen neben dem Grab nieder.

Als die jammernde Mutter mit etlichen anderen Weibern herzulief, schlug der Junge die Augen auf und atmete. Kein Stau bedrängte die Brust mehr, das Wasser war während des Tragens aus der Lunge herausgepreßt worden, daß die Luft wieder einströmen konnte. Doch die Leute waren überzeugt, die Heilige habe ein Wunder vollbracht.

„Wunder, Wunder! Wir sind krank, wir leiden Schmerzen, wir sind elend und haben keine Heimat. Wunder, gebt uns Wunder!“

XV

Wer es irgend vermochte, ging Konrad in diesem Winter aus dem Wege. Finsterer hatten die Marburger ihren Meister nie gesehen. War es die Krankheit des Herbstes, die noch an ihm zehrte? Konrad glaubte es selber und beruhigte damit seine Unrast. Er wollte es glauben, weil sein Hochmut sich dagegen sträubte, einzugestehen, daß Elisabeth ihm fehle. Ihm fehlte ihr stilles Dulden, ihr willenloser Gehorsam, der es ihm gestattet hatte, sich stets als Herrscher zu fühlen. Macht haben! Herrschen!
Gierig wie ein Schweißhund nach verwundetem Wild spürte er nach neuen Opfern, um sie auf dem Altar der Kirche seiner eigenen zerrissenen Seele darzubringen, wähnend, er böte sie Gott dar.

Eine gefährliche Unruhe gärte in den Menschen. Jahrhundertelang hatte der Siegeszug des katholischen Glaubens mit Feuer und Schwert, mit Glockenklang und Gebet angedauert. Tausende waren ihm zugeströmt, Hunderttausende, gebannt vom Bilde des liebreichen Heilands am Kreuze, dessen Botschaft sie aus ihrem Elend erlösen sollte. Gierig hatten sie die Verkündigung eingeschlürft, daß vor Gott alle Menschen, hoch wie niedrig, gleich seien und daß am Jüngsten Tag, beim Gericht Gottes, nur geschieden werde nach gut und böse nicht nach arm und reich. Hunderttausende hatten bittend die Hände gereckt, hatten in ihrem Elend auf die verhießene Hilfe Gottvaters gehofft.

Tausende mußten entdecken, daß die Armut weiterhin arm blieb wie zuvor, daß der Hunger weiterhin schmerzte und die Kälte weiter biß und schnitt, wenn man nachts auf Äckern und Straßen schlafen mußte. Da Menschen immer glauben, die vergangenen Zeiten seien schöner gewesen als die Gegenwart, so fanden sich gar manche zur Irrlehre zurück, die alten Heidengötter seien eben doch mächtiger gewesen. Wurde ihnen das nicht immer wieder aus den Märchen und Sagen einer alten freien, kühnen Zeit verkündet?
Wieder andere meinten, Gott habe sein Auge abgewendet, weil seine Verkünder allzuoft Schuld auf sich geladen hätten durch Zuchtlosigkeit und Prasserei. Nimmer könnten Sünden vergeben werden, wenn der Mensch dafür mit Geld oder Gebet Buße tue; nur wenn sein Leben rein und gut sei, stehe ihm einst das Paradies offen. Sie leugneten, daß Hostie und Wein das Fleisch und das Blut Christi seien, und erkannten das Dogma von der heiligen Wandlung nicht an. Sie übersetzten die Bibel in ihre Muttersprache und verkündeten, daß man sich nicht auf das Jenseits vertrösten lassen solle von Priestern, die schon auf Erden gut lebten, sondern daß alle Menschen glücklich sein müßten. Sie beklagten, daß die Priester aus der Lehre von der Liebe und Güte Gottes eine Schreckensbotschaft von Rache bis zu Kindern und Kindeskindern gemacht hätten, um die Leichtgläubigen um so leichter zu lenken.
Wieder andere meinten, wenn Gott ihnen nicht beistehe, dann nur deswegen, weil der Teufel mächtiger sei. Darum müsse man *ihn* anbeten. In ihrem Elend nahmen sie Zuflucht zu heimlicher Magie. Die Deutschen, die in den letzten Jahrzehnten manchmal nicht gewußt hatten, wer ihr Kaiser oder König war, weil einer den anderen ächtete, mordete oder vertrieb, wenn zwei gekrönte Häupter sich gegenseitig die Herrschaft streitig machten, schienen jetzt nicht einmal mehr zu wissen, welchem Gott sie huldigen sollten. Im ganzen Land herrschte ein

Chaos, das die Herzen und Geister verwirrte. In Frankreich und Italien sah es nicht viel anders aus. Manche griffen zur Selbsthilfe und bildeten Femgerichte, weil sie das Gemisch von germanischem und römischem Recht, zu dem noch die Kirche das Ihre gefügt hatte, nicht anerkennen wollten. Sie trafen sich heimlich zu ihren Beratungen und urteilten nach ihrem Empfinden. Sekten bildeten sich. In Südfrankreich wurden die Albigenser so stark, daß der Papst zwanzig Jahre lang Krieg gegen sie führen ließ. Schrecklich wüteten die Ritter in der Provence. Fast alle Bewohner von Albi bezahlten die Treue zu ihrem Glauben mit dem Tode, nachdem sie sich zwei Jahrzehnte lang um der reinen Lehre willen heldenmütig gewehrt hatten.
Sie alle: Abtrünnige, Albigenser, die das Heidentum preisen oder den Teufel verehren wollten, untergruben die Fundamente der heiligen römischen Kirche. Das durfte nicht länger geduldet werden! Die ketzerischen Irrlehren mußte man vernichten!
Papst Gregor IX. sandte Legaten an die Ketzermeister aller katholischen Länder. Er befahl ihnen, mit größter Strenge über die Reinheit des allumfassenden christlichen Glaubens zu wachen. In Deutschland verfügte der römische Papst schon seit Jahren über keinen härteren und für sein Amt besser geeigneten Mann als den Magister Konrad von Marburg. Ihn stattete er nun mit unbeschränkten Vollmachten aus. Kein geistlicher und kein weltlicher Richter sollte je über seine Taten urteilen dürfen.
Konrad, seit Elisabeths Tod unruhig und zwiespältigen Herzens, unterzog sich der Aufgabe mit einem verzehrenden Eifer. Er, der sich der Kirche blindlings unterworfen hatte, weil er wußte, daß ihre Diener in Wahrheit Herrschende waren, genoß im Namen der Kirche eine wahrhaft fürstliche Macht. Er spürte die Ketzer auf und vernichtete sie. Bei Anklage wegen Ketzerei gab es von nun an kein Entrinnen mehr. Leugnete der Verdächtige,

so wurde er als verstockter Sünder verbrannt. Bekannte er seine Verfehlungen, schwor er, hinfort nur noch dem rechten Glauben zu dienen, beichtete er und tat Buße, so schor man ihm das Haar, zum Zeichen, daß er einst ein Ketzer, ein Ruchloser gewesen war. Stellte er sich nicht dem Inquisitionsgericht, das ihn vorlud, so gab es für ihn nur die Flucht und das Untertauchen in den Bettlerscharen. Stets aber verfielen bewegliche und unbewegliche Besitztümer der Kirche und seinem Lehnsherrn. Alle, die dabei gewinnen konnten, unterstützten bereitwillig die Ketzerverfolgung. Man denunzierte persönliche Feinde, man schaffte auf solche Art selbst die nächsten Verwandten aus dem Wege, wenn man mit ihnen Streit hatte. Wer der Ketzerei angeklagt wurde, wurde gepreßt, auch seine Mitketzer anzugeben; anderenfalls durfte er nicht auf Gnade hoffen. Und wenn man selbst niemanden wußte, den man verdächtigen konnte, nannte der Ketzerrichter im Handumdrehen etliche Namen, zu denen man dann nur noch ja zu sagen brauchte. Notfalls mußte man eben einen Unschuldigen dem Verderben ausliefern, denn immer war das Hemd näher als der Rock.

Johannes, die schnüffelnde Ratte, wurde jetzt für Konrad unentbehrlich. Blindwütig, wie ein gereizter Wolf um sich beißend, zerrte der Krüppel ein Opfer nach dem anderen vor das Inquisitionsgericht. „Gott hat mir die Gnade verliehen, die Ketzer am Gesicht zu erkennen. Sie tragen da ein winziges Mal, das niemand sieht – nur ich. Auch wird mir stets der Armstumpf steif und brennt wie das höllische Feuer, wenn sich ein Ketzer mir nur nähert, und erst wenn der Verruchte auf dem Holzstoß brennt, weichen meine Schmerzen.“

Man glaubte ihm, man fürchtete ihn. Johannes, der mißachtete Krüppel, der Betrüger, dem man vor Zeiten einmal wegen Diebstahls die Hand abgehauen hatte, schwelgte im Gefühl der Macht wie sein Herr. Er rächte sich für das, was das Leben ihm schuldig geblieben war.

Zog er allein des Weges, so speiste und trank er in den besten und teuersten Herbergen und dankte den Herbergswirten: „Gott wird es dir lohnen! Du bist ein frommer katholischer Christ!“ Niemand wagte dann ihn zu erinnern, daß auch ein frommer katholischer Christ nicht leben könne, wenn seine Gäste Zeche und Nachtlager schuldig blieben. Denn keiner wußte, ob er nicht bald selber als Angeklagter vor Meister Konrad werde erscheinen müssen und ob er nicht dann des Zeugnisses bedurfte, das Johannes ihm ausgestellt hatte: „Du bist ein frommer katholischer Christ!“ So hielt sich Johannes auf seinen Fahrten schadlos für das fromme und strenge Knechtsdasein, das er zu führen gezwungen war, wenn er in der Nähe seines Meisters weilte. Mit dem durfte er es nicht verderben. Seine eigene Macht war nur ein schwacher Widerschein der Schreckensaureole, die den Magister umgab. Ihn, Johannes allein, hätte man schon längst erschlagen wie einen räudigen Hund.
Es war ein warmer Abend im März. Johannes kehrte in Gießen ein. Friedlos strich er durch die Straßen. In dieser Stadt hatte der gestrenge Ketzermeister noch nicht gewirkt. Ein um so reicheres Tätigkeitsfeld mußte sich da ergeben. Als der Schnüffler um die Ecke bog, sah er dicht vor sich ein hübsches Mädchen stehen. Sie hatte einen Korb mit duftenden, noch warmen Broten neben sich abgesetzt und wollte wohl nur einen Augenblick verschnaufen. Fast bedauerte es Johannes, sich eben erst rundherum vollgegessen zu haben. Aus dem Korb roch es gar zu verlockend. Noch lockender aber war das Mädchen.
„Du hast schönes Brot gebacken. Doch es ist Sonntag. Weißt du nicht, daß man den Feiertag heiligen soll?“
Das Mädchen schaute ihn spöttisch an und zuckte die Achseln. Fast körperlich meinte Johannes aus ihrem Blick ein Gemisch von Mitleid und Verachtung mit seiner jämmerlichen Gestalt zu spüren. „Wir sind arm und haben keinen eigenen Backofen. Da müssen wir uns da-

nach richten, wenn in der Nachbarschaft ein Ofen nicht gebraucht wird. Jetzt vor Ostern bäckt jeder neues Brot, es blieb uns bloß der Sonntag."
Während des Gespräches hatte sich Johannes genähert. Es beschwerte ihn wenig, warum gerade am Sonntag gebacken werden mußte. Er wollte das Mädchen durch den Hinweis auf den geheiligten Ruhetag nur einschüchtern. Jetzt stand er dicht vor ihr. Blitzschnell legte er den Armstumpf um ihren Nacken und preßte sie mit Mund und Nase so fest an seine Schulter, daß sie nicht schreien, ja kaum atmen konnte. Ohne loszulassen, drückte er sie mit ganzer Kraft zu Boden. Obgleich sie stieß und sich in der Klammer seiner Arme wand und krümmte, gelang es ihr nicht loszukommen.
Schon spürte sie die gierig tastende Hand wie ein ekelhaftes Tier zwischen ihren Schenkeln, fühlte, wie er sie entblößte. Der Mönch war in einem Zustand wilder Berauschtheit, der ihm überraschende Kräfte verlieh, und in wollüstiger Raserei vergaß er alles um sich her. Der Augenblick genügte. Das Mädchen bekam das Gesicht frei. „Bernhard, Bernhard! Hilfe!"
Ein wilder Schrei gellte durch die abendlich stille Gasse. Umsonst versuchte Johannes, ihr den Mund zu verschließen. Sie biß ihn durch die dreckige Kutte hindurch in die Schulter, daß die Haut aufschwoll und blutete. Kräftige Hände rissen ihn endlich von dem Mädchen weg. Er spürte einen Faustschlag in den Unterleib.
„Da, du Schwein, das wird dir die Geilheit austreiben!"
Ihm wurde übel; schwarze Ringe drehten sich vor seinen Augen. Als Johannes wieder klar denken konnte, waren der Brotkorb, das Mädchen und der Bursche verschwunden. Er selber lag in der Gosse. Mühsam raffte er sich auf. Er mußte sich rächen! Oh, er wollte sich schrecklich rächen! Das Mädchen war auf dem Heimweg die Gasse hinaufgegangen. „Wir sind arm", hatte sie gesagt. Dort oben stand eine winzig kleine Hütte, fast mehr ein Stall. Johannes kroch hinter einen Holzstoß. Das überhän-

gende Dach verbarg ihn. Das Ohr an die dünne Holzwand gelehnt, lauschte er.

Drinnen hörte er eine Mädchenstimme jämmerlich schluchzen. Eine andere Frau betete und jammerte dazwischen. Eine Männerstimme, deren haßerfüllter Klang ihm noch im Ohr lag, fluchte:

„Hätt ich ihn doch erschlagen, den Hund! Was anderes verdient so einer nicht!“

Johannes knirschte mit den Zähnen. Wieder hörte er die Männerstimme, jetzt unbeholfen tröstend:

„Wein doch nicht so, Schwester. Hat dich der Kerl auch geschändet, so hat’s ja niemand gesehen. Vielleicht wird alles noch gut. Geh gleich zur Kräuter-Anne und laß dir einen Tee vom Sadebaum geben. Damit ist schon manche einen unerwünschten Bankert losgeworden. Dein Rudolf heiratet dich trotzdem. Kannst ja nichts dafür.“

Aber das Schluchzen verstummte nicht.

Johannes wußte genug.

Wenige Tage später erschienen zwei Stadtbüttel in der Hütte und schleppten die Geschwister mit ihrer Mutter vors Inquisitionsgericht. Magister Konrad, unbewegt und finster, saß am oberen Ende des Tisches. Die drei Beschuldigten mußten niederknien. Johannes trat neben seinen Meister. Bernhard und das Mädchen erbleichten. Sie wußten, wer sie zitiert hatte, und auch, daß es kein Entrinnen mehr gab.

„*In nomine patris et filii et spiritus sancti.* Amen. Ihr, die ihr hier vor mir kniet, seid ein Greuel vor Gottes Antlitz. Bereuet und bekennet euch schuldig, so wird der Herr Milde walten lassen über euch. Ihr seid belastet mit der schwersten aller Sünden, mit der Sünde der Ketzerei. Gestehet ihr eure Schuld ein?“

Alle drei schwiegen.

Konrad gab Johannes einen Wink. Der trat vor und berichtete: „Am Samstag, der den Ungläubigen ein Feiertag ist, an dem sie ihren scheußlichen Ketzersabbat begehen, stand ich zufällig an einer kleinen Hütte und schaute hin-

ein. Drinnen saßen diese, die hier vor Euch knien, um ein Öllämpchen. Bald kamen mehr und mehr Menschen, bis die Stube voll war. Nun trat dieser“, Johannes wies auf Bernhard, „in den Kreis, warf sich einen schwarzen Mantel um und winkte einem jungen Manne. ‚Du willst als Novize‘, so fragte er ihn, ‚eintreten in unseren Bund und in unseren Lehren unterwiesen werden? So mußt du dich uns zunächst feierlich zuschwören. Aber wisse, wenn du jemals deinen Schwur brichst oder unsere Geheimnisse verrätst, so wird dich unsere Magie auf furchtbare Weise töten. Bist du bereit?‘
‚Ja, ich will!‘ sprach der Neue.
Da hob dieser schreckliche Ketzer seinen schwarzen Mantel. Darunter kam eine Kröte hervor, die war erst so groß wie eine Gans. Sie sprang auf den Tisch neben das Lämpchen. Wer aber beschreibt mein Entsetzen, als ich sah, wie die Kröte wuchs und wuchs und bald so groß war wie ein – Backofen. Diese Kreatur des Teufels mußte der Neuling erst aufs Maul küssen, wobei die beiden sich mit den Zungen gar lästerlich liebkosten. Dann beugte er sich über den Krötensteiß und tat ein gleiches. Nun schlug der Ketzer seinen Mantel zurück, öffnete den Kittel, und anstelle eines Herzens brannte dort das höllische Feuer! Zum dritten mußte der Novize alsbald die Lippen auf die zuckende Flamme pressen, aber die Lippen blieben, ich sah es deutlich, heil und unversehrt.
Nachdem der Neue solcherart in den frevlerischen Bund aufgenommen, setzten sich die Ketzer zum Mahle nieder. Oh, es war ein sehr schwelgerisches Mahl, und niemals hätten die armen Leute alle diese Leckerbissen bezahlen können, wäre nicht der Böse mit im Spiel gewesen. Nach dieser Prasserei stieg plötzlich an einer schrecklichen Teufelsstatue rücklings ein schwarzer Kater herunter. Der war so groß wie ein mittelmäßiger Hund. Ihn mußte zuerst der Novize und dann alle anderen Anwesenden unter dem Schwanze küssen. Nun sangen sie ihre gottlosen, ketzerischen Lieder, bis sie alle bei

den Worten ihres Meisters ‚Schone uns!' tief sich vor dem Kater verneigten. Diese Weisung ließ der Meister dem nächsten zukommen, worauf ein dritter antwortete: ‚Wir wissen es', und ein vierter: ‚Wir müssen gehorchen.' Es folgte sodann eine lange Predigt. Ihr werdet verzeihen, Magister Konrad, wenn ich nur unvollkommen in der Lage bin, sie wiederzugeben. Meine Ohren sträubten sich gegen das blasphemische Gefasel. Der Ketzer wagte zu behaupten, Gott, der Herr des Himmels, habe den Luzifer gegen alle Gerechtigkeit, mit Gewalt und List, aus Eifersucht in die Unterwelt gestürzt. Luzifer sei der eigentliche Schöpfer des Himmels, und erst nach der Vertreibung Gottes aus dem Himmel könne er wieder dorthin zurückkehren. Wenn dies aber eintrete, würden alle Ketzer glücklich und selig werden.
Schließlich löschten die Versammelten die Öllämpchen und begannen eine ärgere Unzucht miteinander zu treiben als die Sodomiter. Gleichviel ob sich dabei Geschwister vermischten, ob Männer auf ihresgleichen stießen oder ob Frauen sich miteinander vergnügten – jeden drängte es, einmal mit jedem zu huren. Auch mit dem Kater und der Kröte hielten sie ihr scheußliches Beilager."
Die beiden Frauen hatten während der langen Anklagerede nur geweint und still vor sich hin um Hilfe und Rettung gebetet. Auch Bernhard hatte geschwiegen. Jetzt aber brauste er auf:
„Das ist von Anfang bis Ende eine greuliche Lüge! Wenn das Licht gelöscht war, wie will er dann etwas gesehen haben von dem unzüchtigen Treiben?"
Aber Johannes war so leicht nicht zu verblüffen.
„Gott hat mir zwar nur ein Auge gelassen, aber diesem einen Auge hat er nicht nur die Gnade verliehen, Ungläubige am Gesicht zu erkennen, sondern auch die Gabe, ketzerische Greuel zu schauen, wenn sie sich im Schoße der Dunkelheit verbergen wollen. Aber du, Erzketzer, schweige! Dein Sündenregister ist noch nicht zu

Ende! Denn wisset, Magister Konrad, als die Lichter wieder angezündet waren, erschien aus einem dunklen Winkel des Raumes ein Mensch mit einem glänzenden Oberkörper. Der leuchtete heller als die Sonne. Leib und Beine aber waren wie die des schwarzen Katers gestaltet. Zu ihm wendete sich der Angeklagte, schnitt ein Stückchen aus dem Kleid des Neulings und eine Strähne aus dessen Haar und sprach: ‚Das mir Gegebene bringe ich dir dar!' Darauf antwortete die Erscheinung: ‚Du hast mir schon des öfteren gut gedient und wirst es auch weiterhin nicht versäumen!' Diese Worte verrieten mir, daß der Verruchte schon mehr gläubige Christen verführt haben muß.

Noch weiß ich nicht, wer die anderen Versammelten waren. Aber diese Ketzer hier werden mit Gottes Hilfe reumütig Buße tun, sie werden abschwören und die anderen Namen nennen, damit sich die Bürde ihrer Sünden vermindere."

„Beweise doch erst deine verleumderischen Reden!" Bernhard beherrschte sich nur mühsam. Er wußte, daß alles, was er sagte und tat, ihm zum Bösen ausgelegt würde. Blieb er ruhig, so bedeutete das, er sei sich seiner Schuld bewußt. Ließ er sich im Zorn hinreißen, hieß es: ‚Aus ihm spricht der Teufel! Nun er erkannt ist, tobt er.' Fand er treffende Gegenbehauptungen, so entgegnete man, sie seien ihm vom Satan eingeflüstert, weil der Verruchte seinem Diener zu Hilfe kommen wollte.

„Eines Beweises bedarf es nicht, da ich alles gesehen habe. Auch wirst du wissen, daß ein Ketzer nicht das Recht hat, sich zu verteidigen. Ausflüchte findet eine Kreatur des Teufels immer. Deshalb erachten es mein Herr und ich" – ein frechvertraulicher Blick flog von Johannes zu Konrad – „für das beste, Ketzer in ihrer Abwesenheit zu verurteilen und zu verdammen, denn sie besitzen eine flinke Zunge, wenn sie sich aus der Schlinge ziehen wollen. Wenn du denn aber unbedingt einen Beweis haben willst –" Johannes lächelte so höhnisch, daß von seinen Lippen eine eisige Kälte zu wehen schien, und zog sich mit der gesunden Hand die Kutte von der Schulter. Eine blaurote, geschwollene Bißwunde war zu sehen. Seine Augen funkelten vor Freude am Erschrecken des anderen. „Hast du vergessen, wie ich in eure Versammlung drang und den Novizen vor dem Kuß des Katers bewahren wollte? Hast du vergessen, wie der Kater mich dabei in wilder Wut in die Schulter biß, denn alles Fromme und Reine muß ihm ja in tiefster Seele verhaßt sein. Mit Stößen und Püffen warft ihr mich danach aus der Tür."

Das Mädchen schrie auf und barg das Gesicht in den Händen. Der Bursche versuchte sich vergeblich weiteres Gehör zu verschaffen.

Ketzern glaubt man nicht.

Fünf Tage lang blieben sie standhaft. Man warf sie in ein elendes Loch, in dem neben toten Mäusen und Ratten der Unrat unzähliger anderer Gefangener faulte. Sie erhielten nichts anderes als versalzene Grütze, und wenn sie jammerten, daß sie vor Durst umkämen, höhnte Johannes und meinte, das sei die Hölle, die in ihnen brenne. Tag für Tag wurden sie zum Verhör vor Meister Konrad geschleift. Am fünften Tag stellte man sie vor ein Gottesurteil: aus einem Kessel mit kochendem Wasser sollte sie ein goldenes Kruzifix herausholen. Waren sie frei von Schuld, würde Gott die Hitze mildern, so daß sie das heilige Zeichen ergreifen könnten.

Das Mädchen versuchte es und zuckte zurück, kaum daß ihre Fingerspitzen der siedenden Brühe nahekamen. Die Mutter probierte, und es erging ihr ebenso. Bernhard, mit dem Mut der Verzweiflung, in der irren Hoffnung, Mutter und Schwester retten zu können, faßte mit zusammengepreßten Zähnen hinein und riß das Kreuz heraus. Es flog weit durchs Zimmer, und man sah am Unterarm des Mannes fast bis zum Ellenbogen hinauf die Haut sich in blasigen, schrumpeligen Fetzen vom Fleisch ablösen.

Johannes triumphierte:
„In Mutter und Tochter ist der Teufel noch schwach. Sie konnten nicht in das siedende Wasser fassen. In diesem da aber ist er mächtig. Er befähigte ihn, in das kochende Wasser zu greifen, als ob er unschuldig sei. Aber Gott, unser Vater, ist weise und gerecht. Er ließ nicht zu, daß der Verdammenswerte uns täuschen konnte. Wie höllisches Feuer brannte das heilige Kreuz in seiner Hand, er mußte es von sich schleudern. Und Gott zeichnete den Arm des Ketzers mit den Brandmalen der Hölle!"
Da zerbrach die Standhaftigkeit der beiden Frauen. Mutter und Tochter bekannten sich schuldig, wurden in der Kirche unter frommen Gesängen der Gemeinde bis aufs Blut gepeitscht und dann geschoren. Sie schworen ab, taten Buße und gaben vier andere Gießener Bürger namentlich an, von denen sie kaum gehört hatten. Aber sie konnten sich nicht anders helfen. Konrad hatte sie belehrt, es sei besser, hundert Unschuldige müßten brennen, als daß ein Schuldiger am Leben bliebe. Gott wisse im Jenseits die Gläubigen von den Ungläubigen zu trennen, und dann winke den Gläubigen, die unschuldig den Feuertod erlitten hätten, als höchstes Glück an Gottes Thron die Märtyrerkrone.
Ehrlos, als Ketzer beschimpft und bespien von denen, die beweisen wollten, daß sie fromme Christen seien, lebten Mutter und Tochter dahin. Als die Alte starb, verschwand das Mädchen aus der Stadt, eine Bettlerin mehr im endlosen Strom.
Bernhard schwor nicht ab und bekannte sich nicht schuldig. Er wurde als verstockter Sünder verbrannt. Noch auf dem Scheiterhaufen inmitten von Rauch und Flammen rief er Gott und die Jungfrau als Zeugen seiner Unschuld an. Ein Grausen überlief die Gaffer. Dieser und jener begann nun doch zu zweifeln, ob der Verurteilte, den viele von Kind auf gekannt hatten, wirklich so verworfen und schlecht gewesen sei. Ja, es gab nicht wenige, die plötzlich an seine Unschuld glaubten.

Zuerst noch leise und versteckt, bald lauter und offener begann es im Volk gegen die Inquisition und ihre Häscher zu murren und zu raunen.
Konrad aber, gepeitscht von einer unerklärlichen Unruhe, getrieben von blinder Wut gegen alle, die sich nicht zum Kirchenglauben bekannten, und Johannes im Genuß seiner Macht waren blind und taub und achteten der Unzufriedenheit des Volkes nicht. Rauchende Scheiterhaufen bezeichneten ihren Weg. Bald ins Rheinland, bald nach Hessen, Thüringen, dann schon wieder nach Straßburg, Krefeld, Bingen, Worms, Mainz, Kolmar, Goslar, Marburg, Erfurt, ja bis nach Lübeck und Bremen, sogar nach Leyden in den Niederlanden führte sie ihr fanatisches Wüten. Ritter, Priester, Handwerker, Bauern, Hausfrauen und Mütter, Knaben, junge Mädchen – was galt den beiden ein Menschenleben! Die zarten Körperchen von sechsjährigen Kindern fraß die Flamme. Die ausgemergelten Leiber der Greise verzuckten auf dem Holzstoß. Wo Konrad erschien, regierte statt der göttlichen Liebe der Wahnsinn. Tausende zitterten, wenn der furchtbare Ketzermeister in ihre Städte einzog.
Bischöfe und Erzbischöfe, die zuerst Konrads Eifer gelobt hatten, wurden bedenklich.
„Des Meisters Tun ist nicht nur übertrieben, sondern auch gefährlich!"
„Es ist nicht im Sinne Christi!"
„Er wird, statt die Menschen zur alleinseligmachenden Kirche zurückzuführen, sie nur noch weiter von ihr wegtreiben."
„Gewiß, die Ketzer müssen getilgt, aber es muß bei allem die Regel eingehalten werden!"
„Ich stelle fest", ergriff der Erzbischof von Mainz zum Abschluß ihrer Beratung das Wort, „daß wir den Ketzerwahn des Magisters Konrad nicht billigen können. Ich sandte bereits einen Boten an den Heiligen Vater und bat ihn um Anweisungen. Papst Gregor jedoch ließ mich wissen, Konrad sei ein strenger und frommer Priester,

der des Vertrauens würdig sei. Man solle ihn schalten und walten lassen nach eigenem Ermessen."
Die Kirchenfürsten wiegten bedenklich die Häupter.
„Man müßte mit Magister Konrad selbst einmal sprechen und ihm klarmachen, daß er einen falschen Weg geht."
Der Mainzer Erzbischof winkte ab: „Ich versuchte es – vergeblich. Der Magister verwies auf die päpstliche Vollmacht und lehnte es ab, sein Gerichtsverfahren zu ändern."
So konnten denn die deutschen Kirchenfürsten kraft ihres Amtes nicht eingreifen. Sie versuchten es mit Vorstellungen der Vernunft. Konrad beachtete ihre Ratschläge nicht. Sein Eifer hatte nichts Menschliches mehr. Wenn er auf seine Opfer starrte, die sich in Qualen am Pfahl wanden, dann züngelte in seinem Blick der helle Wahnsinn.
Der Erzbischof von Mainz gab es trotzdem nicht auf. Von neuem stellte er Konrad in allem Bedacht zur Rede. Konrad knirschte mit den Zähnen. Wagte hier einer an seiner Macht zu zweifeln? Wagte er zu zweifeln, daß Gott die Ausrottung der Ketzer von ihm allein, von Konrad von Marburg verlangte? Wagte er zu zweifeln, daß recht und gut sei, was er tat und was der Heilige Vater ihm aufgetragen hatte? War etwa dieser Bischof selbst ein Ketzer ...? Der Inquisitor zwang sich, ruhig zu erscheinen. Im Innern aber brütete er Rache. Ausgerechnet der Erzbischof von Mainz mußte von ihm Rechenschaft fordern, der Mann, mit dem er monatelang im Streit gelegen hatte um einiger Ländereien willen, die einem Thüringer Kloster gehörten, während gleichzeitig auch das Erzbistum Mainz Anspruch darauf erhoben hatte. Damals wurde ein Vergleich gefunden, zugunsten der Thüringer übrigens. Glaubte der Mainzer nun, er, Konrad, werde sich von ihm Vorhaltungen gefallen lassen und in der heiligen Aufgabe der Ketzerverfolgung ebenfalls zu einem Vergleich bereit sein? Nie!

An den Erzbischof Siegfried selbst heranzukommen war schlechterdings unmöglich. Man mußte ihn in seinen Anhängern treffen. Als Konrad sie im Geiste durchmusterte, fand er die besten Namen des Hochadels darunter, und es verlockte ihn, als Ketzermeister auch einmal in diesen Kreis einzubrechen. Schließlich war die Vernichtung eines Bären weitaus ruhmvoller als das Erlegen von hundert Hasen. Dieser Gedanke, zuerst nur der Eingebung eines Augenblicks entspringend, nistete sich in Konrads Hirn ein. Tag und Nacht trieb es ihn, er konnte nicht mehr anders, er mußte seinen Weg weiter gehen. Und waren denn nicht unter den Adligen, den Reichen, Mächtigen, Überheblichen weitaus schlimmere Ketzer als unter dem Volk? Die einfachen Bauern und Stadtbewohner beugten sich demütig vor ihm, auf den Lippen der Ritter und Edeldamen aber lag nur allzuoft ein mokantes Lächeln, wenn er ihnen ihren schwelgerischen Lebenswandel vorhielt. Von nun an sollten auch sie vor ihm zittern!
So kam es, daß Graf Heinrich von Sayn, einer der Mächtigsten des Erzbistums Mainz, kurz darauf die Anklageschrift wegen Ketzerei in der Hand hielt. Graf Sayn fluchte und warf den Wisch in die Glut des Kamins. Er erschien nicht. Gleichzeitig mit ihm hatten der Graf von Arnsberg, die Gräfin Lotz und der Graf zu Solms Vorladungen erhalten. Sie wagten keinen Widerstand, erschienen vor Gericht, bekannten sich schuldig, ließen sich peitschen und scheren und retteten so wenigstens das nackte Leben. Ihre Güter hofften sie mit Hilfe guter Freunde später irgendwie wieder zu erlangen.
Graf Heinrich von Sayn und Erzbischof Siegfried von Mainz berieten sich. Hier mußte endlich ein Schritt getan werden, der den Übergriffen der Inquisition steuerte. Man schrieb das Jahr 1233. Am 25. Juli sollte in Mainz ein großer Reichstag stattfinden, auf dem sich alle geistlichen und weltlichen Fürsten Deutschlands treffen wollten, um ihre Angelegenheiten zu besprechen. Graf Sayn

faßte den Entschluß, dort mit einer Schar angesehener Ritter zu erscheinen und seine Sache dem König vorzutragen. Seine Eidhelfer sollten mit ihm schwören, daß er kein Ketzer sei.
Als Konrad dies erfuhr, frohlockte er. Ein Schauprozeß vor dem deutschen König und den Fürsten! Das war weit ruhmvoller als eine der üblichen Gerichtsverhandlungen.

Die ihn in Mainz einreiten sahen, erschraken. War das noch der Mann, den sie kannten, finster, aber ruhig und gelassen wie eine Statue aus Erz? War das noch der gewaltige Streiter Gottes, dessen Gestalt so wuchtig wie ein Felsblock wirkte? Der Priester, der da auf dem Esel saß, glich weit eher einem unruhig lauernden Wolf. Scheu, gefährlich, blutdürstig. Manche der Fürsten bekreuzigten sich und meinten im stillen, Herr Heinrich von Sayn hätte doch wohl besser daran getan, nachzugeben. Wer wußte, was aus diesem Prozeß entstehen mochte, und auch, wer da noch mit hineingezogen wurde? Herr Heinrich aber beschloß zu kämpfen bis zum letzten Atemzug. Ein für allemal mußten die Ketzerriecher begreifen, wie weit sie ihre Nasen zwischen den Adel stecken durften! Es mußte ein Exempel statuiert werden, daß ihnen die Lust verging, auch bei den Herren herumzuschnüffeln.
Mit sechs Rittern und Grafen trat Herr Heinrich vor den Thronsitz des Königs. Laut, sicher und ruhig teilte er der Versammlung seinen Fall mit und verlangte zu wissen, warum er angeklagt sei. Ohne die Redeerlaubnis abzuwarten, geiferte Konrad dazwischen: „Ich, ich habe ihn angeklagt der Ketzerei, und dieser unverschämte Häretiker heuchelt Unwissenheit!“
Erzbischof Siegfried legte dem Magister die Hand auf die Schulter. „Mäßigt Euch! Welcher Tat habt Ihr den Angeklagten für schuldig befunden?“
„Eben noch sah ich ihn in die Stadt Mainz einreiten. Rückwärts auf einem Krebse kam er gezogen.“
Die Versammlung hielt den Atem an. War das der Mund

eines Priesters oder eines Irren, aus dem solche Unglaublichkeit hervorzüngelte?
Der junge König seufzte. Immer und immer wieder wurden die gleichen Ammenmärchen vorgebracht. Immer und immer wieder gab es im Volk genügend Übereifrige, die sie glaubten. Bitterkeit quoll in ihm empor. Sein eigener Vater, Kaiser Friedrich II., hatte sich schließlich selbst dem päpstlichen Zwang gebeugt. In seiner Jugend besessen von dem fanatischen Drang, die Wahrheit, die wirkliche Wahrheit zu ergründen, war aus ihm nun ein frömmelnder Eiferer geworden, der durch die Schaffung der Ketzergesetze dem Vatikan selbst den Hammer schmiedete, der nun auf Tausende von Unschuldigen niederfiel. Seitdem haßte König Heinrich seinen Vater, wie nur ein junger Mensch den Vater hassen kann, der ihm einst leuchtendes Vorbild und Traumgestalt gewesen und den er am Scheideweg kläglich versagen sah. Heinrich schämte sich seines Vaters. Er begriff nicht, daß der Alternde um jeden Preis Frieden mit der Kirche haben wollte. Zuviel Unruhe und Verluste hatte ihm der jahrelange Kampf gegen das Papsttum gebracht. Friedrich wollte nur noch Herrscher über Sizilien sein. Der junge König aber hegte seit langem den Plan, sich gemeinsam mit dem deutschen Adel vom Kaiser loszusagen. Mochte der in Italien herrschen und Gebete murmeln …
König Heinrich verscheuchte die Gedanken.
„Sagt mir, Herr Magister, wer außer Euch hat ihn noch auf diesem Krebse reiten sehen?“ wandte er sich an Konrad.
Der Meister winkte Johannes heran, der mit einer Schar seltsamer Gestalten nicht weit ab stand. Es waren zehn an der Zahl. Einige geschoren, was die bußfertigen Ketzer verriet. Andere ungeschoren. Alle aber sahen sie wie Landstreicher und Diebe aus. Das Gesindel bekräftigte durch seinen Schwur Konrads Anklage.
„Und Ihr?“ wandte sich der König an Herrn Heinrich von Sayn. „Habt Ihr auch Eidhelfer?“

Herr von Sayn wies auf seine Begleitung. Alle beschworen, der Graf sei auf einem ganz gewöhnlichen Pferd geritten.
„Dann war es eben ein Krebs so groß wie ein Pferd!" beharrte Konrad mit eherner Stirn.
Da trat der Graf von Dörrenbach vor, hob den Schwurfinger und sagte gelassen:
„Es war ein Pferd! Ich habe darauf geachtet, denn alle Krebse gehen rückwärts, ihrem Schwanze nach. Dieses Tier aber ging geradewegs seinem Maule nach. Das habe ich selbst gesehen, so wahr ich hier stehe. Und so jetzt ein falscher Schwur über meine Lippen gekommen ist, soll mich noch in diesem Augenblick Gottes Gericht mit Blitz und Donner treffen!"
Kurzes Schweigen. Das Argument war stichhaltig, denn der Himmel vor den Fenstern blieb blau wie zuvor.
Eisenklirrend schritt der Graf auf das Häuflein der gedungenen Eideshelfer zu, die sich ängstlich duckten, und herrschte sie an: „Ihr also habt ihn selbst gesehen, den Reiter auf dem Krebs? Und ihr gabt euch dazu her, solches auch auf euren Eid zu nehmen! Nun gut! Der Main ist nicht weit. Man wird euch an Händen und Füßen binden und nach Brauch in die treibenden Wasser werfen. Seid unbesorgt. So ihr recht geschworen habt, wird Gott es nicht zulassen, daß ihr versinkt. War aber euer Schwur nur übles Geschwätz, so zerrt euch der Teufel für immer hinab!"
Er musterte sie scharf. Alsbald fielen einige auf die Knie und begannen zu jammern und um Gnade zu winseln. Sie schrien, und zuletzt alle miteinander, der Ketzermeister und sein Gehilfe hätten sie unter Androhung des Flammentodes schmählich erpreßt.
Ein befreiendes Gemurmel ging durch die Halle. Der König gebot Schweigen und verkündete: „Kraft Unseres königlichen Entscheids erklären Wir jedermann: Graf Sayn geht von hier als ein tadelfreier Ritter und guter katholischer Christ! Das Gewürm dort schafft Uns aus den Augen."

Als hätte sie der Erdboden verschluckt, so rasch drückten sich Konrads Werkzeuge aus dem Saal. Er selbst stand wutverzerrt vor den Herren, die es gewagt hatten, seine Macht anzutasten. Jeder Widerstand war im Augenblick sinnlos. Er begnügte sich mit der Drohung: „Man wird an anderem Ort darüber noch befinden, und ich werde nicht ruhen, bis ich jeden Ketzer, gleich in welchem Gewande, dem Herrn des Himmels ausgeliefert habe!"
Die Menge wich ihm aus, als er sich zur Tür wandte. Wie ein begossener Pudel schlich ihm Johannes nach.

Stahl traf auf Stahl. Keiner wollte nachgeben. Noch immer war die Macht des Ketzermeisters zu fürchten. Doch zugleich schwoll der Haß gegen ihn an. Nicht nur die Bettler, die Bauern, die Bürger hatte er sich zu Feinden gemacht, sondern nun auch den Hochadel, der sein Treiben noch geduldet und gestützt hatte, solange es nicht um die eigene Haut ging.
König und Erzbischof boten dem Magister Schutzgeleit. Sie fürchteten nicht zu Unrecht, daß ein Anschlag auf sein Leben zu ernsten Verwicklungen mit dem Papst führen könne.
„Ich stehe unter Gottes Schutz. Wer könnte es wagen, Hand an einen gesalbten Diener der Kirche zu legen!" lehnte Konrad hochmütig ab.
König und Erzbischof zuckten die Achseln. Sie hatten das Ihrige getan. Mochte der Unbelehrbare in sein Unheil stürzen. Vielleicht war es, sie dachten dies nur insgeheim und jeder für sich, Gottes Wille, einen Unwürdigen zu züchtigen, der sich erhaben dünkte.
Gedemütigt zog Konrad heim gen Marburg. Zum ersten Mal in seinem Leben spürte er eine eigenartige Beklemmung. Er versuchte vergebens, sie fortzuscheuchen. Er ärgerte sich über König Heinrich und Erzbischof Siegfried, weil sie einen nach seiner Ansicht hochverdächtigen Ketzer dem Gericht entzogen. Er spürte Unbeha-

gen, weil sie ihn mit ihren Warnungen beunruhigt hatten, und er wütete gegen sich selbst. Wenn er die Versammlung nicht hatte überzeugen können, dann mußte ihm seine frühere Beredsamkeit verlorengegangen sein. Wenn die Sorgen der anderen ihn hatten furchtsam machen können, so war ihm dies Beweis einer nie gekannten Schwäche. Kam er auf seinem Weg durch kleine Weiler und Dörfer, so fühlte er sich inmitten der Menschen, die ihn noch fürchteten, stark, und es überwog der Zorn. Führte der Weg durch einsame Waldungen, so überfiel ihn wieder die Angst, und er war froh, wenn er abermals freies Feld erreicht hatte.

Mit Konrad zogen Gerhard und Johannes, so wie sie nun schon seit zehn Jahren ihrem Meister bei Sonne und Regen, über Berge und Landstraßen, durch gut und böse folgten. Gerhard ruhig, in sich gekehrt, Johannes ängstlich und scheu nach allen Seiten lauernd, immer bereit, beim leisesten Anzeichen einer Gefahr zu flüchten.

Bis Gießen verlief die Reise ohne Zwischenfall. Hinter der Stadt blickte Gerhard über die Schulter. Da waren sie wieder, noch weit von ihnen entfernt, die beiden Ritter, die sie schon mehrmals bemerkt hatten.

„Meister, wer sind die Ritter hinter uns? Ich sah sie schon gestern, aber es hat den Anschein, als wollten sie nicht von uns entdeckt werden.“

Konrad wandte das Haupt zu einem flüchtigen Blick.

„Hasenfuß! Es werden Reitknechte des Königs oder des Erzbischofs sein. Die hohen Herren sind von rührender Sorge um mich. Sollten sich lieber um ihr eigenes Seelenheil sorgen!“ Das klang spöttisch und anmaßend.

Gerhard schüttelte den Kopf. Die Sache gefiel ihm nicht.

„Meister, zu unserem Schutz folgen uns die da hinten nicht, sonst könnten sie sich ehrlich zeigen, uns die Tageszeit entbieten und mit uns reiten.“

„Ach was, zerbrich dir nicht den Kopf, Bruder. Seit wann bist du ein Feigling?“

Gerhard, so zurechtgewiesen, schwieg verstimmt.

Der Magister merkte, daß er ihn gekränkt hatte. Und da geschah etwas Seltsames: Konrad bedauerte das schnelle und harte Wort. Nun sich Gerhard in sein Schweigen zurückzog wie eine Schnecke in ihr Haus, fühlte der Priester sich plötzlich elend und allein. Fast freundlich, fremd klang es aus seinem Munde, fügte er hinzu:
„Wir wollen dort hinter der Wegbiegung anhalten und ein Stück ins Unterholz hineingehen, dann werden sie wohl an uns vorüberreiten, und wir können auch ihr Wappen erkennen."
Am schnellsten verschwand Johannes im schützenden Dunkel. Meister Konrad und Gerhard warteten hinter einem Gebüsch. Sie warteten lange, die Reiter erschienen nicht. Die beiden Männer sahen sich stumm an. Aus ihrem Blick, aus ihrem Schweigen erwuchsen Angst und Panik.
„Sie werden abgebogen sein." Es sollte gleichgültig klingen; der schwankende Ton der Stimme strafte ihn Lügen.
Sie setzten ihren Weg fort. Kaum eine Viertelstunde mochte vergangen sein, da waren die geheimnisvollen Begleiter wieder hinter ihnen. Konrad wurde blaß bis an die Lippen. Er schaute nach Gerhard. Auch der starrte auf die Reiter. Er suchte mit den Augen Johannes – der war nicht mehr da.
„Merkst du es, Bruder Gerhard, es muß wohl zu Ende gehen mit mir. Ist der Speck gefressen, wandern die Ratten in einen anderen Keller. Unser Johannes hatte schon immer ein gutes Gespür!"
Es war der 30. Juli. Die Sonne brannte, als wolle sie den Reisenden das Gehirn ausdörren. Konrad schlug einen kürzeren und schattigeren Weg nach Marburg ein. Quer durch die Lahnberge hoffte er sein Reiseziel noch vor Einbruch der Nacht zu erreichen. Als sie auf den Seitenpfad abbogen, waren auch die unheimlichen Verfolger verschwunden.
„Siehst du, Bruder Gerhard, es war Zufall", versicherte Konrad und glaubte es selbst nicht. Die Beklemmung blieb.

„Ein Gewitter wird kommen." Konrad fuhr sich mit dem Handrücken über die Stirn. „Selten war es so schwül wie heute."

Die beiden Wanderer hatten sich getäuscht, wenn sie meinten, noch vor der Nacht in Marburg einzutreffen. Staub und Hitze machten müde. Man kam langsamer vorwärts, als man gerechnet hatte. Es wurde dämmerig, und man war noch immer etliche Meilen von den Toren der Stadt entfernt. Die Straße verlief jetzt unter freiem Himmel. Konrad und Gerhard waren froh darüber, ohne es einander einzugestehen. Man konnte doch wenigstens sehen, wen man vor oder hinter sich hatte.

Plötzlich stieß Gerhard einen Schreckensruf aus. Da waren die Reiter wieder! Und schon ganz nahe hinter ihnen! Auch von vorn kam Hufschlag, dumpf auf den Erdboden polternd. Ihnen entgegen trabte langsam und gemessen, mit unheimlich wirkender Feierlichkeit, eine Reiterschar. Unabwendbar, unerbittlich wie das Schicksal selbst. Konrad krampft die Hand um den Sattelknauf. Was war das? Oft schon war er des Abends anderen Reisenden begegnet. Nie hatte ihn so etwas erschreckt. Aber von den Reitern, die da nahten, ging eine Drohung aus. Nicht Scherz und Gegenrede, womit sich sonst Reisende die Zeit verkürzen, war zu hören. Näher und näher kamen sie. In Konrad erwachte Entsetzen. Am liebsten wäre er vom Esel gestiegen und davongehetzt. Aber er saß wie gelähmt, denn weder seine Sinne noch seine Glieder wollten ihm gehorchen.

Nun waren die Reiter heran. Es waren ihrer dreizehn. Konrad fröstelte. Er erkannte den Grafen Solms. Den Grafen Lotz, dessen Frau er als Ketzerin geschoren und gepeitscht bis sie sich wie ein Tier winselnd unter seinen Händen wand. Der Ritter von Dörrenbach ritt zwischen den beiden. Den Graf Sayn sah er nicht. Zehn Reitknechte hielten sich dicht hinter den drei Herren. Wie eine Mauer. Aber diese Mauer bewegte sich. Enger, immer enger schloß sie sich um Konrad und Gerhard.

Graf Solms sprach ihn an:
„Höre, Konrad von Marburg, der du dich nennst einen Diener der Kirche und Verbreiter des Lichtes. Die heilige Feme der deutschen Ritter hat über dich beraten und dich gerichtet.“ Graf Solms entblößte sein Schwert und legte es vor sich quer über den Sattel. „Im Zeichen dieses nackten Schwertes wurde das Urteil gefunden. Im Zeichen dieses nackten Schwertes sollst du es nun erfahren.“ Die Reiter nahmen ihre Helme ab.
„Du, der du dich fühltest als Mann von vollendeter Tugend und als Schützer des Glaubens, hast in Wahrheit Freveltat um Freveltat auf dein Haupt geladen. Du trachtest, dich zu überheben, und hast zuletzt nicht einmal mehr den edelsten Herren des Landes die nötige Achtung und Rücksicht erwiesen. Solcher Frevel soll nicht ungeahndet bleiben, und keine Sühne gibt es für deine Verbrechen außer dem Tod. Hier und zu dieser Stunde, so hat es die Feme beschlossen, soll dein Leben enden durch dieses nackte Schwert. Sprich dein letztes Vaterunser, so noch ein Rest von Frömmigkeit in deiner Seele wohnt, und dann bereite dich zum Sterben.“
Konrad faltete die Hände und sank auf die Knie. Es war kein ‚Vater unser‘, nur ein jämmerliches Gestammel:
„Gnade, Gnade, ihr Herren! Was ich tat, ich tat es auf Befehl des Papstes. Er, er allein befahl mir Strenge. Gnade, ihr Herren. Vater im Himmel, hilf, rette mich!“ Konrad zitterte, daß man seine Zähne schlagen hörte.
Graf Solms wandte sich angewidert ab.
„Spar dir dein Gewinsel! Es rührt und erweicht unsere Herzen ebensowenig, wie das deine je milder gestimmte wurde durch das Betteln und Flehen derer, die du brennen ließest.“
Ein weiches Eschenstäblein zersplitterte in der Hand des Grafen. Die beiden Stücke fielen vor Konrads Füße nieder.
„Und hiermit erfülle ich den Auftrag des Femegerich-

tes!“ Der Graf schwang das Schwert. Er ließ es wieder sinken.
„Geht beiseite, Bruder Gerhard. Ihr seid an den Greueln unschuldig. Euch soll es nicht treffen.“
Gerhard aber warf sich statt einer Antwort an Konrads Brust, um mit seinem eigenen Leib den Meister zu schützen.
Ein stählerner Blitz. Blutend und tot sank Gerhard zu Boden. Keinen Laut der Furcht hatte der Tod ihm entreißen können.
Und dann ein Angstschrei, ein Aufbäumen, ein schauerliches Röcheln. Auch Konrads Leben war zu Ende.

In Thüringen, Hessen, ja in ganz Deutschland machte die Ermordung des Magisters wie ein Lauffeuer die Runde. Wo zwei sich trafen, gab es kein anderes Gespräch. Auf dem Marktplatz zu Freiburg im Breisgau drängte sich ein quirlender, unruhiger Menschenhaufen um den fahrenden Sänger. Der schlug monotone Akkorde auf seiner Leier und begann:

„Herr Konrad im 1233. Jahr
Als Ketzermeister in Thüringen war.
Viele tausend Ketzer hat er verbrannt,
Oder mit seinem Fluch gebannt.
Sein Helfer Johannes, nur ein Aug, eine Hand,
Hat immer am Antlitz die Ketzer erkannt.
Es starb auch viel Unschuld in züngelnden Flammen.
Da kamen bei Marburg die Ritter zusammen.
Sie haben in der 30. Julinacht
Herrn Konrad vom Leben zum Tode gebracht.
Doch Gerhard, der Mönch, treu wie die Liebe,
Wollt schützen den Meister vor tödlichem Hiebe.
So wurde sein Kleid vom Blute rot,
Und Gerhard folgte Konrad im Tod.
Er hielt ihn so fest mit den Armen umfangen,
Man mußte bestatten die Leichen zusammen.

Johannes aber, nur ein Aug, eine Hand,
Floh feige von dannen und unerkannt."

Die Menschen waren so sehr im Banne der holprigen Verse und der aufregenden Nachricht, daß sie kaum achthatten, was um sie her vorging. Als sich ein Mönch in schmuddeliger Kutte hastig aus dem Kreis der Zuhörer hinausdrängen wollte, wurden sie aufmerksam. Ein Bauer wurde angerempelt. Gutmütig und grob meinte er: „He, du, warum denn so eilig? Hör dir das nur an! Ist sehr heilsam für deinesglei ..." Das Wort blieb ihm im Halse stecken. Vor ihm stand ein Mönch. Sein Gesicht war verwüstet vom Haß. Das eine Auge schoß ihm angstvoll und gehetzt im Kopf herum, das andere lag tot und blind in der Augenhöhle.

„Du bist Johannes!" schrie der Bauer.

„Nein, nein, laß mich los!" wimmerte der andere und suchte vergeblich seinen Armstumpf in den Falten der Kutte zu verbergen.

„Du bist es doch!"

„Es ist Johannes, es ist Johannes!" brüllte jetzt die Menge in schrecklichem Triumph. Der Marktplatz wurde zum Hexenkessel. Jeder wollte den Mönch sehen. Mit einem verzweifelten Ruck riß der sich aus dem harten Griff, ein Fetzen der Kutte blieb in der Hand des Bauern. Aber die beiden standen wie eingekeilt, daß es kein Entrinnen gab. Alle wollten ihn sehen, den einäugigen Johannes, den Knecht des Ketzermeisters, über den sie so viel Böses gehört hatten. Die Menge wogte vor und zurück. Johlen, Pfuirufe; die ersten Steine flogen.

Einer traf beinah den Bauern, der den Mönch wieder gepackt hielt; er fluchte und stieß ihn mit einem Tritt von sich, wie man eine Ratte verscheucht. Johannes stürzte, stand wieder auf, raffte die Kutte und jagte davon. Er kam nicht weit.

Diesmal war das Volk Richter! Mit Stößen, Steinwürfen und Schlägen trieb es Johannes vor sich her. Rund um den Marktplatz. Wann immer er glaubte, einen rettenden Durchschlupf erreicht zu haben, fand er ihn versperrt. Die Steine zerschlugen sein Gesicht. Blut verkrustete ihm das Auge. Blind tappte und stolperte er vorwärts. Keuchend und halberstickt taumelte er zu Boden. Man warf ihm eine Schlinge um den Hals und schleifte ihn, der wild um sich schlug, im Triumph über den Marktplatz. Als er sich nicht mehr bewegte, hängte man den Leichnam an den Galgen.

Der fahrende Sänger aber dichtete schnell eine neue Strophe, ehe er weiterzog:

„Der Mönch Johannes, nur ein Aug, eine Hand,
Floh nach Freiburg aus dem Hessenland.
Und ward erkannt, geprügelt, gesteinigt,
Gemartert, geschleift, gewürgt und gepeinigt.
So litt er in Freiburg schreckliche Not
Und fand dort am Galgen endlich den Tod.“

3. Thüringer Landesausstellung auf der Wartburg

Elisabeth von Thüringen – Eine europäische Heilige – 7. Juli bis 19. November 2007

Das Leben der Elisabeth von Thüringen

1207 Elisabeth wird in Ungarn als drittes Kind von König Andreas II. und Gertrud von Andechs-Meranien geboren.
1211 Die vierjährige Elisabeth wird als Verlobte des künftigen Landgrafen Ludwig IV. an den Landgrafenhof in Th gen gebracht.
1213 Elisabeths Mutter, Gertrud von Andechs-Meranien, wird von ungarischen Adligen ermordet.
1217 Nach dem Tod Landgraf Hermanns I. folgt ihm sein Sohn Ludwig in der Herrschaft über die Landgrafschaft ringen, die Pfalzgrafschaft Sachsen und in Hessen nach.
1221 Landgraf Ludwig IV. vermählt sich mit Elisabeth. Aus der Ehe gehen drei Kinder hervor: Landgraf Hermann 1222), Sophie, später Herzogin von Brabant (* 1224), und Gertrud, die als Kleinkind in das Prämonstratenserinne Altenberg gegeben werden und diesem später als Priorin vorstehen wird (* 1227). Als Landgräfin strebt Elisabeth na nem Leben in der Nachfolge Christi und kümmert sich um Arme und Kranke.
1222 Ludwig und Elisabeth reisen nach Ungarn.
1226 Ludwig wird von Kaiser Friedrich II. zum Reichstag nach Cremona gerufen und legt zusammen mit dem Kaise Kreuzzugsgelübde ab.Elisabeth verwaltet in der Zwischenzeit die Landgrafschaft. Sie verteilt die Vorräte in den fü chen Scheuern an die Bevölkerung, die unter einer Hungersnot leidet und gründet ein Hospital am Fuß der Wartbu
1226 Der Kreuzzugs- und Ketzerprediger Konrad von Marburg wird Beichtvater Elisabeths. Sie gelobt ihm Geho und folgt seinen Anweisungen bedingungslos, wodurch sie den Unmut der höfischen Gesellschaft erregt. Ihr Mann wig schützt sie vor den Anfeindungen ihrer Umgebung.
1227 Landgraf Ludwig bricht am 24. Juni von Schmalkalden aus zum Kreuzzug auf und stirbt am 11. Septemb Otranto auf dem Weg ins Heilige Land.
1227/1228 Elisabeth wird gezwungen, die Wartburg zu verlassen. Mit ihren kleinen Kindern verbringt sie den Wint verschiedenen armseligen Unterkünften in Eisenach.
1228 Am Karfreitag, dem 24. März, entsagt Elisabeth in der Eisenacher Franziskanerkirche allem weltlichen Luxus un rem eigenen Willen. Konrad von Marburg hält sie jedoch davor zurück, auch jeglichen Besitz aufzugeben.
1228 Ihre Tante mütterlicherseits, Äbtissin Mechthild von Kitzingen, bringt Elisabeth nach Bamberg zu ihrem Onke schof Ekbert, der sie auf Burg Pottenstein festsetzt und für sie eine hochrangige Eheschließung plant. Als der Leiche mit den Gebeinen Landgraf Ludwigs IV. aus Italien in Bamberg eintrifft, lässt er Elisabeth mit den thüringischen Ad nach Reinhardsbrunn zur Beisetzung ihres Mannes ziehen. Konrad von Marburg, inzwischen von Papst Gregor IX dem Schutz Elisabeths betraut, erreicht, dass ihr von den Landgrafen 2000 Mark als Ersatz für das ihr zusteh Witwengut ausgezahlt werden. Elisabeth folgt ihrem Beichtvater nach Marburg und gründet dort ein Hospital, in der persönlich die Pflege der Kranken übernimmt. Als Schwester in der Welt wird sie den Niedrigsten gleich.
1231 Elisabeth stirbt in der Nacht vom 16. auf den 17. November in Marburg. Nach ihrem Tod wird sie drei Tage aufgebahrt, die einfachen Leute drängen sich an ihrem Leichnam und sichern sich die ersten Reliquien der künf Heiligen.
1232 Das Grab Elisabeths wird zu einem weitbesuchten Wallfahrtsort. Konrad von Marburg bemüht sich um Kanonisierung Elisabeths, doch zunächst ohne Erfolg.
1233 Die Bestrebungen Konrads von Marburg scheitern endgültig mit seiner Ermordung am 30. Juli.
1234 Konrad von Thüringen, ein Schwager Elisabeths, tritt in den Deutschen Orden ein. Die Ludowinger übertragen Ritterorden das Hospital Elisabeths in Marburg und bemühen sich um die Kanonisation der ehemaligen Landgräfin sabeth. Am 11. Oktober ergeht eine Bulle Papst Gregors IX., die den Heiligsprechungsprozess wieder in Gang bringt.
1235 Im Januar befragt in Marburg eine päpstliche Kommission die Dienerinnen Elisabeths über deren Leben zeichnet Wunder auf, die auf Anrufung Elisabeths geschehen sind. Am 27. Mai, dem Pfingstfest, wird Elisabeth feie in Perugia im Beisein Konrads von Thüringen heiliggesprochen.
1236 Am 1. Mai wird der Leichnam Elisabeths im Beisein Kaiser Friedrichs II. aus ihrem Grab in der Marbu Hospitalskapelle erhoben und in einen kostbaren Schrein überführt. Für ihr Haupt stiftet der Kaiser ein kostb Kronenreliquiar.